U0493078

叁

风语红楼

梦流年

风之子 ○ 著

知识产权出版社

图书在版编目（CIP）数据

风语红楼. 梦流年/风之子著. —北京：知识产权出版社，2018.10
ISBN 978-7-5130-5823-0

Ⅰ．①风… Ⅱ．①风… Ⅲ．①《红楼梦》研究 Ⅳ．①I207.411

中国版本图书馆CIP数据核字（2018）第206945号

内容提要

本书探寻《红楼梦》"金陵十二钗"的深层故事与结局命运，力求做出最接近曹雪芹原意的解读。作者紧扣文本，语出有据，用超于常人的思维和严谨的推理解开重重隐喻、类比、反证、关联，解读以林黛玉、薛宝钗为代表的十二个美丽女子的鲜活人生和命运流转。

责任编辑：张水华　　　　　　　　责任印制：刘译文
特约编辑：刘琳琳　　　　　　　　封面设计：邵建文

风语红楼：梦流年

风之子　著

出版发行：知识产权出版社有限责任公司	网　　址：http://www.ipph.cn
社　　址：北京市海淀区气象路50号院	邮　　编：100081
责编电话：010-82000860 转 8389	责编邮箱：46816202@qq.com
发行电话：010-82000860 转 8101/8102	发行传真：010-82000893/82005070/82000270
印　　刷：北京嘉恒彩色印刷有限责任公司	经　　销：各大网上书店、新华书店及相关专业书店
开　　本：720mm×1000mm　1/16	印　　张：22.75
版　　次：2018年10月第1版	印　　次：2018年10月第1次印刷
字　　数：385千字	定　　价：59.00元

ISBN 978-7-5130-5823-0

出版权专有　　侵权必究
如有印装质量问题，本社负责调换。

作者序 曹雪芹怀感恩之心写《红楼梦》

在很多人看来,《红楼梦》是一部大悲剧,一部深刻的批判现实主义和伤情的浪漫主义作品,那么,曹雪芹创作这部小说应该是心怀悲愤的。

毋庸置疑,《红楼梦》一定是有态度的,有爱憎是非的,可是,如果不仔细体味,却很难感觉出来。《红楼梦》的笔调是舒缓的,笔法是华丽的,意境是唯美的,批判也是含蓄的。甚至最严厉的批判,也是饱含深情的。比如对赵姨娘的批判,对秦可卿的批判,对王夫人的批判,对王熙凤的批判,对薛宝钗的批判,对袭人的批判,对贾敬、贾珍、贾赦、贾琏、贾蓉、薛蟠等人的批判,一方面是含蓄地批判,另一方面是批判与赞美的巧妙糅合,很容易让人犯迷糊,曹雪芹到底是爱这些人,还是恨这些人?

曹雪芹是爱这些人的,即便是批判,也是建立在爱之上的。

至于林黛玉、妙玉、史湘云、贾母、贾探春、晴雯、紫鹃、鸳鸯等这些原本就美好的人,自然爱之更深。

也就是说,《红楼梦》中的人物,几乎都算是好人,只是在好中比较,有层次之分而已。这就是曹雪芹的基本态度。即使是贾雨村，和真正的贪官酷吏相比，也还算是好的。这一点，连脂砚斋也说过。

曹雪芹怎么会抱有这种态度呢？

根源在于他是怀着一颗感恩的心来写《红楼梦》的。对于那些过往的人，无论是爱过还是恨过，一律都抱着感恩的心来刻画他们。这种态度，鲜明地表现在小说开篇，所谓：

今风尘碌碌，一事无成，忽念及当日所有之女子：一一细考较去，觉其行止见识，皆出我之上。何我堂堂须眉，诚不若彼裙钗哉？实愧则有馀，悔又无益之大无可如何之日也！当此，则自欲将已往所赖天恩祖德，锦衣纨绔之时，饫甘餍肥之日，背父兄教育之恩，负师友规训之德，以至今日一技无成、半生潦倒之罪，编述一集，以告天下人：我之罪固不免，然闺阁中本自历历有人，万不可因我之不肖，自护己短，一并使其泯灭也。虽今日之茅椽蓬牖，瓦灶绳床，其晨夕风露，阶柳庭花，亦未有妨我之襟怀笔墨者。虽我未学，下笔无文，又何妨用假语村言，敷演出一段故事来，亦可使闺阁昭传，复可悦世之目，破人愁闷，不亦宜乎？"故曰"贾雨村"云云。

此回中凡用"梦"用"幻"等字，是提醒阅者眼目，亦是此书立意本旨。

这段自述，可以看作创作者的自我心理描述。这里面，有负罪感，自觉有负父母养育教诲之恩；有仰慕感，认为所遇女子都比自己出色；有看破感，觉得世事不过如此，轮回往复。这三种感觉集合起来，则是一种"能够如此，此生无憾"的情怀。

上述情怀，促成曹雪芹用"一颗感恩的心"来写《红楼梦》。时过境迁，回首往事，曹雪芹看到的只是那些女子的好和自己对她们的辜负，他的基本心态是内疚的，也是感恩的。

但这当中，又必然要有褒贬，这就造成了小说情感叙事的隐秘和复杂。王夫人，既是宝玉的母亲，爱宝玉至深，又是一手造成宝玉婚姻悲剧的人；薛宝钗，既是宝玉的妻子，有停机之德，却和宝玉志不同、道不合；袭人，既为宝玉献出了贞操，又体贴周到、尽心尽责，却心机颇深，终非贤人。这些人物，怎么写呢？是一味批判，还是一味掩盖，恐怕都很难做到，只能是褒中贬，贬中褒，这样才符合客观实际，符合作者对她们的感情。

很反感有些人对于曹雪芹创作《红楼梦》的庸俗理解，认为是成为破

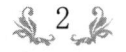

落户后的自慰和意淫，这是以低级趣味亵渎一位伟大的作者。其实，对于那段往逝的岁月，曹雪芹是释然的，是看破的，是怀念的，也是负罪的，总体上是感恩的。他写《红楼梦》不是要自慰，而是要缅怀；不是要意淫，而是要追忆，要留住那些爱他且比他出色的女性和那段曾经温馨动人的时光，要记述那若干年不可阻挡的大厦倾颓，以"阅世之目"。

目录
CONTENT

作者序 / 1

第一章 风流灵巧招人怨 / 1

第一节 多情公子空牵念 / 2
　　晴雯是芙蓉花吗 / 2
　　晴雯的凌乱之美 / 3
　　除了黛玉谁是最爱宝玉的女孩 / 5
　　为什么说晴雯是最爱宝玉的丫鬟 / 8
　　晴雯怎样"点醒"了贾宝玉 / 10
　　晴雯的纯洁让男人低下欲望的头颅 / 12

第二节 寿夭多因诽谤生 / 14
　　晴雯的悲剧是性格悲剧吗 / 14
　　晴雯病补孔雀裘与撵走坠儿之间的联系 / 16
　　晴雯的"嚣张"和袭人的"隐忍" / 18
　　林黛玉怎样支持晴雯而辖制袭人 / 21
　　贾宝玉让晴雯撕扇只为博其一笑吗 / 23
　　林黛玉和晴雯会干那"不才之事"吗 / 24
　　晴雯等人为何敢于打压小红 / 25
　　晴雯、芳官、四儿等人是怎么被撵走的 / 27
　　晴雯和王夫人博弈 / 31

晴雯把她的清白愤怒地抖搂出来 / 33
晴雯的寻死之意 / 34

第二章 空云似桂如兰 / 37

第一节 柱自温柔和顺 / 38
袭人是什么花 / 38
袭人争荣夸耀之心 / 38
袭人争的是什么 / 40
贾宝玉和袭人"偷试云雨"是被允许的吗 / 42
花气袭人 / 44
袭人为何向王夫人告状 / 48
袭人是如何进一步构陷晴雯的 / 49
袭人为何不敢指证贾环 / 51
花袭人投靠王夫人得到多大好处 / 53
看曹雪芹怎么拐着弯儿骂人 / 54
花袭人对史湘云是真的好 / 55
怜贫惜弱的花袭人 / 58
袭人和晴雯竟然和好了 / 59
花袭人开玩笑也见心机 / 61
花袭人真的无所不能 / 63

第二节 谁知公子无缘 / 65
冷酷的袭人 / 65
袭人母女的微妙关系 / 66
袭人之母的愧疚 / 67
袭人原来是借调到宝玉房里的 / 68
王夫人在袭人问题上相当没底气 / 70
花袭人对王夫人的安排满意吗 / 71
花袭人其实犯了众怒 / 72
贾母问责袭人 / 75
袭人的"主子相" / 77
仇恨是怎样引向袭人的 / 79
赵姨娘敢不敢向贾政告袭人 / 81

花袭人是怎样被撵出贾府的 / 83
何谓"花袭人有始有终" / 85

第三章 根并荷花一茎香 / 87

第一节 平生遭际实堪伤 / 88
香菱是什么花 / 88
香菱出身书香门第 / 89
林黛玉和甄英莲为何是好姐妹 / 90
林黛玉为何教香菱作诗 / 91
香菱对林黛玉的一片真情 / 92
宝钗是在帮香菱圆梦 / 94
苦命的香菱在大观园是幸福的 / 96
宝钗为何不教香菱作诗 / 98

第二节 致使香魂返故乡 / 101
贾宝玉为何要埋夫妻蕙和并蒂菱 / 101
香菱为何穿了袭人的裙子 / 103
紫鹃为何给宝玉菱花镜 / 104
香菱命运究竟如何 / 105

第四章 真真一对儿尤物 / 109

第一节 尤二姐 / 110
尤二姐、尤三姐真的失身了吗 / 110
何谓尤二姐"失了脚" / 113
尤二姐的"二奶"心理 / 115
谁是《红楼梦》里的大庸医 / 116
尤二姐堕胎的疑点 / 117
尤二姐为何斗不过王熙凤 / 119
尤二姐乃刚烈女子 / 121
尤二姐虽死犹生 / 122

第二节 尤三姐 / 124
柳湘莲和尤三姐的爱情悲剧 / 124
尤三姐为何要自杀 / 126
"那一对尤物"到底是怎样的人 / 127

第五章　犹胜十洲美人图 / 129

薛宝琴进京之意 / 130
薛家隐藏的巨大危机 / 131
贾母一再催惜春赶画的玄机 / 132
宝钗为何担心宝琴后两首怀古诗 / 134
黛玉、李纨、探春为何替宝琴辩护 / 135
薛宝琴为何撒谎 / 137
贾母认养薛宝琴之妙 / 138
薛宝琴为何不入十二钗册 / 139
薛宝琴的婚姻 / 141

第六章　杏花流泉萤满天 / 143

谁是《红楼梦》里的杏花 / 144
邢岫烟为何不入十二钗册 / 144
李纹、李绮的命运 / 145
谁是《红楼梦》里的烈女 / 147
误了花期的傅秋芳 / 149

第七章　群芳绽放大观园 / 153

第一节　啼血杜鹃花 / 154

谁是《红楼梦》里最痴情的丫鬟 / 154
紫鹃是什么花 / 157
贾宝玉的"随意"与紫鹃的"自尊" / 158
慧紫鹃一语道破危机 / 159

第二节　行事平和可人儿 / 161

平儿为何敢摔王熙凤的帘子 / 161
平儿对王熙凤到底有多重要 / 163
平儿、袭人的命运暗示 / 164
平儿的爱恨交加 / 165
贾琏偷腥与平儿藏发 / 166
知凤姐者平儿也 / 168
平儿为何"情掩虾须镯" / 169
平儿最终扶正了吗 / 172

第三节　顾影自怜水仙花 / 173
金钏为何要与贾宝玉调情 / 173
金钏之死怎样成为奇谈 / 174
金钏儿为何是水仙花 / 176
金钏是为宝玉而死的 / 177

第四节　不畏权贵金鸳鸯 / 180
谁是《红楼梦》中最清醒的丫鬟 / 180
鸳鸯现象 / 183
鸳鸯有意于贾琏吗 / 184
鸳鸯的强势 / 186
鸳鸯俨然又是一个王熙凤 / 187
鸳鸯道尽了女儿的悲哀 / 190

第五节　开到荼蘼花事了 / 192
何谓麝月"公然又是一个袭人" / 192
麝月和袭人到底有多好 / 193
麝月到底和谁要好 / 194
谁是《红楼梦》里的荼蘼花 / 196
麝月"上头"与晴雯"上脸" / 197

第六节　哪个少女不怀春 / 199
《红楼梦》的"春梦" / 199
小红为何遭弹压 / 201
小红为何不入十二钗册 / 202
红楼批语如何因坠儿栽赃小红 / 204

第七节　落霞虽美近黄昏 / 205
彩霞为何独爱贾环 / 205
彩霞的命运 / 206
彩云的命运 / 210
彩霞、彩云为何爱上贾环 / 212
彩云是个有胆识的姑娘 / 214

第八节　勇于寻爱的司棋 / 216
司棋的出场有何蹊跷 / 216

司棋和鸳鸯的别样小解 / 217
司棋的未来 / 219

第九节　悄然绽放的蔷薇花 / 221
谁的爱情令万人迷贾宝玉成为看客 / 221
王夫人为何这么关心龄官 / 223
龄官为何死得悄无声息 / 224
龄官是什么花 / 225
小戏子龄官为何敢在贵妃面前耍性子 / 226

第十节　雁儿在林梢 / 228
雪雁的意义 / 228
雪雁其实也是林黛玉的姐姐 / 230

第十一节　宝玉的异性小兄弟 / 232
谁和贾宝玉最相契 / 232
芳官之娇憨 / 234
芳官撒娇讨关爱 / 237
宝玉和芳官怎样互为本文 / 240

第十二节　宝玉生命里那一缕碧痕 / 242
贾宝玉到底有没有和碧痕"偷试云雨" / 242
碧痕为何能幸免被撵 / 243

第十三节　闲花野草也有情 / 245
谁是贾宝玉最亏欠的女孩 / 245
秋纹的利嘴 / 247
柳五儿的命运 / 248
贾宝玉和二丫头的一面之缘 / 250
贾宝玉和妓女云儿的情感纠葛 / 252
贾宝玉和莺儿的微妙对话 / 253
打起黄莺儿 / 255
翠缕是个好姑娘 / 257
嘴最甜的无名小丫鬟 / 258
秦钟和智能儿的"小爱情" / 259
不疯魔，不成活 / 262

优伶的悲凉 / 264
　　十二伶早已物是人非 / 265
　　鲍二家的死得蹊跷 / 267

第八章　夏天怎会桂飘香 / 271
　　薛蟠"闪婚"的背后 / 272
　　谁是《红楼梦》里最嚣张的人 / 275
　　薛蟠夏金桂之关系竟如宝玉和黛玉 / 278
　　可恨之人必有可怜之处 / 279

第九章　春华秋实渐悲凉 / 281
第一节　老健春寒秋后热 / 282
　　贾母到底是怎样的人 / 282
　　贾母的权威从何而来 / 284
　　贾母的"野趣" / 286
　　贾母为何出"荔枝"谜 / 287
　　贾母过年排座次泄露天机 / 288
　　贾母批才子佳人是否定宝黛吗 / 289
　　贾母为何不听书 / 290
　　贾母的笑话是在讽刺王熙凤吗 / 292
　　贾母生日为何如此隆重 / 294
　　贾母为何要硬撑住奢华 / 295
　　贾母忧虑谁人知 / 297
　　贾母要王熙凤说合什么？ / 299
　　贾母前所未有的孤独 / 300
　　贾母和林黛玉祖孙俩何等默契 / 302
　　贾母为何抱住了林黛玉 / 304
　　贾母问责袭人的逻辑 / 305
　　贾母之死 / 307

第二节　刻薄寡恩尴尬人 / 311
　　邢夫人为何厚宝玉而薄贾环 / 311
　　邢夫人是怎样羞辱王熙凤的 / 312
　　邢夫人为何忿忿不平 / 314

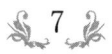

邢夫人为何没能掌管荣国府 / 315

邢夫人为何时时强调三从四德 / 316

邢夫人深恨贾母、王夫人的证据 / 317

贾赦、邢夫人就是一对利益夫妻 / 319

第三节　吃斋念佛为哪般 / 321

从贾宝玉挨打看贾政、王夫人较劲 / 321

贾政为何对王夫人不满 / 322

王夫人为何难奈赵姨娘 / 324

王夫人如何反击邢夫人 / 326

王夫人的绝地反击 / 328

王夫人为何仇视美女 / 329

第四节　野地里的罂粟花 / 331

赵姨娘是个什么样的人 / 331

赵姨娘和周姨娘的卑微 / 332

赵姨娘的身世 / 333

赵姨娘屡屡让女儿蒙羞 / 335

赵姨娘的恶毒、不知感恩 / 337

第五节　知恩图报留余庆 / 339

刘姥姥的"存在主义" / 339

贾府歧视刘姥姥吗 / 342

贾母和刘姥姥竟然惺惺相惜 / 343

刘姥姥给贾府带来了多大的欢乐 / 345

后　记 / 348

第一章

风流灵巧招人怨

第一节　多情公子空牵念

晴雯是芙蓉花吗

小说关于晴雯是芙蓉花的叙述，其实是很明确的。

第七十八回晴雯死后，贾宝玉找小丫鬟来问话，想了解晴雯临终说了什么，小丫鬟说晴雯是芙蓉花神。有人可能会被文中说小丫鬟"胡诌"所蒙蔽，其实此乃曹雪芹惯用之障眼法。如果整部《红楼梦》都是"贾雨村（假语存）"，"甄士隐（真事隐）"，那不也是"胡诌"吗？

之后，贾宝玉深信晴雯为芙蓉花神，作长文《芙蓉女儿诔》祭奠。

第七十九回，林黛玉帮贾宝玉修改《芙蓉女儿诔》，说明林黛玉也认可晴雯是芙蓉花。林黛玉是谁？她是《红楼梦》前八十回一直没有揭开面纱的总花神。

每每论及晴雯是芙蓉花，都有这样的语言：

"这丫头听了，一时诌不出来。恰好这是八月时节，园中池上芙蓉正开。这丫头便见景生情……"

好一个见景生情！

贾宝玉写《芙蓉女儿诔》时：

"独有宝玉一心凄楚，回至园中，猛然见池上芙蓉，想起小丫鬟说晴雯作了芙蓉之神，不觉又喜欢起来，乃看着芙蓉嗟叹了一会。忽又想起死后并未到灵前一祭，如今何不在芙蓉前一祭，岂不尽了礼，比俗人去灵前祭吊又更觉别致。"

至此，晴雯指向芙蓉几乎是确凿无疑的了。但还有一个疑问：到底是水芙蓉还是木芙蓉？

答案仍在文中。小说中"园中池上芙蓉正开"以及"猛然见池上芙蓉",所指都是水芙蓉,也就是莲花。而晴雯是水芙蓉的直接证据,就是小说一直取"出淤泥而不染"之莲花精神来刻画晴雯。第五回,晴雯的判词也说晴雯出身卑贱,不为所染,心性高洁,招人怨恨。晴雯作为贾母选中的贾宝玉未来的妾,守身如玉,不与贾宝玉有染,比起偷偷与贾宝玉发生关系的袭人、与贾宝玉调情的金钏、与贾宝玉洗澡的碧痕等人,是不是很有些"出淤泥而不染"的风范呢?

而且,很显然,小说将晴雯比作芙蓉花,也包含了为晴雯辩诬的意味。不管他人怎么诬陷,不管晴雯出身如何卑贱,不管周围的环境如何污浊,晴雯始终是清白无辜的,是不染淤泥的。

如此种种,晴雯当为芙蓉花。

晴雯的凌乱之美

真正美的人,几乎任何时候都是美的。甚至很多时候,在某些特定的场景,因其独特,会更加的美。西施是这样——一个浣纱女,劳动时,居然可以"沉鱼";王昭君是这样——在即将远离故土,极为悲恸之时,反而更美,甚至可以"落雁";貂蝉是这样——在黑暗之中,她的美居然可以穿透夜色,使月亮也感到羞愧,以致"闭月";杨贵妃也是这样——出浴时,完全素颜,竟可以"羞花"。不刻意修饰,不经意间也能焕发出美,这才是真正的美人。

现在很多名人、明星,甚至朋友圈里晒自拍的锥脸美女们怕卸妆、怕素颜,不同就在这里。

验之于小说,林黛玉整天病歪歪,淌眼抹泪的,却自有一番动人的风韵。宝玉之爱黛玉,每每情不自禁,就在此时;贾琏偷情,和凤姐平儿闹做一团,认错的时候,看见黄黄脸儿的凤姐,那必是素颜,然而也自有一番风韵,贾琏仍禁不住怦然心动;早逝的可卿也是这样,病榻上卧着,反而更添无限风情。这种不及修饰的时刻仍是美的,那便是真美了。

这里我要细说的却是晴雯。晴雯是众丫鬟里较为出挑的，长相颇像黛玉，行为爽利，言语泼辣，做人却正直有底线。这样一个女孩儿放在今天，肯定也是一位"野蛮女友"，但她身上散发出来的气息却让人愈发想去宠溺。第五十二回，晴雯病了，感冒发热，宝玉简直把晴雯当主子小姐一般伺候。在这里一段文字，道出了晴雯别样的美：

晴雯服了药，至晚间又服二和，夜间虽有些汗，还未见效，仍是发烧，头疼鼻塞声重。次日，王太医又来诊视，另加减汤剂。虽然稍减了烧，仍是头疼。宝玉便命麝月："取鼻烟来，给他嗅些，痛打几个嚏喷，就通了关窍。"麝月果真去取了一个金镶双扣金星玻璃的一个扁盒来，递与宝玉。宝玉便揭翻盒扇，里面有西洋的黄发赤身女子，两肋又有肉翅，里面盛着些真正汪恰洋烟。晴雯只顾看画儿，宝玉道："嗅些，走了气就不好了。"晴雯听说，忙用指甲挑了些嗅入鼻中，不怎样。便又多多挑了些嗅入。忽觉鼻中一股酸辣透入囟门，接连打了五六个嚏喷，眼泪鼻涕登时齐流。晴雯忙收了盒子，笑道："了不得，好爽快！拿纸来。"早有小丫头子递过一搭子细纸，晴雯便一张一张的拿来擤鼻子。宝玉笑问："如何？"晴雯笑道："果觉通快些，只是太阳还疼。"宝玉笑道："越性尽用西洋药治一治，只怕就好了。"说着，便命麝月："和二奶奶要去，就说我说了：姐姐那里常有那西洋贴头疼的膏子药，叫做'依弗哪'，找寻一点儿。"麝月答应了，去了半日，果拿了半节来。便去找了一块红缎子角儿，铰了两块指顶大的圆式，将那药烤和了，用簪挺摊上。晴雯自拿着一面靶镜，贴在两太阳上。麝月笑道："病的蓬头鬼一样，如今贴了这个，倒俏皮了。二奶奶贴惯了，倒不大显。"

话分两头，来看晴雯的凌乱之美。

1. 晴雯嗅鼻烟、打喷嚏、流鼻涕。原本是不堪之事，即使是现代人也要遮面的，此处打喷嚏的晴雯却越发可爱，接连打出五六个喷嚏，宝玉也不躲。这一脸的鼻涕，才想到要纸。然而即使作为读者，读到此处，也只想让她一气儿打通畅了才好，哪儿顾得什么不雅的鼻涕。晴雯的生活化与真实感一起化在她的可爱里，让人无法厌恶。

2. 晴雯贴膏药，贴在两边太阳穴上。爱看老电影的读者会知道，地主婆、巫婆、汉奸之流，经常贴两个狗皮膏药在太阳穴上，让人看着猥琐不堪，更添丑陋。然而晴雯病了好几天，没有梳洗打扮，贴上膏药，反而获得了麝月的称赞，所谓"病的蓬头鬼一样，如今贴了这个，倒俏皮了"。一个"俏皮"，描画出晴雯另一番可爱风情，丑陋的膏药竟丝毫没有降低她的"颜值"，反添趣味，这是难得的。

不刻意装扮也能别具风情的女子，在佳丽如云的《红楼梦》里也是有限的。宝玉被打，宝钗心疼落泪，有此态；湘云醉卧芍药花下，有此态；尤三姐酒后豪放，让贾珍贾琏欲罢不能，也有此态。然而晴雯天然散发一种风情，即使在病中凌乱，蓬头垢面，处于人生低谷，也能有别样的美，较之他人更娇俏可人，惹人爱怜，所以宝玉待她又与袭人麝月等人不同。

她是俏皮撕扇的晴雯，是牙尖嘴利的晴雯，是病中凌乱的晴雯，是具有自我意识不把自己当丫鬟的晴雯，是能和宝玉一起玩、一起闹、平等相待的晴雯。这样的晴雯永远不会埋没于微尘，她活着必然木秀于林，死后化为一方花神，也必有一番事业。

除了黛玉谁是最爱宝玉的女孩

《红楼梦》里有很多女孩子喜欢贾宝玉，可是，真正爱贾宝玉的，除了林黛玉，就是晴雯了。而她们都为贾宝玉付出了生命。

晴雯是个风风火火的女孩，伶牙俐齿，经常说得人哑口无言，摇头叹息。可是，不要看简单了晴雯，不要忽略晴雯深沉的一面。

晴雯并不是恃宠而骄，对什么事情都口无遮拦。贾宝玉与袭人的性关系，晴雯是知道的，可是并没有大肆张扬；后来袭人得到王夫人每月二两银子的额外关照，隐形地在提袭人的位分，晴雯不痛快一阵也就过去了。为什么？

一方面，晴雯是个善良纯洁的女孩，她美好的心灵从没有过害人的念头。另一方面，晴雯顾及贾宝玉的名声，正如袭人向王夫人进言时所说：

"若要叫人说出一个不好字来，我们不用说，粉身碎骨，罪有万重，都是平常小事，但后来二爷一生的声名品行岂不完了，二则太太也难见老爷。"

这是袭人的话，却是晴雯的心。晴雯之所以忍耐，顾及的就是贾宝玉的名声，就是一种无私无声的爱。

要说晴雯对贾宝玉和袭人发生关系的事儿一点儿不生气，是不可能的。晴雯之所以在贾宝玉为袭人帮腔时连贾宝玉也捎带着讽刺，就是对贾宝玉这种随意行为的气愤，就是对贾宝玉爱恨交加的表现。可以说，从一开始，晴雯对贾宝玉的爱就带有隐忍和牺牲的成分。

有一次大吵对三人的关系呈现得非常明显。事情的起因是贾宝玉无意踹了袭人一脚，后来晴雯拿贾宝玉衣服的时候不小心失手跌折了一把扇子，贾宝玉心烦意乱骂晴雯"蠢才"，袭人过来劝解，由此招来一顿争吵。其间既有晴雯对于贾宝玉和袭人发生关系的气愤：

晴雯听他说"我们"两字，自然是他和宝玉了，不觉又添了醋意，冷笑几声，道："我倒不知道你们是谁？别叫我替你们害臊了！便是你们鬼鬼祟祟干的那些事，也瞒不过我去，那里就称起'我们'来了。明公正道，连个姑娘还没挣上去呢，也不过和我似的，那里就称上'我们'了！"

也有袭人在房中势大的原因：

宝玉一面说："你们气不忿，我明儿偏抬举他。"

还有晴雯对贾宝玉的不舍：

晴雯哭道："我多早晚闹着要去了？饶生了气，还拿话压派我。只管去回，我一头碰死了也不出这门儿。"宝玉道："这也奇了。你又不去，你又闹些什么。我经不起这吵，不如去了倒干净。"说着一定要去回。

从晴雯的"醋意"到对袭人的冷嘲热讽，再到"一头碰死了也不出这门儿"，表现的是一个默默爱着贾宝玉的女孩矛盾交织、爱恨交加且无助无奈的感情。她恨贾宝玉的随意，她恨袭人钻了空子，可是，她却离不开贾宝玉。

其实，晴雯要和贾宝玉发生关系是很容易的，第三十一回中有：

晴雯没的话，嗤的又笑了，说："你不来便使得，你来了就不配了。起来，让我洗澡去。袭人麝月都洗了澡。我叫了他们来。"宝玉笑道："我才又吃了好些酒，还得洗一洗。你既没有洗，拿了水来咱们两个洗。"晴雯摇手笑道："罢，罢，我不敢惹爷。还记得碧痕打发你洗澡，足有两三个时辰，也不知道作什么呢。我们也不好进去的。后来洗完了，进去瞧瞧，地下的水淹着床腿，连席子上都汪着水，也不知是怎么洗了，叫人笑了几天。我也没那工夫收拾,也不用同我洗去。"

自从贾宝玉和袭人"初试云雨",可谓开了怡红院的先河,此后便有碧痕和贾宝玉的"洗澡事件"。这种情况下,晴雯要和贾宝玉亲近是很容易的,何况贾宝玉还主动要求和晴雯一起洗澡呢。可是晴雯拒绝了。晴雯的爱丝毫不带有袭人碧痕那样的功利色彩,而只是一种纯洁的情愫。

晴雯对于贾宝玉的爱,还表现在面对与贾宝玉有关的危机时激发出的责任心和牺牲精神。晴雯发着高烧,连夜为贾宝玉缝补孔雀裘,累得差点昏死过去;得知房中的小丫鬟坠儿偷东西,又羞又气又急,立马痛打呵斥撵出去。这一切,都是在维护贾宝玉的声誉,把贾宝玉的声誉看得高于一切,把他的事情当作自己的事情。她唯独没有考虑到的就是自己,尤其是别人怎么看待自己,怎么评价自己,自己的爽利是否会招来仇恨。这是一种忘我的感情。

就是这样一个纯洁而敢于担当的女孩,却遭到了诬告。最令人敬佩和感叹的是她被撵出去时,也没有把袭人碧痕等人和贾宝玉的事情抖搂出来以自保,这是一种多么伟大而富有牺牲精神的感情呀。

只有当她气病交加即将死去时,对贾宝玉的爱才终于赤裸裸地表现出来(见第七十七回):

晴雯呜咽道:"有什么可说的!不过挨一刻是一刻,挨一日是一日。我已知横竖不过三五日的光景,就好回去了。只是一件,我死也不甘心的:我虽生的比别人略好些,并没有私情密意勾引你怎样,如何一口死咬定了我是个狐狸精!我太不服。今日既已担了虚名,而且临死,不是我说一句后悔的话,早知如此,我当日也另有个道理。不料痴心傻意,只说大家横竖是在一处。不想平空里生出这一节话来,有冤无处诉。"说毕又哭。

并且:

就伸手取了剪刀,将左手上两根葱管一般的指甲齐根铰下;又伸手向被内将贴身穿着的一件旧红绫袄脱下,并指甲都与宝玉道:"这个你收了,以后就如见我一般。快把你的袄儿脱下来我穿。我将来在棺材内独自躺着,也就像还在怡红院的一样了。论理不该如此,只是担了虚名,我可也是无可如何了。"宝玉听说,忙宽衣换上,藏了指甲。晴雯又哭道:"回去他们看见了要问,不必撒谎,就说是我的。既担了虚名,越性如此,也不过这样了。"

还记得贾宝玉和蒋玉菡互换汗巾的事情吗?晴雯把指甲和贴身小袄给

了贾宝玉，恰如互换了信物。晴雯确实是深深地默默地爱着贾宝玉。

这个可怜而纯洁的姑娘，只有被冤屈陷害快要死去时，才对心仪的人表达出爱意，这该是一种多么可悲可怜可叹可惜的爱情啊！

正因为此，金陵十二钗又副册，晴雯赫然占据第一，那其实是作者的一种悔恨的补偿。晴雯，是贾宝玉除了林黛玉之外唯一牵挂的人，正所谓"多情公子空牵念"。

为什么说晴雯是最爱宝玉的丫鬟

贾宝玉是大观园万花丛中一点绿，貌似许多姑娘都喜欢他，宝钗、湘云、妙玉，等等，丫鬟们也都削尖了脑袋想进入贾宝玉的怡红院服侍。但她们的喜欢又大多掺杂了许多功利心，真正算得上"爱"的并不多，包括时时处处为宝玉打点一切的袭人。掐尖儿要强的晴雯比起其他丫鬟来，更爱拒绝宝玉想要亲近的要求，和宝玉保持距离，但通过文本分析，我们会发现怡红院的丫鬟里其实最爱宝玉的就是晴雯。为什么这样说呢？

首先，面对宝玉的软磨硬泡，不愿意付出自己的贞洁，她很多次非常干脆地拒绝了宝玉的肌肤之亲。表面看起来，这是不爱宝玉，其实不然。她是把自己对宝玉的感情看得很纯、很重，不愿不明不白地和宝玉"先斩后奏"，以获取些许好处。她希望在成为宝玉的妾之前，自己的身体是干净的、纯洁的，说明她把婚姻看作一件很神圣的事情，即使只是做妾。这是一种非常隐秘的带有洁癖的爱，干净的爱，是"心比天高"的爱。

其次，为了保护贾宝玉的声誉，她甚至能够容忍袭人和贾宝玉偷情，而没有选择报复甚至算计。在这一点上，这是很无私、很高尚的忍让，也是无奈的"身为下贱"。

再次，第七十四回，晴雯遭到王夫人的训斥，按照常理，她应该马上采取措施自保，可是，直到被撵出大观园，晴雯也没有采取任何补救措施。既没有央求贾宝玉，也没有去求贾母。这一点和鸳鸯很不同，鸳鸯被贾赦强逼做妾，找准了机会跪在贾母及众人面前求救，获得了贾母的保护，也导致了贾母和贾赦、邢夫人母子婆媳之间更深的矛盾。

其实晴雯当然可以去向贾母求救，道出王夫人对她的不满，要求重新回来伺候贾母。以贾母对晴雯的喜爱，即使不一定能回到贾母身边，至少不会被赶出大观园。王夫人撵晴雯是先斩后奏，而且谎报晴雯得了痨病，说明王夫人是顾忌着贾母喜爱晴雯这一点的。因此如果贾母早知此事，晴雯至少可以避免被撵出大观园的命运。

那么晴雯为什么不这样做呢？就因为晴雯纯洁善良、识大体顾大局，处处为贾宝玉着想。她不像袭人，表面上是为了宝玉，为了大局，随时随地讲"大道理"，实际上她就是她自己所说的"无头脑的事"的主角。而晴雯就只一个"痴"字，在自己岌岌可危的时候默默承受。

第一，如果晴雯去央求贾宝玉，只会使贾宝玉为难，甚至为了她与王夫人作对，落下不孝的名声，这是晴雯所不愿意看到的。

第二，如果去求贾母，也会伤及贾母和王夫人的关系。晴雯因为深爱贾宝玉，也处处顾及王夫人，顾及贾母，这才是真正的识大体。第七十七回说的就是这个意思，宝玉"因闻得上夜之事，又兼晴雯之病亦因那日加重，细问晴雯，又不说是为何"。这说明晴雯被王夫人训话回来，并没有和任何人说，宁愿一个人吞下苦果，也不愿难为宝玉，不愿惊动贾母。这和黛玉身死，宝钗牺牲，探春远嫁一样，有一种"我不下地狱，谁下地狱"的大勇在胸中。

第三，即使获得贾母庇护，能避免被撵走的命运，但由于王夫人的威势，晴雯恐怕很难再留在宝玉房里，这也是晴雯所不愿意的。她宁愿面临着巨大的危险，也要时时刻刻陪伴宝玉。因为离开贾宝玉，她就失去了生活的意义，正如她和宝玉、袭人吵架时说的，宁愿"一头碰死了也不出这门儿"，这一点和林黛玉极为相似。事实也的确如此，离开贾宝玉不久，晴雯就犹如离开水的鱼儿，很快死去了。

这就是晴雯对贾宝玉的爱，这种爱是无私的，是奉献的，甚至很傻、很天真。她临死的时候，没有抱怨自己可悲的处境，而是遗憾不能和贾宝玉再相厮守，再没有机会许给宝玉，她内心深处一直期盼着那一天，所以，她才会把贴身小袄和两根葱管儿一般的指甲留给了他。

说到这里，还有谁不相信晴雯爱着宝玉呢？甚至，晴雯对宝玉的爱，

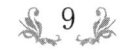

远胜宝玉对晴雯的爱。晴雯为了宝玉，没有选择一丝一毫的自我保护，她为了自己的爱付出了纯洁的生命。

这样分析下来，我们就能理解贾宝玉为什么自始至终对晴雯念念不忘，单为她作《芙蓉女儿诔》，晴雯也赫然排列在十二钗又副册之首的原因了。

晴雯怎样"点醒"了贾宝玉

说来有趣，晴雯这个心直口快的姑娘，竟有一次在无意间"点醒"了贾宝玉，才促成了宝黛间绝妙的"赠帕传情"。

起因还要从贾宝玉被贾政暴打说起。林黛玉前来探望，哭得泪人儿一般，晚间贾宝玉放心不下，支走了袭人后，想派晴雯前往潇湘馆探视：

宝玉便命晴雯来吩咐道："你到林姑娘那里看看他做什么呢。他要问我，只说我好了。"

贾宝玉确实是个"无事忙"，对林黛玉空有一腔感情，却无从表达，且常常孟浪不已，不是惊走了黛玉，就是吓坏了袭人，不免生出许多事端来。

这不，晴雯便开始"挑刺儿"了：

晴雯道："白眉赤眼，作什么去呢？到底说句话儿，也像一件事。"

晴雯虽是无意，却说得极是。要去总得有个理由，这样冒冒失失的，就为一个问候，也忒唐突了不是？

这句话，正中宝玉难言之隐，他对黛玉的话，满肚子都是，只是不能轻易说出来，更不方便派人转达，此时他又行动不便。于是，宝玉的反应就极为尴尬了：

宝玉道："没有什么可说的。"

本来，没什么可说的，不去就是了。可是，晴雯知道宝玉的心思：

晴雯道："若不然，或是送件东西，或是取件东西，不然我去了怎么搭讪呢？"

好一个"若不然"，晴雯的意思，既然有些话不便说，甚至也没什么可说,不可"言传",但好多东西,是可以"意会"的。一句话点醒了贾宝玉,是啊,说不出口的话,可以用其他物件儿来表达,或许效果还更好呢。好一个"搭讪",是不是有点"接头"的意思呢?但接头暗号没有,怎么去呢?这样看来,晴雯也是极了解宝玉的。她知道宝玉的心——对于林妹妹有许多话不能说,也说不出口。宝玉想要放弃时,倒是她坚持下来,成全了宝玉。于是:

宝玉想了一想,便伸手拿了两条手帕子撂与晴雯,笑道:"也罢,就说我叫你送这个给他去了。"

晴雯的"较真儿"点醒了宝玉。可是,宝玉想出了办法,却使晴雯糊涂了:

晴雯道:"这又奇了,他要这半新不旧的两条手帕子?他又要恼了,说你打趣他。"

宝玉与黛玉之间的秘密,宝玉自然不会说,于是:

宝玉笑道:"你放心,他自然知道。"

好一个"你放心",宝玉、黛玉、晴雯三人之间的关系,已是昭然若揭了。晴雯所牵挂者,不仅仅是宝玉会被黛玉误会,还有黛玉会对宝玉误会。宝玉之被黛玉误会,伤宝玉;黛玉之对宝玉误会,伤黛玉。晴雯与宝玉、黛玉之相知,于此现矣。

再看传帕之时,黛玉与晴雯的对话,哪里有半分客气,都像是极相熟:

晴雯听了,只得拿了帕子往潇湘馆来。只见春纤正在栏杆上晾手帕子,见他进来,忙摆手儿,说:"睡下了。"晴雯走进来,满屋魆黑。并未点灯。黛玉已睡在床上,问是谁。晴雯忙答道:"晴雯。"黛玉道:"做什么?"晴雯道:"二爷送手帕子来给姑娘。"黛玉听了,心中发闷:"做什么送手帕子来给我?"因问:"这帕子是谁送他的?必是上好的,叫他留着送别人去罢,我这会子不用这个。"晴雯笑道:"不是新的,就是家常旧的。"林黛玉听见,越发闷住,着实细心搜求,思忖一时,方大悟过来,连忙说:"放下,去罢。"晴雯听了,只得放下,抽身回去,一路盘算,不解何意。

小丫鬟春纤示意林黛玉睡了,晴雯竟不以为意,直接进了屋子,非一般熟悉,何能如此?二人对话也极为简洁,没有客套,直入主题。尔后,晴雯的苦苦琢磨,所谓"一路盘算,不解何意"也印证了晴雯对宝黛关系的牵挂和关心,否则,去送东西,送完了事,何必要苦思其意呢?

在这段绝妙的"赠帕"故事中，贾宝玉先是迷失了，后来醒悟了；林黛玉先是迷失了，后来也醒悟了；晴雯呢，先是醒悟了，后来却迷失了。醒悟的是感情，迷失的其实还是感情。

晴雯的纯洁让男人低下欲望的头颅

第二十回，宝玉给麝月篦头，晴雯进来说的那几句话往往令人不解，认为是晴雯爱磨牙：

只见晴雯忙忙走进来取钱。一见了他两个，便冷笑道："哦，交杯盏还没吃，倒上头了！"宝玉笑道："你来，我也替你篦一篦。"晴雯道："我没那么大福。"说着，拿了钱，便摔帘子出去了。

宝玉在麝月身后，麝月对镜，二人在镜内相视。宝玉便向镜内笑道："满屋里就只是他磨牙。"麝月听说，忙向镜中摆手，宝玉会意。忽听唿一声帘子响，晴雯又跑进来问道："我怎么磨牙了？咱们倒得说说。"麝月笑道："你去你的罢，又来问人了。"晴雯笑道："你又护着。你们那瞒神弄鬼的，我都知道。等我捞回本儿来再说话。"说着，一径出去了。

不明就里的读者可能会说晴雯过于牙尖嘴利了，但我不这么看。

贾宝玉也算是男子中一等一的人物了——重情重义，细致体贴，尊重女性……但是，即使这样的男子也是不完美的、有毛病的。尽管贾宝玉不像贾赦、贾珍、贾琏、贾蓉那样爱玩弄女性，但是，他处处留情，又不能兑现，甚至会由此害了那些女孩子，这就是"情不情"。

贾宝玉这样的毛病，作者其实也是给予了负面评价的，这才有后来让宝玉目睹龄官和贾蔷的爱情后顿悟"人生情缘，各有分定"。但是，在那个时代，如果让林黛玉去纠结贾宝玉这样的毛病，就显得小家子气了。小说里还能安排谁担此重任呢——只有晴雯。所以，我们看到的晴雯超级纯洁，没有一丝一毫的私心杂念；我们看到的晴雯超级泼辣，眼里揉不得一点沙子。贾宝玉和袭人偷试云雨，她忿忿不平；贾宝玉给麝月篦头，她冷嘲热讽；宝玉拉她一起洗澡，她断然拒绝；只在将死之时，才说出心里话：

"早知如此，我当日也另有个道理。"

我一直在想，曹雪芹为什么要把晴雯设计得如此纯洁无瑕呢？

除了晴雯对贾宝玉那种痴痴傻傻的爱，还是为了证明那句话——女儿是水做的，男人是泥做的。男子，即便出色如贾宝玉者，终其本质，依然是泥。

晴雯的清纯，时时处处衬托出宝玉的污浊。所以，宝玉要么是暴怒的（晴雯和袭人吵架时），要么是尴尬的（给麝月篦头时），要么是无奈的（邀晴雯洗澡遭拒时），最后，则是宠溺的（撕扇一笑）和挚爱的（作《芙蓉女儿诔》）。曹雪芹似乎怕大家忘记了这一点，因此时时处处让宛如一汪清水的晴雯来洗刷贾宝玉的污点。

很巧，此处有一段批语甚切，其中最得我心者，是最后一句：

【故观书诸君不必恶晴雯，正该感谢晴雯金闺秀阁中生色方是。】

这"生色"的，就是女孩的纯洁，宛如一汪清水，洗涤着贾宝玉的怡红院，洗涤着男人们的欲望，甚至也洗涤着那些有欲望的女孩子（金钏儿、袭人、碧痕、尤二姐、彩云、彩霞、秋桐、夏金桂等人）。如果说女孩是水做的，那么，林黛玉和晴雯（晴为黛影）无疑是其中最纯净的，在她们面前，一切有着赤裸裸欲望的男人们都要低下羞愧的头颅。

而这么纯洁的女孩子被诬为"妖精"，是不是天底下最大的谎言呢？

第二节　寿夭多因诽谤生

晴雯的悲剧是性格悲剧吗

曾经看到过这样的文章，说晴雯的悲剧是性格缺陷所致，为人过于任性尖刻导致被逐出大观园，气病而死，作者借机教育世人——性格决定命运。老实说，我是不能苟同的，曹公如此描写晴雯，用意不可能这么廉价浅薄。晴雯的悲剧，绝非性格所致，她的死是贾府里一场关于贾宝玉婚姻的斗争所导致的悲剧。

其实晴雯的悲剧，几乎从她一出生就注定了。这样一个标致风流的女孩，这样一个纯洁坦荡的女孩，这样一个心高气傲的女孩，很不幸，她生在了卑贱之家，正所谓"心比天高，身为下贱"，"风流灵巧招人怨，寿夭多因诽谤生"，这是一个遭到怨恨和诽谤而枉死的无辜少女。

晴雯是很像林黛玉的，但比林黛玉健康，她的这种美，能够得到极为疼爱林黛玉的贾母和贾宝玉的欣赏就非常容易理解了。

但是，晴雯也因此再难逃脱迫害和诬陷。

其一，王夫人要成全薛宝钗与贾宝玉的婚事，要成全袭人，就必须撵走贾母指派给贾宝玉的人，这些人里既包括林黛玉，也包括晴雯。由于贾母的存在，王夫人一时难以奈何林黛玉，自然只能先拿很像林黛玉的晴雯开刀。

其二，晴雯作为贾母挑中的贾宝玉未来的妾，是袭人的大敌，袭人也必先除之而后快。

关于贾母把袭人和晴雯二人拨给贾宝玉的原因，是有说法的。

给袭人是因为：

"原来这袭人亦是贾母之婢，本名珍珠，贾母因溺爱宝玉，生恐宝玉之婢无竭力尽忠之人，素喜袭人心地纯良，克尽职任，遂与了宝玉。"

给晴雯则是：

贾母听了，点头道："这倒是正理，我也正想着如此呢。但晴雯那丫头我看他甚好，怎么就这样起来。我的意思，这些丫头的模样爽利言谈针线多不及他，将来只他还可以给宝玉使唤得。谁知变了。"

可以看出，贾母关于袭人和晴雯的评价，是有差别的。在贾母看来，袭人是可以当做忠实的奴婢来使用的，而晴雯是可以作为贾宝玉未来的妾来培养的。

至于晴雯的爱抱怨和急性子，在我看来，也并不是什么缺点。

1. 晴雯爱抱怨的性格是在现实反差中形成的。

晴雯很优秀，但地位卑微，人生不如意者十之八九，她喜欢抱怨的性格也许就是在这种现实反差中形成的。林黛玉不能把握和贾宝玉的感情时尚且有抱怨，更何况是作为丫鬟的晴雯呢？

2. 晴雯的急性子体现的是"疾恶如仇"的优秀品质。

生病的晴雯得知房里的小丫鬟坠儿偷东西，气得不行，不仅打骂了坠儿，而且把她撵了出去。哪个丫头懒，晴雯也是厉声呵斥。表面看起来，晴雯好像很刻薄，但细细想来，这是一种责任心，说明她为宝玉房里的事是很操心的，得罪人的事儿都让她一个人干了；而这种事情，袭人多半是不会干的。

如果非要说晴雯的缺点，我倒是觉得她过于天真了，把人心想得太善良了。她明明知道自己是贾宝玉之妾的人选，可是，对于袭人和贾宝玉曾"偷试云雨"以及王夫人每月多给袭人二两银子"关照"的事情却没有给予足够的重视。如果晴雯稍微有一点防人之心和害人之欲的话，她早就可以去状告袭人了。可是，她没有，她只是在袭人试图无形中越位的时候，大声地发泄出来而已。这就是典型的"刀子嘴，豆腐心"。这就是善良直爽的晴雯——分明对贾宝玉有情，可是却纯洁得毫不逾矩，哪知袭人早已"暗度陈仓"还"嫁祸于人"。或许，这就是晴雯的缺点，因为纯洁而毫无防人之心。

关于晴雯的悲剧，不妨作这样一个假设：即便晴雯性格温和，不爱抱怨，也从不得罪人，她依然逃脱不过被撵走的命运，因为只要她长得美，且眉眼间有些像林黛玉，只要她是贾母选中的人，那么，她就逃脱不了王夫人和袭人的打击和构陷。这就是晴雯难以逃脱的命运。

晴雯病补孔雀裘与撵走坠儿之间的联系

晴雯病补孔雀裘,是第五十二回的一件大事。这个事件,到底折射出什么?包括这一回里晴雯对坠儿的处理,急切、简单、粗暴,晴雯仿佛一会儿做坏人,一会儿又做好人,在同一回中描写反差这么大的两个事件,所为何来?我们来仔细分析一下。

事件一:坠儿偷拿平儿的虾须镯,其实和晴雯有什么干系,过些日子,寻个不是,打发她出去就是了,也不枉平儿怕晴雯知道的一番苦心。可是,晴雯却不惜冒着得罪宋妈和坠儿母亲的风险,撵走了坠儿。来看原文:

(晴雯)向枕边取了一丈青,向他手上乱戳,口内骂道:"要这爪子作什么?拈不得针,拿不动线,只会偷嘴吃。眼皮子又浅,爪子又轻,打嘴现世的,不如戳烂了!"坠儿疼的乱哭乱喊。

事件二:那孔雀裘,烧了个洞罢了,无非是宝玉担心被贾母、王夫人看见不开心罢了。说起来终是小事一桩,晴雯却当作天大的事情去做,病得那么重,还要连夜修补孔雀裘,按她的说法就是"挣命罢了"。

就为了一件斗篷上的一个洞,病中的晴雯几乎耗尽了生命。

晴雯道:"这是孔雀金线织的,如今咱们也拿孔雀金线就像界线似的界密了,只怕还可混得过去。"麝月笑道:"孔雀线现成的,但这里除了你,还有谁会界线?"晴雯道:"说不得,我挣命罢了。"宝玉忙道:"这如何使得!才好了些,如何做得活。"

晴雯道:"不用你蝎蝎螫螫的,我自知道。"一面说,一面坐起来,挽了一挽头发,披了衣裳,只觉头重身轻,满眼金星乱迸,实实撑不住。若不做,又怕宝玉着急,少不得恨命咬牙挺着。便命麝月只帮着拈线。晴雯先拿了一根比一比,笑道:"这虽不很像,若补上,也不很显。"宝玉道:"这就很好,那里又找俄罗斯国的裁缝去。"晴雯先将里子拆开,用茶杯口大的一个竹弓钉牢在背面,再将破口四边用金刀刮的散松松的,然后用针纫了两条,分出经纬,亦如界线之法,先界出地子后,依本衣之纹来回织补。补两针,又看看,织补两针,又端详端详。无奈头晕眼黑,气喘神虚,补不上三五针,便伏在枕上歇一会。

宝玉在旁,一时又问:"吃些滚水不吃?"一时又命:"歇一歇。"一时又拿一件灰鼠斗篷替他披在背上，一时又命拿个拐枕与他靠着。急的晴雯央道："小祖宗！你只管睡罢。再熬上半夜，明儿把眼睛抠搂了，怎么处！"宝玉见他着急，只得胡乱睡下，仍睡不着。

一时只听自鸣钟已敲了四下，刚刚补完；又用小牙刷慢慢的剔出绒毛来。麝月道："这就很好，若不留心，再看不出的。"宝玉忙要了瞧瞧，说道："真真一样了。"晴雯已嗽了几阵，好容易补完了，说了一声："补虽补了，到底不像，我也再不能了！"嗳哟了一声，便身不由主倒下了。

晴雯为何做出这样令人不解的两件事呢？

这一切，其实皆因晴雯太在意宝玉，太在意和宝玉相关的一切。哪怕一点儿不好的名声，哪怕芝麻大点儿事情，晴雯都会反应过度，全心全意为宝玉好。晴雯可以因为宝玉和袭人偷情与他们大吵，如今，晴雯也因为这段痴情，拼了命维护宝玉。在中国传统文化里，女性为丈夫或儿子用针线缝补衣物是传递感情的一种极为委婉和细腻的方式，第五十二回之所以如此详细地描写晴雯病补孔雀裘，就是要委婉地传达晴雯对贾宝玉的感情都寄托在那细细密密的针线之中了。

再回过头来想想晴雯为何不上宝玉的床？固然有洁身自好的原因，其实也有不愿玷污宝玉声誉的意思。袭人、碧痕、麝月等人又何曾想到过这一层？

这就是爱。

很多人不满晴雯处事急躁、直白，也看不到她是奋不顾身地在维护宝玉，在为宝玉做事。这一份心意，使得晴雯卓然于宝玉房里的一众丫鬟，让人不得不感叹晴雯之真、晴雯之巧。

第五十二回，尽显贾母之论非虚。贾母就是喜欢这样的女孩子，模样清秀，言谈爽利，勤快能干，这样的妾，是最好的。贾母没有看错晴雯的品性和能力，更没看错的是，这个女孩愿意为贾宝玉付出一切。

从第五十一回袭人之母病危，袭人回家探望，贾宝玉和晴雯便开始了一段温馨动人的相处。晴雯夜里撒娇要喝茶，出去吓麝月未果反而着凉生病，宝玉请大夫看病，斥责胡庸医的虎狼之药，重新请大夫、煨药以及细心呵护，等等，没有袭人的包办一切，贾宝玉倒成了一个很有担当的男孩子了。这一切，深爱着贾宝玉的晴雯怎会感觉不到？怎会不为所动？

这一段故事集中笔墨，不厌其烦，写尽宝玉和晴雯之间一切琐碎，与写宝黛之亲密有异曲同工之妙。

《红楼梦》之要旨，就是要写尽天下情意，其中曲折微妙，百转千回，曲径通幽，终不悔也。值此一回，晴雯方不负《芙蓉女儿诔》。

晴雯的"嚣张"和袭人的"隐忍"

晴雯，因了她火爆的性子和一张利嘴为人诟病，认为其悲剧乃性格使然；而袭人，因了她隐忍的性格和一张善口，被人喜爱，谓其成功乃做人之功。这几乎是相当一部分读者的共识。

第三十一回有一场晴雯和宝玉、袭人大吵的情景，乃这二人高下的最典型事件，不妨细细分析之，或可解惑。

这次大吵发生在贾宝玉误踢袭人之后，心绪不佳，刚好晴雯在服侍贾宝玉穿衣服的时候，不小心跌折了扇子骨，宝玉情急之下，骂晴雯是蠢材。晴雯撒娇叫屈，说二爷今日是怎么了，往日摔坏的东西比这贵重不知多少倍，也没见怎么样，怎么今日这样计较，是不是看不惯我们，想打发我们走呀？二人正吵闹着，袭人来了。

请注意，在这之前，只是贾宝玉和晴雯之间的拌嘴，而袭人的介入，使整个事件的性质发生了变化。袭人当头一句就是："一时我不到，就有事故儿。"这句话的意思有两层，一是晴雯服侍宝玉不力，二是怡红院没有她不行。对于同是大丫鬟的晴雯来说，这是劝架呢，还是火上浇油？

听了这话，脾气火爆的晴雯当然更加不干了，袭人这不是在明摆着故意抬高自己吗？宝玉是主子，说她也就算了，可袭人也这么说，算什么呢？

而接下来，袭人说了一句更加过分的话："好妹妹，你出去逛逛，原是我们的不是。"袭人从帮着宝玉数落晴雯，变成了半个主子身份了。这句话的意思是我和宝玉都不跟你计较，你出去冷静冷静吧。请注意，袭人尽管和宝玉偷试了云雨，但宝玉是主子，袭人仍是丫鬟，但很显然，这时袭人在潜意识之中已经把自己当成半个主子了。而晴雯对袭人知根知底，更知道她做的那些事情，因此她的反弹就更加激烈了：

"我倒不知道你们是谁，别叫我替你们害臊了！便是你们鬼鬼祟祟干的那事儿，也瞒不过我去，那里就称起'我们'来了。明公正道，连个姑娘还没挣上去呢，也不过和我似的，那里就称起'我们'了！"

晴雯的话是"话丑理正"，这里我们可以分析她说这番话的深层原因。

其一，袭人只是宝玉房里的第一大丫鬟；

其二，晴雯才是贾母选定了预备将来给宝玉做妾的；

其三，袭人这话，是公然向晴雯示威了，表明她更进一步的地位；

其四，袭人是扯着宝玉的"虎皮"做大旗；

其五，贾宝玉和袭人"偷试云雨"，晴雯是知道的；

其六，晴雯知道，而且生气，但并没有去告状。

两相对比，袭人和晴雯的品质高低已经露出端倪了。当然，由于袭人的老谋深算，早早地把自己与宝玉扯在了一起，所以，晴雯反击自然会辐射到宝玉，当然也就会遭到宝玉的"再反击"。于是，气糊涂了的宝玉大喊："你们气不忿，我明儿偏抬举她。"效果达到了，袭人已经反败为胜了。于是，她进一步假装劝宝玉说："他一个糊涂人，你和他分证什么？"

这又是火上浇油，明里劝架，实则挤兑晴雯。

晴雯不得不再次反击，于是吵架进一步升级，袭人干脆直接质问晴雯，你是骂二爷呢，还是骂我？这话厉害，等于直接告诉宝玉，晴雯不是跟我袭人叫板，而是在跟主子叫板呐。好厉害的袭人，直接"上纲上线"。果然，宝玉再次中招，表示立马要回了王夫人让晴雯走人。这下晴雯彻底软了，她"软"，是因为她爱宝玉，而宝玉却不明白，所以她哭着说自己宁愿撞死也不出去。

当然，袭人没有料到的是宝玉坚决要回王夫人，她原本以为，晴雯一"软"，自己一劝，宝玉就会消气，也借此事奠定自己的地位。可是，宝玉的牛脾气也上来了——偏要去回。

这时候，该轮到袭人怕了，她"怕"，是因为万一事情闹大，很可能逼得晴雯把她和贾宝玉的那点事儿在王夫人面前抖搂出来。而且，晴雯既已"服软"，目的达到，欺人太甚反而适得其反，所谓"杀敌一千，自损八百"。于是，袭人又开始"苦劝"：

"好没意思！真个的去回，你也不怕臊了！便是他认真的要去，也等把这气下去了，等无事中说话儿回了太太也不迟。这会子急急的当作一件正经事去回，岂不叫太太犯疑？"

好一个"岂不叫太太犯疑"。试问，丫鬟不服管，主子想撵她出去，这有什么可疑的？却原来，袭人是怕王夫人起疑心，非要追查个明白，到时候，她的那点事儿就要败露了，所以才劝宝玉，即使要说，也等气消了，轻描淡写地去说，不声不响地撵走晴雯，这也是袭人一大"智慧"。恰如王夫人在抄检大观园撵走晴雯之后，见贾母心情好才敢回那样，为的也是怕贾母起疑心。可是宝玉依然不干，于是，袭人慌了，甚至不惜"见拦不住，只得跪下了"，这才劝住了宝玉。

很多读者读到这里会认为这充分表现了袭人的容人之量、识大体、顾大局啊，其实不然——难道曹公用大段的精描，只为借此表彰袭人的贤惠，凸显晴雯的冒失吗？那他何以会取其名为"袭人"而非"善人""贤人"？宝玉后来又怎会让晴雯撕扇取乐，以赔不是呢？曹公行文，无一闲笔。其实通过这一场争吵，作者想表现的是：

其一，袭人表面上对晴雯好，其实处处挤兑，处处辖制；

其二，袭人之所以那么怕晴雯，甚至帮晴雯求情，就是因为晴雯知道她和宝玉那点事儿，因此心虚，怕晴雯一气之下泄露实情；

其三，晴雯虽有气，但绝对没有害袭人之心，否则，晴雯只要有袭人一半的手段，也不至于委屈服软；

其四，这一架晴雯吵得冤屈，她认输，不是因为她没道理，也不是因为怕袭人，而是因为舍不得离开宝玉，更为了顾及宝玉的名声，说白了，还是因为爱。

至此，我们仔细回味，这场争吵，如果没有袭人的加入，会发展到如此地步吗？袭人真的是一个息事的人吗？她不经意地自抬身价、对主子的假意规劝和对别人的"上纲上线"都让我们看到了她语言的"艺术"。而这场鸣枪对阵的争吵，以晴雯的失败告终。晴雯之败，在于心直口快、胸无城府，被对手抢到了主动权。但是，这场论争并没有真正结束，晴雯也没有彻底失败，因为有一个人马上站出来，点醒了贾宝玉，支持了晴雯，辖制了袭人。

林黛玉怎样支持晴雯而辖制袭人

贾宝玉和晴雯为一件小事拌嘴，因为袭人的介入，变得更加激烈、复杂。晴雯之完败，在于中了袭人的圈套，遭到了气极又糊涂的贾宝玉的"同仇敌忾"，焉能不败？

但是，晴雯毕竟清清白白，袭人才是做贼心虚，晴雯缺少的是战略眼光和吵架技巧。这时候，林黛玉出现了。从她的出场来看，是大概知道事情的来龙去脉的。

来看林黛玉的表现：

晴雯在旁哭着，方欲说话，只见林黛玉进来，便出去了。林黛玉笑道："大节下怎么好好的哭起来？难道是为争粽子吃争恼了不成？"宝玉和袭人嗤的一笑。黛玉道："二哥哥不告诉我，我问你就知道了。"一面说，一面拍着袭人的肩，笑道："好嫂子，你告诉我。必定是你两个拌了嘴了。告诉妹妹，替你们和劝和劝。"袭人推他道："林姑娘你闹什么？我们一个丫头，姑娘只是混说。"黛玉笑道："你说你是丫头，我只拿你当嫂子待。"宝玉道："你何苦来替他招骂名儿。饶这么着，还有人说闲话，还搁的住你来说他。"袭人笑道："林姑娘，你不知道我的心事，除非一口气不来死了倒也罢了。"林黛玉笑道："你死了，别人不知怎么样，我先就哭死了。"宝玉笑道："你死了，我作和尚去。"袭人笑道："你老实些罢，何苦还说这些话。"林黛玉将两个指头一伸，抿嘴笑道："作了两个和尚了。我从今以后都记着你作和尚的遭数儿。"宝玉听得，知道是他点前儿的话，自己一笑也就罢了。

很多读者把这段当成寻常的说笑，但其实并非这么简单。我们来分析一下。

第一，林黛玉采取的策略是"装傻"。

林黛玉是有颗七窍玲珑心的人，她知道三人为什么吵架。但是，她采取的总体策略却是"装傻"，把"争地位"说成"争粽子"。这就是林黛玉比晴雯高明的地方，这种事情，涉及宝玉和袭人的私密问题，说破了反而引火烧身。

第二，林黛玉在"装傻"的基础上"开玩笑"。

一句大节下争粽子的玩笑缓和了气氛，也是在点醒贾宝玉，有必要为这事较真儿吗？这时，才是林黛玉出击的时机。

第三，戏称贾宝玉和袭人是"两口子"。

黛玉用这个戏称让贾宝玉知道大家都看出来他和袭人是"两口子"了，对袭人的过分拔高已经失度。

第四，林黛玉对这场争吵最大的获利者——无形中抬高和奠定自己地位的袭人进行讽刺，尊称其为"嫂子"。

这话看似戏言，其实很是厉害的，黛玉用附和袭人的办法让她的小阴谋暴露了出来。

至此，袭人在黛玉面前完败，刚刚在晴雯那里建立起来的优势损耗殆尽，只得急着表白，所谓"林姑娘，你不知道我的心事，除非一口气不来死了倒也罢了"。

不知道大家注意没有，袭人赌咒发誓的时候很喜欢用"死"这种字眼：她母亲和哥哥要赎她出去，她是死也不愿意；跟王夫人打"小报告"，为了证明清白和忠心，也用了死无葬身之地之类的话来赌咒；现在在林黛玉面前又使出这招。"以死明志"往往就是为了堵人之口，这也是袭人最言不由衷、最心虚的时候。

既然已经挫败了袭人，林黛玉并不像晴雯那样不知进退，尽管她对宝玉有着至高无上的"主宰权"，但她也知道留有余地，于是，开始转向宝玉。

第五，以玩笑的方式向宝玉指出，作为爷，不要太过于口无遮拦。

袭人诅咒自己死，林黛玉说那我先哭死了。贾宝玉的意思是你林妹妹死了，我就做和尚，林黛玉是明白的，可当时的语境，也可以理解为宝玉要为袭人之死做和尚，袭人就是这样认为的，所以抱怨宝玉"混说"。林黛玉也是故意这么理解，借机讽刺贾宝玉说话过于随意——"作了两个和尚了"。贾宝玉明白之后一笑而过，只有袭人还蒙在鼓里。

至此，林黛玉在这场莫名冲突的结尾辖制了袭人，点醒了贾宝玉，支持了晴雯。

贾宝玉让晴雯撕扇只为博其一笑吗

第三十一回，贾宝玉让晴雯撕扇博千金笑，表面看是率性而为，其实和前面发生的事有一定的逻辑关系。在晴雯撕扇子之前，发生了两件事情：

第一件事是前文说过的晴雯和贾宝玉、袭人三人的一次大吵，晴雯"完败"。

第二件事是林黛玉出现了，不留痕迹地辖制了袭人。

之后就出现了晴雯撕扇的情节，这几乎是晴雯的"代表作"之一，贾宝玉的纵容其实是向晴雯"赔罪"。为什么要赔罪呢？仅仅是因为他这个主子为跌扇的事儿责怪了晴雯吗？这只是一个表象，而且责怪也并不过分。真实原因是在随之而来的那场冲突中，贾宝玉过于抬高了袭人，而贬低了晴雯。

贾宝玉自从和袭人发生亲密关系后，内心也是矛盾的，而房里的许多丫鬟知晓此事后心里暗暗不平。宝玉心里的矛盾和丫头们心里的不平升级后，先是发生了误踢袭人的"窝心脚事件"，后来又由"跌扇"这件小事导致和晴雯的矛盾终于爆发出来。事后贾宝玉冷静下来，终于借晴雯撕扇这个契机赔罪，博其一笑。

这是我对晴雯撕扇的第一层理解。

我的第二层理解是这是王派势力和贾母势力在小范围内的一次博弈。

其一，袭人是贾母为宝玉指定的第一大丫鬟，而晴雯因言谈爽利、品貌和针线出众，成为贾母为宝玉安排的未来的妾。袭人虽然在第三十四回才向王夫人告状，但在此前已心向王派势力，与薛宝钗等人也有密切接触。因而宝玉这样捧袭人而贬晴雯，违背了贾母的意愿。

其二，对于宝玉房里的两大"王牌"丫鬟袭人和晴雯，首先，林黛玉和薛宝钗是有取舍的，林黛玉喜欢晴雯的爽直，而薛宝钗喜欢袭人的稳重；其次，就晴雯和袭人而言，晴雯喜欢黛玉，而袭人喜欢宝钗。因此，晴雯和黛玉、袭人和宝钗是对应的。宝玉捧袭人，就是捧宝钗。但是宝玉心里又是矛盾的——虽然和袭人发生了关系，但宝玉心里更喜欢晴雯；看到宝钗"雪白一段酥臂"发痴，心里却想"这个膀子要是生在林妹妹身上，或还得摸一摸，偏生在她身上"。等贾宝玉醒悟过来，才有了撕扇子博千金一笑，向晴雯赔罪。而这里的千金，明指晴雯，暗指黛玉。因此晴雯撕扇的这一次宠溺，已经是贾宝玉对自己内心的一次确认，也是贾母势力的一次小小胜利。如果大家细读《红楼梦》的文本可以发现，从此之后，贾宝玉再没有这样犯浑与晴雯吵架了，直到晴雯被撵出大观园之前，贾宝玉对她都是宠爱有加、感情深厚的。

林黛玉和晴雯会干那"不才之事"吗

袭人之所以向王夫人告状，理由是堂而皇之地，那就是不让贾宝玉"出事"，即王夫人所谓的"作怪"，袭人所谓的"不才之事"。

第三十二回，贾宝玉向林黛玉表白心迹，心慌意乱，连林黛玉走了都不知道，混拉着袭人的手表白一番，发现不是林黛玉，羞得落荒而逃。

"这里袭人见他去了，自思方才之言，一定是因黛玉而起，如此看来，将来难免不才之事，令人可惊可畏。"

很显然，袭人担心与贾宝玉做那"不才之事"之人，就是林黛玉。其实，还捎带上了作为"黛影"的晴雯。这是多么可怕的猜疑，有了这捕风捉影的猜疑，袭人就可以堂而皇之地去王夫人那里"进言"，引起王夫人的担心，并且获得王夫人的信任。

那么，林黛玉和晴雯会干那"不才之事"吗？小说已经用几件事告诉我们答案。

第三十二回贾宝玉向林黛玉在表白心迹之前，也发生了一个小插曲：

这里宝玉忙忙的穿了衣裳出来，忽见黛玉在前面慢慢的走着，似有拭泪之状，便忙赶上来，笑道："妹妹往那里去？怎么又哭了？又是谁得罪了你？"黛玉回头见是宝玉，便勉强笑道："好好的，我何曾哭了。"宝玉笑道："你瞧瞧，晴晴上的泪珠儿未干，还撒谎呢。"一面说，一面禁不住抬起手来替他拭泪。林黛玉忙向后退了几步，说道："你又要死了！作什么这么动手动脚的。"宝玉笑道："说话忘了情，不觉的动了手，也就顾不的死活。"

第三十一回，贾宝玉邀约晴雯一起洗澡遭到拒绝。晴雯如果不自重，真的要与贾宝玉发生亲密关系，其实就在一念之间。可是，晴雯对贾宝玉的爱，是真挚、纯洁、不带一丝杂念的，是自尊自爱的，是精神层面的投入的爱，而不是欲望和利益方面的物质的爱。

这临近两回的两段描写有异曲同工之妙，那就是告诉大家，林黛玉和晴雯都是冰清玉洁的女孩子，她们在乎的是宝玉的"心"，发乎情，止乎礼。

《红楼梦》叙述之"精细"，尽在于此。在袭人惊疑林黛玉甚至晴雯与贾宝玉"将来难免不才之事"时，这两个细节已经告诉我们，袭人的怀疑是没有根据的。

可笑的是怀疑者才真的是"不才之事"已坐实的主角。从王夫人和王熙凤的对话来看，做平儿那样的通房丫鬟必须经过一定的程序，可是袭人仅凭"素知贾母已将自己与了宝玉"的猜想，早在第六回就跟贾宝玉做下"不才之事"，还自我安慰说"今便如此，亦不为越礼"。

这是怎样一个荒诞不经的猜测呀！

晴雯等人为何敢于打压小红

小红是荣国府"收管各处房田事务"的管家林之孝的女儿，她的母亲林之孝家的，是认了王熙凤做干妈的有头有脸的管事婆子，在下人里面，腰杆子算是硬的，但是，为什么小红在贾宝玉房里就待不下去呢？晴雯、碧痕、秋纹这些大丫头为什么敢明目张胆地弹压小红呢？甚至在第二十七回，小红遭到晴雯、碧痕、秋纹的斥责，更有批语云：

【甲戌侧批：管家之女，而晴卿辈挤之，招祸之媒也。】

这条批语，是说晴雯等人不知天高地厚，连管家的女儿也敢欺负，日后必招祸事。

这就奇了，她们当然知道林小红是林之孝的女儿，为什么还敢这样"欺负"她呢？

第一，即使是丫鬟，也是等级森严的，分大丫鬟和小丫鬟以及干粗活的婆子。一般来说，大丫鬟如袭人、晴雯、碧痕、秋纹、麝月等人，可以贴身侍候主子；而小丫鬟，只能当大丫鬟的下手，干点不接触主子的活计，比如喂鸟、浇水、传话之类，但可以出入主子房间；而干粗活的婆子，只能出入院子，主子的房间是不准进的，这就是等级。

第二，从身份来看，那时候小红还只是个小丫鬟，当她趁房里没人，干了大丫鬟的活儿，自然会让大丫鬟们感觉到威胁，因而招来斥责。正如第二十四回小红为贾宝玉倒茶，虽然不是什么大事情，但那绝对是大丫鬟的职责，抬水回来的秋纹和碧痕看到小红在屋里伺候宝玉喝茶，自然不高兴了。而且，从碧痕和秋纹所骂看，抬水的事情原来应是小红干的，小红说有事，秋纹和碧痕才去的，回来发现小红在这里做讨好主子的巧宗儿，秋纹、碧痕自然不干了。

第三，小红为人，也是不甘于居于人下的。第二十四回这样说：

"这红玉虽然是个不谙事的丫头，却因他原有三分容貌，心内着实妄想痴心的向上攀高，每每的要在宝玉面前现弄现弄。只是宝玉身边一干人，都是伶牙利爪的，那里插的下手去。"

这段话，其实把小红的心思以及为何遭到弹压说了个清楚，说白了小红是在争地位或者说争宠。这就能很好地解释为什么晴雯等人敢于在第二十四回到第二十七回屡次训斥小红了，那是涉及生存和未来的问题，容不得情面。

第四，小红是管家之女，也算是背景深厚了，但是能进贾宝玉房里来的，又岂是等闲之辈

袭人，是贾母派来的，况且，袭人还暗中投靠了王夫人，地位更加稳固，她的背景是贾府的高层，和管家林之孝自然不能同日而语。

晴雯虽然出身寒微，父母双亡，连家乡都记不大清楚，但也是有来历的：晴雯是赖嬷嬷买的，赖嬷嬷是贾府所有下人中地位最高的，贾府因此给了自由身。赖嬷嬷的儿子是贾府的大管家，她孙子赖尚荣是和贾珍、贾琏、贾宝玉、薛蟠等人玩得好的兄弟，出任知县做了官的。赖嬷嬷来见贾母，贾母也要敬三分。这个赖嬷嬷很喜欢晴雯，时常带在身边，结果被贾母看中了，赖嬷嬷才给了贾母；贾母调教出来，又给了宝玉。

这就是晴雯的来头，一个赖嬷嬷已经不得了了，把林之孝夫妇比下去

了，更何况还有贾母，认为"将来只他还可以给宝玉使唤"，已经把晴雯作为重点培养对象。

袭人、晴雯如此，能够做到贾宝玉贴身大丫鬟的碧痕、秋纹、麝月，小说虽然没写，肯定也各有各的来头，而且来头都不会小。

晴雯等人之所以敢于打压小红，既有地位的差异、生存的压力，更有实力的较量和比拼。其实，小红敢于顶嘴，敢于和晴雯等人抬杠使心眼儿，和她的父母是管家林之孝夫妇也是有关系的。

这就是隐藏在贾府内部真实而复杂的权利关系。

晴雯、芳官、四儿等人是怎么被撵走的

第五十八回至第六十二回，几乎五章的篇幅，作者用工笔的手法写尽了贾府下人的恩怨，所为何来？为的是告诉我们晴雯、芳官和四儿等人是怎么被撵走的，其间曲折隐晦的仇恨，是怎样一点一点引向她们的。

先说晴雯。引向晴雯的仇恨势力，致使她最终被撵出大观园进而气病而死的有两股。

第一股，来自袭人和王夫人。袭人为求上位，先与宝玉初试云雨，之后"我们"的一系列言语行为惹恼了晴雯。袭人为求自保，先发制人，向王夫人进言，把自己摘出去，暗示他人的可疑，成功取得当权者王夫人的信任，让素来讨厌漂亮女子的王夫人把视线转向晴雯和黛玉。

第二股，则来自下层的婆子和小丫鬟。

1. 晴雯、秋纹、碧痕弹压小红，小红投奔了王熙凤，而且小红的父母乃是荣国府管家林之孝夫妇；

2. 芳官的干娘何婆子，也就是春燕和小鸠儿的妈，虐待芳官时曾经遭到宝玉、袭人、晴雯、麝月一帮人的集体训斥；

3. 抓住藕官烧纸钱不放的夏婆子，曾遭宝玉的训斥；

4. 何婆子和夏婆子是亲姐妹。两姐妹为此深恨宝玉房里的丫鬟，其中

就包括晴雯；

5. 夏婆子的外孙女小蝉是贾探春房里的丫鬟，听到了艾官向贾探春告夏婆子挑唆赵姨娘闹事，便急忙告诉了外婆；

6. 专门负责大观园膳食的柳妈，她的女儿柳五儿和芳官最好，一心想进宝玉房内，因此对怡红院的人格外亲近，亲疏有别，就引来贾探春房里的小蝉以及贾迎春房里莲花儿的不满。小蝉和莲花儿是好姐妹，莲花儿是司棋的小跟班，莲花儿添油加醋地把柳家的不肯蒸鸡蛋的事告诉司棋，惹恼了司棋，司棋带人怒砸厨房；

7. 司棋的外婆是邢夫人的陪房王善保家的；

8. 柳五儿送茯苓霜给芳官，被林之孝家的拿住，答对失策，小蝉和莲花儿趁机进言，说柳五儿可疑，林之孝家的结合贾府最近几桩失窃案，扣押了柳五儿和柳妈；

9. 林之孝家的向平儿进言，柳妈被查，让秦显家的代替柳妈暂时负责大观园膳食；

10. 秦显家的是司棋的婶娘；

11. 秦显家的以为可以替代柳妈，悄悄给林之孝家的送礼，上下打点，所谓：

那秦显家的好容易等了这个空子钻了来，只兴头上半天。在厨房内正乱着接收家伙米粮煤炭等物，又查出许多亏空来，说："粳米短了两石，常用米又多支了一个月的，炭也欠着额数。"一面又打点送林之孝家的礼，悄悄的备了一篓炭，五百斤木柴，一担粳米，在外边就遣了子侄送入林家去了；又打点送帐房的礼；又预备几样菜蔬请几位同事的人，说："我来了，全仗列位扶持。自今以后都是一家人了。我有照顾不到的，好歹大家照顾些。"

12. 谁知，"包青天"一样的平儿看穿了其间的是非曲直、案情真相，还柳妈和柳五儿清白，柳妈照旧掌管大观园厨房，最终：

秦显家的听了，轰去魂魄，垂头丧气，登时掩旗息鼓，卷包而出。送人之物白丢了许多，自己倒要折变了赔补亏空。连司棋都气了个倒仰，无计挽回，只得罢了。

其间的恩怨，曲曲折折重重叠叠，偶然必然相互交织。何婆子和夏婆子两姐妹的怨恨，通过外孙女小蝉传到了好姐妹莲花儿那里；莲花儿和小蝉的怨恨，又传到了司棋那里，莲花儿其间一句"前儿小燕来，说晴雯姐姐要吃芦蒿，你怎么忙的还问肉炒鸡炒？"指向已然明显。而司棋的怨恨又传到了婶娘秦显家的那里，然后是她的外婆王善保家的。

还有小红被逼离开怡红院的恩怨，林之孝家的当然心有不甘，作为管家，她焉能不知道下人之间的派系亲疏？柳家的和宝玉的丫鬟们走得近，她又焉能不知道？拿住柳五儿，五儿答对失策，小蝉和莲花儿趁机陷害，玫瑰露加上茯苓霜，五儿就说不清了，柳妈也被牵连。林之孝家的逮着这样的机会，如何肯轻饶，正好以司棋之婶娘秦显家的取代柳妈，报当年女儿小红被逼走的仇。这两派相互纠结渗透，都把仇恨对准了宝玉房里的晴雯、芳官等厉害角色。

而这一切的计谋并未得逞，正所谓旧恨未消，又添新仇。这股力量只是暂时地退却了。一旦机会来临，和这一股力量有着千丝万缕关系的司棋外婆王善保家的便跳出来了。

这样一来，第七十四回，王善保家的为什么当众向王夫人告晴雯的黑状，就很清楚了。

这王善保家的正因素日进园去那些丫鬟们不大趋奉他，他心里大不自在，要寻他们的故事又寻不着，恰好生出这事来，以为得了把柄。又听王夫人委托，正撞在心坎上，说："这个容易。不是奴才多话，论理这事该早严紧的。太太也不大往园里去，这些女孩子们一个个倒像受了封诰似的，他们就成了千金小姐了。闹下天来，谁敢哼一声儿。不然，就调唆姑娘的丫头们，说欺负了姑娘们了，谁还耽得起。"

王善保家的告黑状，分两个层次：

第一，是打算把大观园里跟着宝玉和众姑娘的丫鬟一棍子打死，所谓"这些女孩子们一个个倒像受了封诰似的，他们就成了千金小姐了。闹下天来，谁敢哼一声儿。不然，就调唆姑娘的丫头们，说欺负了姑娘们了，谁还耽得起"。

这话打击面很大，而且，这最后一句就是针对贾迎春奶妈聚众赌博偷偷典当金凤的事件，目标明显是对准了小丫鬟绣桔。

好在，王夫人还是基本清醒的。更何况，这里面还有她早已经认准了的袭人。王善保家的这样的打击面，王夫人是不赞成的，所以，王夫人说：

"这也有的常情，跟姑娘的丫头原比别的娇贵些。你们该劝他们。连主子们的姑娘不教导尚且不堪，何况他们。"

这句话意思，就是告诫王善保家的不要针对所有人。

第二，王善保家的这才把目标对准了晴雯。

王善保家的脑子也转得飞快，一看全面扳倒不可能，就集中火力，选择突破口，专攻一点了，于是又说：

"别的都还罢了。太太不知道，一个宝玉屋里的晴雯，那丫头仗着他生的模样儿比别人标致些。又生了一张巧嘴，天天打扮的像个西施的样子，在人跟前能说惯道，掐尖要强。一句话不投机，他就立起两个骚眼睛来骂人，妖妖趫趫，大不成个体统。"

王善保家的告晴雯黑状，其实告不出什么名堂，一是说晴雯长得漂亮，这怎么能算罪呢？二是说晴雯爱骂人，这也不能称其为理由，骂人要看骂得对不对，对小丫头的管理也是她分内之事。

但是，王善保家的一提到晴雯，王夫人的反应是"听了这话，猛然触动往事"，这往事是什么？晴雯和王夫人能有什么往事？

这往事就是袭人的进言。袭人的进言客观上已经把矛头指向林黛玉和酷似林黛玉的晴雯。王夫人自然不能拿林黛玉怎么样，但晴雯一个丫鬟，即便是贾母给的，只要下决心，还是可以动的。所以，王夫人立马就对上号了：

"上次我们跟了老太太进园逛去，有一个水蛇腰，削肩膀，眉眼又有些像你林妹妹的，正在那里骂小丫头。我的心里很看不上那个狂样子，因同老太太走，我不曾说得。后来要问是谁，又偏忘了。今日对了坎儿，这丫头想必就是他了。"

王善保家的自然不知道王夫人内心隐秘的这一层，但她知道，王夫人不喜欢漂亮女孩，这么一告，刚好与第三十四回袭人进言的"顾虑"对上了。

就这样，两股力量不谋而合，在此汇成一条仇恨的河流，即将把无辜的晴雯淹个底儿朝天。这就是晴雯整个"风流灵巧招人怨，寿夭多因毁谤生"的过程，也是芳官、四儿等人被撵出去的复杂背景原因。

晴雯和王夫人博弈

第七十四回，晴雯无端遭到王善保家的陷害。王夫人盛怒之下，立即传见晴雯。晴雯和王夫人随即展开了一场博弈。王夫人的目的是出其不意，摸清底细；晴雯被迫应对，只得力图自保。

晴雯听到王夫人传唤的第一反应就是：

"素日这些丫鬟皆知王夫人最嫌趫妆艳饰语薄言轻者，故晴雯不敢出头。今因连日不自在，并没十分妆饰，自为无碍。"

晴雯知道王夫人不喜欢浓妆艳抹的人，刻意不施粉黛。殊不知，这样反倒把晴雯另一种惺忪的美态展露了出来。王夫人的反应相当激烈：

王夫人一见他钗鬌鬓松，衫垂带褪，有春睡捧心之遗风，而且形容面貌恰是上月的那人，不觉勾起方才的火来。王夫人原是天真烂漫之人，喜怒出于心臆，不比那些饰词掩意之人，今既真怒攻心，又勾起往事，便冷笑道："好个美人！真像个病西施了。你天天作这轻狂样儿给谁看？你干的事，打量我不知道呢！我且放着你，自然明儿揭你的皮！宝玉今日可好些？"

一个人，如果对于美有一种天然的仇视和反感，那么这个人的心理和心态是有问题的。王夫人是有过切肤之痛的，那就是赵姨娘的上位，赵姨娘虽然行为乖张，但当年绝对是靠美色迷倒贾政的。被美女战胜过的王夫人，仇恨一切美女。一句"你天天作这轻狂样儿给谁看？"已经把王夫人往日的伤痛给隐晦地表现出来了。

而晴雯的反应，是何等敏锐：

"晴雯一听如此说，心内大异，便知有人暗算了他。虽然着恼，只不敢作声。"

晴雯的聪明灵巧，其实不在林黛玉之下，只是没有读书，空有一种天然的机敏而已。一贯泼辣的她先是选择了沉默，随后不服输的性格以及历来做人光明磊落使她感到委屈，于是展开反击。

第一，先表现出和贾宝玉的疏远。金钏儿的灾祸是血的教训，晴雯焉能不知，于是她说：

"我不大到宝玉房里去，又不常和宝玉在一处，好歹我不能知道，只问袭人麝月两个。"

第二，可是王夫人的反应，就是欲加之罪何患无辞了，亲近宝玉不行，远离宝玉也不行，明摆着是要找茬：

王夫人道："这就该打嘴！你难道是死人，要你们作什么！"

第三，王夫人此言一出，晴雯就知道，王夫人就是冲着她来的了，她说什么都会有错，因此，不得不祭出贾母这张王牌，以求自保：

晴雯道："我原是跟老太太的人。因老太太说园里空大人少，宝玉害怕，所以拨了我去外间屋里上夜，不过看屋子。我原回过我笨，不能服侍。老太太骂了我，说：'又不叫你管他的事，要伶俐的作什么。'我听了这话才去的。不过十天半个月之内，宝玉闷了大家顽一会子就散了。至于宝玉饮食起坐，上一层有老奶奶老妈妈们，下一层又有袭人麝月秋纹几个人。我闲着还要作老太太屋里的针线，所以宝玉的事竟不曾留心。太太既怪，从此后我留心就是了。"

晴雯这话虽然含蓄，但是已经明确告诉王夫人，我原是贾母房里的人，是贾母派过来的。对待贾宝玉的部分虽有掩饰的成分，但基本是真实的，再一次验证了袭人和晴雯地位与角色的区别——袭人的职责是服侍，晴雯的任务是陪伴，而且晴雯还负责给贾母做针线，这就是晴雯地位的特殊之处。

第四，王夫人一听到晴雯的底细，便有所收敛，但铲除晴雯之心不死：

王夫人信以为实了，忙说："阿弥陀佛！你不近宝玉是我的造化，竟不劳你费心。既是老太太给宝玉的，我明儿回了老太太，再撵你。"因向王善保家的道："你们进去，好生防他几日，不许他在宝玉房里睡觉。等我回过老太太，再处治他。"喝声"去！站在这里，我看不上这浪样儿！谁许你这样花红柳绿的妆扮！"

这就是晴雯力求自保和王夫人的博弈。从智慧层面来说，是不分高下的，甚至晴雯还稍占上风。可惜，晴雯的地位决定了她的弱势，这就是晴雯的悲剧，"心比天高，身为下贱。风流灵巧招人怨"。

晴雯把她的清白愤怒地抖搂出来

第七十四回有一个细节,王熙凤、周瑞家的和王善保家的来贾宝玉的丫鬟房里查抄:

到了晴雯的箱子,因问:"是谁的,怎不开了让搜?"袭人等方欲代晴雯开时,只见晴雯挽着头发闯进来,豁啷一声将箱子掀开,两手捉着底子朝天,往地下尽情一倒,将所有之物尽都倒出。王善保家的也觉没趣,看了一看,也无甚私弊之物。

晴雯面对检查,她的表现是这样的。

一是愤怒。

她愤怒于被诬蔑和陷害,愤怒于人格受辱,王善保家的站出来大声吆喝,晴雯是"闯进来"的。

二是勇敢。

面对诬蔑,晴雯勇敢站出来,证明清白,只见她"豁啷一声将箱子掀开,两手捉着底子朝天,往地下尽情一倒,将所有之物尽都倒出",做得那么干脆,那么坚决。

三是清白。

晴雯愤怒并且勇敢,只因清白。一个纯洁的人有什么好隐瞒的,有什么好惧怕的,这就是晴雯。

回味晴雯揭开箱子的行为,气势连贯,都是见根见底的动作,都是彻底而纯粹的动作,小说这样用词,是在表现晴雯的清白无可辩驳,无可置疑。

接下来,"王善保家的也觉没趣,看了一看,也无甚私弊之物",这个意图诬蔑晴雯的人也哑口无言、自觉无趣了。

其间还有一个细节,表现出晴雯对贾宝玉的深厚情谊。在查抄晴雯东西的时候,有这么一段话:

众人都道:"都细翻看了,没什么差错东西。虽有几样男人物件,都是小孩子的东西,想是宝玉的旧物件,没甚关系的。"

查抄贾宝玉房里所有丫鬟,包括袭人、麝月、秋纹、碧痕,都没有这样的描写,独独晴雯留着贾宝玉儿时的旧物,这是为什么呢?

这一点和是林黛玉很相似的。在查抄林黛玉的丫鬟时,在紫鹃屋里也搜出一些宝玉的东西。

　　紫鹃房中抄出两副宝玉常换下来的寄名符儿，一副束带上的披带，两个荷包并扇套，套内有扇子。打开看时皆是宝玉往年往日手内曾拿过的。

　　愚蠢的王善保家的自以为得意，拿了给王熙凤看，凤姐解释说：

　　"宝玉和他们从小儿在一处混了几年，这自然是宝玉的旧东西。这也不算什么罕事。"

　　因此从晴雯处发现"虽有几样男人物件，都是小孩子的东西，想是宝玉的旧物件"，这说明晴雯和林黛玉一样都是对贾宝玉很有感情的，若没有感情，就不会如此珍视贾宝玉那些儿时的旧物件。可见晴雯和贾宝玉之间的情感比一般丫鬟更深厚，更与众不同。

晴雯的寻死之意

　　一直以来，很多读者都以为晴雯是受诬陷气病而死的。这本不错。但事实远没有那么简单。不妨回顾一下晴雯之死的种种迹象。

　　1. 身体有恙

　　第七十四回，查抄大观园之前，王夫人传唤晴雯，"正值晴雯身上不自在"；第七十六回则病势明显加重，有这样一句："宝玉近因晴雯病势甚重，诸务无心"；第七十七回更有"又兼晴雯之病亦因那日加重"。这说明晴雯病情加重，皆因那日受辱。

　　2. 水米未进

　　第七十七回，有一句话非常重要："晴雯四五日水米不曾沾牙，恹恹弱息。"

　　从王夫人传唤那日起，晴雯已经四五天没吃什么东西了。这肯定不是贾宝玉房里的人不给晴雯吃，而是晴雯拒绝吃。这就清楚了，晴雯病势加重还有一个更为重要的原因，那就是她拒绝进食。

　　正常人四五天水米未进恐怕都要饿坏了，何况是病人呢。

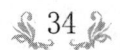

所以，我认为晴雯之死固然有生病和受辱的原因，但更重要的，是绝食。也就是说，在这个时候，晴雯已有寻死之意。

3. 已成死局

晴雯对贾宝玉的感情和林黛玉对贾宝玉的感情是极为相似的，都是离开贾宝玉而不能活的。因此当王夫人对晴雯说了"既是老太太给宝玉的，我明儿回了老太太，再撵你"这样的话之后，晴雯就觉得此生了无生趣了。晴雯虽然泼辣，但她并没有采取任何可能的办法自救，也许是她不希望导致贾母、宝玉和王夫人之间激烈的矛盾，那么，晴雯就只有死路一条。这个善良和炽热的女孩，在她嬉笑怒骂的外表下，藏着一颗高贵的心灵！

如此一来，可以想象，被撵到哥哥多浑虫家里的晴雯，会是个什么状况。第七十七回：

一眼就看见晴雯睡在芦席土炕上，幸而衾褥还是旧日铺的。心内不知自己怎么才好，因上来含泪伸手轻轻拉他，悄唤两声。

当下晴雯又因着了风，又受了他哥嫂的歹话，病上加病，嗽了一日，才朦胧睡了。忽闻有人唤他，强展星眸，一见是宝玉，又惊又喜，又悲又痛，忙一把死攥住他的手。哽咽了半日，方说出半句话来："我只当不得见你了。"接着便嗽个不住。宝玉也只有哽咽之分。

晴雯道："阿弥陀佛，你来的好，且把那茶倒半碗我喝。渴了这半日，叫半个人也叫不着。"宝玉听说，忙拭泪问："茶在那里？"晴雯道："那炉台上就是。"宝玉看时，虽有个黑沙吊子，却不像个茶壶。只得桌上去拿了一个碗，也甚大甚粗，不像个茶碗，未到手内，先就闻得油膻之气。宝玉只得拿了来，先拿些水洗了两次，复又用水汕过，方提起沙壶斟了半碗。看时，绛红的，也太不成茶。晴雯扶枕道："快给我喝一口罢！这就是茶了。那里比得咱们的茶！"宝玉听说，先自己尝了一尝，并无清香，且无茶味，只一味苦涩，略有茶意而已。尝毕，方递与晴雯。只见晴雯如得了甘露一般，一气都灌下去了。

宝玉心下暗道："往常那样好茶，他尚有不如意之处；今日这样。看来，可知古人说的'饱饫烹宰，饥餍糟糠'，又道是'饭饱弄粥'，可见都不错了。"

这样简陋残酷的环境，晴雯是知道自己必死的，因此她这样对贾宝玉说：

"有什么可说的！不过挨一刻是一刻，挨一日是一日。我已知横竖不过三五日的光景，就好回去了。"

此时小说里的现实世界和神话世界又一次交汇。晴雯死后，贾宝玉从小丫鬟的口中得知，晴雯被天上的神仙招请，去做一方花神。

第二章

空云似桂如兰

第一节　枉自温柔和顺

袭人是什么花

关于袭人是什么花的指向是异常清晰的。第六十三回群芳开夜宴：

袭人便伸手取了一支出来，却是一枝桃花，题着"武陵别景"四字，那一面旧诗写着道是：桃红又是一年春。注云："杏花陪一盏，坐中同庚者陪一盏，同辰者陪一盏，同姓者陪一盏。"

贾宝玉向贾政解释为"袭人"取名所引的诗句"花气袭人知昼暖"，所描写的正是春天，百花逐渐开放，而桃花为早春三四月开，也正合此句中"知昼暖"的时间——桃花一开，天气就转暖了。

如此，第五回袭人判词"后面画着一簇鲜花"，应该也是桃花。

而花名签上的"武陵别景"，一句旧诗"桃红又是一年春"（其上一句为"寻得桃源好避秦"）这几条线索都暗指袭人最终离开贾府，逃离了是非之地，避免了灾祸，碰巧又遇到了蒋玉菡，花开第二春，虽然只有"一床破席"，清贫流离，但二人情投意合，也算幸福。所以，袭人的判词中才会有"堪羡优伶有福，谁知公子无缘"的感叹。

袭人争荣夸耀之心

贾宝玉淋雨回来，叩门而不开，一气之下，误踢了来开门的袭人一脚。

这一脚委实不轻,袭人肋下留下碗口大的青痕,还吐了血。第三十一回,有一句话,对于理解袭人是非常关键的:

话说袭人见了自己吐的鲜血在地,也就冷了半截。想着往日常听人说:"少年吐血,年月不保,纵然命长,终是废人了。"想起此言,不觉将素日想着后来争荣夸耀之心尽皆灰了,眼中不觉滴下泪来。

看到袭人原来"素日想着后来争荣夸耀之心",才发现这个女孩子的心思着实不简单,她的一切行动就有了合理的心理基础和逻辑解释。

第一,为何林黛玉一进贾府,袭人就主动过来套近乎?

那是因为贾母及贾府待林黛玉之隆重,贾宝玉初见林黛玉时表现出来的亲昵,使袭人预感到林黛玉日后在贾府的地位必不似其他姑娘,因此采取主动的接触知己知彼。

第二,薛家进京后,袭人为何又改为和薛宝钗结盟?

因为经过比较之后,袭人觉得和薛宝钗一家此番常住必有深意,贵妃的赏赐和"金玉良缘"的风传也给了她很多暗示。

第三,为何要与贾宝玉"偷试云雨"?

因为无论模样言谈、针线爽利,她都在晴雯之下,于是,只好先发制人,与贾宝玉发生亲密关系,让自己在贾宝玉心中的地位上升一步,"自此宝玉视袭人更比别个不同"。

第四,袭人为何要除掉晴雯?

那是因为晴雯是贾母为贾宝玉选定的"房里人",而她只是"最佳丫鬟"的人选,二人其实已进入竞争关系,自己也早与贾宝玉有了亲密关系,无法回头,不成为最终的"房里人",日后被遣散,还如何"争荣夸耀"?

第五,为何袭人母兄要赎袭人出去,而袭人不肯呢?

因为袭人觉得凭她和贾宝玉的关系,以及贾宝玉对她的态度,已经胜券在握了。

第六,为何明明是她偷试了云雨,反而主动去"提醒"王夫人,大观园里姐妹们都大了,万一与宝玉发生"不才之事",自己粉身碎骨死无葬身之地呢?

一是为自保,她主动提出来,别人反而不会去怀疑她;二是为投诚,向王夫人表明忠心;三是把王夫人的注意力引到林黛玉身上,尽早给宝黛二人拉开距离;四是暗示是时候把宝玉身边的妖媚女孩子清理一下了。同时袭人的话使王夫人"正触了金钏之事",已经再明白不过地说明,王夫人是绝对不允许丫鬟勾引宝玉的。

由此看来,袭人才是步步为营的高手,把战略防御和战略进攻用得炉火纯青。

袭人争的是什么

第六十五回,兴儿陪尤二姐、尤三姐的闲聊和第二回冷子兴演说荣国府有异曲同工之妙,这些"奇闻"都是在大面积地揭开贾府的帷幕,探究贾府的生存状态和众生之相,也透露出许多因果关系的线索。

且看兴儿是怎么说这府里的规矩:

"我们家的规矩,凡爷们大了,未娶亲之先都先放两个人服侍的。二爷原有两个,谁知他(凤姐)来了没半年,都寻出不是来,都打发出去了。"

原来贾府公子一旦成人,在娶妻之前可以有两个房里人,这"房里人"其实就是通房大丫鬟。知道贾府的这个规矩,就可以搞清楚很多问题了,比如为什么花袭人和碧痕先后与贾宝玉发生关系?为什么金钏和宝玉如此亲呢?就是为了做那房里人。

此外,为什么彩霞、彩云先后投入贾环的怀抱——还是为了做那房里人。而且,房里人是有名额限制的,两人,不多不少。从宝玉房里人的人选来看,这两人的名额也是有划分的。

贾母和王夫人作为内眷,可以定一个,贾母定的是晴雯。第七十八回,有贾母的话为证:

"但晴雯那丫头我看他甚好,怎么就这样起来。我的意思,这些丫头的模样爽利言谈针线多不及他,将来只他还可以给宝玉使唤得。"

另一个则是贾政的权力。第七十二回,赵姨娘想求贾政把彩霞放在贾环房里做房里人,贾政是这么说的:

"且忙什么,等他们再念一二年书再放人不迟。我已经看中了两个丫头，一个与宝玉，一个给环儿。只是年纪还小，又怕他们误了书，所以再等一二年。"

关于宝玉两个房里人的决定权，是规矩也好，是潜规则也罢，也是这样来确定的。袭人和晴雯都是贾母给宝玉的，但一个以尽心服侍宝玉为主，一个预备为今后的房里人。很显然，这两个人都不是王夫人的人，王夫人也不敢与贾母明争，所以不得不落了空。

袭人是知道贾母心仪晴雯的，但心理盘算着趁还没有定下房里人，自己还有机会再争一争。这就是她为何要趁宝玉挨打的机会进言王夫人，以取得信任。

王夫人是仇恨美人儿的，怕"狐媚子"迷了宝玉，希望能有个妥当人在一旁规劝宝玉上进，因此才费尽心机，废了晴雯，让袭人顶上。

贾琏房里的两个侍妾，已经都被王熙凤给打发了，换了王熙凤的陪嫁丫头平儿做了房里人。宝玉尚未娶亲，但年纪也快到了，因此提前放的两个人也即将确定，因此围绕宝玉房里两个侍妾的名额，竞争就十分惨烈了，甚至有人付出了生命：

1. 自以为可以被王夫人钦点的金钏因为"勾引宝玉"的罪名投井而死；

2. 自以为已经被贾母内定的晴雯被王夫人撵了出去，气病而死；

3. 服侍宝玉洗澡两三个时辰的碧痕，直到随众丫鬟被遣散，连个首席大丫鬟也没混上；

4. 即便后来被王夫人内定的袭人，最终也落了一场空，被贾府遣散，自己出去配人。

至于贾政为宝玉选的那个房里人，书中前八十回并没有明示，也许因八十回后贾府的一系列变故，贾政心烦意乱，已然把此事搁在脑后，成了空头支票。最后，怡红院里只有始终"不争"的麝月留了下来，"开到荼蘼花事了"，侍候宝玉直至他出家为僧。

叹一段繁华，一场纷争，一宵春梦，都付于笑谈中。

贾宝玉和袭人"偷试云雨"是被允许的吗

上文讲到袭人处心积虑，其实是想做贾宝玉的通房丫鬟。通房丫鬟这个身份虽不是正妻，但转变成这个身份也是要经长辈允许的，如平儿和香菱，这两个是小说里明确讲了的，"开了脸"放在房里。而袭人只是一直为这个身份而奋斗，很多读者读到第六回"贾宝玉初试云雨情"却很容易被这样一段话所迷惑：

"袭人素知贾母已将自己与了宝玉的，今便如此，亦不为越礼，遂和宝玉偷试一番，幸得无人撞见。"

那么，袭人与贾宝玉发生关系是被允许的吗？这句话是袭人的心理语言和心理活动，但是如果仅从这一句话看这件事是有偏差的。

其一，这话是袭人站在她自己的角度所说，是对自己的行为给出自洽的解释，一个"素知"会让许多读者相信她行为的合理性，但细想来，到第七十二回贾政都不同意放房里人，说明袭人的暗自揣测并不能作为充分的证据。

其二，通过一句"幸得无人撞见"可以仔细体味袭人的心理，是那种干了不该干的事情侥幸无人发现的窃喜。

其三，"贾母把袭人与了宝玉"其实是一种人事派遣，并不能说明她是可以和贾宝玉发生关系的通房丫鬟。贾母把袭人与了宝玉的用意在第三回说得明明白白，那就是"因溺爱宝玉，生恐宝玉之婢无竭力尽忠之人，素喜蕊珠心地纯良，克尽职任，遂与了宝玉"。而袭人很聪明，她"偷换了概念"，自己向前走了一步，而且"幸得无人撞见"。

再说贾府上层的意见：

第一，如果袭人和贾宝玉发生关系是被允许的，袭人就不会害怕王夫人在这件事上"疑心"了。

第三十六回，当凤姐提议不如就让袭人开了脸，明放在宝玉屋里岂不好时，王夫人当场否决了她的提议：

"那就不好了：一则都年轻，二则老爷也不许，三则那宝玉见袭人是个丫头，纵有放纵的事，倒能听他的劝，如今作了跟前人，那袭人该劝的也不敢十分劝了。如今且浑着，等再过二三年再说。"

第二，第七十二回，喜欢贾环的彩霞就要被拉出去配小厮，彩霞不愿意，来求赵姨娘，赵姨娘又来求贾政，贾政说：

"且忙什么，等他们再念一二年书再放人不迟。我已经看中了两个丫头，一个与宝玉，一个给环儿。只是年纪还小，又怕他们误了书，所以再等一二年。"

此时贾政所说的"放"才是给开了脸的做通房大丫鬟的意思。直到第七十二回，贾政还认为给宝玉"放人"年纪太小，那么第六回宝玉与袭人"放人"显然是未经允许的。

试想，未经允许，王夫人的心腹大丫鬟金钏因与宝玉调笑就被撵了出去，更何况是未经允许与宝玉发生关系的袭人呢？袭人焉能不怕王夫人疑心？不怕王夫人追究？不担心她的处境？焉能不怕知道内情的晴雯？因此才会有她接下来一连串的战略防御和进攻。

第三，贾母在第二十九回清虚观打醮时也和张道士说过，"这孩子命里不该早娶"，虽是为婉言拒绝张道士的提亲，也很明确地说明贾母希望宝玉年龄大一些再讨论婚姻问题。

至于贾母、贾政、王夫人为何高度重视宝玉的个人生活，不准任何丫鬟魅惑贾宝玉，也许有以下两方面的考虑：

1. 王夫人的长子贾珠一死，贾宝玉是独苗。王夫人和贾政都怕宝玉年纪过小而"折寿"，特别是王夫人，通共就这么一个儿子了，怕出意外。

2. 怕坏了宝玉的名声。尽管宝玉是主子，未经长辈父母允许私自与丫鬟发生关系，在有声誉的官宦之家也是很丢脸的事情。

林林总总的证据表明，第六回，十二三岁的贾宝玉与袭人"偷试云雨"，其实是一件相当严重的事情，如果贾母、贾政或者王夫人任何一人知道，袭人的下场都不会比金钏儿好多少。因此袭人羞愧难当，背负了相当大的心理压力，不惜采取各种手段以求自保。

俗话说，若让人不知，除非己莫为。袭人和宝玉的事真的没有人知道吗？来看看接下来众人的反应吧。

其一，第二十回，袭人的迅速上位遭到了贾宝玉的奶妈李嬷嬷的不满，找碴儿在宝玉房里痛骂花袭人。把痛骂的内容联系起来看，可以理解为一种威胁和暗示，被花袭人听在耳朵里的就是"哄宝玉""妆狐媚""配小子"等，可以说都是她害怕的字眼儿，所以才会听得如此惊心，"由不得又愧又委屈，禁不住哭起来"。

其二，第三十一回，晴雯跌了扇子被贾宝玉责备，袭人过来劝说，结果三人反而吵了起来，袭人不留神说了句"原是我们的不是"，被晴雯当场反驳"你们鬼鬼祟祟干的那些事，也瞒不过我去"。吵到不可开交时，林黛玉来劝解，一句"好嫂子"既是玩笑，又是讽刺，虽然化解了这次矛盾，也使袭人更加不安。

试问，如果袭人与宝玉发生关系是被允许的，李嬷嬷为什么敢于隔屋叫骂，晴雯为什么敢于当面讽刺，林黛玉怎会当面打趣呢？对于平儿和香菱，怎么就没有人拿这种事来做文章呢？

道理很简单。平儿和香菱是经过长辈允许做了房里人的，不是什么见不得人的事情。而李嬷嬷、晴雯、林黛玉拿袭人和贾宝玉的关系说事儿，只能说明他们的亲密关系是未经允许的，是不合礼法的。

花气袭人

依照一般常识，"花"怎么会"袭人"呢，这也是作者给人物取名的一大妙处——出人意料。

袭人之名的由来，见小说第三回：

宝玉因知他本姓花，又曾见旧人诗句有"花气袭人"之句，遂回明贾母，更名袭人。

贾宝玉给袭人改名，看似是机缘巧合，由一句旧诗引发的灵感，其实从作者的谋篇布局来看，到宝玉房里以后，袭人的人生目标就不只是做一名尽心职守的丫鬟了，这时"花蕊珠"改名"花袭人"是对她的全新概括。

再来看陆游的这句诗"花气袭人知骤暖"，意思是当花香扑面而来之时，就知道天气回暖了，季节要变换了。这句话用来形容袭人在贾府中的作用是很贴切的。"花气袭人"是指袭人得势，"骤暖"是指贾府的形势忽然之间发生了变化。换句话说，贾府形势的变化是从"花气袭人"开始的，这与袭人进言导致查抄大观园是非常吻合的。

下面我们来仔细解读"花"如何"袭人",以及贾府如何"知骤暖"。

袭人是很聪明的女孩子,她的"偷袭"其实也包括事先的"算计",她是这样一步一步走过来的。

第一步,她必须选择站在哪一边。

荣国府内有隐形的两派——贾母派和王夫人派,贾母派支持贾宝玉和林黛玉结合,而王夫人派支持贾宝玉和薛宝钗结合。作为贾宝玉的贴身丫鬟,袭人必须做出选择。尽管贾母目前还是贾府的最高统治者,但是,年岁不饶人,要说熬,贾母是熬不过王夫人的,这个家迟早是王夫人来当。"一朝天子一朝臣",这一点,聪明的袭人怎么会看不到?再者,钗黛二人之中,花袭人早已相中了宝钗,这也与王夫人高度一致。

第二步,她必须取得王夫人的信任。

既然要投靠王夫人,就必须取得王夫人的信任。可是,袭人是贾母房里出来的丫头,自然是贾母的人,要得到王夫人的信任还是很有难度的。所以一开始,王夫人并没打算与袭人深谈。第三十四回贾宝玉被打后,王夫人叫一个服侍宝玉的人来询问情况,袭人悄悄地去了,结果王夫人见到她的第一句话竟是:

"不管叫谁来也罢了,你又丢下他来了,谁服侍他呢?"

这说明在王夫人的心中,只把袭人当成一个能尽心服侍的丫鬟,并没有把她当作自己的人。然而袭人是打定了主意要与王夫人深谈的,而且她确信她的话是王夫人最想听的,不仅能消除王夫人对自己的怀疑,也能最大限度地向王夫人靠拢。因此袭人是这样做开场白的:

"今儿太太提起这话来,我还记挂着一件事,每要来回太太,讨太太个主意。只是我怕太太疑心,不但我的话白说了,且连葬身之地都没了!"

这样的坦诚相见和夸张用词果然很震撼,立刻换来了王夫人的好感:

"我的儿!你有话只管说。近来我因听见众人背前背后都夸你,我只说你不过在宝玉身上留心,或是诸人跟前和气,这些小意思好,所以将你和老姨娘一体行事。谁知你方才和我说的话,全是大道理,正合我的心事。你有什么只管说什么,只别叫别人知道就是了。"

第三步,她的话必须正中王夫人下怀。

一个看似"笨拙朴实"的丫鬟,铺垫得如此之好,可以入正题了:

"我也没什么别的说，我只想着讨太太一个示下，怎么变个法儿，以后竟还叫二爷搬出园外来住就好了。"

王夫人一生所怕就是贾宝玉被人"勾引坏了"，金钏儿就是为这个死的。袭人的话正好说到了王夫人的心坎上了，于是惊问宝玉是不是和谁"作怪了"不成。袭人要的就是这个效果，于是她说：

"太太别多心，并没有这话。这不过是我的小见识。如今二爷也大了，里头姑娘们也大了，况且林姑娘宝姑娘又是两姨姑表姊妹，虽说是姊妹们，到底是男女之分，日夜一处起坐不方便，由不得叫人悬心，便是外人看着也不像。一家子的事，俗语说的'没事常思有事'，世上多少无头脑的事，多半因为无心中做出，有心人看见，当作有心事，反说坏了。只是预先不防着，断然不好。二爷素日性格，太太是知道的。他又偏好在我们队里闹，倘或不防，前后错了一点半点，不论真假，人多口杂，那起小人的嘴有什么避讳，心顺了，说的比菩萨还好，心不顺，就贬的连畜牲不如。二爷将来倘或有人说好，不过大家直过没事，若要叫人说出一个不好字来，我们不用说，粉身碎骨，罪有万重，都是平常小事，但后来二爷一生的声名品行岂不完了，二则太太也难见老爷。俗语又说'君子防不然'，不如这会子防避的为是。太太事情多，一时固然想不到。我们想不到则可，既想到了，若不回明太太，罪越重了。近来我为这事日夜悬心，又不好说与人，惟有灯知道罢了。"

袭人就这样"温柔和顺"地把一个连影子都没有的事儿说得"叫人悬心"。细分析这一大段陈词，其核心就是让贾宝玉远离林黛玉：

1. 三春都是宝玉的姐妹，宝玉无论如何喜欢在女孩子里厮混，也不可能乱了伦常。

2. 袭人知道王夫人相中了薛宝钗，而以薛宝钗的知礼识体，断不可能和贾宝玉做什么让人"悬心"的事儿。

3. 她借薛宝钗把林黛玉抬了出来，从而给了王夫人一个独特而有力的支点，找到一个使贾宝玉远离林黛玉的绝佳理由。

不久的第三十六回，王夫人就把袭人的"编制"彻底从贾母屋里调至贾宝玉房里，并从自己的月例银子里拨出二两一吊钱给袭人，吩咐以后凡是有赵姨娘、周姨娘的，也有袭人的，并且都从她这里出。由此，袭人获得了王夫人的绝对信任，不仅成为王夫人的"我的儿"，而且正式得到了王夫人把贾宝玉托付给她的授权。

第四步，做长期眼线，除掉晴雯等人。

晴雯是贾母心里给宝玉做房里人的最佳人选，袭人是知道的，而且她模样、言谈、针线都不及晴雯，相比之下有天然的弱势。而袭人对王夫人的进言，使得本就仇视美貌的王夫人对可能亲近贾宝玉的出色女孩子更加警醒，绣春囊事件的出现，更坚定了王夫人的判断，不仅让晴雯来问话，训斥了一番，查抄大观园后，王夫人更到贾宝玉的房里"亲自阅人"。袭人就这样借王夫人之手直接撵走了气质颇似林黛玉的晴雯，以及模样姣好、聪明伶俐的芳官、四儿等人，为她的晋升之路扫除了障碍。

晴雯被撵走，表面看是王善保家的诬告，但这只是导火索，真正的原因就是袭人的长期进言。第七十四回，王夫人把晴雯叫去问话，一开口便是：

"好个美人！真像个病西施了。你天天作这轻狂样儿给谁看？你干的事，打量我不知道呢！我且放着你，自然明儿揭你的皮！"

晴雯也是聪明人，知道王夫人不会忽然无故责骂，因此：

晴雯一听如此说，心内大异，便知有人暗算了他。

不止晴雯看得出来，贾宝玉也猜到了有人在幕后做"小动作"——第七十七回，当王夫人撵走了晴雯、芳官、四儿等人以后，宝玉责问袭人道：

"怎么人人的不是太太都知道，单不挑出你和麝月秋纹来？"

可见袭人的进言并不只第三十四回一次，她大概从那时起，就成为王夫人在怡红院的眼线，并且有选择性地把宝玉房里丫鬟们的动向汇报给王夫人。

晴雯被撵走，袭人对于晴雯的真实态度也真切地暴露了出来。贾宝玉担心晴雯病重，被撵出去有性命之忧，说阶下一株海棠无故死了半边儿，恐应此兆，袭人当即反驳：

"那晴雯是个什么东西，就费这样心思,比出这些正经人来！还有一说：他纵好，也灭不过我的次序去。"

晴雯已性命不保，袭人还要在此争这海棠之名，可见其内心的冷漠无情，对自身地位的无比看中。

那么为什么说"花气袭人知骤暖"呢？袭人除了为自己铲除了障碍，对贾母和王夫人两派的大战略也产生了一定影响。我在前两辑《风语红楼》中曾解读过，贾母成功挫败王夫人的"金玉良缘"计划，导致薛姨妈的放弃和薛宝钗的退出，但博弈并不会就此结束，"抄检大观园"虽然是贾府开始自杀自灭的败象，但对王夫人一派来说，却是准备扭转败局的有利势头。王夫人势力撵走晴雯等人，表面上是为了剔除贾宝玉身边"妖精似的东西"，其实是冲着林黛玉去的，是对贾母一派的挑战。袭人的进言更加坚定了王夫人要操控全局的决心，袭人的加入也使王夫人有了坚实的臂膀，开始改变极为被动的局面。

袭人的"偷袭"不露声色地一石数鸟，像花儿一样"温柔和顺"，却在旁人不经意间发起致命攻击，因此"似桂如兰"只是"空云"，是谓"花袭人"也。

袭人为何向王夫人告状

第三十四回袭人向王夫人进言，绝不是顺其自然率性而为之举，而是有其紧迫性和必然性的。为什么这样说？

袭人进言之前，曾经发生过五件很危险的事情。

第一件，第二十回，贾宝玉的奶妈李嬷嬷向袭人发难：

只见李嬷嬷拄着拐杖，在当地骂袭人："忘了本的小娼妇！我抬举起你来，这会子我来了，你大模大样的躺在炕上，见我来也不理一理。一心只想妆狐媚子哄宝玉，哄的宝玉不理我，听你们的话。你不过是几两臭银子买了来的毛丫头，这屋里你就作耗，如何使得！好不好拉出去配一个小子，看你还妖精似的哄宝玉不哄！"

李嬷嬷这番话虽是气话，却"歪打正着"，一句"一心只想妆狐媚子哄宝玉"直接击中了袭人的"心病"。因为袭人早在第六回就跟贾宝玉"偷试云雨"了。而从李嬷嬷的话里可以发现，李嬷嬷是有恩于袭人的，也曾帮助过袭人上位。

第二件，第三十一回，贾宝玉、袭人和晴雯发生了一场争吵，晴雯似乎也知道了袭人和贾宝玉的事情。

第三件，林黛玉的"两口子"以及"嫂子"的戏谑，表明林黛玉对这件事情似乎也有所耳闻。林黛玉不仅知道，而且明显是支持晴雯的。

第四件，经林黛玉点拨，贾宝玉也回过神来，亲近和抬举晴雯，第三十一回，贾宝玉任由晴雯撕扇子博其一笑作为赔罪。

第五件，第三十二回金钏之死警醒了袭人。金钏与贾宝玉调笑，就被王夫人打了一巴掌赶出贾府，羞愧投井而死。与贾宝玉调笑尚且如此，她的罪过岂不更大？

在小说轻松唯美的笔调下面，其实危机四伏，袭人感觉到了巨大的生存压力。如果让王夫人知道自己与贾宝玉"偷试云雨"，她才是真的死无葬身之地了。

正是上述五件事情，迫使袭人开始自救，采取先告状的办法，排除自己的嫌疑，取得王夫人的信任，并把焦点引向林黛玉和晴雯。

事实证明，袭人成功了。她通过饱含"大道理"的进言，正合了王夫人的"心事"，也蒙蔽了王夫人的心，一跃成为王夫人的心腹，在经济上得到了和姨娘一般的厚待，还使王夫人误以为是黛玉和晴雯在勾引贾宝玉。这样的高招，这样善于利用别人固有的偏见，和薛宝钗扑蝶时嫁祸林黛玉的金蝉脱壳之计实有异曲同工之妙，难怪此二人如此惺惺相惜了。

袭人是如何进一步构陷晴雯的

袭人陷害晴雯，在文中并没有明说，但是从若干条线索一总来看，这是无疑的。然而除了第七十四回晴雯遭王夫人大骂，"晴雯一听如此说，心内大异，便知有人暗算了他"一句可以隐约看到袭人的影子，贾宝玉在晴雯被撵后质问袭人"怎么人人的不是太太都知道，单不挑出你和麝月秋纹来？"让人更坚定了对袭人的猜测以外，并无其他实据。因为袭人自第一次"进言"后，如何做王夫人的"眼线"，作者若一一道出，那在写法上就重复和落俗了，因此在此处采取了留白，并从他人那里影射出来，方显功力。

袭人和王夫人的"互动"既再无描述，她在宝玉房里的所作所为就值得关注了。作者也没有在袭人"进言"后有直接的描写，而是等到第七十七回，晴雯被撵，将死之时，书中才交代了"进言"之后袭人的举动：

一时铺床，袭人不得不问今日怎么睡。宝玉道："不管怎么睡罢了。"原来这一二年间，袭人因王夫人看重了他了，他越发自要尊重。凡背人之处，或夜晚之间，总不与宝玉狎昵，较先幼时反倒疏远了。况虽无大事办理，然一应针线并宝玉及诸小丫头们凡出入银钱衣履什物等事，也甚烦琐；且有吐血旧症虽愈，然每因劳碌风寒所感，即嗽中带血，故迩来夜间总不与宝玉同房。宝玉夜间常醒，又极胆小，每醒必唤人。因晴雯睡卧警醒，且举动轻便，故夜晚一应茶水起坐呼唤之任皆悉委他一人，所以宝玉外床只是他睡。今他去了，袭人只得要问，因思此任比日间紧要之意。宝玉既答不管怎样，袭人只得还依旧年之例，遂仍将自己铺盖搬来设于床外。

千万不要被那些貌似合理的琐碎理由所迷惑，那不过是障眼法，和风细雨的生活琐事中其实暗藏玄机。

从这一段描述可以看出，袭人在赢得王夫人信任之后，又做了一件很关键的事情，那就是与宝玉保持距离，几乎再没有"偷试云雨"的事发生了。为什么要保持距离？其实就是要维护她在王夫人那里留下的贤淑形象，要让王夫人觉得没看错人，她袭人是个"尊重人"。所以，"因晴雯睡卧警醒，且举动轻便，故夜晚一应茶水起坐呼唤之任皆悉委他一人，所以宝玉外床只是他睡"。一役得手之后的袭人，看似退了一步，实则进了一大步。看起来把与宝玉亲近的机会让给了晴雯，其实是把晴雯进一步往勾引宝玉的境地里推，以便撇清自己。花袭人的行为和未投靠王夫人之前是何等的反差，又和她向王夫人进言的思路，是何等一以贯之，惊人地一致啊！

这确实是饶有心机的构陷。按照常理，赢得了王夫人信任，花袭人更应该坦然地和宝玉亲近，因为王夫人都已经把她称作"我的儿"，可见对她的信任和倾心。而袭人为什么要把这么好的差事让给晴雯呢？因为她已经和宝玉结下了亲密的关系，在宝玉心里已经奠定了坚实的地位，而且她知道这样亲昵下去风险极大，她更知道王夫人如何咬牙切齿地憎恨勾引宝玉的人。但如果只是这样，只能说明袭人知道明哲保身，因此退居"二线"，为何说她是在"构陷"晴雯呢？因为恰恰是她在"进言"时提醒王夫人小心有人勾引坏了宝玉，其实是"贼喊捉贼"，而她从此以后却作壁上观，把晴雯派往"一线"，这一招"以退为进"玩透了心机，而所使用的理由却都是那样合情合理。

等晴雯终于被王夫人撵了出去，心腹大患已去，袭人又舍我其谁地搬进屋里陪宝玉，安安心心地做宝玉房中第一人了。

这就是袭人，端的是进退有方！

袭人为何不敢指证贾环

第三十三回，宝玉被打，袭人打听到了事情原委：

袭人道："老爷怎么得知道的？"焙茗道："那琪官的事，多半是薛大爷素日吃醋，没法儿出气，不知在外头唆挑了谁来，在老爷跟前下的火。那金钏儿的事是三爷说的，我也是听见老爷的人说的。"袭人听了这两件事都对景，心中也就信了八九分。

而第三十四回，袭人却没有告诉王夫人：

王夫人见房内无人，便问道："我恍惚听见宝玉今儿挨打，是环儿在老爷跟前说了什么话。你可听见这个了？你要听见，告诉我听听，我也不吵出来教人知道是你说的。"袭人道："我倒没听见这话，只听说为二爷霸占着戏子，人家来和老爷要，为这个打的。"王夫人摇头说道："也为这个，还有别的原故。"袭人道："别的原故实在不知道了。"

花袭人既然对贾环诬陷贾宝玉"信了八九分"，可是，王夫人主动向她求证，她却只说"霸占着戏子"的原因，对贾环诬陷的强奸丫鬟只字不提。这是什么缘故？

并非袭人贤良淑德，不愿破坏宝玉和贾环的兄弟情分而压下真相，只因为，之前薛宝钗的探望"点化"了袭人。

还是第三十四回，薛宝钗探望贾宝玉，问袭人："怎么好好的动了气，就打起来了？"于是"袭人便把焙茗的话说了出来"。可以想见，照此发展，如果王夫人先问到袭人，她是会如实相告的。可是，就在这时，薛宝钗好好给袭人上了一课。

薛宝钗告诉袭人，说她哥哥薛蟠有意陷害贾宝玉并不可信，只可能是"我哥哥说话不防头，一时说出宝兄弟来，也不是有心挑唆"。也就是说，顶多是薛蟠在外面喝酒时撒气发牢骚说贾宝玉和蒋玉菡亲厚，恰巧被别人听到，不会是真想害宝玉。而且众人都知薛蟠素日是个口没遮拦、没心没肺的，这个理由也有些可信。

然而，薛宝钗为哥哥薛蟠做了合情合理的"无罪辩护"，却只字不提贾环陷害贾宝玉的事情。只在临走时，说了一句很意味深长的话：

"你只劝他好生静养，别胡思乱想的就好了。要想什么吃的、玩的，你悄悄的往我那里取去，不必惊动老太太、太太众人，倘或吹到老爷耳朵里，虽然彼时不怎么样，将来对景，终是要吃亏的。"

袭人听了这话，猛然醒悟，"抽身回来，心内着实感激宝钗"。

这"感激"，一半是袭人告薛蟠的状，宝钗不仅毫不介意，而且分析透彻，令人心服口服；另一半则是贾环背后使坏的事情，宝钗很隐晦地提醒了袭人。

可是，贾环确实陷害了贾宝玉呀，而贾宝玉并没有强奸金钏未遂的事，更没有暴打金钏。如果真的对起质来，贾环"胡说八道"的阴谋不就被戳穿了吗？薛宝钗为什么说贾宝玉"终究要吃亏"呢？

薛宝钗的智慧非智者不能看穿也。她说的"要吃亏"指的是倘或较真去盘问贾环，弄到贾母、王夫人、贾政面前，贾宝玉、贾环一起对质金钏之死的事情，大家都没面子，都没好果子吃，甚至包括袭人。即使真的对质起来，贾环胡说八道的事情固然要戳穿，贾宝玉和金钏儿调笑导致金钏儿被撵的事情也要戳穿，这对贾宝玉也是不利的，而且还会把王夫人也牵扯进去。真追究起来，正是王夫人处置失当，才导致金钏儿投井而死，苛待下人也是为贾政所深恶痛绝的。

还记得贾政听到金钏投井而死时的反应吗？

贾政听了惊疑，问道："好端端的，谁去跳井？我家从无这样事情。

自祖宗以来,皆是宽柔以待下人。——大约我近年于家务疏懒,自然执事人操克夺之权,致使弄出这暴殄轻生的祸患来。若外人知道,祖宗颜面何在!"

一个丫鬟的死,让贾政的反应竟是"惊疑",认为有损祖宗家族颜面,有辱家风。可以想象,如果真的对起案来,王夫人也会很丢脸。贾政会对王夫人更加不满,给本来就已经有芥蒂的夫妻关系雪上加霜。而贾母如果知道真相,又会怎么看王夫人?贾母和贾政只要有一个"否定"了王夫人,王夫人就会在贾府颜面扫地。

为掩盖金钏之死的真相,薛宝钗还和王夫人一起煞费苦心一唱一和地编造了一些合理的"可能",如此一来,岂不前功尽弃?

所以,薛宝钗思虑再三,才告诫袭人:淡定,这事儿就不要再提了;再提,终究是要吃亏的。

对于贾宝玉的恶习,贾政早已了解,不过是斥责一番甚至杖责一顿也就罢了;而王夫人的刻毒,却是贾政和贾母所不知的,这样一来,王夫人的"另一面"岂不是就要暴露在贾政、贾母面前了吗?逼死丫头这样的恶行如果被赵姨娘知道了岂不更加拍手称快?

此外,王夫人如果遭到贾政、贾母的否定,寄居在贾府的薛姨妈和薛宝钗也一定面上无光,难以在贾府立足了。

这才是薛宝钗劝阻袭人不要说出真相的原因。其真正意图是要保护王夫人,不让逼死金钏儿的事抖搂出来。这是多么深远的思虑呀!

花袭人投靠王夫人得到多大好处

第三十六回,袭人就得到了投靠王夫人实实在在的"好处",可不只是一句"我的儿"就能概括的。

王夫人在花袭人还不能名正言顺给贾宝玉做妾时,就给予了她高于姨娘的待遇:王夫人从她自己每月二十两银子的月钱中拨出二两银子一吊钱作为袭人的月钱,并吩咐"以后凡是有赵姨娘周姨娘的,也有袭人的,只是袭人的这一分从我的分例上匀出来，不必动官中的就是了。"

这样袭人的待遇从原来的月例一两银子径直超过两位正牌姨娘（月例二两），还多了一吊钱（相当于一两银子）。

也就是说，虽未获得名分，但袭人已经获得了高额回报，并成为王夫人的私人。

至于赏赐衣服、饭菜，那都是"毛毛雨"了。

当然，袭人投靠王夫人的好处，远不止于此。到第七十四回，王夫人查抄大观园，撵走晴雯，捏造痨病，瞒过贾母，致其屈死，为袭人彻底扫清了做姨娘的障碍。

这就是精明的花袭人一次貌似贤良的进言的收获。

看曹雪芹怎么拐着弯儿骂人

时下常见一些作者，常常忍不住在书里站出来，叉着腰，在旁白里对笔下人物大加臧否。这是极不高明的，需要向曹雪芹老先生学习。

可还记得，袭人前脚儿刚和宝玉偷试了云雨，后脚就挨了贾宝玉的"窝心脚"（晴雯语）。表面看误打误撞毫无关联，仔细想想，未尝不是一种曲折的"恨意"的表达。

这不，第三十七回，曹雪芹又拿袭人"开涮"了。秋纹得了王夫人赏赐的旧衣服，高兴得不得了：

晴雯笑道："呸！好没见世面的小蹄子！那是把好的给了人，挑剩下的才给你，你还充有脸呢。"秋纹道："凭他给谁剩的，到底是太太的恩典。"晴雯道："要是我，我就不要。若是给别人剩的给我，也罢了。一样这屋里的人，难道谁又比谁高贵些？把好的给他，剩的才给我，我宁可不要，冲撞了太太，我也不受这口软气！"秋纹忙问道："给这屋里谁的？我因为前日病了几天，家去了，不知是给谁的。好姐姐，你告诉我知道知道。"晴雯道："我告诉了你，难道你这会退还太太去不成？"秋纹笑道："胡说。

我白听了喜欢喜欢,那怕给这屋里的狗剩下的,我只领太太的恩典,也不犯管别的事。"众人听了都笑道:"骂的巧,可不是给了那西洋花点子哈巴儿了。"袭人笑道:"你们这起烂了嘴的!得了空就拿我取笑打牙儿。一个个不知怎么死呢。"秋纹笑道:"原来姐姐得了,我实在不知道。我陪个不是罢。"

袭人得到王夫人信任,待遇越发优厚了。王夫人把年轻时穿过的衣服挑好的给了袭人,秋纹碰巧得了几件挑剩下的,不知情,还那么高兴,引起宝玉房里丫头们的调侃。结果,绕来绕去,借口没遮拦的秋纹一句"那怕给这屋里的狗剩下的,我只领太太的恩典,也不管别的事",引出一个绝妙的嘲讽:

众人听了都笑道:"骂的巧,可不是给了那西洋花点子哈巴儿了。"

曹雪芹巧借"众人"之口,"笑骂"袭人是王夫人豢养的一条"西洋花点子哈巴儿",这样看来,曹雪芹真的很欣赏花袭人吗?

花袭人对史湘云是真的好

说了花袭人那么多不光彩之处,再说说她的好处。

第三十七回花袭人给史湘云送东西,可谓大费周章。

第一,落实车辆。

顺便让史家来送海棠花的两个婆子把差事传下去,租辆车,在门口等着。原文:

袭人笑道:"有什么差使?今儿宝二爷要打发人到小侯爷家与史大姑娘送东西去,可巧你来了,顺便出去叫后门小子们雇辆车来。回来你们就往这里拿钱,不用叫他们又往前头混碰去。"婆子答应着去了。

第二,精心准备。

说是贾宝玉要给史湘云送东西,其实宝玉是个"无事忙",并不操心这些细碎的往来,送什么、怎么送一概不管,这下就看出花袭人为史湘云

准备东西是如何的精心了。就连装东西的碟子,也务必要缠丝白玛瑙碟子。碟子在贾探春那里,还特地让晴雯去拿回来。原文:

袭人打点齐备东西,叫过本处的一个老宋妈妈来,向他说道:"你先好生梳洗了,换了出门的衣裳来,如今打发你与史姑娘送东西去。"那宋嬷嬷道:"姑娘只管交给我,有话说与我,我收拾了就好一顺去的。"袭人听说,便端过两个小掐丝盒子来。先揭开一个,里面装的是红菱和鸡头两样鲜果;又揭那一个,是一碟子桂花糖蒸新栗粉糕。又说道:"这都是今年咱们这里园里新结的果子,宝二爷送来与姑娘尝尝。再前日姑娘说这玛瑙碟子好,姑娘就留下顽罢。这绢包儿里头是姑娘上日叫我作的活计,姑娘别嫌粗糙,能着用罢。替我们请安,替二爷问好就是了。"宋嬷嬷道:"宝二爷不知还有什么说的,姑娘再问问去,回来又别说忘了。"袭人因问秋纹:"方才可见在三姑娘那里?"秋纹道:"他们都在那里商议起什么诗社呢,又都作诗。想来没话,你只去罢。"宋嬷嬷听了,便拿了东西出去,另外穿戴了。袭人又嘱咐他:"从后门出去,有小子和车等着呢。"宋妈去后,不在话下。

花袭人送给湘云的小吃很精致,可见费了心:特意用缠丝白玛瑙碟子盛了送去,因为湘云喜欢这碟子,顺带着就送给湘云了。袭人还帮着湘云做针线活:史家的娘儿们,是有针线活任务分派的,湘云做不过来,还让袭人帮着做。这些足以见出袭人对湘云尽心尽力的好来。

再说那缠丝白玛瑙碟子,其实探春也喜欢,盛着荔枝送过去时,探春让放着欣赏,可见也有留下之意。可是袭人不干,非要晴雯去拿回来,巴巴地送给湘云。按常理说,探春还是贾府的主子呢,湘云只是客,这点足以表现袭人对湘云的真情。

自打宝钗提醒,湘云在史家不容易,袭人就不再麻烦湘云帮着做宝玉的针线了,反而帮着湘云做针线,如此情深,令人感动。

第三,主动完成。

送东西给湘云,是宝玉要求的,但宝玉忙着起诗社,早已经把这事儿给忘了。原文:

宝玉回来,先忙着看了一回海棠,至房内告诉袭人起诗社的事。袭人也把打发宋妈妈与史湘云送东西去的话告诉了宝玉。宝玉听了,拍手道:"偏忘了他。我自觉心里有件事,只是想不起来,亏你提起来,正要请他去。

这诗社里若少了他还有什么意思。"

如果袭人敷衍，主子忘了说要送礼的事儿，自己也不便做主，但是袭人不是，帮着主子查缺补漏，想湘云之所需，主动完成差事。这不仅是袭人的职责，更有对湘云的牵挂。

第四，体贴入微。

宝玉想起邀湘云入诗社的事情，袭人是这样说的：

"什么要紧，不过玩意儿。他比不得你们自在，家里又作不得主儿。告诉他，他要来又由不得他；不来，他又牵肠挂肚的，没的叫他不受用。"

袭人对湘云处境的感受与体贴，真的令人感觉到温暖，她对湘云的好，不是姐妹，胜似姐妹，恰巧她又是天底下最难得的体贴周到的女子。

袭人为何对湘云这般好呢？这里有个缘故，袭人也服侍过湘云。湘云父母双亡，接到贾府抚养那几年，是袭人照顾湘云的。以袭人的性格，服侍贾母，眼里只有一个贾母，服侍宝玉，眼里便只有一个宝玉，所以当年，她服侍湘云，难道不是心里也只有这个小孤儿吗？而且袭人并不因湘云的真实地位而拜高踩低，可见她也并非那等俗人。

所以，袭人见到湘云才会说怕湘云把她忘了；湘云送戒指，也必定有袭人姐姐的。这些女孩子之间细腻而真挚的感情，看似琐碎，其实饱含着长存的亲情和友谊。

这样，也就不难理解，为什么花袭人在被无情撵出贾府，嫁作他人妇后，还会在贾府被抄、宝玉下狱时，冒着风险前去探望。作为奴婢的花袭人，她似乎只认两个人，一个是宝玉，一个是湘云。

袭人的心思细密，有令人胆寒的算计，也有令人唏嘘的真情。人性之复杂，在曹公笔下令人叫绝。袭人的可贵之处，足以令人动容，虽百转千回，痴心不改，是卿也。

怜贫惜弱的花袭人

第四十一回，刘姥姥喝高了，要上茅厕，迷路后竟然摸到宝玉房里睡大觉：

袭人一直进了房门，转过集锦槅子，就听的鼾齁如雷。忙进来，只闻见酒屁臭气。满屋一瞧，只见刘姥姥扎手舞脚的仰卧在床上。

这件事情，如果被众人知道，是很严重的。贾府再如何标榜是有德之家，可刘姥姥一个村妇竟然睡到了宝玉床上，腌臢了宝玉的房间，贾府无论如何是会不高兴的，贾宝玉也不会乐意，那刘姥姥酒宴卖笑卖醉的情意也就大打折扣了。毕竟，贾府和刘姥姥的社会阶层差距摆在那里，而且宝玉房里的丫鬟们也要被寻个玩忽职守之责。

所以，花袭人的反应是：

这一惊不小，慌忙赶上来将他没死活的推醒。

而刘姥姥的反应是：

那刘姥姥惊醒，睁眼见了袭人，连忙爬起来道："姑娘，我失错了！并没弄脏了床帐。"一面说，一面用手去掸。

得知是宝玉房间后，更是吓得不轻：

袭人微微笑道："这个么，是宝二爷的卧室。"那刘姥姥吓的不敢作声。

这样一件事情，花袭人为什么会替刘姥姥掩盖过去呢？所谓：

袭人恐惊动了人被宝玉知道了，只向他摇手，不叫他说话。忙将鼎内贮了三四把百合香，仍用罩子罩上。些须收拾收拾，所喜不曾呕吐，忙悄悄的笑道："不相干，有我呢。你随我出来。"刘姥姥满口答应，跟了袭人出至小丫头们房中。命他坐了，向他说道："你就说醉倒在山子石上打了个盹儿。"刘姥姥答应知道。

原因有三：

第一，这件事若抖搂出去，花袭人等也要被责疏于职守。刘姥姥不认识路，如果宝玉房里有丫鬟看着，刘姥姥也不至于会闯进宝玉的房间，睡到宝玉的床上。花袭人保刘姥姥，也有自保的意思。

第二，事情若抖搂出去，刘姥姥这次来贾府的意义就会丧失殆尽，甚至不会得到贾府的优待和资助，这对给贾府带来巨大欢乐的刘姥姥其实也不公平。

第三，最根本的原因，花袭人也是贫苦出身，深知穷人的难处。想当初，花家若不是贫困无计，也不会卖她到贾府为奴。花袭人是吃过苦、知道贫困滋味的过来人，她对刘姥姥的举止失措虽然吃惊，但对刘姥姥却并不嫌弃。这样一个贫苦而智慧的老人，她是很熟悉甚至很赞赏的。

在这样的综合考虑下，花袭人决定帮刘姥姥掩饰过去。不但如此，袭人也并不像领刘姥姥的小丫鬟那样嫌弃她，也并未因睡了宝玉的床而责怪恐吓她，反带她到小丫头房中坐了，好生交代她"就说醉倒在山子石上打了个盹儿"。如此看来，花袭人其实是一个怜贫惜弱的人，她的怜贫惜弱和贾府那些夫人小姐还不一样，她们是出于行善积德的观念，而袭人是出于感同身受的体验以及同是苦命人的感慨，这就比那些高高在上的行善更加真实动人，也比那些因做了侯门公府的奴才，反而对本是同一阶层的人颐指气使的行径更加纯洁高尚。

人性就是如此的微妙和复杂，一个花袭人，身处竞争的漩涡，可以毫不留情地巧妙出击，但当面对与自己同一阶层的贫苦人，她又是那样的理解、宽容和善良，这后一点其实是很多人都做不到的。

袭人和晴雯竟然和好了

第六十二回，真是很奇妙的一篇文章。前脚儿宝钗和黛玉同饮一杯茶，后脚儿袭人和晴雯居然手拉手。请看：

刚出了院门，只见袭人晴雯二人携手回来。

这可是一幅好姐妹的姿态。莫非，钗黛合一，作为黛影钗副的晴雯和袭人也冰释前嫌了？

来看袭人是怎么评价晴雯缝补孔雀裘的：

袭人笑道："我们都去了使得，你却去不得。"晴雯道："惟有我是第一个要去，又懒又笨，性子又不好，又没用。"袭人笑道："倘或那孔雀褂子再烧个窟窿，你去了谁可会补呢。你倒别和我拿三撇四的，我烦你做个什么，把你懒的横针不拈，竖线不动。一般也不是我的私活烦你，横竖都是他的，你就都不肯做。怎么我去了几天，你病的七死八活，一夜连命也不顾给他做了出来，这又是什么原故？你到底说话，别只伴憨，和我笑，也当不了什么。"

很显然，袭人已经窥破了晴雯的情缘。晴雯不给宝玉做针线，是有原因的。贾母房里的针线活计是她的主业之一。而作为贾母选中的宝玉未来之妾，晴雯在宝玉房里具有相当高的自由度。

另一个更重要的原因就是，袭人探母这几天，晴雯生病，宝玉的细心呵护融化了晴雯内心的坚冰。如果说"撕扇子作千金一笑"之后，宝玉给予晴雯的是娇宠，那么，第五十一回、五十二回宝玉给予晴雯的就是关爱。既然晴雯为了一件孔雀裘，连性命都不顾了，那么为了宝玉，与袭人和好，不让他为难，又算得了什么呢？袭人既看出晴雯拼了命地为宝玉，也感受到晴雯逐渐放下了争斗的架势。

袭人构陷晴雯，其实只是为了自保。依靠王夫人的抬举，使得那些知道她和宝玉发生关系的人知趣、闭嘴，或者误以为王夫人已经默许她和宝玉同房，不敢进言。其实赵姨娘向贾政说起这事儿的时候，就是认为袭人是王夫人给了宝玉的。花袭人要的就是这个效果。

再者，她需要的不是赶走晴雯，而是超过晴雯，这是她投靠王夫人的另一个原因。自保之后，为了她"那颗争荣夸耀的心"，她不仅要做宝玉房里的第一大丫鬟，还要做宝玉的第一妾。这就是晴雯将死，宝玉哭诉时，她说过的那一句冷酷无情的话："那晴雯是个什么东西……他纵好，也灭不过我的次序去。"

至第六十二回，袭人在王夫人那里的地位是极其稳固了，她该说的已经说了（向王夫人进言），该做的已经做了（退一步让晴雯服侍宝玉），该得到的已经得到了（王夫人给予袭人极高待遇），在她可控的范围，她已经尽力了。晴雯虽然是贾母选中的，但袭人作为王夫人选中的人，已经在方方面面均超过了晴雯。这个时候，不和晴雯修好，更待何时？而单纯的晴雯只傻傻地接受了她的善意，袭人的心思手段，她是远远不及的。

所以，我们看到第六十二回，袭人已经和晴雯和好了，而且好得不得了，不仅出双入对，就连叫宝玉吃饭也是手拉手一起来的。

其实这里面可能也有曹雪芹的私意。短短一年美丽幸福的大观园时光，既然谓之神话，那就力求尽善尽美吧。既然钗黛合一了，那么，作为这两位副手，也便和好了吧。

且看第六十三回，袭人怎么进一步调笑晴雯：

> 话说宝玉回至房中洗手，因与袭人商议："晚间吃酒，大家取乐，不可拘泥。如今吃什么，好早说给他们备办去。"袭人笑道："你放心，我和晴雯、麝月、秋纹四个人，每人五钱银子，共是二两。芳官、碧痕、小燕、四儿四个人，每人三钱银子，他们有假的不算，共是三两二钱银子，早已交给了柳嫂子，预备四十碟果子。我和平儿说了，已经抬了一坛好绍兴酒藏在那边了。我们八个人单替你过生日。"宝玉听了，喜的忙说："他们是那里的钱，不该叫他们出才是。"晴雯道："他们没钱，难道我们是有钱的！这原是各人的心。那怕他偷的呢，只管领他们的情就是。"宝玉听了，笑说："你说的是。"袭人笑道："你一天不挨他两句硬话村你，你再过不去。"晴雯笑道："你如今也学坏了，专会架桥拨火儿。"说着，大家都笑了。

假使晴雯没被撵出去，袭人和晴雯最后都做了宝玉的妾，那么，袭人就是贤淑体贴型，晴雯则是"野蛮女友"型，袭人的温婉，宝玉受用，晴雯的火爆，宝玉也是受用的。所以袭人说宝玉每天不受晴雯几句硬话，就不舒服。

先是被袭人窥破情缘，如今又被袭人说中心事，即使晴雯这样的野蛮女友，也害羞了，说袭人也学坏了，这种娇羞，是对宝玉的爱意，以及由此对袭人的释怀。

晴雯是单纯的，她和宝玉一样不记仇。而袭人呢，只要跳出名利场，她也是善良的。她们的矛盾暂时搁置，和好如初了。

花袭人开玩笑也见心机

宝玉生日，足足喝了一天。白天喝，晚上喝，等宝钗、黛玉、李纨、

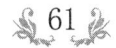

探春等去了，夜里宝玉又和房里的丫鬟们接着喝。这一喝，可不都醉了。

之前和宝玉夸下海口的芳官，醉得最是厉害：

芳官吃的两腮胭脂一般，眉梢眼角越添了许多丰韵，身子图不得，便睡在袭人身上，道："好姐姐，心跳的很。"袭人笑道："谁许你尽力灌起来。"小燕四儿也图不得，早睡了。晴雯还只管叫。宝玉道："不用叫了，咱们且胡乱歇一歇罢。"自己便枕了那红香枕，身子一歪，便也睡着了。袭人见芳官醉的很，恐闹他唾酒，只得轻轻起来，就将芳官扶在宝玉之侧，由他睡了。自己却在对面榻上倒下。

曹雪芹笔法，端的已入化境，酒后场景，犹在眼前。袭人对芳官，那真是体贴又周到，怕芳官吐酒，轻轻将芳官扶在宝玉身旁，直睡了一夜。可是，天亮之后的玩笑，就觉得有点变味儿了：

大家黑甜一觉，不知所之。及至天明，袭人睁眼一看，只见天色晶明，忙说："可迟了。"向对面床上瞧了一瞧，只见芳官头枕着炕沿上，睡犹未醒，连忙起来叫他。宝玉已翻身醒了，笑道："可迟了！"因又推芳官起身。那芳官坐起来，犹发怔揉眼睛。袭人笑道："不害羞，你吃醉了，怎么也不拣地方儿乱挺下了。"芳官听了，瞧了一瞧，方知道和宝玉同榻，忙笑的下地来，说："我怎么吃的不知道了。"

花袭人的玩笑，实在是动了心机的。芳官再醉，设若不是袭人扶她在宝玉之侧，怎么和宝玉同榻了一夜？既是她安排的，又何必说那样的话呢？

芳官和宝玉同榻这件事情，说小可小，说大可大。王夫人亲自出马，查抄大观园，四儿和宝玉就说了一句同日生日就是夫妻，不也是天大的事情？至于芳官，挑唆宝玉要柳五儿，甚至宝玉给她取名耶律雄奴，到王夫人那里也够攥出去的罪名。所以，这事儿，经袭人这么一提，阆屋聚会的温馨就大打折扣了。可见袭人对芳官的好，也是留了无数的心眼子。

经王夫人看重后，袭人越发自己尊重起来，刻意与宝玉保持距离，宝玉的外屋只让晴雯上夜，难怪晴雯会成为王夫人眼中第一个勾引宝玉的丫鬟。晴雯如此，那么，酒醉之夜，袭人把芳官留在宝玉身旁，难道就没有一点点心机的意味？她作为服侍宝玉的大丫鬟必是知礼的，可她却安排芳官和宝玉同榻，若传出去，芳官是要吃不了兜着走的。

再看其后袭人的打趣，她记得晴雯喝高了唱小曲，却单单记不得自己也唱过。所谓：

袭人笑道："原要这样才有趣。必至兴尽了，反无后味了。昨儿都好上来了，晴雯连臊也忘了，我记得他还唱了一个。"

如果不是小燕提起，还真以为只是晴雯忘情呢：

四儿笑道："姐姐忘了，连姐姐还唱了一个呢。在席的谁没唱过！"众人听了，俱红了脸，用两手握着笑个不住。

花袭人的记性绝佳，且只记别人，不记自己，涓涓细流，直沁入王夫人的心田，并非润物细无声，而是杀人于无形。

花袭人真的无所不能

第六十七回，花袭人去探望王熙凤，正好碰上正在呵护花果的祝妈。自打探春在大观园里推行承包制以来，这些老妈子，对但凡能生利的，无不尽心竭力。所谓：

袭人走着，沿堤看顽了一回。猛抬头看见那边葡萄架底下有人拿着掸子在那里掸什么呢，走到跟前，却是老祝妈。那老婆子见了袭人，便笑嘻嘻的迎上来，说道："姑娘怎么今日得工夫出来逛逛？"袭人道："可不是。我要到琏二奶奶家瞧瞧去。你在这里做什么呢？"那婆子道："我在这里赶蜜蜂儿。今年三伏里雨水少，这果子树上都有虫子，把果子吃的疤癞流星的掉了好些下来。姑娘还不知道呢，这马蜂最可恶的，一嘟噜上只咬破三两个儿，那破的水滴到好的上头，连这一嘟噜都是要烂的。姑娘你瞧，咱们说话的空儿没赶，就落上许多了。"袭人道："你就是不住手的赶，也赶不了许多。你倒是告诉买办，叫他多多做些小冷布口袋儿，一嘟噜套上一个，又透风，又不遭塌。"婆子笑道："倒是姑娘说的是。我今年才管上，那里知道这个巧法儿呢。"

原来甜甜的葡萄，马峰最喜咬食，所到之处，带累了一串一串的葡萄坏掉。老祝妈正在这儿不辞辛劳地用掸子赶马蜂呢。袭人不经意之间，传授了老祝妈一个妙法，用小冷布口袋儿，套住即将成熟的葡萄，能有效防避马蜂叮咬。

袭人十几岁的人，自小被卖到贾府侍候主子，哪里干过这种植葡萄的活计。而老祝妈几十岁的人，原是贾府底层的下人，什么活计没干过？可是，果树防虫这样的妙计，却是袭人知道。可见，袭人是一个善于学习、观察、思考的人，虽没干过，但也许见过、问过，日积月累，已然阅历丰富。

可见，人生的阅历和修养并非和年龄成正比。无心之人空活百岁，有心之人成于年少。

第二节　谁知公子无缘

冷酷的袭人

袭人盛装探母，风光一时无限，可是，我却从中看到了冷酷的意味。

第一，以袭人在贾府、在王夫人那里、在贾宝玉房里的地位，母亲病重将死时表现一下哀痛是不会有人异议的。

第二，既然连王夫人、王熙凤都知道花自芳这次来接妹妹去见母亲是因为老人快不行了，那么作为女儿的袭人肯定也是知道的。

第三，可是，面对母亲将死，花袭人却表现得异常镇定、轻松和从容。

1. 明知道母亲要死了，即使是王夫人、王熙凤要她盛装"华丽"地去见母亲，作为女儿，如果真爱母亲，怕万一去晚了见不到母亲最后一面，怎会为此打扮"半日"？从中，我看到的是作为主子的王夫人和王熙凤的上心以及作为女儿的袭人的不上心，当然更不伤心。

让袭人体面地回家探母，虽是王夫人的心意，但在母亲将死之时穿着如此华丽，绝不是一个挂念母亲的孝顺女儿所为。这说明在将死的母亲和她的体面之间，袭人似乎更看重自身的体面，因为"倒也华丽"的装扮显示的是她的地位和未来。

2. 不仅如此，袭人的表现也是异常轻松和从容的，根本看不到一点点伤感。其实如果表现得心情沉重、担心哀痛也是人之常情，没人会为此责备袭人。可惜，袭人和王熙凤说话，依然是从容地"笑道"，她最在意的是如何表现出被恩宠的愉悦和得体。

殊不知，此时袭人最不得体的，就是她连垂死的母亲也并未放在心上。

袭人母女的微妙关系

袭人对母亲的冷漠当然是有缘由的。第十九回，贾宝玉突发奇想，去袭人家看望正在探亲的袭人，有两处很值得注意。

第一，贾宝玉兴冲冲地到了袭人家，大过年的，却发现袭人哭过。

宝玉看见袭人两眼微红，粉光融滑，因悄问袭人："好好的哭什么？"袭人笑道："何尝哭，才迷了眼揉的。"因此便遮掩过了。

第二，袭人的身世很凄凉：

原来袭人在家，听见他母兄要赎他回去，他就说至死也不回去的。又说："当日原是你们没饭吃，就剩我还值几两银子，若不叫你们卖，没有个看着老子娘饿死的理。如今幸而卖到这个地方，吃穿和主子一样，又不朝打暮骂。况且如今爹虽没了，你们却又整理的家成业就，复了元气。若果然还艰难，把我赎出来，再多掏澄几个钱，也还罢了，其实又不难了。这会子又赎我作什么？权当我死了，再不必起赎我的念头！"因此哭闹了一阵。

如此看来，袭人为什么哭就很清楚了。

1. 想起了伤心往事，想起当年家贫被卖的凄惨日子。袭人被卖时，并不知道会卖到什么样的人家，接下来为奴为婢要面对什么，内心的恐惧是可想而知的，并不亚于已经"死"了一回。

2. 这样的生离，虽然情非得已，"没有个看着老子娘饿死的理"，但是，袭人还是有些怨气的，"就剩我还值几两银子"，这股怨气，袭人是冲着母亲去的。这样的情节，像极了电影《唐山大地震》中母亲面对儿子女儿都被压在废墟下，只能救一个时的选择，毫无例外的，袭人的妈也选择了牺牲女儿。在许多人的传统观念里，女儿是可以舍弃的。每到这时，人的心灵就要经受巨大的拷问和折磨。

如此一来，袭人母女的微妙关系就很清楚了。

而既到了贾府这样好的人家，袭人就绝不会再回头。她很清楚，花家一旦再处于危难时刻，要舍弃的还是她。而她在贾府已经看到了新的希望，似乎已经握住了自己命运的稻草，所以，她才会对家人说"权当我死了，再不必起赎我的念头！"可以说，袭人和花家虽然还是一家人，但经历过当年那次卖女，他们之间已经有了一道难以弥合的裂痕。

所以，当袭人面对垂死的母亲，这个很小就经历过生离死别的人，反而不会有太多的哀痛了。因为她早已失去了母亲，早已习惯了没有母亲的环境，而且如鱼得水。如今母亲的生死，和她的生存其实并没有太大的关系。

袭人之母的愧疚

袭人自小家贫，被卖到贾府，这种经历对袭人是有伤害的，使她从此变得冷酷，哪怕是对自己的母亲。就像《唐山大地震》里的女儿，母亲那句救弟弟的话，伤害了她很多很多年。

然而，这种伤害，对于袭人之母来说，又何尝不是巨大而深远的呢？试问天下的母亲，但凡有点良知的，有谁会忍心抛弃亲生骨肉？就好比《唐山大地震》里的那位母亲，一生备受煎熬，最后竟然给女儿下跪。所以，对袭人之母，虽然没有正面描写她的心理活动，但她对女儿的愧疚之情也是很明显的。第十九回：

"偏这日一早，袭人的母亲又亲来回过贾母，接袭人家去吃年茶，晚间才得回来。"

请注意，这里是袭人之母亲自过来接女儿回家过年，而不是派她哥哥来接。与其说爱女之深，不如说是饱含当年卖女的愧疚。而且，母亲这次亲自来接，还有另外一层意思，那就是：

"原来袭人在家，听见他母兄要赎他回去。"

袭人为婢其实一直是母亲的一块心病，一旦条件允许，她所能够做出的补偿就是赎回女儿，还女儿自由之身。从袭人母亲决意赎袭人一事，可以看出，若干年前卖掉女儿，对她的伤害也同样巨大。不仅是母亲，作为哥哥的花自芳，也是一样愧对妹妹，所以，才会对妹妹言听计从。

（袭人）又命他哥哥去或雇一乘小轿，或雇一辆小车，送宝玉回去。花自芳道："有我送去，骑马也不妨了。"袭人道："不为不妨，为的是碰见人。"花自芳忙去雇了一顶小轿来。

花家一家子对袭人的感情，亲情里还加了愧疚，加了补偿，加了小心，这是一段曾经受过伤的亲情，也才会有八十回后，袭人被撵出贾府，花自芳不遗余力地成全妹妹的幸福。

可惜，袭人没有看到这一点，当母亲将死之时，袭人想到更多的还是她在贾府的体面。

也许，当垂死的母亲看到盛装的袭人前来探望时，她感到的是女儿今生有靠，也会放心去的；但是，在感情的世界里，袭人之母已经永远失去这个女儿，直到死，她都没有再次真正拥有女儿。此时的女儿，已经不是当年被卖的无助的小女孩儿了，而是一个在贾府进退自如的一等大丫鬟了！

这也不怪袭人，唯其不怪袭人，才成其为悲剧，成为这部大悲剧里的一支凄婉的离歌。

袭人原来是借调到宝玉房里的

第三十六回有关于袭人的安排：

王夫人听说，也就罢了，半日又问："老太太屋里几个一两的？"凤姐道："八个。如今只有七个，那一个是袭人。"王夫人道："这就是了。你宝兄弟也并没有一两的丫头，袭人还算是老太太房里的人。"凤姐笑道："袭人原是老太太的人，不过给了宝兄弟使。他这一两银子还在老太太的丫头分例上领。如今说因为袭人是宝玉的人，裁了这一两银子，断然使不得。若说再添一个人给老太太，这个还可以裁他的。若不裁他的，须得环兄弟屋里也添上一个才公道均匀了。就是晴雯麝月等七个大丫头，每月人各月钱一吊，佳蕙等八个小丫头，每月人各月钱五百，还是老太太的话，别人如何恼得气得呢。"

然后：

王夫人想了半日，向凤姐儿道："明儿挑一个好丫头送去老太太使，补袭人，把袭人的一分裁了。把我每月的月例二十两银子里，拿出二两银

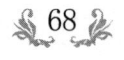

子一吊钱来给袭人。以后凡事有赵姨娘周姨娘的，也有袭人的，只是袭人的这一分都从我的分例上匀出来，不必动官中的就是了。"

原来，直到第三十六回，花袭人并非宝玉房里有编制的正式员工，一直是借调人员。这可是个大发现，可以带来很多启示。

第一，贾母所谓把袭人给了宝玉，原本就是要袭人去服侍贾宝玉的。贾母的意思，很可能是这样的，宝玉还小，需要一个周到尽心的丫鬟服侍，因此让袭人去，等宝玉大了，晴雯等丫鬟可以独当一面，袭人再回来，所以，花袭人的"编制"始终在贾母房里，工资也是依着贾母房里大丫鬟的标准，从贾母房里发。

第二，这就再一次说明，贾母压根儿没有想让袭人一辈子跟着宝玉，也就没有让袭人做宝玉的妾的意思。未来的妾，贾母相中的是晴雯，所以晴雯正式办理了"调动手续"。

第三，袭人想成为正式员工，只有一条路了，那就是上位，靠性贿赂上位。要说明一点，宝玉并非只对袭人提出过性要求，对晴雯碧痕等都提出过，只有晴雯没有答应。为什么？因为晴雯知道自己的身份，早晚是宝玉的人，不用着急，保持清白之身，到宝玉成亲时，干干净净地过去更有尊严。

另一个更为尴尬的现实是，即使经过王夫人的精心调配，花袭人依然不是贾宝玉房里的"正式员工"。为什么？因为花袭人拿的其实是王夫人给的工资，而袭人在贾母房里的"编制"，被王夫人裁了，且在宝玉房里，王夫人并没有明确袭人的"编制"。那在王夫人房里呢？还是没有"编制"。金钏的空饷，给她妹妹玉钏儿"吃"了。甚至花袭人的工资名单，贾府里都没有了，以前还挂名在贾母房里，现如今她的工资是从王夫人工资里面拨出来的。也就是说，花袭人从此之后，既不是贾母房里的员工，也不是宝玉房里的员工，更不是王夫人房里的员工，而是王夫人的"特聘员工"，她甚至不是贾府的人了，因为贾府的工资单上没有她的名字了，她只是王夫人的人。

难怪，第二十一回，袭人放狠话"横竖有人服侍你，再别来支使我。我仍旧还服侍老太太去"。那时袭人虽然在宝玉房里服侍宝玉，但还是贾母的房里人。而到第三十六回，王夫人精心安排后，袭人是这样说的："从此以后我是太太的人了，我要走连你也不必告诉，只回了太太就走。"

王夫人在袭人问题上相当没底气

第三十六回，王夫人关于花袭人调动及其待遇安排，是空前绝后的，但也是相当没有底气的。原文：

一句话未完，只见凤姐儿打发人来叫袭人。宝钗笑道："就是为那话了。"袭人只得唤起两个丫鬟来，一同宝钗出怡红院，自往凤姐这里来。果然是告诉他这话，又叫他与王夫人叩头，且不必去见贾母，倒把袭人不好意思的。

这段话要注意一个关键句"且不必去见贾母"，为什么？

王夫人提拔花袭人，花袭人去磕头谢恩，这是对的。但是，花袭人原本是贾母房里的人，要离开了，去贾母那里磕个头，又有什么不可以？王夫人为什么要特意嘱咐王熙凤交代花袭人不去贾母那里呢？

原因就是王夫人的处置是自作主张，并没有事先禀报贾母，当然不能让花袭人去贾母那里磕头谢恩，一去岂不是把老底儿泄露出来？

这就是王夫人心虚的地方。

也许，有人会问，花袭人调出贾母那里，难道贾母会不知道？袭人的缺是要有人补的。贾母肯定会知道。但是，贾母不会知道，花袭人胜过姨娘的高待遇。这样的事情，是王夫人定的，若非贾母问起，旁人是轻易不敢去触这个霉头的。

很显然，王夫人提拔花袭人，采用了非常手段，在一定程度上违背了大家族的管理原则，一旦比王夫人更有权威的人问起，是经不起推敲的。比如花袭人的工资，居然比赵姨娘还高，这个说到哪里去，不管工资是谁开的，都是不妥的。尤其是贾政，知道王夫人这样乱了规矩肯定会很生气。这件事情，就是贾探春和贾环知道了也会觉得脸上无光，难道一个为贾府生育了一儿一女的姨娘还不如一个尚未正式承认的妾？

花袭人对王夫人的安排满意吗

第三十六回，王夫人完成了袭人的人事安排。

花袭人对这种安排满意吗？

可能有人要笑话我了，白痴不是，这样的安排，花袭人焉能不满意？她要的就是这个结果呀。

其实未必。

袭人去王夫人那里磕头谢恩回来，明显感觉情绪低落了许多。听听她和宝玉的对话吧：

宝玉喜不自禁，又向他笑道："我可看你回家去不去了！那一回往家里走了一趟，回来就说你哥哥要赎你，又说在这里没着落，终久算什么，说了那么些无情无义的生分话唬我。从今以后，我可看谁来敢叫你去。"袭人听了，便冷笑道："你倒别这么说。从此以后我是太太的人了，我要走连你也不必告诉，只回了太太就走。"宝玉笑道："就便算我不好，你回了太太竟去了，叫别人听见说我不好，你去了你也没意思。"袭人笑道："有什么没意思，难道作了强盗贼，我也跟着罢。再不然，还有一个死呢。人活百岁，横竖要死，这一口气不在，听不见看不见就罢了。"宝玉听见这话，便忙握他的嘴，说道："罢，罢，罢，不用说这些话了。"

从袭人的话里，是能听出不满和失落，甚至有怨气的。

第一，冷笑。宝玉为她高兴，说她从此可以留在贾府了。可是，袭人的反应却是冷笑。当时只有宝玉在场，不像是装的，倒像是真的。

第二，且看她的话，第一句就很吓人，"你倒别这么说。从此以后我是太太的人了，我要走连你也不必告诉，只回了太太就走"。这话说得对不对？很对。从此以后，花袭人在贾府是没有编制了，工资也是王夫人发了，说明她只是王夫人的人了。袭人看问题犀利啊，一眼就看到了实质。

第三，袭人也看出这事是瞒着贾母做的。这样的安排，是把她推到了风口浪尖。袭人本来想退一步自保，没想到反而被王夫人推向前台。为什么这样说？

1. 这事瞒着贾母，贾母会怎么看？袭人心里没底。

2. 现在她连贾母房里的编制都没有了，工资也不是贾府发了，身份没有了。

　　3. 如此高的工资待遇，这不是明摆着告诉贾府上下，她是宝玉的人了吗？工资比赵姨娘还高，袭人想想都不寒而栗，不光赵姨娘不高兴，贾政知道了难道会很开心？这不是更大的危机吗？

　　第四，接下来的话就是气话了，所谓："有什么没意思，难道作了强盗贼，我也跟着罢。再不然，还有一个死呢。人活百岁，横竖要死，这一口气不在，听不见看不见就罢了。"

　　也许，花袭人已经预感到了她在贾府的不可久留。聪明的花袭人，当她听到王夫人如此不靠谱的安排，真的感觉到了更大的危险，感觉到她真不可能和宝玉长相厮守了，甚至她的姨娘梦，也做不长久了。因此，才会冷笑，才会自暴自弃地和宝玉说那些绝情的气话。

　　这种心态，其实也预示了花袭人被撵走的命运。可以肯定地说，花袭人对于王夫人这种明摆着让她往枪口上撞的恩赏，对于这种脑残的安排，是失望的，是吃惊的，是想不到的，也是不满意的。她为了摆脱"偷试云雨"的危机，投靠了王夫人，结果却踏进另外一个更大的漩涡，这是她所始料不及的。尽管之后王夫人的一系列强势做法也给了袭人一些希望和安慰，使得她在母亲病危时能够盛装探母，她母亲去世，得到比赵姨娘兄弟赵国基还高的丧葬费；查抄大观园，王夫人不分青红皂白撵走晴雯，为她腾编制、明身份，等等，但是悲剧的命运，似乎在她投向王夫人怀抱时就注定了，那颗"争荣夸耀的心"终究是要熄灭的，最终还是要离开贾府，去过困顿奔波的日子的。

花袭人其实犯了众怒

　　第三十七回，袭人想着给湘云送点东西，问起缠丝白玛瑙碟子和联珠瓶，引出了秋纹的一段话：

　　秋纹笑道："提起瓶来，我又想起笑话。我们宝二爷说声孝心一动，也孝敬到二十分。因那日见园里桂花，折了两枝，原是自己要插瓶的，忽然想起来说，这是自己园里的才开的新鲜花，不敢自己先顽，巴巴的把那一对瓶拿下来，亲自灌水插好了，叫个人拿着，亲自送一瓶进老太太，又进一瓶与太太。谁知他孝心一动，连跟的人都得了福了。可巧那日是我拿去的。老太太见了这样，喜的无可无不可，见人就说：'到底是宝玉孝顺我，连一枝花儿也想的到。别人还只抱怨我疼他。'你们知道，老太太素日不大同我说话的，有些不入他老人家的眼的。那日竟叫人拿几百钱给我，说我可怜见的，生的单柔。这可是再想不到的福气。几百钱是小事，难得这个脸面。及至到了太太那里，太太正和二奶奶、赵姨奶奶、周姨奶奶好些人翻箱子，找太太当日年轻的颜色衣裳，不知给那一个。一见了，连衣裳也不找了，且看花儿。又有二奶奶在旁边凑趣儿，夸宝玉又是怎么孝敬，又是怎样知好歹，有的没的说了两车话。当着众人，太太自为又增了光，堵了众人的嘴。太太越发喜欢了，现成的衣裳就赏了我两件。衣裳也是小事，年年横竖也得，却不像这个彩头。"

秋纹这段话，说的是宝玉折桂送贾母和王夫人的事情，这是件讨巧的事情，秋纹沾光，得了贾母和王夫人的赏赐。这话表面上看一点问题没有，可是，接下来晴雯的话就有些火辣了：

晴雯笑道："呸！没见世面的小蹄子！那是把好的给了人，挑剩下的才给你，你还充有脸呢。"秋纹道："凭他给谁剩的，到底是太太的恩典。"晴雯道："要是我，我就不要。若是给别人剩下的给我，也罢了。一样这屋里的人，难道谁又比谁高贵些？把好的给他，剩下的才给我，我宁可不要，冲撞了太太，我也不受这口软气。"秋纹忙问："给这屋里谁的？我因为前儿病了几天，家去了，不知是给谁的。好姐姐，你告诉我知道知道。"晴雯道："我告诉了你，难道你这会退还太太去不成？"秋纹笑道："胡说，我白听了喜欢喜欢。那怕给这屋里的狗剩下的，我只领太太的恩典，也不犯管别的事。"众人听了都笑道："骂的巧，可不是给了那西洋花点子哈巴儿了。"

事情到这儿，我们才知道宝玉房里的丫鬟们是在骂花袭人呢。这里面有几点需要注意：

1. 秋纹难道真的不知道花袭人涨工资的事情，即便她病了回家了两天，肯定也是知道的。宝玉房里的大丫鬟哪个是省油的灯，秋纹说话，表面无心，其实处处针对，投机取巧，说明秋纹已经知道了王夫人提携袭人的事情。

这并不是一场无心的对话，而是秋纹和晴雯上演的双簧。

2. 不唯秋纹、晴雯参与了，宝玉房里的丫鬟，包括麝月、碧痕等人都参与了，秋纹的"狗剩下的"的话，引出的却是"众人的话"，所谓：

众人听了都笑道："骂的巧，可不是给了那西洋花点子哈巴儿了。"

很有意思，也实在高明，点题的话是集体说的，所谓法不责众。一是点出了这出戏的主旨就是骂，二是骂那个人是哈巴儿狗。这个人是谁呢？大家心里清楚，谁在王夫人那里得到了巨大的恩赏就是谁。

贾宝玉房里的丫鬟，大丫鬟是一个月一吊钱的工资，小丫鬟是一个月五百钱。花袭人作为贾母房里的大丫鬟一个月的工资是一两银子，已经比晴雯她们高很多了，现在变成二两银子一吊钱了，晴雯她们的工资只是花袭人工资的零头。都在宝玉房里干活，差距竟然那么大，人心是会不平衡的。

所以，这场笑骂由秋纹挑起，经晴雯点拨，众人参与，其实是一场宝玉房里丫鬟集体调侃花袭人的行为。有花袭人的反应作证：

袭人笑道："你们这起烂了嘴的！得了空就拿我取笑打牙儿。一个个不知怎么死呢。"秋纹笑道："原来姐姐得了，我实在不知道。我陪个不是罢。"

花袭人认了，木已成舟，不认也不行。而秋纹的道歉，更说明她早就知道了，不过是借这件事情发挥而已。看看晴雯秋纹和麝月说的话吧：

晴雯听说，便掷下针黹道："这话倒是，等我取去。"秋纹道："还是我取去罢，你取你的碟子去。"晴雯笑道："我偏取一遭儿去。是巧宗儿你们都得了，难道不许我得一遭儿？"麝月笑道："通共秋丫头得了一遭儿衣裳，那里今儿又巧，你也遇见找衣裳不成。"晴雯冷笑道："虽然碰不见衣裳，或者太太看见我勤谨，一个月也把太太的公费里分出二两银子来给我，也定不得。"说着，又笑道："你们别和我装神弄鬼的，什么事我不知道。"一面说，一面往外跑了。秋纹也同他出来，自去探春那里取了碟子来。

可见不光晴雯，就是经袭人调教出来的麝月和秋纹也是不满的，不过秋纹是劝解，麝月是无奈，而晴雯是不甘心而已。

至此，可以看到，花袭人提高待遇这件事情，引起的反响是巨大的。宝玉房里的丫鬟是集体不满的。而花袭人一句"一个个不知怎么死呢"，似乎也给这场笑骂平添了几分寒气，似乎花袭人已经知道迟早是要收拾这群丫鬟了。她唯一没有想到的恐怕是她自己迟早也是要被收拾的。

贾母问责袭人

第五十四回，贾府过年，家宴上贾母看见袭人没有跟着来服侍贾宝玉，有些不高兴了：

于是宝玉出来，只有麝月秋纹并几个小丫头随着。

贾母因说："袭人怎么不见？他如今也有些拿大了，单支使小女孩子出来。"

这话说得厉害。袭人之母病逝，王夫人授意，给足了袭人的脸面，前呼后拥的有两部车子，还有以王夫人陪房周瑞家的为首的八个丫鬟陪着，已经很有主子相了。贾母的话，可谓一针见血，"拿大"一词，很到位呀。

当然，袭人如今已经是王夫人的人了，自然有王夫人出来为她说话：

王夫人忙起身笑回道："他妈前日没了，因有热孝，不便前头来。"

这个理由，似乎很说得过去。人家老妈死了，不能来是可以理解的。

可是，贾母并不满意：

贾母听了点头，又笑道："跟主子却讲不起这孝与不孝。若是他还跟我，难道这会子也不在这里不成？皆因我们太宽了，有人使，不查这些，竟成了例了。"

贾母的话看似无情，其实很有道理——卖了身的奴才跟主子讲什么孝与不孝呢？

注意，贾母和王夫人的标准是不一样的。在贾母那里，袭人依然是个奴才，而在王夫人那里，袭人已经是半个主子了。这是贾母和王夫人看待袭人的最大不同。

而此时，袭人在王夫人那里的地位发生了天翻地覆的变化，却是背着贾母的。所以，王夫人的解释显然不能令贾母满意。

于是，王熙凤只得出场了。

王熙凤很厉害，她十分清楚袭人在贾母眼里是个什么身份，因此，扯谎道：

"今儿晚上他便没孝，那园子里也须得他看着，灯烛花炮最是耽险的。这里一唱戏，园子里的人谁不偷来瞧瞧。他还细心，各处照看照看。况且这一散后宝兄弟回去睡觉，各色都是齐全的。若他再来了，众人又不经心，散了回去，铺盖也是冷的，茶水也不齐备，各色都不便宜，所以我叫他不用来，只看屋子。散了又齐备，我们这里也不耽心，又可以全他的礼，岂不三处有益。老祖宗要叫他，我叫他来就是了。"

这话，指出袭人依然是奴才丫鬟的定位，她之所以不来，跟有孝在身关系不大，其实是要在园子里守着火烛，预备宝玉回去安歇。这样一来，就把袭人身份又定回去了，而且，不来的理由很充分。其实这些活，谁不能干？王熙凤看似圆场扯谎，其实是在迎合贾母对于袭人的定位。王夫人之所以被贾母驳回，是因为她高抬了袭人。

果不其然，贾母对于王熙凤的解释十分满意：

贾母听了这话，忙说："你这话很是，比我想的周到，快别叫他了。但只他妈几时没了，我怎么不知道。"凤姐笑道："前儿袭人去亲自回老太太的，怎么倒忘了？"贾母想了一想笑说："想起来了。我的记性竟平常了。"众人都笑说："老太太那里记得这些事。"贾母因又叹道："我想着，他从小儿服侍了我一场，又服侍了云儿一场，末后给了一个魔王宝玉，亏他魔了这几年。他又不是咱们家的根生土长的奴才，没受过咱们什么大恩典。他妈没了，我想着要给他几两银子发送，也就忘了。"凤姐儿道："前儿太太赏了他四十两银子，也就是了。"

贾母听说，点头道："这还罢了。正好鸳鸯的娘前儿也死了，我想他老子娘都在南边，我也没叫他家去守孝，如今叫他两个一处作伴儿去。"又命婆子将些果子菜馔点心之类与他两个吃去。琥珀笑说："还等这会子呢，他早就去了。"说着，大家又吃酒看戏。

这段话，要注意三点：

1. 袭人的身份一旦回归到奴婢的地位，贾母就很满意了，而且很慈爱。

2. 贾母对鸳鸯和袭人其实是搞双重标准的。鸳鸯的娘死了，有孝在身可以不来，袭人有孝在身没来，却被根究了。贾母问责袭人，绝对是有意为之。

3. 贾母依然把袭人定位为奴婢，而鸳鸯权势再大，也是奴才，让袭人和鸳鸯一处去做伴儿，表明贾母依然认定袭人只能做贾宝玉房里的大丫鬟，一个类似于管家的奴才。

这一段，展示的不仅是贾母和王夫人关于袭人定位的分歧，也说明贾母自始至终都没有要把袭人提拔为房里人的意思，她心里的人选到第五十四回，还是晴雯。

很显然，王夫人要抬举袭人，势必就要打击晴雯了，查抄大观园晴雯被撵，其中的深刻原因就在这里。

袭人的"主子相"

第五十一回，袭人母亲病重，要去探望，王夫人叫来王熙凤，"命酌量去办理"。

"酌量办理"这样的暗示，王熙凤岂能不心领神会？于是，袭人一个丫鬟回家探母竟成为大事，袭人的"主子相"也呼之欲出了。

首先是排场。

原文：

凤姐儿答应了，回至房中，便命周瑞家的去告诉袭人原故。又吩咐周瑞家的："再将跟着出门的媳妇传一个，你两个人，再带两个小丫头子，跟了袭人去。外头派四个有年纪跟车的。要一辆大车，你们带着坐；要一辆小车，给丫头们坐。"周瑞家的答应了，才要去，凤姐儿又道："那袭人是个省事的，你告诉他说我的话：叫他穿几件颜色好衣裳，大大的包一包袱衣裳拿着，包袱也要好好的，手炉也要拿好的。临走时，叫他先来我瞧瞧。"周瑞家的答应去了。

一个丫鬟回家探视老娘，竟然派了两辆车八个仆人跟着，这是什么规格？而且，领头的还是王夫人的陪房周瑞家的。周瑞家的可是荣国府下人里的"实力派"呀，居然做了袭人的跟班。只怕贾府的姨娘出门也没有如此大的排场吧？袭人这个丫鬟还是丫鬟吗？真是不是主子胜似主子了。

其次是穿戴。

王熙凤说袭人是个"省事的"，可是王熙凤看错袭人了，此时袭人已不同往日。原文：

半日，果见袭人穿戴来了，两个丫头与周瑞家的拿着手炉与衣包。凤姐儿看袭人头上戴着几枝金钗珠钏，倒华丽；又看身上穿着桃红百子刻丝银鼠袄子，葱绿盘金彩绣绵裙，外面穿着青缎灰鼠褂。

等了"半日"，足见袭人打扮时间之长，并不是"省事"的主儿。再看衣着，从凤姐眼中也看出"倒华丽"，可知绝非一般了，朴素的袭人此时已经不见了。

再次是巴结。

袭人得到王夫人抬举，就连王熙凤也得去巴结了。聪明如王熙凤者知道，"酌量"可不是让你省节，而是让你铺张，除了袭人已得的华服外，王熙凤还要让她锦上添花，于是：

凤姐儿笑道："这三件衣裳都是太太的，赏了你倒是好的，但只这褂子太素了些，如今穿着也冷，你该穿一件大毛的。"袭人笑道："太太就只给了这灰鼠的，还有一件银鼠的，说赶年下再给大毛的，还没有得呢。"凤姐儿笑道："我倒有一件大毛的，我嫌凤毛儿出不好了，正要改去。也罢，先给你穿去罢。等年下太太给作的时节我再作罢，只当你还我一样。"

然后：

一面说，一面只见凤姐儿命平儿将昨日那件石青刻丝八团天马皮褂子拿出来，与了袭人。又看包袱，只得一个弹墨花绫水红绸里的夹包袱，里面只包着两件半旧棉袄与皮褂。凤姐儿又命平儿把一个玉色绸里的哆罗呢的包袱拿出来，又命包上一件雪褂子。

最后是自由。

袭人探亲，俨然主子，有了自由裁量权：

又嘱咐袭人道："你妈若好了就罢；若不中用了，只管住下，打发人来回我，我再另打发人给你送铺盖去。可别使人家的铺盖和梳头的家伙。"又吩咐周瑞家的道："你们自然也知道这里的规矩的，也不用我嘱咐了。"周瑞家的答应："都知道。我们这去到那里，总叫他们的人回避。若住下，必是另要一两间内房的。"说着，跟了袭人出去……

如此四步，袭人的"主子相"可谓足矣。

但是，小说的叙述又分明透出一丝嘲讽的味道。

其一，是反讽。

王熙凤的判断和袭人的表现大相径庭，素来"省事"的袭人，突然变得"不省事"了。穿戴了"半日"，衣着"倒华丽"，而且"头上戴着几枝金钗珠钏"。一般来说，小姐们头戴的钗钏，也就一两支，多了也俗气，可是袭人头上却是"几枝"，三枝以上才为"几支"，这次可真是衣锦还乡了。而且这个几支，还表明袭人当时的心情，就好比第一次进贾府的刘姥姥，初次戴花尝鲜儿，巴不得鲜花插满头。袭人此时的心情和她的衣服一样是"华丽"的，但是小说描写一众小姐的穿着打扮，又何尝用过这个词？只要稍作比较，其中的差异立马就出来了。袭人此时的"华丽"，脱不了一个"俗"字。

其二，就是暗示。

袭人的华丽是怎么来的？是拿别人穿剩下的东西装扮出来的。小说为什么详写王熙凤与袭人及众人的对话，就是要告诉大家，袭人的华丽是被施舍的华丽，是王夫人和王熙凤赏下的华丽。

所以，袭人的"主子相"貌似很风光，但其背后，还是"奴才相"。这一段看似写尽袭人的风光，其实是对袭人靠出卖他人上位的一种极为隐秘而深刻的批判和嘲讽。

仇恨是怎样引向袭人的

第五十八回到第六十二回，不仅写了引向晴雯的仇恨，也写了引向袭人的仇恨是怎么来的。

1. 何婆子和夏婆子姐妹俩因芳官和藕官的事情受到宝玉和房里丫鬟的打击，怀恨在心。第五十九回，有一段描写何婆子心理的话：

那婆子深妒袭人晴雯一干人，已知凡房中大些的丫鬟都比他们有些体统权势，凡见了这一干人，心中又畏又让，未免又气又恨，亦且迁怒于众，复又看见了藕官，又是他令姊的冤家，四处凑成一股怒气。

2. 凑巧发生了芳官给贾环茉莉粉的事情，赵姨娘怒火中烧。
3. 夏婆子趁机挑唆赵姨娘去责打芳官，闹得狼狈不堪，惊动了贾探春。
4. 艾官趁机向贾探春告状，说是夏婆子挑唆赵姨娘闹的。

5. 夏婆子的外孙女小蝉是贾探春屋里的丫鬟，听到艾官告状，悄悄告诉了夏婆子，夏婆子又惊又怕。

6. 林之孝家的拿住柳五儿，还牵涉了赵姨娘唆使彩云偷王夫人的玫瑰露给贾环的事情，这事情是被平儿查清楚的，查这件事情时，彩云、玉钏儿宝玉、晴雯和袭人全都在场，晴雯、袭人都发表了意见。只因赵姨娘的体面涉及贾探春的体面，才不再追究了。可笑世人都说贾探春不管母亲，这不是管是什么？母亲都做贼了，若不是有个大家称之为"好人"的贾探春，怕伤了探春的体面，直接报告王夫人，赵姨娘能有什么好果子吃？

7. 赵姨娘的内侄钱槐看上了柳五儿，欲娶为妻。柳五儿看不上钱槐，一心想去宝玉房里，将来得自由之身，自向外边择婿。

这下清楚了。来自夏婆子和何婆子姐妹俩的怒气，其实也烧到了芳官，进而是袭人那里。更可怕的是，这股仇恨，偏偏又把赵姨娘的仇恨拉了进来。看看夏婆子挑唆赵姨娘的话吧：

赵姨娘直进园子，正是一头火，顶头正遇见藕官的干娘夏婆子走来。见赵姨娘气恨恨的走来，因问："姨奶奶那去？"赵姨娘又说："你瞧瞧，这屋里连三日两日进来的唱戏的小粉头们，都三般两样掂人分量放小菜碟儿了。若是别一个，我还不恼，若叫这些小娼妇捉弄了，还成个什么！"夏婆子听了，正中己怀，忙问因何。赵姨娘悉将芳官以粉作硝轻侮贾环之事说了。夏婆子道："我的奶奶，你今日才知道，这算什么事。连昨日这个地方他们私自烧纸钱，宝玉还拦到头里。人家还没拿进个什么儿来，就说使不得，不干不净的忌讳。这烧纸倒不忌讳？你老想一想，这屋里除了太太，谁还大似你？你老自己撑不起来；但凡撑起来的，谁还不怕你老人家？如今我想，乘着这几个小粉头儿恰不是正头货，得罪了他们也有限的，快把这两件事抓着理扎个筏子，我在旁作证据，你老把威风抖一抖，以后也好争别的礼。便是奶奶姑娘们，也不好为那起小粉头子说你老的。"赵姨娘听了这话，益发得了理，便说："烧纸的事不知道，你却细细的告诉我。"夏婆子便将前事一一的说了，又说："你只管说去。倘或闹起，还有我们帮着你呢。"赵姨娘听了越发得了意，仗着胆子便一径到了怡红院中。

夏婆子能够挑唆赵姨娘闹事，说明两人关系不错，是一丘之貉。这样一来，其实引向袭人的也是两股仇恨。一股是来自夏婆子姐妹俩的仇恨，这一股力量，其实由于袭人在王夫人那里的得势，还伤害不到袭人，但是，这股力量，一旦同来自赵姨娘的这股仇恨汇集，就不可小视了。

赵姨娘是王夫人、王熙凤和贾宝玉的"天敌"，她仇视宝玉，也仇视宝玉身边的人，尤其是袭人。在赵姨娘看来，袭人就是王夫人给宝玉的人。这种仇恨再加上彩霞不愿意嫁给王熙凤陪房来旺儿媳妇的儿子，一心想着跟贾环，赵姨娘央求贾政无果；五儿厌弃她的侄儿钱槐，一心想去宝玉房里，于是赵姨娘怒火中烧，把宝玉早已有了房里人，都已经两三年了的谣言告诉贾政。这样一来，王夫人背着贾母和贾政搞的那些抬高袭人的小动作就暴露了。赵姨娘不敢当面跟王夫人对着干，却可以给贾政吹枕头风。所以，八十回后，一旦时机成熟，贾政整顿家务，第一个就是宝玉房里的袭人；恰如王夫人整顿家务，第一个就是晴雯。

其实，针对袭人的不满还有很多，宝玉的奶妈李嬷嬷就因为袭人的得宠，厉声斥骂过袭人。还有邢夫人，她为贾赦讨娶鸳鸯做小老婆的时候，袭人在某个不该出现的场合出现，被鸳鸯的嫂嫂当面诬陷。这两个人，一下一上，也是袭人得罪不起的人。

袭人以为投靠了王夫人，就可以保全自己，其实不然。正如她前脚跟宝玉"偷试云雨"，后脚就挨了宝玉的窝心脚；她唆使王夫人撵走了晴雯，赵姨娘却唆使贾政撵走了她。正应了"一报还一报"那句老话。

赵姨娘敢不敢向贾政告袭人

第七十二回因了结尾处赵姨娘的话被打断，第七十三回又跳开了没写，所以有人怀疑，赵姨娘到底敢不敢向贾政告状？不妨再看原文：

且说彩霞因前日出去，等父母择人，心中虽是与贾环有旧，尚未作准。今日又见旺儿每每来求亲，早闻得旺儿之子酗酒赌博，而且容颜丑陋，一技不知，自此心中越发懊恼。生恐旺儿仗凤姐之势，一时作成，终身为患，不免心中急躁。遂至晚间悄命他妹子小霞进二门来找赵姨娘，问了端的。赵姨娘素日深与彩霞契合，巴不得与了贾环，方有个膀臂，不承望王夫人又放了出去。每唆贾环去讨，一则贾环羞口难开，二则贾环也不大甚在意，不过是个丫头，他去了，将来自然还有，遂迁延住不说，意思便丢开手。无奈赵姨娘又不舍，又见他妹子来问，是晚得空，便先求了贾政。贾政因说道："且忙什么，等他们再念一二年书再放人不迟。我已经看中了两个丫头，一个与宝玉，一个给环儿。只是年纪还小，又怕他们误了书，所以再等一二年。"赵姨娘道："宝玉已有了二年了，老爷还不知道？"贾政听了忙问道："谁给的？"赵姨娘方欲说话，只听外面一声响，不知何物，大家吃了一惊不小。

这段话的叙述是很完整的。

第一，赵姨娘是想把彩霞给贾环，向贾政正式提出来，所谓"是晚得空，便先求了贾政"。

第二，求是求了，贾政否决了，所谓"且忙什么，等他们再念一二年书再放人不迟"。这就是贾政的权威，意味着彩霞留在贾环身边的可能性已经没有了，那边来旺儿媳妇借助王熙凤的威势，彩霞只可能是来旺家的儿媳妇了，不管她愿意与否。

第三，赵姨娘的意图没有得逞，以她的性格，是绝对不会善罢甘休的，怎么着也得找补回来。来旺儿媳妇，是王熙凤的陪房，也是王家人，新仇旧恨，如何不报？这个女人连勾结马道婆实施巫咒之术害宝玉、凤姐的性命这样的事都敢干，更别说告个状了。

所以，当赵姨娘把宝玉已经有人了这个爆炸性新闻说给贾政听，而且已经两年，贾政竟不知，贾政肯定会又惊又怒。

其实，贾政和赵姨娘说话时"只听外面一声响，不知何物，大家吃了一惊不小"，已经在预示这件事情的惊险程度了。其后作者戛然而止，不再说这件事情，是点到为止，要留有悬念，也就是"留白"。什么话都说满说白说透，就不是《红楼梦》了。

所以，花袭人的命运，经过贾政的一次角色定位，经过赵姨娘的黑状，尽管小心翼翼，丝毫不敢得罪赵姨娘，但还是被赵姨娘给害了。

花袭人是怎样被撵出贾府的

第七十三回开篇是这样写的：

话说那赵姨娘和贾政说话，忽听外面一声响，不知何物。忙问时，原来是外间窗屉不曾扣好，塌了屈戍吊下来。赵姨娘骂了丫头几句，自己带领丫鬟上好，方进来打发贾政安歇。不在话下。

小说虽然没有明写赵姨娘是如何向贾政吹风，但以赵姨娘对王夫人贾宝玉的仇恨、对王熙凤贾宝玉下黑手的胆量，以及与贾政同床共枕的机会，赵姨娘岂会善罢甘休？

紧接着，赵姨娘的小丫鬟小鹊来告诉贾宝玉要当心，就证明了这一点：

却说怡红院中宝玉正才睡下，丫鬟们正欲各散安歇，忽听有人击院门。老婆子开了门，见是赵姨娘房内的丫鬟名唤小鹊的。问他什么事，小鹊不答，直往房内来找宝玉。只见宝玉才睡下，晴雯等犹在床边坐着，大家顽笑，见他来了，都问："什么事，这时候又跑了来作什么？"小鹊笑向宝玉道："我来告诉你一个信儿。方才我们奶奶这般如此在老爷前说了你。仔细明儿老爷问你话。"说着回身就去了。袭人命留他吃茶，因怕关门，遂一直去了。

这个细节说明，既然连不好好读书都说了，更何况是宝玉已经有人了这样的大事呢！

从贾政痛打贾宝玉，可以看出贾政对王夫人，尤其是对王夫人教育贾宝玉的方式是不满的，所以，才会"王夫人一进房来，贾政更如火上浇油一般，那板子越发下去的又狠又快"。

贾珠之死，主要就是苦读、早婚所致，是贾政和王夫人心中永远的痛。所以，贾政才会说"且忙什么，等他们再念一二年书再放人不迟。我已经看中了两个丫头，一个与宝玉，一个给环儿只是年纪还小，又怕他们误了书，所以再等一二年"。

如此，贾政一旦知道王夫人背着他私自给贾宝玉放了房里人，贾政会作何想？

再来看裁撤下人一事，小说也有两条线。

第一条线是王夫人、王熙凤。第七十四回：

凤姐道："太太快别生气。若被众人觉察了，保不定老太太不知道。

且平心静气暗暗访察，才得确实，纵然访不着，外人也不能知道。这叫作'胳膊折在袖内'。如今惟有趁着赌钱的因由革了许多的人这空儿，把周瑞媳妇旺儿媳妇等四五个贴近不能走话的人安插在园里，以查赌为由。再如今他们的丫头也太多了，保不住人大心大，生事作耗，等闹出事来，反悔之不及。如今若无故裁革，不但姑娘们委屈烦恼，就连太太和我也过不去。不如趁此机会，以后凡年纪大些的，或有些咬牙难缠的，拿个错儿撵出去配了人。一则保得住没有别的事，二则也可省些用度。太太想我这话如何？"王夫人叹道："你说的何尝不是，但从公细想，你这几个姊妹也甚可怜了。也不用远比，只说如今你林妹妹的母亲，未出阁时，是何等的娇生惯养，是何等的金尊玉贵，那才像个千金小姐的体统。如今这几个姊妹，不过比人家的丫头略强些罢了。通共每人只有两三个丫头像个人样，余者纵有四五个小丫头子，竟是庙里的小鬼。如今还要裁革了去，不但于我心不忍，只怕老太太未必就依。虽然艰难，难不至此。我虽没受过大荣华富贵，比你们是强的。如今我宁可省些，别委屈了他们。以后要省俭先从我来倒使的。如今且叫人传了周瑞家的等人进来，就吩咐他们快快暗地访拿这事要紧。"

王夫人虽说不忍心，后来借着查抄大观园，果然裁撤了很多人，包括晴雯、司棋、芳官、四儿等。

第二条线是贾政和贾琏。第八十回：

林之孝答应了，却不动身，坐在下面椅子上，且说些闲话。因又说起家道艰难，便趁势又说："人口太重了。不如拣个空日回明老太太老爷，把这些出过力的老家人用不着的，开恩放几家出去。一则他们各有营运，二则家里一年也省些口粮月钱。再者里头的姑娘也太多。俗语说，'一时比不得一时'，如今说不得先时的例了，少不得大家委屈些，该使八个的使六个，该使四个的便使两个。若各房算起来，一年也可以省得许多月米月钱。况且里头的女孩子们一半都太大了，也该配人的配人。成了房，岂不又孳生出人来。"贾琏道："我也这样想着，只是老爷才回家来，多少大事未回，那里议到这个上头。前儿官媒拿了个庚帖来求亲，太太还说老爷才来家，每日欢天喜地的说骨肉完聚，忽然就提起这事，恐老爷又伤心，所以且不叫提这事。"林之孝道："这也是正理，太太想的周到。"

也就是说，贾政这条线，到第八十回，贾琏还没来得及跟贾政报告呢。

但是，八十回后，贾府难以支撑，需要裁减人口已是事实，贾琏不得不报给贾政，裁掉袭人就是必然的了。

第二十回有一段批语，也透露了花袭人离开贾府的情形。

【庚辰双行夹批：闲闲一段儿女口舌，却写麝月一人。袭人出嫁之后，宝玉、宝钗身边还有一人，虽不及袭人周到，亦可免微嫌小弊等患，方不负宝钗之为人也。故袭人出嫁后云"好歹留着麝月"一语，宝玉便依从此话。可见袭人虽去实未去也。】

由此可知：

第一，花袭人被撵走，是打发出去婚配，既顾及了花袭人的功劳苦劳，也顾及了王夫人和贾宝玉的脸面。

第二，花袭人离开贾府，是宝玉、宝钗结合后，原本以为可以做妾时被撵走的。

第三，麝月"公然又是一个袭人"，所以袭人虽然走了，但和没走一样。

何谓"花袭人有始有终"

所谓"花袭人有始有终"，出自第二十回畸笏叟的一条批语。

【庚辰眉批：茜雪至"狱神庙"方呈正文。袭人正文标目曰"花袭人有始有终"，余只见有一次誊清时，与"狱神庙慰宝玉"等五六稿，被借阅者迷失，叹叹！丁亥夏。畸笏叟。】

这条批语透露的信息非常丰富。

第一，畸笏叟看到过《红楼梦》八十回后散失部分，至少是某些章节。

第二，据畸笏叟的透露，八十回后有一回标题就叫"花袭人有始有终"。

第三，"花袭人有始有终"是怎么回事呢？我推测是花袭人冒险到狱神庙安慰被羁押的贾宝玉。这时，花袭人已经离开了贾宝玉、离开了贾府，嫁作他人妇，听说贾宝玉遭羁押，冒着风险（因为其时蒋玉菡可能仍然遭到忠顺王府的缉拿)前来探望,有情有义,这就是"有始有终",在贾府"树倒猢狲散、墙倒众人推"的形势下显得难能可贵。

印证这条批语的,还有第二十八回开首的一条批语:

【庚辰:茜香罗、红麝串写于一回,盖琪官虽系优人,后回与袭人供奉玉兄宝卿得同终始者,非泛泛之文也。】

贾宝玉无罪释放,隐姓埋名的蒋玉菡和花袭人夫妇也许还时时处处照顾败落后生活潦倒的贾宝玉和薛宝钗夫妇,直到贾宝玉最终决然地抛开她们,"悬崖撒手出而为僧",斩断情丝,花袭人这段美丽而又残酷的守候,才戛然而止。

第三章

根并荷花一茎香

第一节　平生遭际实堪伤

香菱是什么花

香菱是什么花？香菱是菱花。她的名字就有这个意思。有人认为香菱是莲花，因为她的原名是甄英莲。

但是，甄英莲这个名字，其实是谐音"真应怜"，说香菱一生遭遇，着实可怜，并非暗指她是莲花。为什么这样说呢？

第一回，甄士隐抱着小英莲出场时，即有诗句暗示英莲的命运：

惯养娇生笑你痴，菱花空对雪澌澌。

甄英莲在父母跟前受到百般宠爱，一旦失踪被拐，就会和薛蟠产生一番纠葛。这里的"菱花"即指香菱，"雪澌澌"即指薛蟠。

再看第五回香菱的判词：

只见画着一株桂花，下面有一池沼，其中水涸泥干，莲枯藕败，后面书云：

根并荷花一茎香，平生遭际实堪伤。

自从两地生孤木，致使香魂返故乡。

这里的"一株桂花"，是指夏金桂，至于夏金桂是不是桂花，在此不论。最容易引起误解的就是画上的"莲枯藕败"以及"根并荷花一茎香"，很容易使人误解为香菱是荷花（莲花）。其实所谓的"莲枯藕败"是暗示香菱命运不济，而"根并荷花一茎香"并不是说香菱是莲花（荷花）。菱花作为一种水生植物是和莲花共生的，一样的美丽脱俗一样的清香，其实也是暗指香菱的两个身份：英莲和香菱。但从小说确定的语境来看，香菱终究不是莲花，而是和莲花共生的菱花。

菱：柳叶菜科，菱属植物的泛称。一年生水生草本，叶子略呈三角形，叶柄有气囊，夏天开花，白色。果实有硬壳，有角，可供食用。

所以，第六十三回，香菱抽到的签是：

香菱便掣了一根并蒂花，题着"联春绕瑞"，那面写着一句诗，道是：连理枝头花正开。

注云："共贺掣者三杯，大家陪饮一杯。"

这里的"并蒂花"，并不确指什么花，而是指两朵花长在一起，如并蒂莲，恰和"连理枝头花正开"相对应。其实这是呼应第五回判词的"根并荷花一茎香"，暗示香菱被卖之前的小姐身份（甄英莲）——荷花和被卖之后的奴婢身份（香菱）——菱花。

关于这点，香菱还有精彩的评论呢。第八十回，香菱这样说道：

"不独菱花，就连荷叶莲蓬，都是有一股清香的。但他那原不是花香可比，若静日静夜或清早半夜细领略了去，那一股清香比是花儿都好闻呢。就连菱角，鸡头，苇叶，芦根得了风露，那一股清香，就令人心神爽快的。"

这其实就是"根并荷花一茎香"的绝妙解释。

以此论之，香菱就是《红楼梦》里那美丽清香的菱花。

香菱出身书香门第

小说第一回，有三条批语说到香菱。

第一条，说甄士隐的妻子封氏"性情贤淑，深明礼仪"。此处有批语曰："八字正是日后之香菱，见其根源不凡。"

第二条，写甄英莲的父亲甄士隐"秉性恬淡，不以功名为念"。此处批语曰："总写香菱根基，原与十二钗无异。"

第三条，写甄士隐看中贾雨村才学，"常与他交接"。此处批语曰："又夹写士隐实是翰林文苑，非守钱虏也，直灌入'慕雅女雅集苦吟诗'一回。"

这三处，表面写香菱父母，其实是写香菱。

第一条批语，写香菱性情温和，知书达理，遗传自她的母亲封氏。

第二条批语，写香菱出身并不低贱，和十二钗正册的人物一样是小姐。只是被拐卖为奴，做了薛蟠的小妾，埋没了出身。

第三条批语，写香菱上进好学，爱慕诗词，遗传自她的父亲甄士隐，她父亲是学问人品一流的翰林人物。香菱大观园苦学诗艺，绝非空穴来风，而是有其不凡的遗传基因。这个"翰林文苑"可能有两种指向：一是指甄士隐的原型曾经官至翰林，后退隐；二是指甄士隐学问人品飘逸不拘，有翰林之风。

林黛玉和甄英莲为何是好姐妹

《红楼梦》叙事，有很多留白，有点类似写意山水，给人无尽想象的空间。林黛玉与香菱的关系就是这样。

小说几乎没有描写林黛玉与香菱如何结缘，可是，香菱跟随薛宝钗到大观园，处得最好的就是林黛玉了，后来香菱还一天到晚缠着林黛玉学作诗。

我曾经说过，林黛玉是小说里最具有"贵族气质"，也是最具有"平民精神"的女孩子，她何以会和香菱这么要好呢？

林黛玉和香菱，一个是列侯出身前科探花巡盐御史林如海的女儿，母亲是贾府的正牌小姐贾敏，另一个虽说是乡宦世家出身，可惜早年即被拐卖成了丫鬟，至多不过是个妾。一个是学富五车的千金小姐，一个是连作诗都还不得要领的下人，这两个人，怎么就扯到一起了呢？

小说没有任何铺垫，就直接写两个人的要好了。原因，需要我们去找。

依我看来，林黛玉与香菱好，无外乎以下四个方面的原因：

一是林黛玉和香菱是同乡。

林如海虽然在扬州做官，但祖籍是姑苏。而香菱家，小说也交代了，乃姑苏人氏。香菱虽自小被拐，连父母都记不清了，但其家乡还是可以从拐子那里、买人的薛家那里或者自己的口音知道个大致一二的。

二是林黛玉和香菱人生境遇相似。

林黛玉虽贵为千金，不幸父母双亡；而香菱更不知道父母是谁，是否健在。都是没有爹娘疼爱的孩子，这样类似的身世很能引起两人情感的共鸣，她们就好像一对身世遭遇相似的姐妹。

三是林黛玉和香菱气质相仿。

小说里说秦可卿兼具林黛玉与薛宝钗的风韵气质，而香菱在小说里又有秦可卿的品格。换句话说，那就是林黛玉和甄英莲无论外在长相还是内在气质都有相像的地方，这更容易引发两人的亲切感。

四是林黛玉和香菱当时的处境相似。

香菱之纯洁憨厚令人忧心，就连夏金桂那样的泼妇入嫁薛家，她也是兴高采烈，根本不知道人心险恶，更没想过等待她的是何种悲惨命运。而当厄运来临，她也是默默承受，直到被折磨而死。林黛玉呢，她待人之率直和善，多有表现，而她遭受的，却是"一年三百六十日，风霜刀剑严相逼"的精神迫害和折磨。同是天涯沦落人，二人才会如此惺惺相惜。

林黛玉为何教香菱作诗

第四十八回，林黛玉教香菱作诗，最是温馨动人，也是歧义最少的。可是，一次重读，我却读出了另外一些意思。

小说详写林黛玉教香菱写诗，除表现林黛玉和香菱的才学以及相知，到底还有什么深意呢？——那就是间接表现林黛玉和薛宝钗的"姐妹之情"。

从第四十二回薛宝钗审林黛玉，宝钗交心谈话，黛玉贫嘴求饶，到第四十五回义结金兰契，心心相印，林黛玉和薛宝钗早已由"情敌"变为姐妹，互为知己了。因此，香菱求黛玉教她作诗，黛玉不觉得烦，香菱不觉得唐突，就是宝钗也觉得自然。

首先，来看林黛玉对待香菱的态度。

"此时黛玉已好了大半，见香菱也进园住，自是欢喜。"

林黛玉素来"喜散不喜聚"，此番见了香菱，却是喜欢的。除了黛玉和香菱的惺惺相惜，更重要的，是黛玉和宝钗的关系发生了实质性转变。我甚至发觉黛玉和宝钗关系的改善，对黛玉而言影响至深，已经在逐渐改变黛玉那种悲观的人生观。

其次，教作诗过程中黛玉和宝钗的互动。

香菱学诗，黛玉主动提出"你就拜我作师"，一点也不客气，并不征求宝钗意见，可见二人感情已经相当自然，非同一般。

香菱学诗，宝钗默许支持。宝钗要香菱进大观园来，借口是服侍自己，可是，香菱痴于学诗，哪里做得了半点活计。而宝钗不仅不埋怨，反而十分关心和理解。随举一例：

"香菱拿了诗，回至蘅芜院中，诸事不顾，只向灯下一首一首的读起来。宝钗连催他数次睡觉，他也不睡。宝钗见他这般苦心，只得随他去了。"

香菱学诗，宝钗其实也有参与。香菱做了一首诗，宝钗看了说："这个不好，不是这个做法。你别怕臊，只管拿了给他瞧去，看他是怎么说。"香菱再作一首，宝钗又评价道："不像吟月了，月字底下添一个'色'字，倒还使得。你看句句倒像是月色。也罢，原是诗从胡说来，再迟几天就好了。"

香菱学诗的过程，其实就是黛玉和宝钗姐妹俩默契配合的过程，一个主教，一个支持；一个引导，一个鼓励，其中透露的是黛玉和宝钗的和谐，这难道不是"钗黛合一"的典型案例？

香菱对林黛玉的一片真情

第二十三回和第二十四回交汇处，写了香菱对林黛玉的一片真情。稍不注意，就匆匆略过去了，错过了一段温馨动人的感情。

林黛玉是诗歌的精灵,听贾府戏班子排戏,却深陷由《西厢记》的戏文而引发的一种深邃的审美不可自拔,竟至于"心痛神痴,眼中落泪"。这时,有人在她背上轻轻一拍,原来是香菱。那么,这两人相遇会发生什么呢?原文:

　　话说林黛玉正自情思萦逗、缠绵固结之时,忽有人从背后击了一掌,说道:"你作什么一个人在这里?"林黛玉倒唬了一跳,回头看时,不是别人,却是香菱。林黛玉道:"你这个傻丫头,唬我一跳。你这会子打那里来?"香菱嘻嘻的笑道:"我来寻我们的姑娘的,找他总找不着。你们紫鹃也找你呢,说琏二奶奶送了什么茶叶来给你的。走罢,回家去坐着。"一面说着,一面拉着黛玉的手回潇湘馆来了。果然凤姐儿送了两小瓶上用新茶来。林黛玉和香菱坐了。况他们有甚正事谈讲,不过说些这一个绣的好,那一个刺的精,又下一回棋,看两句书,香菱便走了。

　　这段话,粗看寻常,细看则有些意味。

　　香菱是来寻宝钗的,结果,宝钗没寻到,寻到了黛玉。香菱告诉黛玉,熙凤送茶,紫鹃在找他,让她回去就可以了,她应该去寻她的宝钗,这是人之常情。

　　可是,香菱没有,她亲自把黛玉送回潇湘馆,还陪着说话解闷,看书下棋。乍一看还以为是香菱贪玩,其实这一段表现的是香菱对黛玉非同一般的好。遇见黛玉,见其伤情,就先送黛玉,陪她开了心方出来,寻宝钗的事情往后搁了。这是一种下意识的善良和天然的亲近感。此处有条批语,说得多么体贴:

　　【"回家去坐着"之语,是恐石上冷意。】

　　不管此批语是否脂砚斋、畸笏叟所作,能作此批语者,方不负香菱之情也。香菱对黛玉的关爱,话语不多,却那么相契。正是这种不由自主的亲近感和体贴入微的爱怜,使得林黛玉做了她的诗歌先生。

　　林黛玉其人,是心细如发、懂得回报的,同时也玲珑剔透,谁对她好,谁对她不好,心里跟明镜儿似的。香菱这个小同乡的好,黛玉焉能不知?

宝钗是在帮香菱圆梦

说起苦命的香菱,她的一生其实没有什么幸福可言。她唯一的幸福,就是在大观园和众姐妹们在一起度过的快乐时光。

让香菱进园子里来,薛宝钗根本不是要她来伺候自己的,而是帮她圆梦。且看第四十八回,宝钗和香菱的对话:

香菱道:"我原要和奶奶说的,大爷去了,我和姑娘作伴儿去。又恐怕奶奶多心,说我贪着园里来顽;谁知你竟说了。"宝钗笑道:"我知道你心里羡慕这园子不是一日两日了,只是没个空儿。就每日来一趟,慌慌张张的,也没趣儿。所以趁着机会,越性住上一年,我也多个作伴的,你也遂了心。"

原来,香菱有一个梦想,那就是住进大观园。宝钗深知香菱,君子成人之美。

大观园,在某种程度上可以说是蔚为大观的团圆。香菱进园之后,宝琴、李纹、李绮也相继来了,大观园姐妹终于团圆。虽然极盛之后就是极败,但一时之全,也是值得的。

香菱入园的第一件事情,就是拜黛玉为师,学诗,所谓"诸事不顾"。而宝钗呢?非但不要香菱服侍,倒反过来服侍香菱。

第一段:

香菱拿了诗,回至蘅芜苑中,诸事不顾,只向灯下一首一首的读起来。宝钗连催他数次睡觉,他也不睡。宝钗见他这般苦心,只得随他去了。

此时宝钗仿佛慈母,催正在用功的孩子睡觉。

第二段:

香菱听了,喜的拿回诗来,又苦思一回作两句诗,又舍不得杜诗,又读两首。如此茶饭无心,坐卧不定。宝钗道:"何苦自寻烦恼。都是颦儿引的你,我和他算账去。你本来呆头呆脑的,再添上这个,越发弄成个呆子了。"

看香菱学得痴迷,宝钗又是心疼又是爱怜。

第三段:

香菱听了,默默的回来,越性连房也不入,只在池边树下,或坐在山石上出神，或蹲在地下抠土，来往的人都诧异。李纨、宝钗、探春、宝玉等听得此信，都远远的站在山坡上瞧看他。只见他皱一回眉，又自己含笑一回。宝钗笑道："这个人定要疯了！昨夜嘟嘟哝哝直闹到五更天才睡下，没一顿饭的工夫天就亮了。我就听见他起来了，忙忙碌碌梳了头就找颦儿去。一回来了，呆了一日，作了一首又不好，这会子自然另作呢。"

香菱学诗，其实已经影响到了宝钗的休息了。宝钗恼了吗？没有。非但没恼，反而愈加关切。

第四段：

各自散后，香菱满心中还是想诗。至晚间对灯出了一回神，至三更以后上床卧下，两眼鳏鳏，直到五更方才朦胧睡去了。一时天亮，宝钗醒了，听了一听，他安稳睡了，心下想："他翻腾了一夜，不知可作成了？这会子乏了，且别叫他。"正想着，只听香菱从梦中笑道："可是有了，难道这一首还不好？"宝钗听了，又是可叹，又是可笑，连忙唤醒了他，问他："得了什么？你这诚心都通了仙了。学不成诗，还弄出病来呢。"

宝钗觉得香菱可笑可叹，担心她弄出病来。

还不止于此。宝钗不仅不反对香菱学诗，还间接地教香菱学诗呢？且看：

宝钗看了笑道："这个不好，不是这个作法。你别怕臊，只管拿了给他瞧去，看他是怎么说。"香菱听了，便拿了诗找黛玉。

通篇来看，薛宝钗是薛家大小姐，是薛家说一不二的人物，薛姨妈、薛蟠都听她的；而香菱不过是薛蟠花钱买来的一个房里人，地位只比一般的丫鬟高一点，是随时可以买卖或转赠的。两人地位之差距，可想而知。但是，宝钗和香菱却根本没有这种差距感。

香菱对宝钗，哪里像对主子小姐，分明就像是对姐姐。宝钗虽然没有直接教香菱学诗，但是正是她的默许促成了香菱学诗，正是她的关爱帮助香菱学有所成。不是姐妹，如何做得到？不是深切地体会到一个孤儿的苦楚和不幸，如何做得到？

观薛宝钗此人，表面城府极深，老于世故，内心却是有一股浩然正气在的，一旦她了解事情的是非曲直，她就会做出正确的选择。面对宝黛的爱情，虽然事关她的青春和幸福，关系薛家的未来，她也知耻而退，舍得放下，表现出难得的大胸怀和大格局。此等女子，虽古往今来，于千万众生中，亦可冠绝矣。

苦命的香菱在大观园是幸福的

香菱一生苦命且短暂，在大观园那一年，是她最幸福的时光。这个自小被拐卖的孩子，可以说终生为奴。只有在大观园，她才真正体会到了作为人的尊严和幸福。

首先，和喜欢的人在一起。

宝钗、黛玉、三春、湘云，随后来的宝琴、李纹、李绮，甚至平儿、袭人都是她喜欢的人，能够和这些姐妹在一起，她感觉到莫大的满足。

其次，得偿平生所愿。

五岁的香菱，在家里也得到了很好的教育。等到被拐，拐子看是个绝色的，为了将来能卖个好价钱，也是下了血本，让香菱学些文化。这样打下的底子，开启了香菱的智慧之门、求知之欲。于是，学诗——像宝钗黛玉她们那样挥洒文才，是香菱毕生的梦想。在大观园，香菱实现了这个梦想。

最后，最重要的，在大观园，香菱是作为一个平等的人受到尊重的。

1. 来看香菱是怎样拜黛玉为师的。

且说香菱见过众人之后，吃过晚饭，宝钗等都往贾母处去了，自己便往潇湘馆中来。此时黛玉已好了大半，见香菱也进园来住，自是欢喜。香菱因笑道："我这一进来了，也得了空儿，好歹教给我作诗，就是我的造化了！"黛玉笑道："既要作诗，你就拜我作师。我虽不通，大略也还教得起你。"香菱笑道："果然这样，我就拜你作师。你可不许腻烦的。"

这难道不是两个知心姐妹之间的对话？黛玉见香菱搬进园，是心中欢喜。香菱则开门见山，一点也不客气，说"好歹教给我作诗"，"你可不许腻烦的"。香菱这样说话的状态，在薛家是没有的。

2. 来看其他人是怎么帮助香菱学诗的。

宝玉笑道："既是这样，也不用看诗。会心处不在多，听你说了这两句，可知'三昧'你已得了。"黛玉笑道："你说他这'上孤烟'好，你还不知他这一句还是套了前人的来。我给你这一句瞧瞧，更比这个淡而现成。"说着便把陶渊明的"暧暧远人村，依依墟里烟"翻了出来，递与香菱。香菱瞧了，点头叹赏，笑道："原来'上'字是从'依依'两个字上化出来的。"宝玉大笑道："你已得了，不用再讲，越发倒学杂了。你就作起来，必是好的。"探春笑道："明儿我补一个柬来，请你入社。"香菱笑道："姑娘何苦打趣我，我不过是心里羡慕，才学着顽罢了。"探春黛玉都笑道："谁不是顽？难道我们是认真作诗呢！若说我们认真成了诗，出了这园子，把人的牙还笑倒了呢。"

宝玉、探春对于香菱同样充满怜爱。为了鼓励香菱，宝玉说香菱得了真味，探春要补柬请香菱入诗社，黛玉、探春不惜自贬。这样的心思，对于香菱，虽九死而回甘也。

还有呢：

香菱听了，默默的回来，越性连房也不入，只在池边树下，或坐在山石上出神，或蹲在地下抠土，来往的人都诧异。李纨、宝钗、探春、宝玉等听得此信，都远远的站在山坡上瞧看他。只见他皱一回眉，又自己含笑一回。宝钗笑道："这个人定要疯了！昨夜嘟嘟哝哝直闹到五更天才睡下，没一顿饭的工夫天就亮了。我就听见他起来了，忙忙碌碌梳了头就找颦儿去。一回来了，呆了一日，作了一首又不好，这会子自然另作呢。"宝玉笑道："这正是'地灵人杰'，老天生人再不虚赋情性的。我们成日叹说可惜他这么个人竟俗了，谁知到底有今日。可见天地至公。"

香菱学诗，可以说受到了整个大观园的关注。

3. 来看宝钗是怎么对待香菱的。

香菱拿了诗，回至蘅芜苑中，诸事不顾，只向灯下一首一首的读起来。宝钗连催他数次睡觉，他也不睡。宝钗见他这般苦心，只得随他去了。

一时天亮，宝钗醒了，听了一听，他安稳睡了，心下想："他翻腾了一夜，不知可作成了？这会子乏了，且别叫他。"正想着，只听香菱从梦中笑道："可是有了，难道这一首还不好？"宝钗听了，又是可叹，又是可笑，连忙唤醒了他，问他："得了什么？你这诚心都通了仙了。学不成诗，还弄出病来呢。"

宝钗给予了香菱最大程度的方便和自由，不用服侍，不用干活，学诗苦了累了，宝钗还担心。这哪里是主仆，分明是姊妹，甚至有些姊妹也做不到。

4. 来看香菱是怎么对待其他人的。

对黛玉是：

"既这样，好姑娘，你就把这书给我拿出来，我带回去夜里念几首也是好的。"

"香菱又逼着黛玉换出杜律来，又央黛玉探春二人：'出个题目，让我诌去，诌了来，替我改正。'"

对宝钗是：

"好姑娘，你趁着这个功夫，教给我作诗罢。"

"好姑娘，别混我。"

对探春是：

"姑娘何苦打趣我，我不过是心里羡慕，才学着顽罢了。"

恰如众人平等对待香菱，香菱也是平等对待众人。对黛玉，逼都用上了；对宝钗，说你可别糊弄我；对探春，说你可别打趣我：这是真正的平等。

这使我想起了《简·爱》那一段名言：

你以为我贫穷、相貌平平就没有感情吗？如果上帝赐予我财富和美貌，我会让你难于离开我，就像我现在难于离开你一样。上帝没有这样安排。但我们的精神是平等的。就如同你我走过坟墓，平等地站在上帝面前。

这段话其实和爱情的关系不大，和人生而平等的关系更大。

香菱在大观园，得到平等的爱和平等的对待，她也平等地对待每一份关爱，这是人性至高无上的光辉。很多人不懂为什么说大观园是神话——不是说大观园的建筑和景致不可复制，而是里面的人不可复制，里面的感情不可复制，里面的人性不可复制。

因了这一段因缘，我觉得香菱应该是幸福的，尽管在现实的世界苦难无边，但是在大观园那短短的一年，香菱的幸福胜过了一生。

宝钗为何不教香菱作诗

这似乎也成宝钗的罪状之一了。看待这个问题，一定要注意三点：

第一，香菱能进大观园，是宝钗的功劳，若她不跟薛姨妈要求，香菱就进不了大观园。

第二，香菱学诗，宝钗是默许的，更是支持的。如果宝钗不支持，香菱即使进了大观园，也学不成诗。

第三，宝钗还是间接教导了香菱。小说里有两处。一处是：

香菱笑道："好姑娘，别混我。"一面说，一面作了一首，先与宝钗看。宝钗看了笑道："这个不好，不是这个作法。你别怕臊，只管拿了给他瞧去，看他是怎么说。"香菱听了，便拿了诗找黛玉。

另一处是：

宝钗笑道："不象吟月了，月字底下添一个'色'字倒还使得，你看句句倒是月色。这也罢了，原来诗从胡说来，再迟几天就好了。"香菱自为这首妙绝，听如此说，自己扫了兴，不肯丢开手，便要思索起来。

那么，宝钗为何不亲自教香菱作诗呢？

第一，宝钗不想托大。

大观园起诗社以来，宝钗、黛玉始终是冠军的争夺者，其间的明争暗斗不少。到第四十五回二人义结金兰，成为姐妹。也就是说，不管是诗还是爱情，两人都已达成默契，无意争夺了，尤其是宝钗，她已经决定退出。这个时候，她怎么可能还会教香菱作诗呢？教香菱作诗，是不是暗示她是大观园诗才第一呢？

再者，香菱是薛家人，到了大观园，如果还是作为薛家人的宝钗教她诗歌的话，岂不显得薛家太过于托大了，有点"王婆卖瓜"的意思，这绝对不是宝钗的风格。

第二，以第四十五回宝钗、黛玉的关系，老于世故的宝钗已经算到，香菱学诗肯定会有人教的，而且，最有可能的就是黛玉。一方面，黛玉本就喜欢香菱；另一方面，钗黛和解，宝钗退出爱情争夺，对于黛玉来说，是莫大的欣慰和感激。就是为了回报宝钗，黛玉也会教香菱作诗。这和黛玉对宝琴亲昵，认薛姨妈为妈其实如出一辙。

第三，所谓钗黛合一，经过第四十五回的交心，宝钗、黛玉成为情同手足的姐妹，不仅惺惺相惜，而且心心相印。宝钗深知，黛玉教香菱，便如自己教，是一样的。

第四，宝钗跟母亲要香菱，是以服侍自己为借口的。如果再教香菱学诗，对于香菱来说，却是捧杀，会招来薛姨妈的不满和薛家下人的嫉恨，至少会认为香菱不懂规矩，这对香菱是不好的。而黛玉教香菱作诗，就可以很好地为香菱开脱，薛家人只能理解为这是黛玉对薛家的善意，找不出香菱的任何问题来。这其实是在保护香菱。

　　香菱在大观园的幸福，一半是宝钗促成的，没有宝钗，香菱进不了大观园；一半是黛玉促成的，没有黛玉，香菱不可能那么快进入文学的世界。

第二节　致使香魂返故乡

贾宝玉为何要埋夫妻穗和并蒂菱

第六十二回"呆香菱情解石榴裙",非常的有意味。

香菱和芳官、蕊官、藕官、豆官、小螺等人斗草,拿了支"夫妻穗",遭到豆官讥笑,扭打弄湿了裙子。刚好宝玉准备加入,手里拿的是"并蒂菱"。这时,二人有一番对话:

香菱便说:"我有一枝夫妻蕙,他们不知道,反说我诌,因此闹起来,把我的新裙子也脏了。"宝玉笑道:"你有夫妻蕙,我这里倒有一枝并蒂菱。"口内说,手内却真个拈着一枝并蒂菱花,又拈了那枝夫妻蕙在手内。香菱道:"什么夫妻不夫妻,并蒂不并蒂,你瞧瞧这裙子。"

这段话实在值得好好玩味。我以为,这是和第六十三回香菱抽到的并蒂花签以及"连理枝头花正开"相对应的。这里的"夫妻穗"所指,并不是豆官开玩笑说的"你汉子去了大半年,你想夫妻了?便扯上蕙也有夫妻,好不害羞",而是暗指第八十回后香菱和贾宝玉的一段情缘。

第八十回后,贾宝玉和薛宝钗成婚,是带了香菱和莺儿过去陪房的。那时,晴雯已死,黛玉已亡,袭人已走,秋纹、碧痕已散,只留有麝月服侍,香菱和莺儿跟着宝钗过来,形成了香菱、麝月和莺儿陪侍的局面。

贾宝玉始终对林黛玉念念不忘,而香菱又是颇有秦可卿"品格"之人。所谓的秦可卿的"品格"就是"其鲜艳妩媚,有似乎宝钗,风流袅娜,则又如黛玉",所以,贾宝玉总能在香菱身上看到林黛玉的影子,于是把对林黛玉的一腔思念之情,情不自禁地寄托在香菱身上,直至"悬崖撒手,弃而为僧"。这就是贾宝玉和香菱的情感纠葛,没有"性",但一定有警幻仙姑所说的"意淫"。

这就是曹雪芹在第六十二回这样描写的初衷,他其实是在为第八十回后贾宝玉和香菱的一段相处做"草绳灰线绵延千里"的铺垫。因此,紧接着才会有贾宝玉体贴地让袭人为香菱换裙子,并作如是想:

香菱想了一想有理,便点头笑道:"就是这样罢了,别辜负了你的心。我等着,千万叫他亲自送来才好。"宝玉听了,喜欢非常,答应了忙忙的回来。一壁里低头心下暗算:"可惜这么一个人,没父母,连自己本姓都忘了,被人拐出来,偏又卖与了这个霸王。"

香菱的回答,虽属无心,却也暧昧,什么是别辜负了你的心?

当袭人帮香菱换裙子时,贾宝玉更做了一个出人意料之外的举动:

香菱见宝玉蹲在地下,将方才的夫妻蕙与并蒂菱用树枝儿抠了一个坑,先抓些落花来铺垫了,将这菱蕙安放好,又将些落花来掩了,方撮土掩埋平服。

这一"埋",埋下的是贾宝玉对香菱的怜爱,埋下的是贾宝玉与香菱的缘分,更埋下了八十回后贾宝玉和香菱相伴的"伏笔"。这就是贾宝玉为何要埋下自己的并蒂菱和香菱的夫妻穗了,这是一种多么微妙多么可爱多么纯真的情愫。

由此,我们就可以理解香菱此时对于贾宝玉情不自禁地暧昧了:哪个女孩的心里不希望被好好地对待,面对贾宝玉的体贴和关怀,香菱是感动的。所以:

香菱拉他的手,笑道:"这又叫做什么?怪道人人说你惯会鬼鬼祟祟使人肉麻的事。你瞧瞧,你这手弄的泥乌苔滑的,还不快洗去。"

还有:

二人已走远了数步,香菱复转身回来叫住宝玉。宝玉不知有何话,扎着两只泥手,笑嘻嘻的转来问:"什么?"香菱只顾笑。因那边他的小丫头臻儿走来说:"二姑娘等你说话呢。"香菱方向宝玉道:"裙子的事可别向你哥哥说才好。"

这一连串的动作,欲言又止,"只顾笑",以及细心的嘱托,谁能说,香菱,这个苦命的女孩在那一瞬间不是充满着幸福的感觉呢?虽然,只是一瞬间的事情。

这时,我恍然明白,第六十二回标题为什么叫"呆香菱情解石榴裙"了,那种含蓄的暧昧,已经要浓得化不开了。

香菱为何穿了袭人的裙子

第六十二回，香菱因和豆官打闹，弄脏了新裙子，换上了袭人的裙子。这件事情的重要性，其实在这一回的标题就点明了，所谓"呆香菱情解石榴裙"。如果仅仅理解为宝玉和袭人关爱香菱之情，就肤浅了。

首先，看这裙子，居然和袭人的裙子一模一样，巧不巧？所谓：

宝玉道："你快休动，只站着方好，不然连小衣儿膝裤鞋面都要拖脏。我有个主意：袭人上月做了一条和这个一模一样的，他因有孝，如今也不穿。竟送了你换下这个来，如何？"

香菱的裙子"是前儿琴姑娘带了来的。姑娘做了一条，我做了一条，今儿才上身"。薛家做裙子是宝琴拿来的料子，宝钗香菱各做一条，并不是和袭人一起做的。可是，偏偏袭人也做了一条一模一样的，天下之事，竟如此之巧。这个巧字，还不仅仅是一条裙子的巧，还预示着另一种巧。

其次，一条裙子，香菱竟然体会到了宝玉的苦心。所谓：

香菱笑着摇头说："不好。他们倘或听见了倒不好。"宝玉道："这怕什么。等他们孝满了，他爱什么难道不许你送别的不成。你若这样，还是你素日为人了！况且不是瞒人的事，只这告诉宝姐姐也可，只不过怕姨妈老人家生气罢了。"香菱想了一想有理，便点头笑道："就是这样罢了，别辜负了你的心。我等着你，千万叫他亲自送来才好。"

香菱一句"别辜负了你的心"，说明也是痴人。呆香菱，呆者，痴也。痴人遇着痴人，如何不怡然自得？

最后，更奇妙的是，袭人也很乐意。所谓：

袭人又本是个手中撒漫的，况与香菱素相交好，一闻此信，忙就开箱取了出来折好，随了宝玉来寻着香菱，他还站在那里等呢。袭人笑道："我说你太淘气了，足的淘出个故事来才罢。"香菱红了脸，笑说："多谢姐姐了，谁知那起促狭鬼使黑心。"说着，接了裙子，展开一看，果然同自己的一样。又命宝玉背过脸去，自己叉手向内解下来，将这条系上。袭人道："把这脏了的交与我拿回去，收拾了再给你送来。你若拿回去，看见了也是要问的。"香菱道："好姐姐，你拿去不拘给那个妹妹罢。我有了这个，不要他了。"袭人道："你倒大方的好。"香菱忙又万福道谢，袭人拿了脏裙便走。

那么，香菱换上袭人的裙子到底预示着什么呢？

恰如贾宝玉和蒋玉菡互换汗巾子牵出了花袭人和蒋玉菡的姻缘，贾宝玉欲给史湘云的金麒麟成就了卫若兰和史湘云的婚姻，这里香菱穿上袭人的裙子，也暗喻香菱身份的转换，后来承担起了袭人的角色。香菱、袭人互换裙子，和宝玉偷埋夫妻蕙、并蒂菱，两件事情，巧妙交织，互为本文，要说的，就是宝玉婚后和香菱的一段交集。那时袭人已走，只留下麝月，随宝钗陪房过来的香菱，照顾宝玉像袭人那样无微不至。

紫鹃为何给宝玉菱花镜

第二十八回，贾宝玉喝花酒的一段唱词，隐含着八十回后他和宝钗的婚姻生活状态。原文：

滴不尽相思血泪抛红豆，睡不稳纱窗风雨黄昏后，忘不了新愁与旧愁，咽不下玉粒金莼噎满喉，照不见菱花镜里形容瘦。展不开的眉头，捱不明的更漏。呀！恰便似遮不住的青山隐隐，流不断的绿水悠悠。

尤其是"咽不下玉粒金莼噎满喉，照不见菱花镜里形容瘦"这一句，前半句暗示金玉婚姻的悲情，后半句则是香菱眼中的宝玉衣带渐宽，而香菱自身因干血之症（继发性闭经）和抑郁症折磨，日渐消瘦。也就是说，香菱是跟了宝钗陪嫁到宝玉房里的。

关于香菱随宝钗陪嫁到宝玉房里的暗示，小说里至少有四处。

第一处就是第八十回薛蟠棒打香菱，薛姨妈一气之下要卖香菱，宝钗收了香菱，自此香菱不再是薛蟠的妾，而是宝钗的丫鬟。所谓"他跟着我也是一样，横竖不叫他到前头去。从此断绝了他那里，也如卖了一般"。

第二处是第六十二回宝玉埋香菱的夫妻蕙和他自己的并蒂菱。

第三处是香菱换上了袭人的裙子。

第四处是第二十八回宝玉的唱词。

前三处，我已做过详尽叙述。第四处，依然有一个疑问，就是有读者一再提出宝玉的菱花镜其实是紫鹃给的，第五十七回，紫鹃一句林妹妹回苏州的玩笑话，使宝玉害了失心疯，紫鹃留下来服侍。临了：

宝玉笑道："我看见你文具里头有三两面镜子，你把那面小菱花的给我留下罢。我搁在枕头旁边，睡着好照，明儿出门带着也轻巧。"紫鹃听说，只得与他留下。

紫鹃给的菱花镜，怎么会暗示香菱呢？

我以为，这涉及紫鹃和香菱两人的去向问题。

黛玉身死，宝玉和宝钗结合，宝玉是想要了紫鹃去他房里，以寄托对黛玉的相思之情。怎奈紫鹃心意已决，不肯回去，只愿为黛玉守灵，直至迁回苏州祖籍，再做了局。

宝玉怀揣紫鹃的菱花镜，没承想，宝钗带了香菱来。香菱有秦可卿的品格，而秦可卿兼具黛玉、宝钗之美，香菱更是黛玉的弟子，因此香菱的身上，也有黛玉的影子，她于是成为宝玉思念黛玉的寄托。

这段纠葛摘开来看，紫鹃给宝玉的菱花镜，预示的却是香菱的陪伴。

香菱命运究竟如何

香菱的命运，其实小说描写得很具体：

第一，香菱原名甄英莲，乃姑苏乡宦甄士隐之独女，五岁时不慎被拐。

第二，香菱十一二岁时，拐子原本欲将其卖给乡宦公子冯渊，后又贪财卖给薛蟠，企图卷了冯渊银子开溜，薛蟠与冯渊为此火拼，薛蟠手下人打死冯渊，抢走甄英莲。至薛家，宝钗为其改名为香菱。

第三，一年后，薛姨妈看儿子薛蟠确实喜欢香菱，给香菱"开了脸"，做了薛蟠的"房里人"。

第四，薛蟠是个花花太岁，很快对香菱就没兴趣了，继续在外面寻花问柳，把香菱抛在一边。

第五，薛宝钗要了香菱一道进大观园居住，开启香菱一生之中最美好的时光。

第六，第七十四回查抄大观园后，薛宝钗为避祸搬出大观园，香菱随之回到薛家，一段最美丽的时光结束。

第七，薛蟠迎娶夏金桂，香菱惨遭夏金桂虐待，又经夏金桂挑唆，惨遭薛蟠毒打。为此，薛姨妈与薛蟠、夏金桂发生争吵，一气之下要"卖掉"香菱：

当下薛姨妈被宝钗劝进去了，只命人来卖香菱。宝钗笑道："咱们家只知买人，并不知卖人之说，妈可是气的糊涂了，倘或叫人听见，岂不笑话。哥哥嫂子嫌他不好，留着我使唤，我正也没人使呢。"薛姨妈道："留下他还是淘气，不如打发了他倒干净。"宝钗笑道："他跟着我也是一样，横竖不叫他到前头去。从此断绝了他那里，也如卖了一般。"香菱早已跑到薛姨妈跟前痛哭哀求，只不愿出去，情愿跟着姑娘。薛姨妈也只得罢了。自此以后，香菱果跟随宝钗到园内去了，把前面路径竟心断绝。虽然如此，终不免对月伤悲，挑灯自叹。本来怯弱，虽然在薛蟠房中几年，皆由血分中有病，是以并无胎孕。今复加以气怒伤肝，内外折挫不堪，竟酿成干血之症，日渐羸瘦作烧，饮食懒进，请医诊视服药亦不效验。

这是第八十回的一段描写，对于理解香菱八十回以后的命运十分重要：

1. 薛姨妈要卖香菱，这是为当时的礼法所允许的。香菱只是薛蟠的"房里人"，不是正妻。妻和妾是有严格区分的。妻是法定的，不可以买卖，只可以休回娘家；妾不是法定的，可以买卖甚至转让。很多朋友以为中国古代封建社会是一夫多妻制，其实不对，错就错在把妾也当成了妻，中国古代封建社会，其实是一夫一妻多妾制。比如《金瓶梅》中潘金莲就是西门庆的妾，所以西门庆死后被西门庆的合法妻子吴月娘抓个错给卖到妓院去了。这和薛姨妈一气之下要卖香菱是一个道理。再比如，清代大文人袁枚就是小妾成群，而且喜欢当朋友的面展示自己的小妾，高兴之余，还会当场把某个小妾赠送给朋友。所以，妾的命运是非常弱势和卑贱的，这就是妾的可悲之处。所以香菱坚决不干，宁愿当宝钗的丫鬟。因此"早已跑到薛姨妈跟前痛哭哀求，只不愿出去，情愿跟着姑娘"。

2. 薛姨妈本来要卖香菱，薛宝钗决定收留香菱，薛姨妈答应了。也就是说，香菱的身份发生了变化，被"转让"给了薛宝钗，成为了薛宝钗的丫鬟。这就是书里薛宝钗说的"他跟着我也是一样，横竖不叫他到前头去。

从此断绝了他那里，也如卖了一般"。薛宝钗最懂礼法，这句话的意思就是，妈妈既然要卖了香菱，那不如把香菱转让给我，和卖了她是一样的。

3. 因此，香菱作为薛宝钗"收留"的丫鬟，待薛宝钗与贾宝玉成婚，很可能和莺儿一起被带到贾府。

4. 香菱被薛宝钗保护起来，这也让宝钗与夏金桂结下了梁子。

5. 香菱跟随宝钗嫁到贾府，黛玉死后，宝玉心灰意冷，对宝钗无意，对于香菱，反而因其和黛玉的几分相似以及她的悲苦命运而对她关爱有加。这就是第六十二回宝玉埋下夫妻穗与并蒂菱的因果。

6. 贾宝玉出家后，鉴于薛蟠入狱，夏金桂嚣张，以及薛姨妈的无助，薛宝钗作为弃妇，征得王夫人同意回到薛家，这也是"金簪雪里埋"的一层意思。香菱和莺儿自然也要回到薛家。香菱再度落入夏金桂的魔爪。尽管有薛宝钗庇护，本身就患有干血之症和抑郁症的香菱还是被悍妇夏金桂一步一步地折磨死了，正应了判词"自从两地生孤木，致使香魂返故乡"的偈语。

至此，香菱悲惨的一生即宣告结束。

第四章

真真一对儿尤物

第一节　尤二姐

尤二姐、尤三姐真的失身了吗

这个问题对于理解尤二姐和尤三姐有着至关重要的作用。

那么，尤二姐和尤三姐只是和贾珍、贾蓉调笑无度呢，还是和他们苟且了呢？

其实，只要细细品读，就会发现，尤二姐和尤三姐虽然表面很随便，但却是有底线的人。虽然她们的行为确实太出格，但是，失身却是不可能的。

为什么这样说呢？

第一，尤二姐和尤三姐都是对未来有规划的人。

尤二姐的规划稍微低一点，就是要找个可以托付终身的。第六十五回，尤二姐就曾经对贾琏做过深情告白：

尤二姐道："我虽标致，却无品行。看来到底是不标致的好。"贾琏忙问道："这话如何说？我却不解。"尤二姐滴泪说道："你们拿我作愚人待，什么事我不知。我如今和你作了两个月夫妻，日子虽浅，我也知你不是愚人。我生是你的人，死是你的鬼，如今既作了夫妻，我终身靠你，岂敢瞒藏一字。"

尤三姐呢，是这样的择偶标准：

"只要我拣一个素日可心如意的人方跟他去。若凭你们拣择，虽是富比石崇，才过子建，貌比潘安的，我心里进不去，也白过了一世。"

也就是说，尤三姐在婚姻问题上也不含糊，要找一个真心爱的男人。

一般来说，这样对于婚姻比较严肃认真的女性，是不会随随便便把身子给了别人的，如果这样，她们对于未来婚姻的规划也就泡汤了。

第二，早在五年前，尤三姐就已经有了心上人。

这个人就是柳湘莲。第六十六回是这样说的："说来话长。五年前我们老娘家里做生日，妈和我们到那里与老娘拜寿。他家请了一起串客，里头有个作小生的叫作柳湘莲，他看上了，如今要是他才嫁。"

尤三姐既已经早在五年前就把自己的真情托付给了柳湘莲，有了所爱的人，绝不可能委身贾珍、贾蓉之流。尤氏姐妹处境不易，相濡以沫，尤三姐强势果敢，断不会让姐姐尤二姐失身的。

第三，尤二姐、尤三姐表面风流，其实都是愿意真心付出爱的女性。

第六十六回，有一段尤二姐评价尤三姐的话，是这样说的：

"三妹子他从不会朝更暮改的。他已说了改悔，必是改悔的。他已择定了人，你只要依他就是了。"贾琏问是谁，尤二姐笑道："这人此刻不在这里，不知多早才来，也难为他眼力不错。自己说了，这人一年不来，他等一年；十年不来，等十年；若这人死了再不来了，他情愿剃了头当姑子去，吃长斋念佛，以了今生。"

这段话，其实已经表明了尤三姐是渴望真爱、诚心付出的女性。尤二姐如此评价妹妹，说明她也主张和赞成这样的爱情观和婚姻观，这姐妹俩原是不差的。

第四，从贾珍、贾蓉以及贾琏的表现来看，他们并未真正得手，不过是揩了点油而已。

第六十五回，有这样的描写：

这尤三姐松松挽着头发，大红袄子半掩半开，露着葱绿抹胸，一痕雪脯。底下绿裤红鞋，一对金莲或翘或并，没半刻斯文。两个坠子却似打秋千一般，灯光之下，越显得柳眉笼翠雾，檀口点丹砂。本是一双秋水眼，再吃了酒，又添了饧涩淫浪，不独将他二姊压倒，据珍琏评去，所见过的上下贵贱若干女子，皆未有此绰约风流者。二人已酥麻如醉，不禁去招他一招，他那淫态风情，反将二人禁住。那尤三姐放出手眼来略试了一试，他弟兄两个竟全然无一点别识别见，连口中一句响亮话都没了，不过是酒色二字而已。自己高谈阔论，任意挥霍撒落一阵，拿他弟兄二人嘲笑取乐，竟真是他嫖了男人，并非男人淫了他。一时他的酒足兴尽，也不容他弟兄多坐，撵了出去，自己关门睡去了。

从这样的文字来看，其实贾珍也好，贾蓉也好，甚至贾琏，都没有得过手，甚至也没有占到真正的便宜。

第五，尤二姐、尤三姐之所以如此，完全是为了生存。

尤老娘并不是尤氏的亲妈，只是尤氏的爹续弦的妻子，尤二姐、尤三姐是尤老娘带过来的女儿，并不是尤氏的亲姐妹，并无半点血缘关系。以尤氏的冷漠，这样的娘这样的妹妹，不管也罢。所以，尤老娘和尤二姐、尤三姐要靠贾珍这个名义上的女婿和姐夫过日子，不委曲求全是不行的。

俗话说，吃人嘴软，拿人手短。人在屋檐下，怎能不低头，一家三口都靠贾珍养活，不让色鬼贾珍占点便宜怎么行呢？

第六，尤二姐、尤三姐的放浪其实也是一种自我保护措施。

前面说尤三姐的表现比贾珍、贾琏还浪，其实就变被动为主动了，震住他们，也就保全了自己。第六十五回，还有一段描写很精彩，这种意思更明显。贾琏娶了尤二姐，也想成全贾珍偷纳尤三姐作为回报，被尤三姐收拾了一回：

（尤三姐）自己绰起壶来斟了一杯，自己先喝了半杯，搂过贾琏的脖子来就灌，说："我和你哥哥已经吃过了，咱们来亲香亲香。"唬的贾琏酒都醒了。贾珍也不承望尤三姐这等无耻老辣。弟兄两个本是风月场中耍惯的，不想今日反被这闺女一席话说住。尤三姐一叠声又叫："将姐姐请来，要乐咱们四个一处同乐。俗语说'便宜不过当家'，他们是弟兄，咱们是姊妹，又不是外人，只管上来。"尤二姐反不好意思起来。贾珍得便就要一溜，尤三姐那里肯放。贾珍此时方后悔，不承望他是这种为人，与贾琏反不好轻薄起来。

第七，尤二姐、尤三姐对外界的不良评价其实怀着一种深深的自责和反思。

对自己过往的行径，尤氏姐妹私下说起来是真心流泪的，这说明她们仅仅是为生活所迫不得已而为之，并不是真的品行无状和放荡。她们对自己那些严苛的所谓"淫奔无耻之流""淫奔不才"的评价，是和林黛玉、薛宝钗、史湘云那样的大家闺秀相比较而言的，是对自己不良行为的一种痛恨，而不是说她们曾真的和贾珍、贾蓉干了什么实质性的事情。

所以，综上所述，尤二姐、尤三姐这样的女性，表面放浪，内心忠贞。尤姓是对她们相貌性情的描写概括，但她们绝非娼尤。

何谓尤二姐"失了脚"

既说尤二姐、尤三姐都未失身,那尤二姐说自己"失了脚"又何解呢?

小说关于尤二姐和尤三姐的描写,是高度一致的。不妨来梳理一下。

1. 第六十四回,对于尤二姐和尤三姐有这样一段描写:

却说贾琏素日既闻尤氏姐妹之名,恨无缘得见。近因贾敬停灵在家,每日与二姐三姐相认已熟,不禁动了垂涎之意。况知与贾珍贾蓉等素有聚麀之诮,因而乘机百般撩拨,眉目传情。

所谓"聚麀",是指父子共同占有一个女人的禽兽行为。按照这句话来理解,如果尤二姐失身,尤三姐也必失身。

但是,请注意一个"诮",是责备嘲笑讥讽的意思。也就是说,贾珍、贾蓉和尤二姐、尤三姐早就已经有了父子姐妹共同淫乱的不良名声了。但是,请注意,是名声,这不过是外人对他们经常在一起喝花酒、调笑无度所做的一种讥讽式的评价和猜想罢了。

我以为,作者在这里又是虚晃一枪,用贾珍、贾蓉与尤二姐、尤三姐的"淫乱"之名来暗指贾珍、贾蓉父子共同占有秦可卿的真正的"聚麀"之实。这是作者惯用的"移花接木之法"。

因此,这里只是指出贾珍、贾蓉淫乱的名声,却不能断定尤二姐、尤三姐失身。如果真要扣给尤二姐一个失身的帽子,那么也得给尤三姐一个这样的帽子,因为尤三姐也逃不掉。如果硬要说尤二姐失身了,尤三姐没失身,那逻辑思维就有点混乱了。

2. 第六十五回,尤二姐曾经动过念头,和贾琏一起想办法想把尤三姐许配给贾珍。而如果尤二姐已经被贾珍霸占过,又想着把没失身的妹妹也贡献给他,那尤二姐和贾珍、贾蓉就是一丘之貉了。很明显,尤二姐不是这样的人。

3. 第六十五回,有了尤二姐的"失脚"论,许多读者就以此认定尤二姐失身了,因为尤二姐说"虽然如今改过,但已经失了脚,有了一个'淫'字,凭他有甚好处也不算了"。

那么此处所说的"淫"就是指失身吗?

不是。

一来尤二姐、尤三姐虽然担了和贾珍、贾蓉父子"聚麀之诮"的名声，但其实真正和贾珍、贾蓉父子"聚麀"的不是尤二姐、尤三姐，而是已经死去的秦可卿。

二来看看这"淫"究竟指什么？

其一，第六十六回，柳湘莲退婚时，有这样一段话：

"那尤三姐在房明明听见。好容易等了他来，今忽见反悔，便知他在贾府中得了消息，自然是嫌自己淫奔无耻之流，不屑为妻。"

这段话的"淫"，乃"淫奔无耻之流"之意，我以为和尤二姐的"淫"没有什么区别。

其二，第六十九回，王熙凤说尤二姐之淫：

"妹妹的声名很不好听，连老太太，太太们都知道了，说妹妹在家做女孩儿就不干净，又和姐夫有些首尾，没人要的了你拣了来，还不休了再寻好的。"

这话，其实和我之前的分析是一致的，就是尤二姐和贾珍其实是有名无实，担着虚名，承受骂名而已。

其三，也是第六十六回，尤二姐梦见死去的尤三姐托梦，也有这一番话：

"你我生前淫奔不才，使人家丧伦败行，故有此报。"

这里再一次强调，尤二姐的"淫"和尤三姐的"淫"是一致的，不过是因为和贾珍、贾蓉调笑无度喝花酒担了"淫"的虚名而已。

4. 那么，尤三姐之"淫"，到底是什么"淫"呢？

前面无数的描写证明，就只是喝花酒调笑而已。第六十五回，贾珍与尤三姐调笑，有这么一句话"究竟贾珍等何曾随意了一日，反花了许多昧心钱"，已经证明了尤三姐的清白，也间接证明了尤二姐的清白。因为这姐俩的"淫"是一样的，都是"淫奔无耻"和"淫奔不才"。

综上所述，我以为，尤二姐之"淫"和尤三姐之"淫"，其实是一样的，不存在二姐失身，三姐没有失身的问题，要么都失身，要么都没失身。既然三姐没失身，那么二姐肯定也没失身。

如此看来，尤二姐的"淫"，就是与锦香院的妓女云儿和贾宝玉、薛蟠、冯紫英、蒋玉菡几人喝花酒一样的性质，这样的性质，对于清白人家的女儿来说，已经是很"淫"，很"无耻"的了，已经是失节、失足了。所以，二姐的"失了脚"就是这样的"淫"，不一定非要失身。

尤二姐的"二奶"心理

第六十五回，不仅写了尤二姐一心一意坐等王熙凤病死，自己扶正的心思，所谓：

"贾琏又将自己积年所有的体己，一并搬来给二姐儿收着，又将凤姐儿素日之为人行事，枕边衾里，尽情告诉了他，只等一死，便接他进来。二姐儿听了，自是愿意。"

而且，还写了尤二姐对王熙凤的评价。兴儿向尤二姐介绍王熙凤时，尤二姐说了这么一句话：

"这么一个夜叉……"

这样一来，尤二姐内心深处对王熙凤的看法已经很清楚了，她已经在为自己"扶正"做铺垫了，那就是把王熙凤视为不守妇道没有妇德的"夜叉"，这样的夜叉，怎么处置都不过分。这样一来，尤二姐取代王熙凤就是"正义"的了，就有"道德优势"了。

先把正室妻子在道德上妖魔化，然后取而代之，这就是典型的"二奶"心理。

第六十五回，还有一句话，表明了尤二姐这种典型的"二奶"心理优势。当兴儿奉劝尤二姐永远也别见王熙凤时，本是自己去抢了人家丈夫的尤二姐却理直气壮地说了这么一句话：

"我只以理待他，他敢怎么着我？"

自己本身就站不住理，却还敢"以理自居"。"二奶"和"小三"由于角色的尴尬，要想取得存在的权利，势必引发内在道德逻辑的混乱，这就是古今天下"二奶""小三"悲剧的根源。

谁是《红楼梦》里的大庸医

第五十一回，晴雯夜里着凉感冒，请了医生来看，开了一剂药方，贾宝玉不看则已，一看就很生气：

宝玉看时，上面有紫苏、桔梗、防风、荆芥等药，后面又有枳实、麻黄。宝玉道："该死，该死，他拿着女孩儿们也像我们一样的治，如何使得！凭他有什么内滞，这枳实，麻黄如何禁得。谁请了来的？快打发他去罢！再请一个熟的来。"

很奇怪，小说并没有写这位医生姓甚名谁。从第五十一回标题"胡庸医乱用虎狼药"才知道，这位医生姓胡，而且直接定位了，那就是"庸医"。为什么是"庸医"呢？因为他"乱用虎狼药"。

第六十九回，这位胡庸医又出现了。这就是"草绳灰线绵延千里"的写法。尤二姐怀孕了，贾琏请太医来给尤二姐看病：

小厮们走去，便请了个姓胡的太医，名叫君荣。进来诊脉看了，说是经水不调，全要大补。贾琏便说："已是三月庚信不行，又常作呕酸，恐是胎气。"胡君荣听了，复又命老婆子们请出手来再看看。尤二姐少不得又从帐内伸出手来。胡君荣又诊了半日，说："若论胎气，肝脉自应洪大。然木盛则生火，经水不调亦皆因由肝木所致。医生要大胆，须得请奶奶将金面略露露，医生观观气色，方敢下药。"贾琏无法，只得命将帐子掀起一缝，尤二姐露出脸来。胡君荣一见，魂魄如飞上九天，通身麻木，一无所知。一时掩了帐子，贾琏就陪他出来，问是如何。胡太医道："不是胎气，只是迁血凝结。如今只以下迁血通经脉要紧。"于是写了一方，作辞而去。贾琏命人送了药礼，抓了药来，调服下去。只半夜，尤二姐腹痛不止，谁知竟将一个已成形的男胎打了下来。于是血行不止，二姐就昏迷过去。贾琏闻知，大骂胡君荣。一面再遣人去请医调治，一面命人去打告胡君荣。胡君荣听了，早已卷包逃走。这里太医便说："本来气血生成亏弱，受胎以来，想是着了些气恼，郁结于中。这位先生擅用虎狼之剂，如今大人元气十分伤其八九，一时难保就愈。煎丸二药并行，还要一些闲言闲事不闻，庶可望好。"说毕而去。急的贾琏查是谁请了姓胡的来，一时查了出来，便打了半死。

很显然，这位胡君荣大夫很可能就是第五十一回为晴雯看病的胡庸医。一则都姓胡；二则擅用虎狼之剂，与第五十一回"乱用虎狼药"如出一辙；三则都出现了误诊。

胡庸医给晴雯看病，幸好有贾宝玉把关。尤二姐就没有那么运气了，不仅病没看好，反而把一个成形的男胎打了下来，绝了贾琏的后，也导致尤二姐吞金自杀。

这就是《红楼梦》里的大庸医，胡君荣先生。

尤二姐堕胎的疑点

尤二姐之死，虽然原因多多，但很关键的一点，就是因为堕胎。尤二姐原本指望这个孩子的诞生能够稳住她摇摇欲坠的地位，所以，才会含泪对贾琏说：

"我这病便不能好了。我来了半年，腹中也有身孕，但不能预知男女。倘天见怜，生了下来还可，若不然，我这命就不保，何况于他。"

这个"他"，指的就是腹中的胎儿。尤二姐处境不利，身体状况不佳，又怀有身孕，渴望得到贾琏的支持。因为此时，她已经被王熙凤指使秋桐及丫鬟们折磨得"要死不能，要生不得"了。

可是，尤二姐还是没有成功，庸医胡君荣误用虎狼之药把一个"成形的男胎"打了下来，不但贾琏绝了后，尤二姐也失去了最后一根救命稻草，于是她吞金自杀了。

这貌似是一场巧合的悲剧。但是，在我看来，却疑点多多。

第一，贾琏请太医就大有玄机：

贾琏亦泣说："你只放心，我请名人来医治。"于是出去即刻请医生。谁知王太医亦谋干了军前效力，回来好讨荫封的。小厮们走去，便请了个姓胡的太医，名叫君荣。

贾琏还是有头脑的，他知道贾府惯用的这些太医，王太医是第一了得的。这个王太医，就是贾母坚持要林黛玉吃他的药的王太医，也是袭人被贾宝玉踢了一脚让贾宝玉去请的王太医，还是贾宝玉请来给晴雯看病的王太医。也就是说，大凡晓事的，都知道该请王太医来看。不巧的是，王太医做军医去了，小厮们便请了胡庸医来。请注意，请胡庸医的不是贾琏，是小厮们。这就很值得商榷了。贾琏房里的小厮，哪一个不屈服于王熙凤的威势？

还记得王熙凤过生日那天发现贾琏偷情的情形吗？那时贾琏的心腹小厮，已经被王熙凤收拾大半了。到王熙凤发现贾琏偷娶尤二姐之后，贾琏的心腹小厮，基本都被王熙凤挖出来收服了。因此，这些"小厮们"真正可能言听计从的不是贾琏，而是王熙凤。

第二，当时正处于王熙凤一门心思收拾尤二姐的关键时期，秋桐以及丫鬟们都是王熙凤的眼线。尤二姐怀孕，用贾琏的话说就是"已是三月庚信不行，又常作呕酸"，这是怀孕的典型表现，已为人妇且生过巧姐的王熙凤焉能不知？

第三，王熙凤本来就想报复贾琏，折磨死尤二姐。一旦知道尤二姐怀孕，王熙凤难道不怕尤二姐生下个男孩吗？没有生个男孩，一直是王熙凤的心病。王熙凤之所以位置不稳，没有生男孩也是主要原因之一。所以，王熙凤是断断不能让尤二姐生下孩子的。尤二姐即使生下个女孩，也算有了些资本和依靠，可以单独分房过了；一旦生男孩，贾琏会更加偏宠尤二姐，王熙凤的位置就更加不稳。这些，都是王熙凤能够想到而不愿看到的。

第四，胡庸医惯用虎狼之药的名声，贾宝玉都知道，他的太医同行知道（同行评价"这位先生擅用虎狼之剂"），王熙凤焉能不知？

第五，更奇怪的是，胡君荣居然能够成功脱逃。小说叙述也十分诡异：

贾琏闻知，大骂胡君荣。一面再遣人去请医调治，一面命人去打告胡君荣。胡君荣听了，早已卷包逃走。

从看病到堕胎，一夜之间的事情，贾琏的动作也够迅速，胡君荣却像是看完病就知道要出事情一样，竖直了耳朵听着，一有消息就跑了。注意这里的用词："胡君荣听了，早已卷包逃走"，说明胡君荣是早早就做好准备要跑的。

第六，尤二姐堕胎后王熙凤的表现十分反常，口是心非：

凤姐比贾琏更急十倍，只说："咱们命中无子，好容易有了一个，又遇见这样没本事的大夫。"于是天地前烧香礼拜,自己通陈祷告说:"我或有病,只求尤氏妹子身体大愈,再得怀胎生一男子,我愿吃长斋念佛。"贾琏众人见了,无不称赞。贾琏与秋桐在一处时,凤姐又做汤做水的着人送与二姐。又骂平儿不是个有福的,"也和我一样。我因多病了,你却无病也不见怀胎。如今二奶奶这样,都因咱们无福,或犯了什么,冲了他这样。"

凤姐表面"更急十倍",蒙骗了贾琏,紧接着又话里藏锋开始出击秋桐,正是一石二鸟,借刀杀人。

第七,最后一个疑问。那小厮们难道不怕贾琏追查出来?当然怕。但是,小厮们更怕王熙凤。因为即使误请了胡君荣导致尤二姐堕胎,只要贾琏不知道是有意请的,最多也就是"一时查了出来,便打了半死"。但"半死"毕竟没死,伤是可以养好的;如果落到心狠手辣的王熙凤手里,就只有一死了。两害相权取其轻,小厮们宁愿说是误请,打一顿了事。

这就是尤二姐堕胎的大致情形。我为尤二姐唏嘘,也为王熙凤迸发的复仇精神所震撼。这个时候的王熙凤,像古希腊神话中的复仇女神,被仇恨的火焰燃烧着,把她所有的美丽特质都燃烧掉了。

然而贾琏终究不是傻瓜,尤二姐死后他有所领悟:"我忽略了,终久对出来,我替你报仇。"自此之后,贾琏和王熙凤的夫妻关系不仅降到冰点,还埋下了仇恨的种子。

尤二姐为何斗不过王熙凤

尤二姐之所以被王熙凤折磨致死,是因为犯了以下几个致命性的战略错误:

第一,压根儿就没想和王熙凤斗。

第六十五回,贾琏的心腹小厮兴儿特别提醒尤二姐提防王熙凤,尤二姐说了这样一句话:"我只以礼待他,他敢怎么样!"很清晰地表明了尤二姐脑子里根本就没有斗争这根弦。王熙凤是运筹帷幄,尤二姐是懵懂无知。

第二，没看透大老婆和小老婆的矛盾本质。

尤二姐还真不能算是妾，她是等着做填房的。贾琏找人保了媒，正儿八经办了仪式把她娶过来养在外宅里，算是贾琏的小老婆。秋桐是妾，而平儿连妾都不算，是通房丫鬟。尤二姐最大的失误在于，根本就没有看透王熙凤和她是一山不能容二虎，她们的地位就是你死我活的矛盾。

第三，不该急于进入荣国府。

尤二姐嫁给贾琏，长远来看，当然是要作为续弦进入荣国府获得一个名分的，但尤二姐错就错在过于急切了，以为进府就等于给她正了名。当时的尤二姐，和王熙凤比，其实处于劣势，她背后只有一个贾琏撑腰。而王熙凤就不同了，荣国府是她苦心经营多年的势力范围，贾母、王夫人还有一大帮管家丫鬟都是她的后台。所以，王熙凤请尤二姐到荣国府，是请君入瓮。尤二姐轻易离开贾琏为她置办的外宅，深入虎穴，完全放弃了自己的领地，主动受制于人，把自己与王熙凤分庭抗礼的优势拱手相让，犯了战略上的致命错误。

第四，更不该交出贾琏的体己。

贾琏把多年体己交给尤二姐，二姐头脑一热，不仅坦白这些钱财是贾琏的，还轻易地就交给了王熙凤。她压根儿不明白，自己有钱，比跟别人要钱，强了不止一百倍。

第五，应该加倍保护胎儿。

尤二姐怀孕时，已经知道了王熙凤在对她进行迫害。但是，她依然想不到全力保护腹中的胎儿——她生存的救命稻草。她之前已经丧失了自己的领地——贾琏置办的外宅，现在又丧失了钱财——贾琏的体己，深陷王熙凤精心布置的天罗地网，根本就失去了抵抗的能力。此时她尚且不能自保，又如何保能住胎儿？

第六，不该远离亲人。

尤二姐的亲人只有尤老娘和尤三姐。尤三姐死了，但是尤二姐也不应该离开母亲，至少母亲会给她一些支持、安慰和照顾。她其实可以把母亲接了来住，照料自己。

但尤二姐像一只羔羊，被披着羊皮的狼哄骗，离开草原，离开亲人，来到狼窝，交出手中粮食，任凭狼摆布。这样的较量，尤二姐焉能不败？何以求生？

归根结底，是天真和虚荣害了尤二姐，使她失去了方向，走进了一条没有生机的死胡同。

尤二姐乃刚烈女子

第六十六回，尤三姐自杀，柳湘莲有一句刻骨铭心的话："我并不知是这等刚烈贤妻，可敬，可敬。"三姐是幸福的，她虽然死了，却赢得了爱情，从此在柳湘莲的心里活了下来。而我想说的是，尤二姐，也是一个刚烈女子。

细读第六十九回，尤二姐之死：

这里尤二姐心下自思："病已成势，日无所养，反有所伤，料定必不能好。况胎已打下，无可悬心，何必受这些零气，不如一死，倒还干净。常听见人说，生金子可以坠死，岂不比上吊自刎又干净。"想毕，挣起来，打开箱子，找出一块生金，也不知多重，恨命含泪便吞入口中，几次狠命直脖，方咽了下去。于是赶忙将衣服首饰穿戴齐整，上炕躺下了。当下人不知，鬼不觉。

短短几行字，却大有深意。

第一，表现了二姐的刚性。

二姐之死，从思考到行动，是何等的坚定。这就表现出了大无畏的刚烈来。曹雪芹写这几句话的气势，短促、自然、流畅，带着一股不容置疑、不容辩驳、不容迟缓的刚烈之气。所谓"病已成势，日无所养，反有所伤，料定必不能好。况胎已打下，无可悬心，何必受这些零气，不如一死，倒还干净"。接下来的行动，更是没有半分迟疑，就像是去赴一场豪华盛宴。一块生金二姐"几次狠命直脖，方咽了下去"，这需要何等必死的勇气和坚毅？

第二，表现了二姐的纯洁。

有人认为尤二姐是和贾珍苟且了的，是失身了的。我始终坚持，尤二姐是清白的。请注意这些话："不如一死，倒还干净。常听见人说，生金子可以坠死，岂不比上吊自刎又干净。"短短一句话出现了两次"干净"。《红楼梦》里，"干净"一词真的是很干净的。贾宝玉和林黛玉葬花时讨论过"干净"问题。这里的干净，其实就是纯洁。还记得尤二姐入大观园时黛玉等人对二姐的忧虑吗？这是有意味之言。尤二姐赴死尚且特别在意"干净"，说明她是十分爱惜自己的，是有自尊的。因为不愿意"受这些零气"，因为要做人的尊严，所以赴死；"将衣服首饰穿戴齐整，上炕躺下了"，要求整洁、体面；还要"人不知，鬼不觉"，不愿意惊动任何人，也是下了必死的决心，并非以死来要挟旁人。这样的人，骨子里肯定是纯洁的人。

所以，尤二姐乃刚烈女子，她是"干净"的。

尤二姐虽死犹生

第六十九回，尤二姐吞金自杀，只见：

这尤二姐面色如生，比活着还美貌。

曹雪芹这一笔，绝非等闲。这是对一个所谓的放荡女人的肯定和褒奖——虽死犹生。尤二姐以她的死证明了清白，赢得了尊严，所以，她虽然死了，却比活着的时候还要好看。她活着的时候，有一顶淫妇的帽子扣在头上，她死了，卸掉了面具，露出了本色，她也是个好女人。

二姐一生殊为可怜。也许只有亲生父亲在世时，姐妹俩过过十几年好日子，那时的二姐，已然许了皇粮庄的庄头之子张华为妻。只可惜尚未完婚，父亲亡故，张家败落，母亲改嫁。尤老娘带着两个女儿嫁给尤氏之父，退了张家的亲，但张华的父亲贪财，拿了退亲的十两银子，却未告诉已经撵出去的儿子。这事儿就这么不清不楚地过去了。

等到尤氏之父逝去，尤氏已经嫁给贾珍做续弦妻子，尤氏母女再次陷入无依无傍的境地，只得仰仗名义上的女婿贾珍周济过活。

所谓吃人嘴软，拿人手短。贾珍是那样好色成性的恶魔，尤老娘和两位如花似玉的女儿要依靠贾珍，于钱财上气势就矮了一截，只得曲意逢迎。

背着尤氏，面对贾珍、贾蓉色眯眯的调戏，二姐、三姐也不得不强打起精神，陪喝花酒，调笑无度，百般轻薄。

这其间，二姐放荡之名尤胜三姐，其实是姐姐对妹妹的一种牺牲和保护。这就是众人所谓"在先已和姐夫不妥"，"已然失了脚"以及"和姐夫有些首尾"。可笑众人看不穿，把姐姐做出的牺牲，扣了个淫荡之名，这就是人言可畏、众口铄金、积毁销骨。

在先姐妹未出嫁之前，面对贾珍父子的调戏，姐姐站出来承担更多的恶名。等到二姐嫁了贾琏，贾珍再来调戏，却是妹妹挺身而出，维护已婚姐姐的名声了。姐妹情深，凶世危卵，相互扶持，令人感叹。这一对世人谓之尤物的姐妹，实是有着人间真情。

设若二姐已为贾珍奸污，之后断不会动了将三姐许以贾珍之念。

二姐及至进了荣国府，落入凤姐圈套，求生不能求死不得，贾琏又早已移情秋桐，将放在二姐身上的心淡了。此时二姐唯一的希望，就是腹中的孩子。她希望一个新生命可以挽救她。只可惜，这个腹中的孩子，尽管是贾氏血脉，还是逃不脱阴谋与算计。

二姐的心死了，生无可恋，"无可悬心"，读到这里，不免有锥心之痛。她清清白白地来这个世界，也要干干净净地走。小说行文在这里强调二姐之死得干净，不是没有原因的。她和妹妹所谓淫荡之名不过是虚名，她们的身子是干净的，心也是干净的。

一个柔弱女子，来到这个世上，希望逢着一个可以依靠终生的男子，生儿育女，幸福快乐。尤氏姐妹，为了这个理想，不惜忍辱负重，苟且生存，最终还是换来了残忍的失望。三姐痴心等候湘莲五年，换来的是误解和退婚，二姐满心以为找到了贾琏这个依靠，到头来却发现是和贾珍差不离的好色之徒，这对姐妹不死，如何了局？

叹尤氏姐妹，一生痴心痴情，终于知情而耻，毫无牵涉，去太虚幻境销号去了，徒留下一段故事，供人谈资，遭人慨叹。

第二节　尤三姐

柳湘莲和尤三姐的爱情悲剧

读到第六十六回，柳湘莲与尤三姐的爱情悲剧，看到尤三姐对柳湘莲的爱情独白，我流泪了。这是一种好久未曾有的感觉。

早在五年前，因为一次客串演出，柳湘莲和尤三姐的"孽缘"就注定了。美丽的尤三姐一见钟情，爱上了柳湘莲。试想，在那种为了生存不得不与贾珍、贾蓉、贾琏调笑无度的日子，五年，整整一千八百多个日日夜夜，尤三姐把美丽的情愫交付给了一个并不知情也未必领情的男子。

所谓：

"这人一年不来，他等一年；十年不来，等十年。若这人死了，再不来了，他情愿剃了头当姑子去，吃常斋念佛，再不嫁人。"

来看尤三姐的表白：

二人正说之间，只见尤三姐走来说道："姐夫，你只放心。我们不是那心口两样的人，说什么是什么。若有了姓柳的来，我便嫁他。从今日起，我吃斋念佛，只服侍母亲，等他来了嫁了他去；若一百年不来，我自己修行去了。"说着，将一根玉簪击作两段，"一句不真，就如这簪子！"说着，回房去了，真个竟非礼不动，非礼不言起来。

等贾琏促成婚约，拿到雌雄剑交予三姐，三姐的欣喜可想而知：

贾琏便将路上相遇湘莲一事说了出来，又将鸳鸯剑取出，递与三姐。

三姐看时，上面龙吞夔护，珠宝晶莹，将靶一掣，里面却是两把合体的。一把上面錾着一"鸳"字，一把上面錾着一"鸯"字，冷飕飕，明亮亮，如两痕秋水一般。三姐喜出望外，连忙收了，挂在自己绣房床上，每日望着剑，自笑终身有靠。

及至柳湘莲悔婚，尤三姐以死明志，其实，她何尝不是用自己的生命来证明给柳湘莲看，用自己的生命来证明自己的爱情呢？请看：

那尤三姐在房明明听见。好容易等了他来，今忽见反悔，便知他在贾府中得了消息，自然是嫌自己淫奔无耻之流，不屑为妻。今若容他出去和贾琏说退亲，料那贾琏必无法可处，自己岂不无趣。一听贾琏要同他出去，连忙摘下剑来，将一股雌锋隐在肘内，出来便说："你们不必出去再议，还你的定礼。"一面泪如雨下，左手将剑并鞘送与湘莲，右手回肘只往项上一横。可怜：揉碎桃花红满地，玉山倾倒再难扶。

芳灵蕙性，渺渺冥冥，不知那边去了。当下唬得众人急救不迭。尤老一面嚎哭，一面又骂湘莲。贾琏忙揪住湘莲，命人捆了送官。

尤二姐忙止泪反劝贾琏："你太多事，人家并没威逼他死，是他自寻短见。你便送他到官，又有何益，反觉生事出丑。不如放他去罢，岂不省事。"贾琏此时也没了主意，便放了手命湘莲快去。湘莲反不动身，泣道："我并不知是这等刚烈贤妻，可敬，可敬。"湘莲反伏尸大哭一场。等买了棺木，眼见入殓，又抚棺大哭一场，方告辞而去。

……正走之间，只见薛蟠的小厮寻他家去，那湘莲只管出神。那小厮带他到新房之中，十分齐整。忽听环珮叮当，尤三姐从外而入，一手捧着鸳鸯剑，一手捧着一卷册子，向柳湘莲泣道："妾痴情待君五年矣。不期君果冷心冷面，妾以死报此痴情。妾今奉警幻之命，前往太虚幻境修注案中所有一干情鬼。妾不忍一别，故来一会，从此再不能相见矣。"

最深情处，乃是尤三姐死后托魂给柳湘莲的告白："痴情待君五年矣"，这样的真情，白白抛洒了。柳湘莲虽然剃发出家，以此为报，不过是徒增感叹而已。

这样的爱情，这样的悲剧，似乎无话可说，但却意蕴深远，感人肺腑。

柳湘莲与尤三姐的爱情，比《茶花女》更刚烈，比《梁祝》更柔情，这只是《红楼梦》大悲剧下的一个小悲剧，曹雪芹只用了一回就写成了。这就是伟大。

尤三姐为何要自杀

这是写尤二姐之死想到的。三姐之死，也是值得好好讨论的。

在我看来，尤三姐突然之间决定一死，并不是冲动之举。她要用死来捍卫作为人的尊严和爱情的尊严。

第一，以死证明清白。

尤三姐听到柳湘莲退婚，就知道柳湘莲是怀疑她的人品，嫌她名声不好，所谓"便知他在贾府中得了消息，自然是嫌自己淫奔无耻之流，不屑为妻"。所以，三姐求死，是要告诉柳湘莲，我连死都不怕，怎么会屈服于贾珍贾蓉之流的淫威。

尤二姐之死也具有这样的意义。尤二姐以她的不畏死揭穿了王熙凤、秋桐、善姐等人给她扣上的"失身"和"淫荡"的帽子，一个连死都不怕的女人，还会怕贾珍、贾蓉的威逼利诱吗？暧昧一下、调笑一下可以，但失身不会。

第二，以死了结爱情。

美丽的尤三姐，五年前就对柳湘莲一见钟情，不仅痴等五年，而且发誓"这人一年不来，他等一年；十年不来，等十年；若这人死了再不来了，他情愿剃了头当姑子去，吃长斋念佛，以了今生"。这样的痴情，可惜被柳湘莲误会了，退婚无疑是把尤三姐逼上死路，我们无法想象，没有了对柳湘莲爱情的期许，还有什么能支撑尤三姐活下去？于是，三姐选择以死来祭奠她无望的爱情。

第三，以死戳穿愚昧。

尤三姐用爱人柳湘莲的定情物鸳鸯剑结束生命，其实是在指责柳湘莲，是你的愚昧把我逼上绝路，是你的愚昧杀死了我，这是一种含痴带怨的感情。所谓柳湘莲的愚昧，就是《红楼梦》里那些如柳湘莲一样听谣传谣，以为二姐三姐失身的愚昧最终导致二人以死来戳穿这种狠毒的愚昧。

第四，以死换来重生。

三姐的人生没有了柳湘莲，就是行尸走肉了无生趣。因此，三姐以死在柳湘莲心中重塑纯洁完美的形象，从而在柳湘莲的精神世界获得永生。柳湘莲这一生，是无法忘记三姐了。

尤氏姐妹最终选择以死来捍卫作为人的尊严，并不是一种偶然的巧合，而是一种必然的选择。这和姐妹俩骨子里大致相同的价值观是分不开的——做人不可以没有底线，一旦突破底线，那就以死明志，所谓"宁为玉碎，不为瓦全"。这种价值观，即使在当下，也是很有高度的。我们在怀疑二姐三姐的纯洁之时，不妨扪心自问，我们做人有没有底线？我们有没有以死来捍卫尊严的勇气？或许，有了这样的追问和反思，我们对别人的道德评判就会少一些轻率，多一些谨慎，少一些指责，多一些关怀。

"那一对尤物"到底是怎样的人

尤二姐和尤三姐，按照贾宝玉的说法，"真真是一对尤物"。就是这句话害了尤三姐。尤物在很多人的眼里，是可调笑可亵玩可逢场作戏而不可认真对待的，比如柳湘莲便是如此看待的。正是这种观念让他戴上了有色眼镜来看尤三姐，导致了他和尤三姐的一场爱情悲剧。

那么，尤二姐和尤三姐这一对尤物，到底是怎样的人呢？

第一，尤氏姐妹，是美丽非凡的人。

美丽非凡，既可以是幸福的基础，也可以是悲剧的基础。一个女人，一旦美丽非凡，就必定不凡。往高了去，就是美艳高贵的大家闺秀，比如林黛玉、薛宝钗、薛宝琴、史湘云，等等；往低了走，就沦落为尤物了。所以，"尤物"一词，其实有玩物的意思。

第二，尤氏姐妹是不得不靠美丽为生的人。

尤二姐和尤三姐，是尤老娘改嫁时带过来的"拖油瓶"，和尤氏没有血缘关系。这样的关系很微妙，表面上尤老娘是尤氏的娘，可不是亲娘；表面上"二尤"是尤氏的姐妹，可不是亲姐妹，连姑舅表亲关系都算不上。而且，尤氏她爹已死，没了靠山，只有靠贾珍过日子。如果贾珍是个正人君子也就罢了，偏偏此人是个禽兽，尤氏姐妹的悲剧命运就注定了，二人的美貌只能使她们往低了走，注定只能成为尤物了。

第三，尤氏姐妹是善良的人。

不错，尤二姐嫁给贾琏，动机有问题，期待王熙凤死而她被扶正，但那是受贾蓉和贾琏挑拨引诱所致。从内心来讲，她是善良的人，对待贾琏，对待王熙凤，甚至对待下人，都是善良的。尤三姐也是善良的人，她对姐姐的保护、对贾宝玉善意的理解，都是非常动人的。

第四，尤氏姐妹是渴望真爱的女人。

尤二姐对贾琏是动了真心的，她把一生都托付给了贾琏，想着好好过日子。尤三姐呢，更是早在五年前就爱上了柳湘莲，暗恋五年而痴心不改。这样的女孩，绝对不会是坏女人，坏的是这个社会。

第五，尤氏姐妹是具有反省精神的女性。

通篇看关于尤氏姐妹的描写，她们有一种非常难能可贵的品质，这是只有林黛玉、薛宝钗、贾探春等优秀的女孩子才具有的品质，那就是反省的精神。一个人，不管男女，一旦具有反省精神，就注定不会是庸俗平常的人。尤氏姐妹虽然为谋生——那个时代那个社会本身就没有为女性提供经济独立的可能，只能仰人鼻息过日子——不得不委曲求全，但却常常反省自己的过失，为此感到痛苦。尤二姐曾经不止一次对贾琏和妹妹说起过去的荒唐，尤三姐也曾经不止一次和姐姐说过类似的话，这说明尤氏姐妹内心是清醒的，是痛苦的，从而也是高贵的。

第六，尤氏姐妹是刚烈女性。

不管是柔弱的二姐，还是泼辣的三姐，她们的本性其实高度一致，都是刚烈的女子。表面可以嬉闹怒骂，调笑无度，但却是有原则有底线的。一旦做人的尊严和底线遭到践踏，"二尤"可以用死来捍卫作为人的尊严。

尤氏姐妹其实就是一对外表风流、内心忠贞、坚守爱情的女性，是值得尊敬的女性，是值得珍爱的女性。可是，那个社会，贾珍贾蓉贾琏之流，甚至柳湘莲那样以侠士自居的人，以及贾宝玉那样崇拜女性的人（宝玉的话可以认为是逞口舌之快，也正说明"尤物"观念之深）却都把她们当成了尤物，当成了玩物。这是尤氏姐妹的悲剧，是贾珍、贾蓉、贾琏、柳湘莲、贾宝玉的悲剧，它说明了那个时代男权异化的无孔不入！

第五章

犹胜十洲美人图

薛宝琴进京之意

薛宝琴的婚姻，充满危机，可以从很多地方看出来。第四十九回，有一段文字：

后有薛蟠之从弟薛蝌，因当年父亲在京时已将胞妹薛宝琴许配都中梅翰林之子为婚，正欲进京发嫁，闻得王仁进京，他也带了妹子随后赶来。

这段话看起来平常，细细琢磨，却充满玄机。

第一，所谓"发嫁"，就是要正式结婚的意思，应该是双方商量好了才能办的。可是薛蝌带着妹妹薛宝琴匆匆赶来，才知道梅翰林家不在京城，在放外任呢。这就奇了，既是儿女亲家，怎么会连行踪都不知道？说明很久没联络了。

第二，即便不知道梅翰林家的踪迹，以为在京城，为何不先跟薛姨妈联系，打听打听？薛蝌此次带妹妹上京完婚，显得相当不靠谱。

第三，薛蝌、薛宝琴的启程非常突然，完全是临时起意。所谓"闻得王仁进京，他也带了妹子随后赶来"。王仁进京和薛家完婚有何干系？王仁是到贾府，而他的姑妈、妹妹都是贾府的媳妇，探亲是正常的。可是薛蝌怎么会以这种理由进京呢？这不是逻辑混乱，手足无措吗？这恰恰说明，此时薛宝琴的婚姻已经暗伏危机，小薛公在世时为宝琴订下的婚姻，在其死后，梅家已与薛家长期不往来，断了音讯，大有悔婚之意，薛蝌心急如焚，才有如此方寸大乱之举。

第四，大户人家的婚姻大事，一般是不会这样办的。当时薛蝌的母亲是痰症，重病之人，而兄妹俩丢下病重的老母，匆匆上京，为的是把妹妹嫁出去，这是不是太急了些？

如此种种，就是这短短一段话里的不寻常意味。其意就是指向一个严酷的事实，宝琴和梅翰林之子定亲，一年后小薛公病死，薛母痰症，梅家已渐渐疏远薛家。薛蝌此番上京，其实是借机（王仁上京）来由薛姨妈引荐投靠贾府，以此挽救薛宝琴危在旦夕的婚约。那个时候的女孩子，薛家这样的人家，如果男方退婚，那真的是奇耻大辱。这不仅仅是薛蝌薛宝琴的事情，其实也是薛家大家族的事情。

薛宝钗进京待选，结果落选了，这次薛宝琴进京，如果这个婚完不了，那就是天大的笑话了。这两次进京，都说明薛家败象已露，独力难支，心急如焚。

薛家隐藏的巨大危机

薛家因为衰败，可能面临着梅家的悔婚。这对于名列金陵四大家族的薛家来说，是一个巨大的耻辱，也是一个巨大的危机。如果梅家真的推掉了薛家这门婚事，薛家是要遭人耻笑的，连表面的风光都维持不住了。如果薛宝琴被退婚，薛宝钗岂不是难上加难？

所以，无依无靠的薛蝌才会带着妹妹来寻求薛姨妈的庇护，借薛姨妈和王夫人、王子腾、贾元春的关系寻求一种强势支持。

而四大家族是一荣俱荣、一损俱损，贾府岂会坐视？

所以，薛蝌、薛宝琴一来，贾母作为贾府掌门人，表现出异乎寻常的高兴和亲热，不仅逼着王夫人认薛宝琴做干女儿，而且表示要亲自"养"薛宝琴。

贾母为什么要逼着王夫人认干女儿？是因为王夫人和薛姨妈是姐妹？有点关系，但不是最主要的。最主要的原因是，王夫人是当今宠妃贾元春的生母。这样一来，薛宝琴岂不是贾元春的小妹妹了？

贾母为什么强调要亲自"养"薛宝琴呢？贾母是当今宠妃贾元春的奶奶，贾元春就是贾母亲自教养出来的。能教养出贵妃的贾母，她教养出来的女孩能有什么问题呢？梅家还能在薛宝琴身上找什么借口（男方退婚一般会找女子的毛病作为借口）？薛家衰败是梅家想退婚但说不出口的理由。这不就把梅家给镇住了吗？

这样一来，薛宝琴与贾府的王夫人和贾母就扯得上直接关系了。试问梅家还敢悔婚吗？

所以，梅家才会如薛宝钗所言，给了一个无可奈何的承诺："偏梅家又合家在任上，后年才进来。"也就是说，梅家托词现在全家在外任，等后年回京,就让儿子和薛宝琴完婚。这个承诺,虽然勉强,但毕竟是表态了。

所以,贾母的一系列举动给足了薛家和薛姨妈面子,挽救了薛家面临的巨大危机。薛家众人能不对贾母感激涕零吗?

这样就能理解为什么薛姨妈突然对林黛玉好了起来,认作女儿,还表示要为林黛玉和贾宝玉说亲,而且亲自照顾林黛玉,其实这也是对贾母的一种回报吧。

当然,也许有人会说,贾母优待薛宝琴在前,知道薛宝琴与梅家订婚在后,纯属巧合,没那么复杂。但即便是巧合,这个巧合也确实救了薛家,无意之中帮了薛家大忙。

即使这样,薛家和薛姨妈也应该大大地感谢贾母。

贾母一再催惜春赶画的玄机

第五十回,贾母两次催惜春。

第一次:

因说:"你四妹妹那里暖和,我们到那里瞧瞧他的画儿,赶年可有了。"众人笑道:"那里能年下就有了?只怕明年端阳有了。"贾母道:"这还了得!他竟比盖这园子还费工夫了。"

……

大家进入房中,贾母并不归坐,只问画在那里。惜春因笑回:"天气寒冷了,胶性皆凝涩不润,画了恐不好看,故此收起来。"贾母笑道:"我年下就要的。你别托懒儿,快拿出来给我快画。"

贾母催得很紧,并且一再强调年下就要的。贾母为什么"年下就要"?不妨梳理一二。

1. 大观园是为贾元春省亲建造的。

2. 让宝玉和众姐妹住进大观园也是贾元春的意思。

3. 年下,也就是过年的时候,按照礼节,贾府作为娘家人,贾母要率领贾府凡有品级的女眷进宫朝贺，给贾元春拜年。

如此一来，贾母之所以让贾惜春赶紧画，就是想着把元妃省亲游览过的大观园以及众姐妹在里面生活的情景再现给贾元春看，以解元春相思之苦，以慰元春寂寞之情。对于居深宫的贾元春来说，这是一种最好的安慰，也是最珍贵的礼物。

第二次：

次日雪晴。饭后，贾母又亲嘱惜春："不管冷暖，你只画去，赶到年下，十分不能便罢了。第一要紧把昨日琴儿和丫头梅花，照模照样，一笔别错，快快添上。"惜春听了虽是为难，只得应了。

这次催逼，就有些奇了。为什么突然把薛宝琴的重要性提高到了前所未有的地步呢？而且贾元春让姐妹们搬进大观园居住时还没薛宝琴什么事儿呢。然而贾母第一次只是催画，第二次居然退了一步，说画不全也就算了，务必把宝琴折梅画上去。要求把宝琴画上去就奇了，还一再嘱托要画上梅花，这又是为何？

一夜之间，到底发生了什么，让贾母做出如此重大改变？

这一天之内，还真发生了一件事情，那就是薛姨妈告诉贾母宝琴定亲的事情：

贾母因又说及宝琴雪下折梅比画儿上还好，因又细问他的年庚八字并家内景况。薛姨妈度其意思，大约是要与宝玉求配。薛姨妈心中固也遂意，只是已许过梅家了，因贾母尚未明说，自己也不好拟定，遂半吐半露告诉贾母道："可惜这孩子没福，前年他父亲就没了。他从小儿见的世面倒多，跟他父母四山五岳都走遍了。他父亲是好乐的，各处因有买卖，带着家眷，这一省逛一年，明年又往那一省逛半年，所以天下十停走了有五六停了。那年在这里，把他许了梅翰林的儿子，偏第二年他父亲就辞世了，他母亲又是痨症。"凤姐也不等说完，便嗐声跺脚的说："偏不巧，我正要作个媒呢，又已经许了人家。"贾母笑道："你要给谁说媒？"凤姐儿说道："老祖宗别管，我心里看准了他们两个是一对。如今已许了人，说也无益，不如不说罢了。"贾母也知凤姐儿之意，听见已有了人家，也就不提了。大家又闲话了一会方散。一宿无话。

这段行文，可以说这是曹雪芹行文最为狡诈的一次，这短短一段文字，居然有一处障眼法，一处留白。

障眼法，就是贾母问及宝琴的生辰八字和家境时薛姨妈的心理活动，她以为贾母是想把宝琴许配给宝玉。这个问题我曾分析过，这是薛姨妈的想法，可以说是一厢情愿，贾母其意，并不是为宝玉说亲，而是为老亲甄家的宝玉说亲。

这个障眼法之后，紧接着就有一大留白。这个留白就是"贾母也知凤姐儿之意，听见已有了人家，也就不提了。大家又闲话了一会方散。一宿无话"。这一留白中也许隐藏着薛姨妈把宝琴婚事的真实情况吐露给贾母，这便是"闲话了一会"的内容，而一宿无话正是当晚贾母无声的思考。

所以，第二天，贾母的调子就变了。要求惜春画大观园不能全部完成也无妨，一定要把宝琴画上，年底呈给贾妃又借务必画上的梅花，说宝琴已经许了梅翰林之子为妻，不日即将完婚了。贾妃听说如此，势必表示赞许和祝贺。这些家长里短的话一说，在场是有太监的，也是有记录的，宝琴婚姻的危机也就迎刃而解了。以贾妃当时受宠的程度，只要她表示赞赏和欣喜，梅翰林家是万难悔婚的。

而第五十六回宝钗和邢岫烟说的梅家外放也就一两年光景，回京就完婚，这就是贾母春节给贾妃拜年的结果，这就是草绳灰线。

宝钗为何担心宝琴后两首怀古诗

第五十一回，薛宝琴一气呵成，作了十首怀古绝句，既是诗，也是谜，堪称一绝。可这时候，姐姐宝钗说话了：

"前八首都是史鉴上有据的；后二首却无考，我们也不大懂得，不如另作两首为是。"

不错，前八首说的都是历史人物，后两首说的却是虚构的人物。但是，这句"我们也不大懂得"，就太有意思了。《西厢记》和《牡丹亭》宝钗会不懂？

第四十二回，宝钗审黛玉，黛玉行酒令说了几句《西厢记》戏文，宝钗就要审黛玉了，可见宝钗连黛玉的品行都要担心，都要维护，她薛家的妹妹，怎么可能不维护、不担心？《西厢记》和《牡丹亭》在当时可是两本禁书。宝钗担心的就是这两首诗会暴露宝琴的读书取向，有可能影响薛家小姐的清誉。

至于贾宝玉爱把姐妹们的诗作传抄出去的坏毛病，宝钗也是知道的，这十首怀古诗，大气磅礴，宝玉怎会罢休，势必要传抄出去的。这就更可能对宝琴造成不良影响，甚至引发流言蜚语。这就是宝钗的忧虑。

当然，宝钗更深层考量的还是宝琴的婚姻。梅翰林家本就有悔婚之意，这时候更不能出什么岔子，不能让梅家抓到不利于宝琴的一星半点的把柄。

这就是宝钗担心后两首怀古诗，让宝琴重做的道理。姐姐爱妹妹的心思，可谓深邃缜密。虽然，经黛玉和李纨劝说，宝钗没有坚持己见。但是，宝钗这番话，这番心思，不能白白浪费了。

黛玉、李纨、探春为何替宝琴辩护

第五十一回，薛小妹作了十首怀古绝句，姐姐宝钗认为后两首涉及《西厢记》和《牡丹亭》，不妥，要小妹重做。黛玉、探春、李纨纷纷为宝琴辩护：

黛玉忙拦道：【庚辰双行夹批：好极！非黛玉不可。脂砚。】"这宝姐姐也忒'胶柱鼓瑟'，矫揉造作了。这两首虽于史鉴上无考，咱们虽不曾看这些外传，不知底里，难道咱们连两本戏也没有见过不成？那三岁孩子也知道，何况咱们？"探春便道："这话正是了。"【庚辰双行夹批：余谓颦儿必有尖语来讽，不望竟有此饰词代为解释，此则真心以待宝钗也。】……李纨又道："况且他原是到过这个地方的。这两件事虽无考，古往今来，以讹传讹，好事者竟故意的弄出这古迹来以愚人。比如那年上京的时节，单是关夫子的坟，倒见了三四处。关夫子一生事业，皆是有据的，如何又有许多的坟？自然是后来人敬爱他生前为人，只怕从这敬爱上穿凿出来，也是有的。及至看《广舆记》上，不止关夫子的坟多，自古来有些名望的人，坟就不少，无考的古迹更多。如今这两首虽无考，凡说书唱戏，甚至于求的签上皆有注批，老少男女，俗语口头，人人皆知皆说的。况且又并不是看了"西厢""牡丹"的词曲，怕看了邪书。这竟无妨，只管留着。"宝钗听说，方罢了。【庚辰双行夹批：此为三染无痕也，妙极！天花无缝之文。】

第一个站出来为宝琴辩护的是黛玉。所谓知宝钗者，黛玉也。黛玉行酒令时说了《西厢记》曲文，被宝钗审了一回，黛玉最知道宝钗的担心，了解她担心有人看过诗后，说宝琴看过《西厢记》《牡丹亭》这样所谓淫书，有辱小姐的清誉。黛玉因此说了，即便没看过书，戏文总听过的。听书看戏，是那个时代的主要娱乐活动，三岁小孩尚且知道的事情，贵族小姐怎会不知道呢？所以，黛玉以为宝钗多虑了。

黛玉的劝解，其实是合情合理的；宝钗的担心，是有点此地无银的意思。其实落落大方，反不生疑。

第二个站出来为宝琴辩护的是探春。探春此人，极为仗义，从来对事不对人，王夫人有屈，她会站出来；姐妹有难，她会站出来；丫鬟有冤，她也会站出来。只是才思不如黛玉敏捷，应声附和，便已达到效果。

第三个站出来的是李纨。李纨的补论也很有力量。《西厢记》《牡丹亭》，不管道学家如何蔑视，但民间流传甚广，已如关公一般，各地纷纷仿建古迹，吸引游客。宝琴即便没读过那些邪书，看过戏，去过那些所谓的古迹，也是说得过去的。李纨的补论，是很贴切的，表现了她丰富的人生阅历。再者，李纨是寡妇，守节有志，这样的人说出这样的话来，最让人信服，更加证明了宝琴的贞洁。

三人置辩，宝钗果然无话可说。

黛玉替宝琴辩护，是因为钗黛合一，因此脂砚斋的批语里有"好极！非黛玉不可"以及"此则真心以待宝钗也"；探春为宝琴辩护，是因为仗义；而李纨一个如此守节的寡妇都觉得大可不必多虑，那说明宝钗真有些多虑了。这就是批语所云"此为三染无痕也，妙极！天花无缝之文"。三染者，黛玉、探春、李纨也，色色在证明着薛小妹的博学与贞洁。

而宝钗的多虑，其实是一个姐姐对妹妹深沉的爱。可还记得第四十九回宝钗说的"我们薛蝌和他妹妹来了不成？"当时就觉得这话好特别，若不是有浓浓的亲情，哪里说得出这样的话来？有这样一个姐姐，是薛蝌和宝琴的福气。

薛宝琴为何撒谎

第五十二回，薛宝琴撒了一个不大不小的谎，被林黛玉揭穿了。原文：

宝琴笑道："……我八岁时节，跟我父亲到西海沿子上买洋货，谁知有个真真国的女孩子，才十五岁，那脸面就和那西洋画上的美人一样，也披着黄头发，打着联垂，满头带的都是珊瑚、猫儿眼、祖母绿这些宝石；身上穿着金丝织的锁子甲洋锦袄袖；带着倭刀，也是镶金嵌宝的，实在画儿上的也没他好看。有人说他通中国的诗书，会讲五经，能作诗填词，因此我父亲央烦了一位通事官，烦他写了一张字，就写的是他作的诗。"众人都称奇道异。宝玉忙笑道："好妹妹，你拿出来我瞧瞧。"宝琴笑道："在南京收着呢，此时那里去取来？"

宝玉听了，大失所望，便说："没福得见这世面。"黛玉笑拉宝琴道："你别哄我们。我知道你这一来，你的这些东西未必放在家里，自然都是要带了来的，这会子又扯谎说没带来。他们虽信，我是不信的。"宝琴便红了脸，低头微笑不语。宝钗笑道："偏这个颦儿惯说这些白话，把你就伶俐的。"黛玉道："若带了来，就给我们见识见识也罢了。"宝钗笑道："箱子笼子一大堆还没理清，知道在那个里头呢！等过日收拾清了，找出来大家再看就是了。"

很明显，宝琴是撒谎了。不就是一个外国女孩写的诗吗？贾宝玉不过是要看看，薛宝琴至于要撒谎吗？

要理解薛宝琴的撒谎，应该注意三点：

1. 贾宝玉的生活方式，正如王夫人所说，即使在王公贵族家庭也是罕见的。一个大家公子，成天和女儿们厮混在一起，本来就不合时宜。

2. 偏生贾宝玉又是没有心机喜欢张扬的人。还记得他曾经把他自己和宝钗、黛玉、探春姐妹的诗词字画拿出去示人被姐妹们抱怨吗？他倒是一片好意，可是很可能影响女孩子们的清誉。

3. 薛宝琴已与梅家定亲，本就是上京来完婚的，作为一个已经订婚的女孩，她必须有所顾忌，注意影响。何况梅家彼时可能有悔婚之意，薛宝琴必须更加小心。

所以，外国女孩那幅字，毕竟是薛宝琴一个闺阁女子的"私密物"，怎么好随随便便拿出来示人呢？何况还有个贾宝玉在场。这是合乎礼教的大家女子必须要有的矜持。

所以，薛宝琴撒了一个不大不小的谎，企图把不知进退的贾宝玉瞒混过去。

贾母认养薛宝琴之妙

薛宝琴初进贾府，贾母一见之下，非常喜欢，立马逼着王夫人认了女儿，还说要亲自养。我认为这是贾母在不知道宝琴订婚的情况下，给宝玉和宝琴兄妹之实，杜绝另一位薛家小姐参与到宝黛婚姻的竞争中来。

《红楼梦》是一部编织得太过完美的文本，可以互为本文的地方实在太多太多。这不，曹雪芹仿佛怕人看不懂，在第五十二回再一次呼应了这种意图。

宝玉给贾母请安，"见贾母身后宝琴面尚向里，也睡着未醒"。这说明贾母是真的在抚养宝琴呢。然而，接下来贾母赠宝玉雀金呢，是这样说的：

"这叫作'雀金呢'，这是俄罗斯国拿孔雀毛拈了线织的。前儿把那一件野鸭子的给了你小妹妹，这件给你罢。"

贾母说的你小妹妹，就是薛宝琴了。这说明贾母就是要让宝琴成为宝玉的小妹妹。当然贾母这样做，事实上帮助宝琴化解了婚姻危机——宝玉的小妹妹，难道不是贾元春的小妹妹？既然是贾元春的小妹妹，梅家焉敢悔婚？但是贾母还有一层意思，却是要堵死宝琴和宝玉婚姻这条路。

更妙者，此处有批语云：

【庚辰双行夹批："小"字妙！盖王夫人之末女也。】

这条批语，把什么都揭穿了。宝琴既然是王夫人幺女，怎么可能会嫁给宝玉呢？

可见贾母对宝琴之始终，是这样的：在还没有为宝黛婚姻完全清除障碍时，又来了一个宝琴，贾母几乎是本能地去堵死了这条路，逼着王夫人认了女儿，她亲自抚养，对宝琴的好让王夫人和薛姨妈无话可说。贾母一度想把宝琴许配给老亲甄家的公子甄宝玉，所以询问生辰八字。然而得知宝琴的婚姻危机，借惜春所画之大观园图，把宝琴画上去，过年时觐见贾元春，借看画说家事，把宝琴的情况透露给贾妃，经贾妃推动，杜绝了梅家悔婚之意，促成宝琴的婚姻。这就是贾母为宝琴所做的一切。既是坚决拒绝，也是不折不扣的大恩。

难怪，薛家会感激涕零贾母不仅挽救了宝琴的婚姻，还促成了薛蝌的婚姻。薛姨妈必须还情，不仅再无嫁宝钗之心，还得认黛玉为女儿，表态要为宝黛提亲。说白了，这是一种交换，一种感情和利益的交换。这一切，皆是贾母未雨绸缪、精心筹划所致。

贾母的智慧，古往今来，有几人能及？

薛宝琴为何不入十二钗册

关于薛宝琴，是有很多疑问的。第五回金陵十二钗正册，连幼小的巧姐都在册，连和贾府没多大瓜葛的妙玉都在册，就是没有薛宝琴。

论门第，薛宝琴和薛宝钗一样，也是四大家族里的正牌小姐；论长相，薛宝琴几乎是盖过薛宝钗的，贾母如此喜欢薛宝琴，固然有很多原因，但十分欣赏薛宝琴的美貌是没有疑问的，再加上还有众人对薛宝琴的赞美；论才学，薛小妹的十首怀古诗气势磅礴、见解独到，意境胸襟似乎还要高过薛宝钗一头。

可是，这样一位优秀的女性，为什么没有入选金陵十二钗正册呢？

也许，有人要说，薛宝琴可能是副册的人物，因为副册只点明了一个香菱。

但是，这个观点是站不住脚的。

第五回警幻仙子所说，金陵十二钗的正、副、又副册是以"上中下三等女子"来划分的。这上中下，指的就是出身和门第。副册的门第，已经由香菱限定好了，那就是"乡宦之家"，甄士隐就是一个乡绅。而薛家是皇商，四大家族之一，是珍珠如土金如铁的薛家，是大户豪门。如果薛宝钗可以入正册，那宝琴就入得正册。所以，薛宝琴是绝不会入副册的。

可是，小说写得明明白白，薛宝琴就是没有在正册现身呀！

如果排除了上述可能，那么就只有一种可能了，那就是薛宝琴本不是"薄命的人"。第五回说得很明白，金陵十二钗隶属于太虚幻境的"薄命司"，入选十二钗并不是什么好事，相反是坏事，是预示着这些人不可逃避的悲剧人生。

反过来，这正暗示着薛宝琴的人生命运是幸福的，是有福之人。

薛宝琴的命运在前八十回里，似乎有些不好的兆头。大小薛公相继病死，薛家衰败，已经定亲的梅翰林家有悔婚之意，薛蝌为此着急万分，带着妹妹，抛下痰症的老母，上京求救。

但是，即便是前八十回，已经有迹象表明，薛宝琴的婚姻获得了转机。

第一，经贾妃和贾府强势施压，梅家已经许诺完婚。第五十七回：

宝钗听了，愁眉叹道："偏梅家又合家在任上，后年才进来。若是在这里，琴儿过去了，好再商议你这事。离了这里就完了。如今不先完了他妹妹的事，也断不敢先娶亲的。……"

看来，梅家已经答应，后年回京，就与薛宝琴完婚。这说明，八十回以后，薛宝琴是嫁给了梅翰林之子。

第二，第七十回，有关于薛宝琴婚姻圆满的强烈暗示。大观园众姐妹放风筝：

"宝琴也命人将自己的一个大红蝙蝠也取来。"

这么一句话，已经道出薛宝琴未来的命运走向了。这里的"大红蝙蝠"风筝很有讲究。大红，是喜庆之意，暗示着薛宝琴与梅翰林之子的结合；蝙蝠者，福也。

第三，薛宝琴的幸福可以从邢岫烟的幸福折射出来。

从薛蝌对妹妹薛宝琴婚姻的关注程度看，薛蝌是比薛蟠优秀得多的男子，妹妹的幸福就是薛蝌的幸福，薛蝌绝对不会自己幸福而不管妹妹。邢岫烟的命运是"绿叶成荫子满枝"，也就是说，邢岫烟和薛蝌白头偕老，子孙满堂，是幸福的。这说明，八十回后，贾府的倒台，薛家固然因薛蟠入狱受到牵连，夏金桂又是个泼妇，但薛蝌是把薛家苦苦支撑了下来。因此，薛蝌、薛宝琴兄妹，倒是获得了圆满，获得了世俗的幸福。

这就是薛宝琴不入金陵十二钗正册的原因。即便如《红楼梦》这样的大悲剧里，也还是有人幸免于难的。

薛宝琴的婚姻

薛宝琴的婚姻，只说她和梅翰林之子定了亲，梅翰林放了外任，一时半会回不来，难以完婚。然后，直到第八十回，似乎再没有关于薛宝琴婚姻的任何信息了。

但是，只要细读，还是可以找到些蛛丝马迹的。

第七十八回，贾宝玉、贾环、贾兰跟随贾政出去应酬回来，和王夫人有一段对话：

话说之间，只见宝玉等已回来，因说他父亲还未散，恐天黑了，所以先叫我们回来了。王夫人忙问："今日可有丢了丑？"宝玉笑道："不但不丢丑，倒拐了许多东西来。"接着，就有老婆子们从二门上小厮手内接了东西来。王夫人一看时，只见扇子三把，扇坠三个，笔墨共六匣，香珠三串，玉绦环三个。宝玉说道："这是梅翰林送的，那是杨侍郎送的，这是李员外送的，每人一分。"说着，又向怀中取出一个旃檀香小护身佛来，说："这是庆国公单给我的。"

就是这一句"这是梅翰林送的"告诉我们，梅翰林已调回京城，和贾政应酬走动了，甚至和贾宝玉都有交往了。于是，薛宝钗第五十六回对邢岫烟说的"偏梅家又合家在任上，后年才进来。若是在这里，琴儿过去了，好再商议你这事。离了这里就完了。如今不先定了他妹妹的事，也断不敢先娶亲的"的话就有着落，有呼应了，梅翰林两年后确实调回了京城。而且，梅家和贾府如此亲密，贾政居然带着贾宝玉、贾环、贾兰出席，其后又历久不散，让宝玉三人先回来，说明关系已经非常亲密。这就是宝琴和梅翰林之子结婚的前兆。

所以，我推断，八十回以后，薛宝琴和梅翰林之子很快就会完婚，紧接着，薛蝌和邢岫烟的婚姻也就提上了议事日程。

第六章

杏花流泉萤满天

谁是《红楼梦》里的杏花

第五十八回有一段文字，说的是邢岫烟和杏花的关系：

只见柳垂金线，桃吐丹霞，山石之后，一株大杏树，花已全落，叶稠阴翠，上面已结了豆子大小的许多小杏。宝玉因想道："能病了几天，竟把杏花辜负了！不觉已到'绿叶成荫子满枝'了！"因此仰望杏子不舍。又想起邢岫烟已择了夫婿一事，虽说是男女大事，不可不行，但未免又少了一个好女儿。不过两年，便也要"绿叶成荫子满枝"了。再过几日，这杏树子落枝空，再几年，岫烟未免乌发如银，红颜似槁了，因此不免伤心，只管对杏流泪叹息。

如果能看到这段话里的一种比拟关系，就很好理解了。本体是邢岫烟，喻体是杏花树，贾宝玉睹物思人，由杏花联想到了邢岫烟，从而在特定的语境里把邢岫烟等同为杏花了。也就是说，在曹雪芹所营造的《红楼梦》神话体系里，邢岫烟就是杏花。

不仅如此，曹雪芹还在这里揭示了邢岫烟的归宿，那就是和薛蝌成亲，幸福美满，白头偕老，子孙满堂。这样的结局，在"花痴"贾宝玉看来似乎可惜了，而从世俗的标准看来，却是很美满的结局。

杏者之于探春，日边红杏倚云栽，是宠幸的意思；在邢岫烟这里，嫁一个好男人，绿叶成荫子满枝，却是幸运的意思。这就是《红楼梦》文本之多义性。

邢岫烟为何不入十二钗册

关于邢岫烟，有两个问题需要弄清楚。

第一个问题，邢岫烟如果入金陵十二钗，该入哪一册？

邢岫烟的家，也就是邢夫人娘家，不是四大家族这样的豪门大户，这一点和薛宝琴是有区别的。邢家的情形，和甄士隐家大致相当；是还算殷实的乡绅之家，因家境寥落才来投奔邢夫人的。邢岫烟如果入金陵十二钗，不会入正册，当入副册。

第二个问题，邢岫烟到底该不该入金陵十二钗册？

金陵十二钗女子，不管正册、副册还是又副册，都是"薄命司"里的女子，薄命是金陵十二钗的本质特征。

第五十八回，贾宝玉看到杏花树结满果实，由此联想到邢岫烟和薛蝌的婚姻，其实已经告诉我们，第八十回后，薛蝌和邢岫烟的婚姻是"绿叶成荫子满枝"的，子孙满堂，福寿延绵。

因此，邢岫烟是《红楼梦》这部大悲剧里继薛宝琴之后又一幸免于难的幸运女子。

她虽然出身一般，却功德圆满，因此入不了金陵十二钗册。

李纹、李绮的命运

李纹、李绮两姐妹是李纨的娘家人，是李纨寡婶的女儿，也就是李纨的堂妹。这两人，曹雪芹是速写，着墨不多，也没有有联系的批语。这两人的命运，是有些不得而知的难度的。但是，我相信不废一笔的《红楼梦》，特别设计两人在前八十回里情感线索达到大观园神话顶峰时出现，绝非泛泛之笔，至少，两人八十回后的命运，是会有交代的。

第五十回，芦雪庵诗社猜谜。李纨领着李纹、李绮彻夜不眠，拟了几个小谜语。李纹、李绮的是这样的：

李纨笑道："这难为你猜。纹儿的是'水向石边流出冷'，打一古人名。"探春笑问道："可是山涛？"李纹笑道："是。"李纨又道："绮儿的是个'萤'字，打一个字。"众人猜了半日，宝琴笑道："这个意思却深，不知可是花草的'花'字？"李绮笑道："恰是了。"众人道："萤与花何干？"

黛玉笑道："妙得很！萤可不是草化的？"众人会意，都笑了说："好！"

李纹的谜语是"水向石边流出冷"，谜底是山涛。先看谜面，一派山水田园的景象，典型的山林隐士风格。一个"冷"字，不仅指山泉冰冷彻骨，还蕴含一种情感里骨子里的寒意。这已经很好地诠释了李纹的性格趋向。谜底是竹林七贤之一山涛，也是个隐士，大器晚成，虽然做了大官，但终其一生对现实是不满的，是清醒的，是出世的。

我以为，此谜语暗喻李纹一生的大致格局，就是一个冷字，她的一生是退隐的，是孤独的。

李琦的谜语就更有意思了：谜面是萤，萤火虫的萤；谜底是花。林黛玉给了最精妙的解释，萤火虫是草木化出来的。《礼记·月令·季夏》云：腐草为萤。先不论这种解释科学与否，毕竟是那个时代的认识，关键在于萤火虫和草木的关系，其实是有着冬虫夏草一般的化境的。萤也好，花也罢，都是草木，萤火是腐败草木演化出来的微弱的生命之光。萤火虫的一生极其短暂，它在黑夜发出光亮，是为了吸引异性。这是否暗示李琦的一生也是极其卑微柔弱的呢？萤火虫虽然发出光亮，但对于漫漫黑夜来说，不过转瞬即逝。这就是李琦的一生，终究化为枯木衰草，回归本质。

回过头来想想，曹雪芹真残忍：《红楼梦》里李氏一门，乃是寡妇之门也。李纨的婶婶是寡妇，李纨是寡妇，过的是枯槁死灰一般的日子；从谜语来看，李纹、李绮也好不到哪里去，都是寡孤命。李纹可能长寿一些，但守寡而隐居的意味十分强烈；李琦似乎更惨，不仅守寡，年纪轻轻就撒手人寰，一朵美丽的花，枯萎了，衰败了，化为黑夜里发出一丝光亮的萤火，漫天飞舞，好似泪流满面，大雨滂沱，那是无数孤独女性的生命在呐喊！

李纹、李绮，薄命如斯，当入十二钗副册。

谁是《红楼梦》里的烈女

《红楼梦》有一个甚至都没有露面的小角色，但给人的印象是极其深刻的，甚至不亚于那些出了场的人物。这就是第十五回、十六回里提到的长安县张财主的女儿张金哥。

张金哥的刚烈，可以说在《红楼梦》人物里"拔了总督"。第十五回：

凤姐因问何事。

老尼道："阿弥陀佛！只因当日我先在长安县内善才庵内出家的时节，那时有个施主姓张，是大财主。他有个女儿小名金哥，那年都往我庙里来进香，不想遇见了长安府府太爷的小舅子李衙内。那李衙内一心看上，要娶金哥，打发人来求亲，不想金哥已受了原任长安守备的公子的聘定。张家若退亲，又怕守备不依，因此说已有了人家。谁知李公子执意不依，定要娶他女儿，张家正无计策，两处为难。不想守备家听了此言，也不管青红皂白，便来作践辱骂，说一个女儿许几家，偏不许退定礼，就打官司告状起来。那张家急了，只得着人上京来寻门路，赌气偏要退定礼。我想如今长安节度云老爷与府上最契，可以求太太与老爷说声，打发一封书去，求云老爷和那守备说一声，不怕那守备不依。若是肯行，张家连倾家孝顺也都情愿。"

关于这段话，有几条批语，端的是一语中的：

第一条：【甲戌双行夹批：守备一闻便问，断无此理。此必是张家惧府尹之势，必先退定礼，守备方不从，或有之。此时老尼，只欲与张家完事，故将此言遮饰，以便退亲，受张家之贿也。】

第二条：【甲戌双行夹批：如何便急了，话无头绪，可知张家理缺。此系作者巧摹老尼无头绪之语，莫认作者无头绪，正是神处奇处。摹一人，一人必到纸上活现。】

第三条：【甲戌侧批：如何？的是张家要与府尹攀亲！】

第四条：【甲戌双行夹批：坏极，妙极！若与府尹攀了亲，何惜张财不能再得？小人之心如此，良民遭害如此！】

我以为，这四条批语，已经把其中的是非曲直说清楚了。净虚老尼的话，明显是偏向张家的，把张家说得很无辜。但事实并非如此。

1. 其时张家虽然已与守备定亲，但更愿意与府尹定亲。
　　2. 张家因此故作两难态，激怒守备。
　　3. 张家借守备激怒之举，趁势反目，愿意出大价钱买通关系与守备退亲，其心昭然若揭，那就是张家愿意不惜一切代价与守备退亲，与府尹结亲。
　　4. 张家不惜血本与府尹结亲，不过是利益婚姻，图的依然是钱财。
　　5. 那个被老尼说得非张家女不娶的府尹之子，倒不见什么动静，摆明了是张家上赶着去攀高枝。
　　此四条批语，披荆斩棘，所向披靡也，快哉快哉！
　　曹雪芹行文之巧隐，如果不是这几条批语，不知又要被瞒到几时？其中的是非曲直，不细心揣摩，还真是茫然无所知啊。
　　第十六回：
　　那凤姐儿已是得了云光的回信，俱已妥协。老尼达知张家，果然那守备忍气吞声的收了前聘之物。谁知那张家父母如此爱势贪财，却养了一个知义多情的女儿，闻得父母退了前夫，他便一条麻绳悄悄的自缢了。那守备之子闻得金哥自缢，他也是个极多情的，遂也投河而死，不负妻义。张李两家没趣，真是人财两空。
　　这段话，可以这么理解：
　　1. 守备忍气吞声，乃是心有不甘，可见守备家并不愿意退婚，愿意退婚的是张家，前批不谬也。
　　2. 曹雪芹此时也按捺不住了，一语点破"谁知那张家父母如此爱势贪财"，根子出在这里，居然愿意出钱打通关系强逼退婚，简直闻所未闻。若是府尹家急于与张家结亲，为何没有动静？摆明了是张家上赶着去的，小人谎言，殊为可恨！
　　3. 张家父母贪财势利，偏偏养了个重情重义、性情刚烈的女儿。一来张金哥冷眼旁观，看穿了其中的把戏，父母的做法不在理，甚至很卑鄙；二来张金哥不愿为财负义，不愿负了未婚夫，居然刚烈不屈，自缢死了。
　　4. 小说虽然一笔带过，没有更多交代，但张金哥和守备之子应该是相互倾心和爱慕的，或者之前有一定机缘见过，有过了解，二人才会有如此刚烈之举。
　　5. 张金哥的刚烈，换来的是守备之子的忠贞，投河而死，顺水东流。张金哥是一位"知义多情的女儿"，遂了心愿，守备之子竟随她而去。

此处批语云：

【庚辰侧批：所谓"老鸦窝里出凤凰"，此女是在十二钗之外副者。】

也就是说，张金哥以其刚烈入选金陵十二钗副册。这就再一次证实了我的判断，金陵十二钗是金陵省的十二钗，不是贾史王薛四大家族的十二钗，十二钗人选，不必尽在四大家族中去选，甚至不必填满。

误了花期的傅秋芳

第三十五回，宝玉被老爹暴打，探望之人络绎不绝。其中两个婆子，宝玉格外地重视。这是为什么呢？

丫头方进来时，忽有人来回话："傅二爷家的两个嬷嬷来请安，来见二爷。"宝玉听说，便知是通判傅试家的嬷嬷来了。那傅试原是贾政的门生，历年来都赖贾家的名势得意，贾政也着实看待，故与别个门生不同，他那里常遣人来走动。

宝玉素习最厌愚男蠢女的，今日却如何又令两个婆子过来？其中原来有个原故：只因那宝玉闻得傅试有个妹子，名唤傅秋芳，也是个琼闺秀玉，常闻人传说才貌俱全，虽自未亲睹，然遐思遥爱之心十分诚敬，不命他们进来，恐薄了傅秋芳，因此连忙命让进来。那傅试原是暴发的，因秋芳有几分姿色，聪明过人，那傅试安心仗着妹妹要与豪门贵族结姻，不肯轻易许人，所以耽误到如今。目今傅秋芳年已二十三岁，尚未许人。争奈那些豪门贵族又嫌他穷酸，根基浅薄，不肯求配。那傅试与贾家亲密，也自有一段心事。

原来贾政有个门生叫傅试，很得贾政器重，已然做到通判。这傅试有个妹妹叫傅秋芳，长得才貌双全，宝玉恐怠慢了珍珠的面子，因此暂且忍受死鱼眼睛的浊臭，破例接见老婆子。

这位傅美女，前八十回，只出现过这一回，还不是严格意义的出现，只是提及。然而，就是这样一位女子，就是这样寥寥几笔，也是充满了传奇。

时下有许多"剩女",其实条件不差,要样貌有样貌她,要学历有学历,却偏偏成了剩女。为何?皆因她看得上的人家未必喜欢,喜欢她的她又未必看得上,冤冤相报,因果循环。

这傅秋芳的情形,类似于此。但其中的大不同在于剩女们是自找的,傅秋芳却是她哥哥给耽误了。也就是说,是她的哥哥傅试,造成了傅秋芳的悲剧。为何如此说呢?

第一,傅秋芳已经二十三岁了。

即便是虚岁,实岁也二十二岁了。那是第三十五回的事情。林黛玉到第四十五回才十五岁,宝玉十六,宝钗十七,也就是说,很可能宝玉才十四岁时,傅秋芳就二十二三岁了。在那个小女子年方二八就可以谈婚论嫁的年代,傅秋芳一出场就是个"大龄女青年"。

第二,是傅秋芳嫁不出去吗?

不是。傅家虽然是平民,但傅试做了贾政的门生,官至通判,这就是所谓的"暴发"。如果傅家安心想把傅秋芳嫁出去,以傅试的身份,傅秋芳的条件,那是不难的,很可能还会求婚者络绎不绝。但傅秋芳为何就没嫁出去呢?原因在于她的哥哥傅试是个利令智昏之徒,傅试,付势也,把妹妹当一手好牌来打,一心想把妹妹嫁入豪门以攀付权势。这又和当下的一些"剩女"相似了,不排除很多剩女是苦于找不到情投意合者,但也有很多剩女是想着攀高枝而耽误了青春。傅秋芳,就是因为她哥哥傅试掌控着她的人生,才耽误至今的。在那样一个讲究门第出身的社会,贾探春那样贾府庶出的小姐,凤姐尚且担心轻薄之辈耽误了她,何况傅秋芳,一个小小的通判之妹呢?所谓"争奈那些豪门贵族又嫌他穷酸,根基浅薄,不肯求配"。那个时候婚配,看的是家世出身,人才品貌倒在其次。

就这样,落花有意流水无情,傅秋芳生生给耽误了。

第三,傅试这样做是为了妹妹好吗?

不是。傅试这样做,和张金哥的父母张财主夫妇有异曲同工之妙,那就是攀求富贵。张金哥的父母希望和长安府尹结亲,得到更大的利益。傅试呢?是想通过妹妹和豪门结亲,把官做大。这些人熙来攘往,为的都是自己,而抛开了亲人的利益,一个是亲女儿,一个是亲妹妹。如果说张财主为观念所致认为女儿嫁府尹更幸福尚可理解,那么,傅试再二再三直至妹妹已然二十三岁还不放手,就显得何其残酷了。妹妹已经二十三岁了,哥哥依然不死心，还当作一手好牌来打。设若再打个三五年，豪门是不会娶这样大龄女的，打不出去，傅秋芳的命运，就是个嫁不出去的老姑娘，要么在娘家终老一生，要么饥不择食，终不能如愿。

来看傅秋芳的境况，想嫁宝玉，首先年龄就过不了关。尽管有贾母不看富贵只要模样性格的话，但那是为了搪塞张道士的。王夫人也自有想法。贾政虽然是傅试的恩师，也不讲究门第（撮合秦可卿和贾蓉婚事可证），但傅秋芳那样的年龄，政老爷恐怕也不会答应。傅试实在有些痴心妄想。

还有一种可能，就是傅试想通过贾府与贾府同一阶层的豪门结亲，可是其时傅秋芳已然大龄，豪门择媳，大多还要讲门当户对，即便不论根基，妙龄总是最低要求。

第四，还有一点必须注意，就是傅秋芳的才貌双全的名声，是她哥哥包装出来的。

宝玉并未见过傅秋芳，只是闻得芳名，就如此艳羡，为什么？肯定是她哥哥傅试的功劳。要注意这一段话，宝玉对傅秋芳的印象是"也是个琼闺秀玉，常闻人传说才貌俱全，虽自未亲睹，然遐思遥爱之心十分诚敬"。由此来看，傅秋芳当是和黛玉、宝钗、宝琴、三春一样的人物。但是，到了作者的客观叙述，就变成"有几分姿色，聪明过人"，这就很平常了。《红楼梦》大观园里有几分姿色的女子太多了，就连吊死的鲍二家的和多姑娘也是有几分姿色的人物呢。所以傅秋芳其人，不过长得还算漂亮，也还聪明，一个条件还不错的女孩子而已。

第五，傅试此人霸道。

从傅试的称呼来看，傅二爷，家里应该还有兄弟，父母安在也不好说。可是这样一个二哥，仗着做了通判，在家里十分霸道，一人说了算，一手遮天，牢牢掌控着妹妹的命运。有这样一个儿子，不知道是傅家的不幸还是幸运？古往今来，这样为求发达不择手段之人，害人害己，也不在少数。

因此，我断言，傅秋芳作为一个无论门第还是才貌都盛名之下其实难副的女子，有那么个利令智昏的哥哥，只怕是要终老一生，又或者嫁作商人妇，再或者去当续弦后妈了。此三条路，就是她哥哥一手造成的，逃无可逃。原本，作为小家碧玉的傅秋芳，门第不低，条件不差，是可以找个相当的人家，相当的夫婿，去过平平淡淡的人生，去获得世俗的幸福的。不幸有这样一个哥哥，掌控着她的人生，使得傅秋芳也名列金陵十二钗副册了。

为秋芳哀哉。秋芳者，秋天之芬芳也。可是秋天肃杀，哪有芬芳？恰如河清，黄河之水，何时能清？这名字，本身就充满了不可调和的矛盾和悲剧。

第七章

群芳绽放大观园

第一节　啼血杜鹃花

谁是《红楼梦》里最痴情的丫鬟

　　《红楼梦》的丫鬟里，我最喜欢的，其实不是晴雯，更不会是袭人，而是紫鹃。她们原本都是贾母房里的丫鬟，贾母疼爱孙子孙女，把晴雯和袭人给了贾宝玉，把紫鹃给了林黛玉。袭人的人品，其实是有些阴暗的，晴雯虽然光明磊落，但为人实在有些刻薄。只有紫鹃，大概是近朱者赤吧，因为跟的是天高云淡的林黛玉，紫鹃在我的眼里，也几乎是完美的。她聪明、忠诚、恬淡、安分，在小说里，你从来不会在任何是非中看到紫鹃的影子。而她对林黛玉那种无私的关爱、真挚的焦虑、莫名的担忧以及细微的照顾，真的让人感动！可以说，只有她，是最理解、最支持林黛玉和贾宝玉的感情的。紫鹃，是个多么正直而善良的好姑娘呀。正为此，我以为，紫鹃是小说中最痴情的丫鬟。

　　紫鹃本来是贾母身边的二等丫鬟，名唤鹦哥，很喜气的名字，为富贵人家的赏玩之物。紫鹃这名字，是跟了林黛玉以后起的。因了林黛玉的大悲剧气质，紫鹃的名字，也多了一份悲愤难鸣的意味。

　　相对于晴雯、袭人、鸳鸯、平儿甚至司棋这些大丫鬟的"详写"，曹雪芹对紫鹃几乎是"略写"的。这样的写法在我看来是有"深意"的。这说明各房主子和大丫鬟相互阴谋算计、拉帮结伙时，紫鹃并没有参与，紫鹃和她的主人林黛玉一样是恬淡的，是自守的，是矜持的，是洁身自好的。只有涉及林黛玉未来的幸福时，紫鹃才会奋不顾身地站出来，为她可怜的林姑娘去谋划、去争取。即使只这寥寥两三件事，足以让紫鹃"活"了起来。

　　第五十七回，紫鹃为试探贾宝玉的心，骗说林家人要接林黛玉回苏州，把个贾宝玉唬得魂飞魄散，疯癫痴狂，原来是因为紫鹃着急：

"……这原是我心里着急，故来试你。"宝玉听了，更又诧异，问道："你又着什么急？"紫鹃笑道："你知道，我并不是林家的人，我也和袭人鸳鸯是一伙的。偏把我给了林姑娘使。偏偏他又和我极好，比他苏州带来的还好十倍，一时一刻我们两个离不开。我如今心里却愁，他倘或要去了，我必要跟了他去的。我是合家在这里，我若不去，辜负了我们素日的情常；若去，又弃了本家。所以我疑惑，故设出这谎话来问你，谁知你就傻闹起来！"宝玉笑道："原来是你愁这个，所以你是傻子。从此后再别愁了。我只告诉你一句冤话：活着，咱们一处活着；不活着，咱们一处化灰化烟，如何？"

紫鹃听了，心下暗暗筹画。

却原来，此痴为彼痴也。因为紫鹃对林黛玉的痴情，所以要成全贾宝玉对林黛玉的痴情。难道这不是更高境界的痴情吗？小说对袭人的评价是心眼实：伺候老太太，眼睛里只有老太太，伺候宝玉就只认得宝玉。在我看来，却不尽然。袭人的"实"，还是有为自己的利益谋划的。而紫鹃的"实"，要比袭人的境界高了很多，紫鹃为的是她与林黛玉的情，也为林黛玉与贾宝玉的情。她最大的心愿，就是与他们相守，一生不离不弃。也只有这件事，紫鹃非常罕见的"心下暗暗筹画"。

就在这一回，当薛姨妈说要为林黛玉和贾宝玉向老太太求亲时，紫鹃是何等的欢喜和急切：

紫鹃忙也跑来笑道："姨太太既有这主意，为什么不和老太太说去？"薛姨妈哈哈笑道："你这孩子，急什么，想必催着你姑娘出了阁，你也要早些寻一个小女婿去了。"紫鹃听了，也红了脸，笑道："姨太太真个倚老卖老的起来。"说着，便转身去了。黛玉先骂："又与你这蹄子什么相干？"后来见了这样，也笑起来说："阿弥陀佛！该，该，该！也臊了一鼻子灰去了。"薛姨妈母女及屋内婆子丫鬟都笑起来。

这里要表现的，已经不仅仅是紫鹃的痴了，而是紫鹃和林黛玉姐妹一般的感情。从紫鹃唬病了宝玉时林黛玉的"你竟拿绳子来勒死我，是正经"到"阿弥陀佛！该，该，该！也臊了一鼻子灰去了"，二人之深情，见矣。试问《红楼梦》之中，大观园之内，有哪位小姐和丫鬟处到了这种程度，竟似姐妹一般随性自然，怒的自怒，急的自急，哭的自哭，劝的自劝，其间只有相互的情感交流，全然没有一点主仆之分和尊卑贵贱。

　　我们见过香菱想学诗而"不敢十分啰唣"薛宝钗，见过贾宝玉对晴雯撕扇博一笑的纵容，见过平儿和王熙凤相处的底线，见过鸳鸯对于老太太的拿捏，见过司琪祸事来临时向迎春的无谓哀求，见过惜春撵走入画时的决绝，独独没有见过林黛玉和紫鹃这种已然没有主仆之别、敬畏之分、等级之差、忌讳之隔，只有肝胆相照的赤诚。紫鹃唬病宝玉，黛玉有的只是急，紫鹃有的也只是急，而没有惧。薛姨妈说要为林黛玉求亲，黛玉有的是羞，紫鹃有的也只是羞，而没有隔；紫鹃劝林黛玉早做打算时，黛玉有的是无奈，紫鹃有的也是无奈。紫鹃和黛玉，名为主仆，实为姐妹矣。

　　再来看紫鹃对林黛玉的一片关爱和怜惜之情：

　　"倒不是白嚼蛆，我倒是一片真心为姑娘。替你愁了这几年了，无父母无兄弟，谁是知疼着热的人？趁早儿老太太还明白硬朗的时节，作定了大事要紧。俗语说'老健春寒秋后热'，倘或老太太一时有个好歹，那时虽也完事，只怕耽误了时光，还不得趁心如意呢。公子王孙虽多，那一个不是三房五妾，今儿朝东，明儿朝西？要一个天仙来，也不过三夜五夕，也丢在脖子后头了，甚至于为妾为丫头反目成仇的。若娘家有人有势的还好些，若是姑娘这样的人，有老太太一日还好一日，若没了老太太，也只是凭人去欺负了。所以说，拿主意要紧。姑娘是个明白人，岂不闻俗语说：'万两黄金容易得，知心一个也难求'。"

　　这哪里像一个丫鬟跟主子小姐说的话，分明是一个姐姐在劝说妹妹呢。一个官宦豪门的丫鬟和她的小姐能够处到这样的深情，怕是传说中的红娘也攀比不上，紫鹃真真是《红楼梦》中最痴情的丫鬟了。

　　也因此，我几乎可以肯定，紫鹃是金陵十二钗又副册中并不亚于晴雯和袭人的另一个重要角色。可以想见，当她苦命的林姑娘逝去之后，紫鹃是甘愿为林黛玉守灵的，她要替宝玉、替自己守护心中那一个最割舍不下的人，那一份最割舍不下的情。直至贾府被抄，黛玉被悄然葬于大观园的花塚之中。

紫鹃是什么花

很显然,紫鹃就是杜鹃花。

首先,来看紫鹃和杜鹃的渊源。

第一,紫鹃原名叫鹦哥,紫鹃的名字是林黛玉给她起的。

第二,林黛玉居住的是潇湘馆,长满了斑竹,传说是舜的妻子娥皇女英思念丈夫,洒泪而成。她的随从,一曰紫鹃,乃是杜鹃也;一曰雪雁,乃迁离悲鸣忠贞之物也。无论是居住地,还是随从,皆渲染黛玉之大悲剧情结。

第三,紫鹃为杜鹃,而杜鹃也是有典故的。传说春秋时期,望帝称王于蜀,国破身亡,化为杜鹃鸟,至春则啼,滴血则为杜鹃花。这就是所谓杜鹃啼血而成杜鹃花的由来。千百年来,杜鹃鸟和杜鹃花都已经成为无尽伤感和哀怨的象征。

血色渐浓而成紫色,因而紫鹃之名乃是伤感之中的伤感,哀怨之中的哀怨。

其次,林黛玉在《葬花词》和《桃花行》中都提到了杜鹃。

《葬花词》"洒上空枝见血痕"之后即有"杜鹃无语正黄昏"之语。

《桃花行》收尾处作"一声杜宇春归尽,寂寞帘栊空月痕"。

这两首诗是黛玉自喻其死的杰作,无一例外都提到了杜鹃,提到了血色黄昏。我以为,这是在暗示紫鹃为黛玉遭遇不公的悲鸣。

因此,于《红楼梦》文本,紫鹃作为本体,与喻体杜鹃鸟和杜鹃花已然形成了同构关系。紫鹃,化鸟则为杜鹃鸟,为花则是杜鹃花。紫为花色,鹃为鸟形,血色深重为紫,喻哀怨之深重也,哀鸣啼血为鹃,寄伤感之无边也。花鸟一体,血色相连,紫鹃,以她的生命,为黛玉之悲情绽放不绝,哀鸣不已。

悲哉!我为紫鹃。

贾宝玉的"随意"与紫鹃的"自尊"

第五十七回，贾宝玉见紫鹃穿着单薄：

一面说，一面见他穿着弹墨绫薄绵袄，外面只穿着青缎夹背心，宝玉便伸手向他身上摸了一摸，说："穿这样单薄，还在风口里坐着，春天风馋，时气又不好，你再病了，越发难了。"

紫鹃一个女孩子，就算是丫鬟，贾宝玉这样的举动，除非真正相知，都会觉得太过随意了。

但是，只要看到贾宝玉因紫鹃一句黛玉要回苏州的玩笑就迷乱癫狂，就会明白，贾宝玉的亲昵，其实是冲着林黛玉去的。贾宝玉病中死死拉住紫鹃的手不放，其实是拉着林黛玉的手不放。贾宝玉对紫鹃的痴情，其实是对林黛玉的痴情，对紫鹃的不舍，其实是对林黛玉的不舍，对紫鹃的亲昵，其实是对林黛玉的亲昵。这里表现的其实是贾宝玉对林黛玉的爱。

几乎可以肯定，假如贾宝玉和林黛玉结合，贾宝玉的妾，除晴雯和袭人，还有紫鹃，那是爱屋及乌和情不自禁的结果。

这就是"极淫"的贾宝玉。

而另一方面，却是紫鹃的自尊：

紫鹃便说道："从此咱们只可说话，别动手动脚的。一年大二年小的，叫人看着不尊重。打紧的那起混帐行子们背地里说你，你总不留心，还只管和小时一般行为，如何使得。姑娘常常吩咐我们，不叫和你说笑。你近来瞧他远着你还恐远不及呢。"说着便起身，携了针线进别房去了。

很明显，紫鹃的自尊，其实是林黛玉的自尊，紫鹃的疏远，其实是林黛玉的疏远。正因为爱到极致，才会倍加珍惜，才要适当避嫌，不容这份爱受到诋毁。这就是林黛玉对贾宝玉的爱，是真正的爱，是自尊的爱，是自重的爱。

林黛玉对贾宝玉，能爱到想要适当的离开，正是为了不离开。

这就是"极纯"的林黛玉。

此时写贾宝玉的随便，其实是对林黛玉的情不自禁。此时写紫鹃的自尊，其实是写林黛玉的恋恋不舍。

这就是第五回贾宝玉和林黛玉所谓的"求全之毁，不虞之隙"。这就是真正的爱情，充满了矛盾。离开是为了相聚，疏远却是为了亲昵。

慧紫鹃一语道破危机

第五十七回是一个小高潮。宝玉宁死也要随了黛玉去，黛玉认了薛姨妈做娘，薛姨妈主动提及宝黛婚事，众丫鬟婆子为之叫好。这其实是小说另一种走向的可能。那就是薛姨妈为黛玉提亲，贾母应允，宝黛结合。这几乎是读者最大的心愿，也是宝黛最大的心意。能走到五十七回这个局面，是多重因素使然。贾母的筹谋、宝钗的醒悟、宝黛的坚定，等等。但是，这种走向有一个致命缺陷，为聪慧的紫鹃点破：

紫鹃笑道："倒不是白嚼蛆，我倒是一片真心为姑娘。替你愁了这几年了，无父母无兄弟，谁是知疼着热的人？趁早儿老太太还明白硬朗的时节，作定了大事要紧。俗语说'老健春寒秋后热'，倘或老太太一时有个好歹，那时虽也完事，只怕耽误了时光，还不得趁心如意呢。公子王孙虽多，那一个不是三房五妾，今儿朝东，明儿朝西？要一个天仙来，也不过三夜五夕，也丢在脖子后头了，甚至于为妾为丫头反目成仇的。若娘家有人有势的还好些，若是姑娘这样的人，有老太太一日还好一日，若没了老太太，也只是凭人去欺负了。所以说，拿主意要紧。姑娘是个明白人，岂不闻俗语说：'万两黄金容易得，知心一个也难求'。"

这就是宝黛结合的硬伤——贾母年事已高，不知什么时候就可能撒手人寰。贾敬之死，贾母暮年之人，禁不住伤恸，偶感风寒，就病倒了。设若贾元春薨逝，贾府荣辱皆系于此女，贾母如何抗拒那种惊恐和哀痛呢？

而贾母猝死后，林黛玉的人生格局也就支离破碎了。

所以，紫鹃力劝黛玉早拿主意。

但是，这个主意岂是黛玉拿得了的？

第一，她父母兄弟俱无，谁来给她做主？

第二，薛姨妈即使愿意为黛玉做主，黛玉岂可像对父母一样把话说透？

黛玉如果主动出去，不成了才子佳人故事里的小姐了？

第三，即便在贾母那里，黛玉也不能提及此事，更不能表现出急不可耐的样子。那就不是贾母心目中的外孙女了。于贾母而言，宝黛有情，即使成婚，也须是长辈之意，方为妥当。

第四，贾母虽然高寿，却自信满满，以为可以安排好一切，绝没有想到人生百变，要提前安排后事。而贾母的身后事，不要说黛玉，就是贾府上下，谁敢提及？那岂不是盼着贾母死，是最大的不孝？

总之，这件事情，于礼于私，都不是黛玉能做得了主的。

紫鹃看破，焉知黛玉没有看破？且看：

黛玉听了这话，口内虽如此说，心内未尝不伤感，待他睡了，便直泣了一夜，至天明方打了一个盹儿。次日勉强盥漱了，吃了些燕窝粥，便有贾母等亲来看视了，又嘱咐了许多话。

显然，黛玉是想到了这一层的。但是，黛玉什么也不能说，什么也不能做。最大的无可奈何就在这里。

贾母对黛玉，不可谓不好。黛玉一夜没睡好，贾母居然也知道。说明黛玉的起居饮食，是有人随时向贾母报告的，这样关爱一位孙辈，贾母可谓是极致了。但是，那层窗户纸，即使在贾母和黛玉之间，也是只可意会不能捅破的，一旦捅破了，一切就变味了。

第二节 行事平和可人儿

平儿为何敢摔王熙凤的帘子

平儿是贾琏的通房大丫头，人称"平姑娘"。因此，平儿是可以介入贾琏和王熙凤的婚姻生活的。第七回，周瑞家的受薛姨妈之托送宫花，正好是中午，听到贾琏和王熙凤的笑声，平儿出来叫舀水进去，章回目又有"贾琏戏熙凤"之语，其实说的就是贾琏和王熙凤小夫妻俩大中午的行房。平儿并没有回避。

第二十一回，巧姐出天花，供奉痘疹娘娘，要夫妻隔房。贾琏耐不住寂寞，和多姑娘儿勾搭成奸。巧姐病好，贾琏搬回来，平儿为贾琏整理行装，发现了一撮头发，这是男女之间的信物，平儿一看就知道贾琏在外面偷腥了。

贾琏抢着要，平儿偏不给，刚好王熙凤进来，顺口让平儿好好搜搜，看有没有混账女人留下的戒指、头发、汗巾、指甲之类的。平儿笑说没有，言谈间把贾琏的脸都吓黄了。王熙凤走后，就发生了下面一幕：

平儿指着鼻子，晃着头笑道："这件事怎么回谢我呢？"喜的个贾琏身痒难挠，跑上来搂着，"心肝肠肉"乱叫乱谢。平儿仍拿了头发笑道："这是我一生的把柄了。好就好，不好就抖露出这事来。"贾琏笑道："你只好生收着罢，千万别叫他知道。"口里说着，瞅他不防，便抢了过来，笑道："你拿着终是祸患，不如我烧了他完事了。"一面说着，一面便塞于靴掖内。平儿咬牙道："没良心的东西，过了河就拆桥，明儿还想我替你撒谎！"

贾琏见他娇俏动情，便搂着求欢，被平儿夺手跑了，急的贾琏弯着腰恨道："死促狭小淫妇！一定浪上人的火来，他又跑了。"平儿在窗外笑道："我浪我的，谁叫你动火了？难道图你受用一回，叫他知道了，又不待见我。"贾琏道："你不用怕他，等我性子上来，把这醋罐打个稀烂，他才认得我呢！他防我像防贼的，只许他同男人说话，不许我和女人说话；我和女人略近些，他就疑惑，他不论小叔子侄儿，大的小的，说说笑笑，就不怕我吃醋了。以后我也不许他见人！"平儿道："他醋你使得，你醋他使不得。他原行的正走的正；你行动便有个坏心，连我也不放心，别说他了。"贾琏道："你两个一口贼气。都是你们行的是，我凡行动都存坏心。多早晚都死在我手里！"

一句未了，凤姐走进院来，因见平儿在窗外，就问道："要说话两个人不在屋里说，怎么跑出一个来，隔着窗子，是什么意思？"贾琏在窗内接道："你可问他，倒像屋里有老虎吃他呢。"平儿道："屋里一个人没有，我在他跟前作什么？"凤姐笑道："正是没人才好呢。"平儿听说，便说道："这话是说我呢？"凤姐笑道："不说你说谁？"平儿道："别叫我说出好话来了。"说着，也不打帘子让凤姐，自己先撂帘子进来，往那边去了。

凤姐自掀帘子进来，说道："平儿疯魔了。这蹄子认真要降伏我，仔细你的皮要紧！"贾琏听了，已绝倒在炕上，拍手笑道："我竟不知平儿这么利害，从此倒伏他了。"凤姐道："都是你惯的他，我只和你说！"贾琏听说忙道："你两个不卯，又拿我来作人。我躲开你们。"

这段话可以解读到的信息相当丰富。

其一，平儿对王熙凤的评价很高，所谓"行的正走的正"，这是平儿和王熙凤要好的基础。

其二，王熙凤醋劲儿很大，包括贾琏亲近平儿。

其三，贾琏为此很是恼火。

但是，之前很维护王熙凤的平儿，为何因了王熙凤一句玩笑话就真的生气了，以至于敢摔王熙凤的帘子呢？其中情态，其实大可玩味。

首先，平儿和贾琏在屋内，其实已经产生强烈的情感交流。平儿要贾琏谢她，贾琏动情求欢，平儿不干，贾琏气恼，抛开两人的身份，那种场景，就是小夫妻俩在调情呢。此时，不只贾琏动情了，其实平儿也动情了。来看对平儿的描写，"指着鼻子，晃着头笑道""咬牙道""夺手跑了"，是那样的善于撒娇和有情调，正如贾琏所说的"浪"。

其次，虽然平儿对贾琏的评价是"行动便有个坏心"，但可以看出来，作为贾琏的女人，平儿还是很维护贾琏、很爱贾琏的。平儿的"浪"，正是一个女人在自己男人面前的矫情呀。

这就是平儿的一颗"女儿心"。作为一个女人，平儿何尝不需要贾琏的爱呢？

最后，试想如果王熙凤不来，贾琏和平儿继续一个屋内一个屋外的调笑，对于平儿来说，其实也是一种享受。贾琏已然对她动情，她却不能够真的让贾琏"受用一回"。平儿既爱贾琏，又要顾及王熙凤的感受，所以只能止于语言调笑。这样，平儿既能感受到贾琏对她强烈的爱意，又可以维护王熙凤。这就是平儿在夹缝中生存的那一点点乐趣。

正在这时，王熙凤进来，中止了平儿和贾琏的交流，也扑灭了贾琏和平儿的情欲，不仅如此，王熙凤还调侃了平儿，根本不知道平儿既爱贾琏又顾及她的心，于是，一贯温顺的平儿终于生气了。这种生气，既有维护王熙凤而不被领情的失望，更有和贾琏情感交流被打断、情欲之念被浇灭的失落。于是，可爱可怜的平儿，终于摔了王熙凤的帘子。

平儿对王熙凤到底有多重要

李纨为何那么羡慕王熙凤身边有个平儿，这是有原因的。平儿，人如其名，待人处事公道平和，这和王熙凤刚好是两个风格，具有互补性。也就是说，在一定程度上，平儿在帮严厉苛刻的王熙凤周全地化解一些事情，缓冲和消解贾府上下对王熙凤的不满甚至仇恨。

第三十九回，有这样一段话：

二门口该班的小厮们见了平儿出来，都站起来了，又有两个跑上来，赶着平儿叫"姑娘"。平儿问道："又说什么？"那小厮笑道："这会子也好早晚了，我妈病了，等着我去请大夫。好姑娘，我讨半日假可使得？"平儿道："你们倒好，都商议定了，一天一个告假，又不回奶奶，只和我胡缠。前儿住儿去了，二爷偏叫他，叫不着，我应起来了，还说我作了情。你今儿又来了。"周瑞家的道："当真的他妈病了，姑娘也替他应着，放了他罢。"平儿道："明儿一早来。听着，我还要使你呢，再睡的日头晒着屁股再来！

你这一去，带个信儿给旺儿，就说奶奶的话，问他那剩的利钱。明儿若不交了来，奶奶也不要了，就越性送他使罢。"那小厮欢天喜地答应去了。

平儿的话很明白，如果是王熙凤，小厮们断不敢这样请假的，请了也是不准的。可是，如果平儿也和王熙凤一样，小厮们岂不是没了活路？所以，平儿的存在，对王熙凤、对下人们都是很重要的，她起到了很好的调和作用。

而且，聪明的平儿，既放了小厮的假，也捎带着完成了催收印子钱的事情。小厮既得了假，又当了差，即便凤姐贾琏问起，也是说得过去的。

所以，正是有了平儿，使得王熙凤与贾府很多人的关系不至于绷得太紧，安然掌管了荣国府多年。这样的好帮手，哪里找去？难怪，羡煞了李纨。

平儿、袭人的命运暗示

贾赦要纳鸳鸯为妾，鸳鸯为此烦闷不已，出去走走，散散心，遇到了和她素日要好的平儿和袭人。三人无意之中的一番打趣，却透露出了关于平儿和袭人命运的暗示：

鸳鸯又是气，又是臊，又是急，因骂道："两个蹄子不得好死的！人家有为难的事，拿着你们当做正经人，告诉你们与我排解排解，你们倒替换着取笑儿。你们自以为都有了结果了，将来都是做姨娘的。据我看，天下的事未必都遂心如意。你们且收着些儿罢，别忒乐过了头儿！"

确实，不出意外的话，平儿和袭人的结果都是做姨娘。可是，鸳鸯说了，"天下的事未必都遂心如意"。

不幸被鸳鸯言中了。袭人最终出了贾府，和蒋玉菡结为夫妻；平儿因和贾琏、王熙凤的特殊关系，跟着贾琏、王熙凤下了狱神庙，命运更为悲惨。只可惜，高鹗没有看到这一层，愣是在续本让贾琏无罪开释，接回巧姐，扶正平儿。其心可悯，却未必对路。

平儿的爱恨交加

严格说来，名如其人，平儿是很平和的人，很少发火。可是，第四十八回，却很难得地见到平儿发火了，而且，用词出乎意料的尖刻。

贾赦看中了一个叫石呆子的人收藏的扇子，叫贾琏去买，石呆子不卖，贾琏无法。贾雨村却很有办法：

谁知雨村那没天理的听见了，便设了个法子，讹他拖欠了官银，拿他到衙门里去，说所欠官银，变卖家产赔补，把这扇子抄了来，作了官价送了来。那石呆子如今不知是死是活。老爷拿着扇子问着二爷说："人家怎么弄了来？"二爷只说了一句："为这点子小事，弄得人家坑家败业，也不算什么能为！"老爷听了就生了气，说二爷拿话堵老爷，因此这是第一件大的。这几日还有几件小的，我也记不清，所以都凑在一处，就打起来了。也没拉倒用板子棍子，就站着，不知拿什么混打一顿，脸上打破了两处。我们听见姨太太这里有一种丸药，上棒疮的，姑娘快寻一丸子给我。

贾琏为这事被混账父亲贾赦一顿暴打，于是，平儿把所有的无名火，一股脑儿发泄在了贾雨村身上：

"都是那贾雨村什么风村，半路途中那里来的饿不死的野杂种！认了不到十年，生了多少事出来。"

好一句"半路途中那里来的饿不死的野杂种"，够厉害！平心而论，贾雨村虽然混账，贾赦才是罪魁祸首，贾赦不贪人家的扇子，贾雨村也没理由害人。贾赦此人，做官没有做官的样儿，做人没有做人的样儿，做父亲没有做父亲的样儿，而且，打贾琏的也是贾赦呀。因此，平儿这话，有些着三不着两的味道。

但是，反过来一想，就明白了。贾赦毕竟是贾琏的父亲，父亲纵有不是，打了儿子，似乎也无可指责，平儿再怎么生气，也不敢、也不能骂贾赦。所以，平儿只能拿贾雨村出气。

平儿这样狠的骂人，倒真的少见。由此，也看出了平儿的爱恨交加。恨贾雨村，是因为爱贾琏，对贾雨村之恨，正可见出其对贾琏的爱。这不，一边痛骂贾雨村，一边给贾琏找药来了。那深刻的爱，却是从恶毒的话语表现出来的。

贾琏此人，有王熙凤和平儿这样的女人爱着，也算是造化了，可惜，不惜福。

贾琏偷腥与平儿藏发

说实话，一直没闹明白，第二十一回后半段，为什么要写贾琏偷情和平儿藏发这两件事情？

来看贾琏和多姑娘偷情的丑态，这样浪荡的女子，贾琏视为珍宝：

那媳妇故作浪语，在下说道："你家女儿出花儿，供着娘娘，你也该忌两日，倒为我脏了身子。快离了我这里罢。"贾琏一面大动，一面喘吁吁答道："你就是娘娘！我那里管什么娘娘！"那媳妇越浪，贾琏越丑态毕露。一时事毕，两个又海誓山盟，难分难舍，此后遂成相契。

当真是"妻不如妾，妾不如偷"吗？贾琏对一个人尽可夫的女子，居然如此奉承。再来看看他是怎么对待正儿八经的妻妾的吧。

妻子王熙凤始终在为贾府操劳，忙里忙外，巧姐出天花、宝钗的生日、替王夫人找样子，忙得脚不沾地，贾琏哪有一星半点儿的怜惜？没有。有的只是这样的狠话：

"你不用怕他，等我性子上来，把这醋罐打个稀烂，他才认得我呢！他防我像防贼的，只许他同男人说话，不许我和女人说话；我和女人略近些，他就疑惑，他不论小叔子侄儿，大的小的，说说笑笑，就不怕我吃醋了。以后我也不许他见人！"

如果贾琏说的是真的，那么他出轨还情有可原。可是，平儿立马反驳了：

"他醋你使得，你醋他使不得。他原行的正走的正；你行动便有个坏心，连我也不放心，别说他了。"

平儿的话最公允，不然怎么是平儿呢？可见贾琏实在是以小人之心度君子之腹，自己是坏人，就把别人都想成坏人。

平儿是妾，发现了贾琏和多姑娘偷情的证据，并不闹，反而替他隐瞒。

贾琏又是怎样对平儿的呢？

先是武力胁迫：

贾琏看见着了忙，抢上来要夺。平儿便跑，被贾琏一把揪住，按在炕上，掰手要夺，口内笑道："小蹄子，你不趁早拿出来，我把你膀子撅折了。"

后是欺骗瞒哄：

贾琏笑道："你只好生收着罢，千万别叫他知道。"口里说着，瞅他不防，便抢了过来，笑道："你拿着终是祸患，不如我烧了他完事了。"一面说着，一面便塞于靴掖内。

贾琏对平儿，也是如此不信任，如此薄情。

这就是贾琏，对妻子是仇恨的，对妾是薄情的。而对于荡妇，贾琏倒是很信任，很讲感情的。为了得手，让小厮去约，给钱给物，从不吝惜。得手之后，还互赠信物。从这点看，贾琏对手下那些小厮、对多姑娘倒是无条件信任的，这是什么逻辑！

天底下哪个女人，碰到这样的男子，会不心寒？平儿替王熙凤分辩的结果，使贾琏这么说：

"你两个一口贼气。都是你们行的是，我凡行动都存坏心。多早晚都死在我手里！"

一个男人，混账如斯，和外面那些娼妓荡妇狐朋狗友打成一片，彻底信任，反倒把家里的娇妻美妾看得粪土一般，不是恨着，就是防着，这是什么男人？平儿为了家庭安宁，替他遮掩下丑事，得到的结果，不过是一句"多早晚都死在我手里"的恶语。

所以，第二十一回后半部分的两个故事，细细想来，给人一种悲凉的感觉，为熙凤不值，为平儿不值，这样的家庭，任是娇妻贤惠，美妾明礼，也是要被搞得家破人亡的。这就是《红楼梦》对贾琏的批判。

唉，"梦里不知身是客，反把他乡认故乡"，说的就是贾琏这厮啊。

知凤姐者平儿也

我一直在想，王熙凤和平儿到底是什么关系？

论地位，一个是主子，一个是丫鬟。

论身份，一个是奶奶，一个是侍妾。

可是，天底下哪里去找关系这样好的主子丫鬟或者说妻妾呢？居然不吵不闹，还很要好。很要好也就罢了，平儿还可以替凤姐做主。

第五十一回，王熙凤打发花袭人去探望病重的母亲，让平儿给袭人添两件衣服，方不显寒酸。

平儿走去拿了出来，一件是半旧大红猩猩毡的，一件是大红羽纱的。袭道："一件就当不起了。"平儿笑道："你拿这猩猩毡的。把这件顺手拿将出来，叫人给邢大姑娘送去。昨儿那么大雪，人人都是有的，不是猩猩毡，就是羽缎羽纱的，十来件大红衣裳映着大雪，好不齐整。就只他穿着那件旧毡斗篷，越发显的拱肩缩背，好不可怜见的。如今把这件给他罢。"凤姐儿笑道："我的东西，他私自就要给人。我一个还花不够，再添上你提着，更好了！"众人笑道："这都是奶奶素日孝敬太太，疼爱下人。若是奶奶素日是小气的，只以东西为事，不顾下人的，姑娘那里还敢这样了。"凤姐儿笑道："所以知道我的心的，也就是他还知三分罢了。"

平儿居然自作主张，把凤姐另外一件大红羽纱的披风给了邢岫烟。其实平儿这么做，绝非唐突之举，她心里是有底的。第四十九回：

凤姐儿冷眼敁敠岫烟心性为人，竟不像邢夫人及他的父母一样，却是温厚可疼的人。因此凤姐儿又怜他家贫命苦，比别的姊妹多疼他些，邢夫人倒不大理论了。

平儿虽然是擅自做主，但她的擅自做主是建立在对王熙凤的了解之上的。王熙凤喜欢什么、不喜欢什么、愿意做什么、不愿意做什么，平儿心里一清二楚。所以，平儿的自作主张，非但没有受到批评，反而得到了王熙凤的赞许，所谓"知道我的心的，也就是他还知三分罢了"。

这样一来，凤姐和平儿的关系，其实很明白了，就是知己。恰如黛玉的知己竟是宝钗，凤姐的知己就是平儿。

平儿知道凤姐醋性大，所以贾琏求欢时才说"图你受用一回，叫他知道了，又不待见我"。及至贾琏抱怨，说要把凤姐这个醋坛子掀翻，平儿又站在凤姐儿的立场，说她"原行的正"，"他醋你使得"，"你行动便有个坏心"。平儿心疼凤姐操劳过度以致小产，平儿抱怨凤姐做事太绝，不留后路。这样的殚精竭虑，不是知己是什么？

平儿知道凤姐的缺点，但因凤姐"原行的正"，平儿是理解和包容的，哪怕牺牲自己也在所不惜。而且，平儿时时处处以宽容平和的处事风格来帮衬凤姐。这次给邢岫烟披风就是，算得上知己知彼了。

其实，平儿不唯是凤姐的知己，也是贾琏的知己。贾琏和别的女人偷情的信物，是平儿帮忙掩饰过去的。贾琏掩埋尤二姐，是平儿给垫的私房钱。

这样一个女孩，深深地了解贾琏和王熙凤夫妇，尽己所能，甘愿牺牲，全力维持这段危机重重的婚姻，当然配得上是凤姐的知己。王熙凤这样不服输的女人，独孤求败，却能有一个平儿，知凤姐心忧，知凤姐何求，也算是快慰人生。

平儿为何"情掩虾须镯"

芦雪庵诗社大聚会，坠儿偷拿了平儿的一只虾须镯，证据确凿，不是什么冤案。只是五十二回这标题来得蹊跷，情掩虾须镯？什么情？

平儿把坠儿偷虾须镯的事情遮掩下来，是要维护宝玉一房的声誉：

平儿道："那日洗手时不见了，二奶奶就不许吵嚷，出了园子，即刻就传给园里各处的妈妈们小心查访。我们只疑惑邢姑娘的丫头，本来又穷，只怕小孩子家没见过，拿了起来也是有的。再不料定是你们这里的。幸而二奶奶没有在屋里，你们这里的宋妈妈去了，拿着这支镯子，说是小丫头子坠儿偷起来的，被他看见，来回二奶奶的。我赶忙接了镯子，想了一想：宝玉是偏在你们身上留心用意、争胜要强的，那一年有一个良儿偷玉，刚冷了一二年，间还有人提起来趁愿，这会子又跑出一个偷金子的来了。而且更偷到街坊家去了。偏是他这样，偏是他的人打嘴。所以我倒忙叮咛宋妈，千万别告诉宝玉，只当没有这事，别和一个人提起。第二件，老太太、太太听了也生气。三则袭人和你们也不好看。所以我回二奶奶，只说：'我往大奶奶那里去的，谁知镯子褪了口，丢在草根底下，雪深了没看见。今儿雪化尽了，黄澄澄的映着日头，还在那里呢，我就拣了起来。'二奶奶也就信了，所以我来告诉你们。你们以后防着他些，别使唤他到别处去。等袭人回来，你们商议着，变个法子打发出去就完了。"

　　平儿和王熙凤、宝玉和王夫人，都是一条利益线上的，维护宝玉，就是维护王夫人，也是维护王熙凤。她又和袭人、晴雯、麝月、秋纹是好姐妹，坠儿是她们调教的人，于公于私，平儿都该如此。

　　但是，宝玉听了这话：

　　又喜又气又叹。喜的是平儿竟能体贴自己；气的是坠儿小窃；叹的是坠儿那样一个伶俐人，作出这丑事来。

　　宝玉为何感悟出了平儿对自己的体贴呢？

　　第四十四回，凤姐生日，贾琏偷情，平儿受屈，宝玉自有一番体贴：

　　平儿道："二奶奶倒没说的，只是那淫妇治的我，他又偏拿我凑趣，况还有我们那糊涂爷倒打我。"说着便又委曲，禁不住落泪。宝玉忙劝道："好姐姐，别伤心，我替他两个赔不是罢。"平儿笑道："与你什么相干？"宝玉笑道："我们弟兄姊妹都一样。他们得罪了人，我替他赔个不是也是应该的。"又道："可惜这新衣裳也沾了，这里有你花妹妹的衣裳，何不换了下来，拿些烧酒喷了熨一熨。把头也另梳一梳，洗洗脸。"一面说，一面便吩咐了小丫头子们舀洗脸水，烧熨斗来。

　　平儿素习只闻人说宝玉专能和女孩儿们接交；宝玉素日因平儿是贾琏的爱妾，又是凤姐儿的心腹，故不肯和他厮近，因不能尽心，也常为恨事。平儿今见他这般，心中也暗暗的戥戥：果然话不虚传，色色想的周到。又见袭人特特的开了箱子，拿出两件不大穿的衣裳来与他换，便赶忙的脱下自己的衣服，忙去洗了脸。宝玉一旁笑劝道："姐姐还该擦上些脂粉，不然倒像是和凤姐姐赌气了似的。况且又是他的好日子，而且老太太又打发了人来安慰你。"

　　平儿听了有理，便去找粉，只不见粉。宝玉忙走至妆台前，将一个宣窑瓷盒揭开，里面盛着一排十根玉簪花棒，拈了一根递与平儿。又笑向他道："这不是铅粉，这是紫茉莉花种，研碎了兑上香料制的。"平儿倒在掌上看时，果见轻白红香，四样俱美，摊在面上也容易匀净，且能润泽肌肤，不似别的粉青重涩滞。然后看见胭脂也不是成张的，却是一个小小的白玉盒子，里面盛着一盒，如玫瑰膏子一样。宝玉笑道："那市卖的胭脂都不干净，颜色也薄。这是上好的胭脂拧出汁子来，淘澄净了渣滓，配了花露蒸叠成的。只用细簪子挑一点儿抹在手心里，用一点水化开抹在唇上；手心里就够打颊腮了。"平儿依言妆饰，果见鲜艳异常，且又甜香满颊。宝玉又将盆内的一枝并蒂秋蕙用竹剪刀撷了下来，与他簪在鬓上。忽见李纨打发丫头来唤他，方忙忙的去了。

宝玉因自来从未在平儿前尽过心——且平儿又是个极聪明极清俊的上等女孩儿，比不得那起俗蠢拙物——深为恨怨。今日是金钏儿的生日，故一日不乐。不想落后闹出这件事来，竟得在平儿前稍尽片心，亦今生意中不想之乐也。因歪在床上，心内怡然自得。忽又思及贾琏惟知以淫乐悦己，并不知作养脂粉。又思平儿并无父母兄弟姊妹，独自一人，供应贾琏夫妇二人。贾琏之俗，凤姐之威，他竟能周全妥贴，今儿还遭荼毒，想来此人薄命，比黛玉犹甚。想到此间，便又伤感起来，不觉洒然泪下。因见袭人等不在房内，尽力落了几点痛泪。复起身，又见方才的衣裳上喷的酒已半干，便拿熨斗熨了叠好；见他的手帕子忘去，上面犹有泪渍，又拿至脸盆中洗了晾上。又喜又悲，闷了一回，也往稻香村来，说一回闲话，掌灯后方散。

此段竟是平儿体贴宝玉之由来，所以不吝长篇大论引来，好读者必不以为烦。宝玉能在平儿面前尽心，深感欣慰。更难能可贵的是，平儿竟也能体会宝玉一片苦心，投桃报李。如此说来，平儿也算是宝玉一红尘知己了。这就是情——宝玉和平儿之间一段小小的隐秘情愫。

却原来，这世上真没有无缘无故的爱，也没有无缘无故的恨，平儿第五十二回对宝玉的体贴，来自于第四十四回宝玉对平儿的体贴。

更妙的是，平儿这话是对麝月说的，宝玉是偷听到的，平儿对宝玉之情，竟是那般纯洁无瑕。

平儿最终扶正了吗

高鹗的后四十回续本，平儿的命应该是最好的。王熙凤死了，贾琏被释，找到巧姐，扶正平儿，应了前八十回李纨的预言，成了贾琏正妻。这样的结局，无疑是美好的，可以看出高鹗对平儿的喜爱。但是，在我看来，平儿根本不具备扶正的可能。

首先，贾琏作为导致贾府事败被抄的元凶之一，正如王熙凤所说，贾琏于国孝（老太妃之死）家孝（贾敬之死）期间停妻再娶（重婚罪），犯下不可饶恕的三重大罪，是不可能无罪释放的。

其次，从贾琏和王熙凤女儿巧姐的命运看，巧姐为刘姥姥相救，成为乡村纺织女，终老一生，根本没有回到贾府的迹象。

如果认同上述分析，那么，八十回后平儿扶正就是无稽之谈。

而且，从平儿的身份及其与贾琏、王熙凤的密切关系来看，作为通房大丫鬟和两人得力助手的平儿极有可能受到牵连，下了狱神庙。甚至王熙凤在狱中将死之时，平儿是陪伴在身边的。

如果平儿没有下狱，还在贾府，以她对贾琏和王熙凤的忠诚和感情，以她的勇敢、精细和妥帖，巧姐是不大可能被"狠舅奸兄"卖掉的。巧姐也不可能终老乡村。

因此，平儿的结局，其实是跟王熙凤一起被下了狱的。待到审讯结束，发落人犯，平儿作为一个丫鬟，只可能充入官中，或为官奴，或配别的权贵之家为奴。平儿的命运，其实也很悲惨。

综上所述，正因为三个挚爱巧姐的人都已物是人非，贾琏流放发配、王熙凤死于狱中、平儿不知所终，巧姐才一生为刘姥姥庇护，作为一个纺织女终老乡村。而这也就意味着，高鹗后四十回所谓的贾琏释放、巧姐回归、平儿扶正、一家人和和美美过日子的描写乃是鲁迅先生所谓的典型大团圆式的幻想，与《红楼梦》的大悲剧精神是格格不入的。

第三节　顾影自怜水仙花

金钏为何要与贾宝玉调情

很多人把金钏之死归结为轻佻、不自重，在我看来，这是一种极大的误解。如果金钏和贾宝玉调情要不得，那么袭人和贾宝玉发生关系又算什么？碧痕和贾宝玉一起洗澡两三个时辰又算什么？

所以，轻佻并不是导致金钏之死的真正原因。要理解金钏之死，就应该先了解金钏为什么要和贾宝玉调情？

贾府丫鬟的命运，无外乎两种：一种是被爷看中，收房做妾，将来生子做姨娘；另一种就是长大了拉出去配小厮，结婚生子世代为奴。

如果了解了这一层，就不难理解金钏为何要与宝玉调情了，甚至不难理解袭人为何要与宝玉发生关系、碧痕为何要与宝玉洗澡两三个时辰。金钏们那点可怜的小心思，无非就是期望将来能做贾宝玉的妾，摆脱丫鬟的命运。

试想，已经在贾宝玉房里的袭人和碧痕还要如此"勾引"贾宝玉，更何况金钏呢？金钏是王夫人房里的大丫鬟，地位虽然不低，但是，王夫人毕竟不是爷，金钏不可能一直在王夫人房里（彩霞的命运即是如此），除非王夫人把她赐给贾宝玉，就好像贾赦把秋桐赐给贾琏一样，所以，金钏当然得想办法和贾宝玉保持一种亲密关系。

在我看来，正是出于这种心理，才有那一段导致金钏之死的与贾宝玉的调情。请看第三十回：

王夫人在里间凉榻上睡着，金钏儿坐在旁边捶腿，也乜斜着眼乱晃。宝玉轻轻的走到跟前，把他耳上带的坠子一扐，金钏儿睁开眼，见是宝玉。宝玉悄悄的笑道："就困的这么着？"金钏抿嘴一笑，摆手令他出去，仍合上眼。宝玉见了他，就有些恋恋不舍的，悄悄的探头瞧瞧王夫人合着眼，便自己向身边荷包里带的香雪润津丹掏了一丸出来，便向金钏儿口里一送。金钏儿并不睁眼，只管嚼了。宝玉上来便拉着手，悄悄的笑道："我明日和太太讨你，咱们在一处罢。"金钏儿不答。宝玉又道："不然，等太太醒了我就讨。"金钏儿睁开眼，将宝玉一推，笑道："你忙什么！'金簪子掉在井里头，有你的只是有你的'，连这句话语难道也不明白？我倒告诉你个巧宗儿，你往东小院子里拿环哥儿同彩云去。"宝玉笑道："凭他怎么去罢，我只守着你。"

纵观整段文字，其实是贾宝玉主动挑逗，实在看不出金钏到底有多么轻挑，不过是和贾宝玉说了些亲热的玩笑话而已。要说金钏的问题，只在于过于随意和不谨慎了，以她伺候王夫人多年的经历，她应该了解王夫人平生最恨什么，可惜，她以为这只"母老虎"睡着了，结果一不小心被逮了个正着。

金钏的结局，其实和晴雯相似，正因为确实和贾宝玉没做过什么见不得人的事，所以才觉得委屈，感到绝望，才要一心寻死。

金钏之死怎样成为奇谈

第三十二回，对金钏之死，王夫人和薛宝钗都用"谎言"来交流，效果却非常不错，可以说心心相印。

金钏被王夫人撵走，投井而死。舆论的矛头很容易指向王夫人，对王夫人是不利的。且看王夫人是如何向薛宝钗解释的：

王夫人点头哭道："你可知道一桩奇事？金钏儿忽然投井死了！"宝钗见说，道："怎么好好的投井？这也奇了。"王夫人道："原是前儿他把我一件东西弄坏了，我一时生气，打了他几下，撵了他下去。我只说气他两天，还叫他上来，谁知他这么气性大，就投井死了。岂不是我的罪过！"

金钏之死，被王夫人掰扯成了"一桩奇事"。金钏怎么死的，王夫人最清楚。金钏被撵走时说过："我再不敢了！太太要打要骂，只管发落，别叫我出去，就是天恩了。我跟了太太十来年，这会子撵出去，我还见人不见人呢！"金钏的意思很明白，要我从此不接近宝玉，要打要骂都可以，只是别撵我，撵出去，我就没活路了。可是，王夫人念及此了吗？没有。所以，王夫人最了解金钏为什么要自杀，是没脸活在世上了。可是，王夫人居然用"奇怪"来掩盖金钏的死因。

薛宝钗听见金钏之死，并没有什么激烈的反应。对于一个年轻小姐来说，要有很好的心理素质才行。不但冷静，而且沉着。姨妈既然说金钏之死奇怪，到底奇怪在哪里呢？您老人家只说奇怪，不说奇怪在哪里，是不能服众的，或者说是不能平息舆论的。毕竟，这是条人命呀。

于是，王夫人顺着宝钗的启发，继续信口雌黄，说金钏把她的一件东西弄坏了，她生气打了几下，撵走了，不想这丫头气性大，想不通，一念之差，投井死了。

既然是弄坏了东西被责罚就去寻死，问题就不在王夫人这儿，而在金钏那儿了。

但是，薛宝钗对姨妈的解释还是不满意的，王夫人的学识智商，哪能跟薛宝钗比呢？于是：

宝钗叹道："姨娘是慈善人，固然这么想。据我看来，他并不是赌气投井。多半他下去住着，或是在井眼前憨顽，失了脚掉下去的。他在上头拘束惯了，这一出去，自然要到各处去顽顽逛逛，岂有这样大气的理！纵然有这样大气，也不过是个糊涂人，也不为可惜。"

薛宝钗谈起一个人的生死能够如此轻松自如，显然比王夫人要有"修为"得多。薛宝钗继续提醒姨妈，您说金钏是弄坏一件东西被撵就去死是不合逻辑也经不起推敲的，毕竟还是跟您有关呐。会不会是金钏在您这里拘束惯了，一时出去贪玩，不小心失足掉到井里淹死了呢？

但是，宝钗又不能让王夫人过于没面子，为金钏的投井说做了进一步完善和补充——即便是气性大投井死的，那也只能说明金钏糊涂，自毁前程，跟姨妈您是扯不上关系的。

金钏，要么就是个顽童，要么就是个糊涂蛋。这样的解读，实在合情合理。

于是，一条生命被逼而屈死的恶性事件就成了不需要任何人负责的偶然事件了。王夫人的心腹大丫鬟，竟然是这么一个低智商的人，也就不值得怜惜了。宝钗的冷酷,在保护家人的时候,显得那么的令人心惊。

如此体贴的侄女,你说,王夫人能不喜欢薛宝钗吗?宝钗一番话,使得王夫人陡然卸下了"道德指责的负担",变得轻松起来:

王夫人点头叹道:"这话虽然如此说,到底我心不安!"宝钗笑道:"姨娘也不必念念于兹。十分过不去,不过多赏他几两银子发送他,也就尽主仆之情了。"

好一个点头叹道,王夫人赞叹薛宝钗的善解人意,帮她解决了一个大难题。一句"虽然如此",说明王夫人已经接受了这种解释,进而虚伪地表态,表现自己的仁慈——即便金钏是贪玩死的,或者是糊涂死的,但我到底于心不忍啊。于是薛宝钗继续点题,金钏死了,人死不能复生,金钏家缺的不是人,是钱,多赏钱就可以圆满解决,也就尽了主仆之情了。这个善后措施果然犀利。王夫人不仅给了金钏家五十两银子,还把金钏的工资给了她妹妹玉钏,这可是长效机制,玉钏儿在一日,就相当于金钏儿在一日,于是就连伤恸的玉钏也不得不感叹王夫人的大恩,跪下谢恩了。可以想象,金家人也是破涕为笑、感恩戴德的,即使金钏活着,也赚不了这么多呀,这孩子,死了强如还活着呢。

于是,金钏被逼而死的悲剧,经过王夫人和薛宝钗心心相印的"谎言"演变而为奇谈。奇谈下面,是一个女孩被逼被侮辱走投无路而投井自杀的残酷现实。

金钏儿为何是水仙花

第四十三回,大家忙着给王熙凤做生日,贾宝玉却秘密做着一件他认为更加重要的事情。这位小爷,带着茗烟,匆匆打马来到城外。说来也巧,贾宝玉想找个好去处祭奠金钏的,经茗烟引导,来到了水仙庵:

茗烟想了半日,笑道:"我得了个主意。不知二爷心下如何。我想二爷不止用这个呢,只怕还要用别的,这也不是事。如今我们往前再走二里地,就是水仙庵了。"宝玉听了忙问："水仙庵就在这里？更好了，我们就去。"

到了水仙庵：

老姑子献了茶。宝玉因和他借香炉。那姑子去了半日，连香供纸马都预备了来。宝玉道："一概不用。"说着，便命茗烟捧着炉出至后院中，拣一块干净地方儿，竟拣不出。茗烟道："那井台儿上如何？"宝玉点头，一齐来至井台上，将炉放下。

茗烟站过一旁。宝玉掏出香来焚上，含泪施了半礼，回身命收了去。茗烟答应，且不收，忙爬下磕了几个头，口内祝道："我茗烟跟二爷这几年，二爷的心事，我没有不知道的，只有今儿这一祭祀没有告诉我，我也不敢问。只是这受祭的阴魂虽不知名姓，想来自然是那人间有一，天上无双，极聪明极俊雅的一位姐姐妹妹了。二爷心事不能出口，让我代祝：若芳魂有感，香魂多情，虽然阴阳间隔，既是知己之间，时常来望候二爷，未尝不可。你在阴间保佑二爷来生也变个女孩儿，和你们一处相伴，再不可又托生这须眉浊物了。"说毕，又磕几个头，才爬起来。

无疑，这祭奠的人就是金钏了。宝玉回府：

刚至穿堂那边，只见玉钏儿独坐在廊檐下垂泪，一见他来，便收泪说道："凤凰来了，快进去罢。再一会子不来，都反了。"宝玉陪笑道："你猜我往那里去了？"玉钏儿不答，只管擦泪。

原来这日是死去的金钏的生日，玉钏念着姐姐，正暗自伤心呢。宝玉犹自记得，也算难得了。

通过这段描写，当知道，雪芹笔下，金钏就是水仙花了，不然，何以在水仙庵里来祭奠她呢？何况，金钏儿美丽而短暂的一生，也像极了水仙花。

大观园众花神，金钏儿归位水仙。

金钏是为宝玉而死的

再次读到第三十四回，突然意识到忽视了一个问题，那就是金钏之死。

第三十四回，有一句话引起了我的注意：

这里宝玉昏昏默默，只见蒋玉菡走了进来，诉说忠顺府拿他之事；又见金钏儿进来哭说为他投井之情。

这是叙述句，是作者写的，表达的是作者的意思。这里很明显地说金钏是为宝玉而投井死的，这就异常关键了。

小说写金钏和宝玉的交往，不过两次。

第二十三回：

宝玉只得前去，一步挪不了三寸，蹭到这边来。可巧贾政在王夫人房中商议事情，金钏儿、彩云、彩霞、绣鸾、绣凤等众丫鬟都在廊檐底下站着呢，一见宝玉来，都抿着嘴笑。金钏一把拉住宝玉，悄悄的笑道："我这嘴上是才擦的香浸胭脂，你这会子可吃不吃了？"

这段叙述说明金钏和宝玉的关系是异常亲密的，宝玉吃金钏嘴唇的胭脂，说白了就是有亲嘴之嫌。

第三十回：

宝玉轻轻的走到跟前，把他耳上带的坠子一抅，金钏儿睁开眼，见是宝玉。宝玉悄悄的笑道："就困的这么着？"金钏抿嘴一笑，摆手令他出去，仍合上眼。宝玉见了他，就有些恋恋不舍的，悄悄的探头瞧瞧王夫人合着眼，便自己向身边荷包里带的香雪润津丹掏了一丸出来，便向金钏儿口里一送。金钏儿并不睁眼，只管噙了。宝玉上来便拉着手，悄悄的笑道："我明日和太太讨你，咱们在一处罢。"金钏儿不答。宝玉又道："不然，等太太醒了我就讨。"

金钏儿睁开眼，将宝玉一推，笑道："你忙什么！'金簪子掉在井里头，有你的只是有你的'，连这句话语难道也不明白？我倒告诉你个巧宗儿，你往东小院子里拿环哥儿同彩云去。"宝玉笑道："凭他怎么去罢，我只守着你。"

这段描述更加证明金钏和宝玉的亲密非止一日，两人早已经习惯这种相处。再看彼此的对话，说明两人是曾经憧憬过什么，许诺过什么的。宝玉想着，总有一天，母亲是会把金钏赐给他做妾的。金钏也想着，作为王夫人的贴身大丫鬟，最好最可能的出路，就是做王夫人的命根子宝玉的妾了。也就是说，宝玉和金钏其实早已是你情我愿了，只是觉得时候还不到而已。

理清楚了金钏和宝玉的感情脉络，再来看金钏的死，就远没有一时想不开糊涂那么简单了。金钏是这样恳求王夫人的：

　　金钏儿听说，忙跪下哭道："我再不敢了。太太要打骂，只管发落，别叫我出去就是天恩了。我跟了太太十来年，这会子撵出去，我还见人不见人呢！"

　　这句话不仅仅是面子那么简单，也不仅仅是失去贴身大丫鬟地位那么简单，也不是羞于见人那么简单，还有一层更为关键的意思：作为王夫人的心腹大丫鬟，金钏最好的结局就是赐给宝玉做妾，只要地位不变，这条路就是通的，金钏有朝一日是可以和宝玉在一起的。如今被撵出去，地位丧失了，也就意味着金钏从此再不可能和宝玉在一起，做宝玉的妾了，这才是真正让金钏感觉到绝望的原因。

　　试想一个曾经风光无限的丫鬟，深得王夫人的信任，和王夫人唯一的儿子贾宝玉又那么情投意合，金钏其实已经谋划好了未来，有朝一日成为宝玉的妾。如今，被撵出来，要遭受白眼耻笑欺辱不说，最重要的，失去了和宝玉在一起的机会，这双重的打击，终于使得金钏不堪重负，投井自杀了。

第四节　不畏权贵金鸳鸯

谁是《红楼梦》中最清醒的丫鬟

　　贾府有一个丫鬟，是不会让人轻看的。就在袭人、晴雯、金钏、小红、柳五儿这些女孩子削尖脑袋往贾宝玉房里钻，渴望得到恩宠，改变命运，甚至为此付出生命时，有一个丫鬟，似乎看透了这一切"虚幻"，根本不屑一顾。这何尝不是一种大彻大悟呢？

　　这人就是贾母极为倚重、地位极高的大丫鬟鸳鸯。

　　鸳鸯对于命运的思考和把握，集中体现于贾赦欲纳其为妾一事。她表现出的清醒，其实就是对所谓妾的命运的最冷峻的批判，和对人格尊严的凛然捍卫。

　　鸳鸯侍候贾母，终究有一天要离开贾母面临婚姻的。在这一点上她甚至还不如平儿、袭人和晴雯这样本来就侍候爷们而且得宠的丫鬟。换作旁人，早就向爷们身边靠拢开始明争暗斗了，可是，鸳鸯却出乎大家意料地沉得住气。

　　好色的贾赦看中了鸳鸯，欲纳为妾，对于丫鬟来说，这几乎是最好的归宿了。袭人为了成为贾宝玉未来的妾，不惜构陷晴雯；晴雯为此被撵走，气病而死；金钏为了自己的将来，与贾宝玉调笑，被发现后投井而死。可是，这样的"好事"，却被鸳鸯坚定地拒绝了。

　　首先，鸳鸯表达了对"性奴身份"的鄙视。

　　原文：

　　"别说大老爷要我做小老婆，就是太太这会子死了，他三媒六聘的娶我去作大老婆，我也不能去！"

　　"老太太在一日，我一日不离这里。若是老太太归西去了，他横竖还有三年的孝呢，没个娘才死了他先放小老婆的！等过三年，知道又是怎么个光景，那时再说。纵到了至急为难，我剪了头发作姑子去；不然，还有一死。一辈子不嫁男人，又怎么样？乐得干净呢！"

　　有人也许会奇怪，鸳鸯为何如此坚定。其实原因不难找，大家都知道，贾赦"这个大老爷，真真太下作了。略平头正脸的，他就不能放手了"。这是一个好色下流的主子。鸳鸯很清楚，为贾赦妾，就是沦为"性奴"。这是对于妾这一身份独到而正确的判断，妾其实就是没有多少地位，甚至是可以买卖转让的，贾赦不就把秋桐给了儿子贾琏，薛蟠厌倦香菱后打骂不绝直至休弃，使香菱成为薛宝钗的丫鬟。

　　其次，鸳鸯道出了"被利用"的悲凉。

　　邢夫人为了达到目的，让鸳鸯嫂子去劝说。鸳鸯哥哥嫂嫂对于这种千载难逢的机会当然求之不得。鸳鸯一眼就看穿了家人出卖自己谋利的卑劣意图。因此她痛斥自己的嫂子：

　　"你快夹着屄嘴离了这里，好多着呢！什么'好话'！宋徽宗的鹰，赵子昂的马，都是好画儿。什么'喜事'！状元痘儿灌的浆儿——又满是喜事。怪道成日家羡慕人家女儿作了小老婆，一家子都仗着他横行霸道的，一家子都成了小老婆了！看的眼热了，也把我送在火炕里去。我若得脸呢，你们在外头横行霸道，自己就封自己是舅爷了。我若不得脸败了时，你们把忘八脖子一缩，生死由我。"

　　这是多么清醒而冷峻的认识呀！

　　最后，鸳鸯对自己的命运有清醒的认识。

　　邢夫人动用鸳鸯的嫂嫂劝说不成，不得不亲自出马，贾赦又对鸳鸯的哥哥威逼利诱，放出了狠话"凭他嫁到了谁家，也难出我的手心！除非他死了，或是终身不嫁男人，我就服了他！"即使这样，鸳鸯也没有屈服：

　　可巧王夫人、薛姨妈、李纨、凤姐儿、宝钗等姊妹并外头的几个执事有头脸的媳妇，都在贾母跟前凑趣儿呢。鸳鸯喜之不尽，拉了他嫂子，到贾母跟前跪下，一行哭，一行说，把邢夫人怎么来说，园子里他嫂子又如何说，今儿他哥哥又如何说，"因为不依，方才大老爷越发说我恋着宝玉，不然要等着往外聘，我到天上，这一辈子也跳不出他的手心去，终久要报仇。我是横了心的，当着众人在这里，我这一辈子莫说是'宝玉'，就是'宝金''宝银''宝天王''宝皇帝'，横竖不嫁人就完了！就是老太太逼着我，一刀子抹死了，也不能从命！若有造化，我死在老太太之先；若没造化，该讨吃的命，服侍老太太归了西，我也不跟着我老子娘哥哥去，我或是寻死，或是剪了头发当尼姑去！若说我不是真心，暂且拿话来支吾，日后再图别的，天地鬼神，日头月亮照着嗓子，从嗓子里头长疔烂了出来，烂化成酱在这里！"原来他一进来时，便袖了一把剪子，一面说着，一面左手打开头发，右手便铰。

鸳鸯采取置之死地而后生的办法，击败了好色狠毒的贾赦以及趋炎附势毫无尊严的邢夫人。这个女子的胆识和见识，不惟巾帼难及，就是须眉也要忌惮三分。而更让我敬佩的是，鸳鸯看透了所谓妾的美好未来。正如邢夫人所说：

"难道你不愿意不成？若果然不愿意，可真是个傻丫头了。放着主子奶奶不作，倒愿意作丫头！三年二年，不过配上个小子，还是奴才。你跟了我们去，你知道我的性子又好，又不是那不容人的人。老爷待你们又好。过一年半载，生下个一男半女，你就和我并肩了。家里的人你要使唤谁，谁还不动？现成主子不做去，错过这个机会，后悔就迟了。"

事实表明，袭人、晴雯、金钏、平儿都是这样想的，而无情的事实击碎她们的美梦，证明鸳鸯的看法才是正确的。袭人费尽心机不还是下嫁给了蒋玉菡吗？晴雯即便是贾母相中的，不也灰飞烟灭了吗？金钏投井了，平儿下狱了，香菱更是被折磨而死。这些所谓的妾的美梦，统统让路于残酷的现实。既然最终都是一死，又何必还要任人蹂躏？

可以说，鸳鸯是《红楼梦》里唯一一个有着超凡脱俗的眼光、看透看穿并获得尊严的奇女子！她宁愿终身不嫁，宁愿做尼姑，宁愿去死也不出卖尊严。与卑下的邢夫人相比，不由得令人肃然起敬！

至于鸳鸯的命运，可以想见，贾母死后，她是坚定而平静地选择为贾母终生守灵的，就如同紫鹃守护着逝去的林黛玉。鸳鸯，她曾经的荣耀是贾母给予的，她的尊严，却是用一生寂寥挣来的。

鸳鸯现象

贾府众丫鬟，鸳鸯算是最有本事的。

第四十六回，鸳鸯居然主宰了一回自己的命运——拒绝做贾赦的小妾。贾赦可是个魔头，看看他做的那些狠事，说的那些狠话，那是个说一不二的主儿。鸳鸯此举，不得不令人刮目相看。

那么，鸳鸯为何如此强势呢？

首先，是她体贴周到的服侍。

第三十九回：

李纨道："大小都有个天理。比如老太太屋里，要没那个鸳鸯如何使得。从太太起，那一个敢驳老太太的回，现在他敢驳回。偏老太太只听他一个人的话。老太太那些穿戴的，别人不记得，他都记得，要不是他经管着，不知叫人诓骗了多少去呢。那孩子心也公道，虽然这样，倒常替人说好话儿，还倒不依势欺人的。"惜春笑道："老太太昨日还说呢，他比我们还强呢。"

其次，是她善于经营。

第四十六回，凤姐说"他哥哥金文翔，现是老太太那边的买办。他嫂子也是老太太那边浆洗上的头儿"。好家伙，一语道破天机。鸳鸯全家都围着贾母"经营"。哥哥是专门负责贾母一切用度的买办，嫂嫂专门负责管理贾母一房的浆洗。这都是肥差呀，贾府再怎么省减，也不敢省减老太太的。还有鸳鸯的父母，是在贾府的金陵祖宅看房子，说明是贾府信得过的老仆人。这一切都是仗着鸳鸯的得势实现的。

一个丫鬟，在贾府能够如此经营，一家子包办了贾母的衣食住行，靠着贾母营生，也算是一大奇观了。

这样一来，鸳鸯讨人嫌的原因也就呼之欲出了。鸳鸯的得势，太夺人眼球了，所谓"木秀于林风必摧之"，自然有很多人不爽了。所以王熙凤才说她"素习是个可恶的"，邢夫人也说"堵一堵那些嫌你的人的嘴"。

一来有人看不惯她性格直爽，有什么说什么，不怕得罪人，有时连王熙凤这样的主子都不给脸面。二来有人嫉妒鸳鸯靠一己之力，鸡犬升天，一家子靠着贾母混饭吃。

这就是鸳鸯现象，贾府有实力的丫鬟的生存之道。其实不止鸳鸯，袭人家境好转，靠的也是袭人的得势。晴雯不还把她的姑舅表哥多浑虫弄进贾府做厨子了吗？老资格的赖嬷嬷估计也是这么混过来的，直至孙子赖尚荣不仅获得自由身，还靠着贾政做了县太爷。

当然，所谓的鸳鸯现象，还包含别的意思。

从贾赦纳妾这件事来看，鸳鸯对哥哥嫂子并不满意，她哥哥嫂子也不是真心为她好，不过是巴望从鸳鸯得势进一步捞到好处而已。这些，鸳鸯心里跟明镜儿似的。可是，鸳鸯为什么还要用他们呢？

这就涉及贾府或者说中国古代社会的另一条潜规则：以血缘为纽带的利益集团。鸳鸯虽然不满意哥哥嫂子，可是不用他们用谁？所谓"打虎亲兄弟，上阵父子兵"呀。鸳鸯也是无奈。

这就是通过鸳鸯现象，大致应该看到的。

鸳鸯有意于贾琏吗

第六回，因为一个暧昧的场景，有人怀疑贾蓉是王熙凤的小情人；第四十六回，又因为有关鸳鸯和贾琏的文字，有人怀疑鸳鸯有意于贾琏。原文：

平儿笑道："你只和老太太说，就说已经给了琏二爷了，大老爷就不好要了。"鸳鸯啐道："什么东西！你还说呢，前儿你主子不是这么混说的！谁知应到今儿了。"

……

贾母笑道："这样，我也不要了，你带了去罢！"凤姐儿道："等着修了这辈子，来生托生男人，我再要罢。"贾母笑道："你带了去，给琏儿放在屋里，看你那没脸的公公还要不要！"凤姐儿道："琏儿不配，就只配我和平儿这一对烧糊了的卷子和他混罢。"说的众人都笑起来了。

难道，鸳鸯真的喜欢贾琏？

从贾琏和鸳鸯的相处来看，两人真处得很好。贾琏尊称鸳鸯为"姐姐"，凡事商量，鸳鸯对于贾琏所求之事也是不遗余力地支持。

可是，细细分析，就不是那么一回事了。

请注意"什么东西"这句是骂谁？骂平儿，怨她瞎出主意？还是骂贾琏，看不上他的好色和粗鄙？或者是一种愤怒不屑的口头禅？表示对这个主意的轻视？我觉得都是。但更主要的，代表了鸳鸯内心对贾琏的真实评价。鸳鸯是聪明绝顶的人，贾琏守着王熙凤和平儿这么能干这么美艳的女人，还在外面乱搞，闹得众人皆知，以至于贾琏还拿着剑追杀王熙凤，鸳鸯会喜欢这样的男人吗？

所以鸳鸯才会在贾母面前诅咒发誓，说出那样一番狠话来。

至于老色鬼贾赦的那番话：

贾赦怒起来，因说道："我这话告诉你，叫你女人向他说去，就说我的话'自古嫦娥爱少年'，他必定嫌我老了。大约他恋着少爷们，多半是看上了宝玉，只怕也有贾琏。果有此心，叫他早早歇了心。我要他不来，此后谁还敢收？"

只是贾赦以小人之心度鸳鸯之腹的污蔑而已。

鸳鸯是一个头脑十分清醒的姑娘，即便对于平儿和袭人似乎板上钉钉的"姨娘命"，她也是这样说的：

"你们自为都有了结果了，将来都是做姨娘的。据我看，天下的事未必都遂心如意。你们且收着些儿，别忒乐过了头儿！"

正因为有这样的清醒，才会有这样的决绝：

"别说大老爷要我做小老婆，就是太太这会子死了，他三媒六聘的娶我去作大老婆，我也不能去。"

鸳鸯讨厌贾赦的荒淫无度、不知廉耻，在这方面，贾琏和他爹贾赦是有一拼的。鸳鸯反感贾赦的下流，怎会喜欢贾琏的无耻呢？

所以，我以为，鸳鸯有着清醒而决绝的判断，知道在贾府做妻做妾都不会有什么好结果，所以鸳鸯根本不会有意于贾琏。

但是，鸳鸯既然不喜欢贾琏，为何又能够与贾琏和谐相处，甚至暗中帮助贾琏呢？

原因其实很简单。在贾府，他们属于同一个利益共同体，需要相互扶持。

第一，贾琏和鸳鸯目标一致。

贾琏是荣国府的大管家，鸳鸯是贾母的小管家，这有点像秘书长和一把手秘书的关系，两人必须和谐相处，不然两败俱伤。贾琏工作的主要目标之一就是让贾母满意，鸳鸯的主要工作目标也是让贾母满意，两人的目的是一致的，因此，紧密协作、和谐相处，甚至互相帮衬，都是很正常的。

这样，他们各自的地位才稳固。

第二，贾琏和鸳鸯的利益一致。

贾琏是荣国府长房长孙，理所当然应该管家，贾琏当荣国府的大管家，其实是在竭力维持他长房长孙的地位。这是贾琏的根本利益。这个利益，关键要得到贾母的认可才行。要得到贾母的认可，就必须和贾母的心腹丫鬟搞好关系。所以贾琏尊称鸳鸯为"姐姐"。当然，总管荣国府，肯定是有权利和油水的。这方面，小说多有表现。

从鸳鸯的角度来说，她也必须借助贾琏的权力伺候好贾母，赢得贾母的宠信。鸳鸯也是一人得势，全家得利的。鸳鸯的爹娘在南京祖房看房子，对于年迈之人来说，这是难得清闲的好差事；哥哥金文翔是贾母的买办，嫂子专管贾母浆洗，全家都靠着贾母吃饭呢。这样的安排里，肯定有贾琏、王熙凤的暗助，目的就是搞好关系，加强合作，把荣国府、把贾母的事情办好。鸳鸯能不和贾琏甚至王熙凤处好关系吗？

贾琏和鸳鸯处好，一好百好，甚至能够把贾母用不着的宝贝拿去当钱来周转。这真的是两好并一好啊。

所以，鸳鸯和贾琏的关系，就是战略合作伙伴关系，和感情一点不沾边儿！

鸳鸯的强势

第四十回刘姥姥进大观园，李纨表现了她的睿智，王熙凤表现了她的幽默，鸳鸯则表现了她的强势。

鸳鸯的强势，集中体现在三点：

第一，顶撞李纨。

王熙凤和鸳鸯发现了刘姥姥的喜剧天份，决定上演一出好戏，逗贾母开心，李纨善意劝阻，遭鸳鸯抢白：

李纨笑劝道："你们一点好事也不做，又不是个小孩儿，还这么淘气，仔细老太太说。"鸳鸯笑道："很不与你相干，有我呢。"

李纨是主子奶奶，凤姐儿尚且不敢随便驳回，鸳鸯却发话了，跟你没关系，一切有我担着呢。鸳鸯不过是一个丫鬟，这口气，忒大了点儿。更令人意外的是，此话一出，李纨沉默了。鸳鸯分明压过了李纨。

第二，服侍贾母吃饭。

贾母素日吃饭，皆有小丫鬟在旁边，拿着漱盂、麈尾、巾帕等物。如今鸳鸯是不当这差的了，今日鸳鸯偏接过麈尾来拂着。丫鬟们知道他要撮弄刘姥姥，便躲开让他。

这段话点明鸳鸯的身份，鸳鸯虽然还是贾母的丫鬟，但已经不干初级的活儿了，而是类似于贾母的总管，总理贾母的一切事务。这个身份，虽然还是个下人，但是她在某种程度上代表着贾母。

第三，行酒令。

凤姐儿忙走至当地，笑道："既行令，还叫鸳鸯姐姐来行更好。"众人都知贾母所行之令必得鸳鸯提着，故听了这话，都说"很是"。凤姐儿便拉了鸳鸯过来。王夫人笑道："既在令内，没有站着的理。"回头命小丫头子："端一张椅子，放在你二位奶奶的席上。"鸳鸯也半推半就，谢了坐，便坐下，也吃了一钟酒，笑道："酒令大如军令，不论尊卑，惟我是主。违了我的话，是要受罚的。"王夫人等都笑道："一定如此，快些说来。"

这段话表现的是贾母对鸳鸯的依赖，这种依赖一旦形成，鸳鸯的地位就愈加巩固。因为行令的缘故，作为丫鬟的鸳鸯居然可以和主子们坐一桌，而且说出"不论尊卑，惟我是主"的话来。

正因为此，鸳鸯才能够躲过贾赦的魔爪，鸳鸯一家子才能够在贾府活得滋润。这也算是做丫鬟的至高境界了吧！

鸳鸯俨然又是一个王熙凤

宝玉说麝月公然又是一个袭人；第四十回，鸳鸯公然又是一个凤姐儿。刘姥姥逛大观园这出喜剧，整体设计，具体操作，其实都是鸳鸯牵头的，王熙凤不过是协助。王熙凤不敢说的话，不敢做的事，她都做了。其间体现出来的细致周到，杀伐决断，敢作敢当，丝毫不比王熙凤差。

第一，想到和刘姥姥合谋上演一出好戏的是鸳鸯，王熙凤不过是和鸳鸯英雄所见略同而已。

原文：

鸳鸯笑道："天天咱们说外头老爷们吃酒吃饭都有一个篾片相公，拿他取笑儿。咱们今儿也得了一个女篾片了。"李纨是个厚道人，听了不解。凤姐儿却知是说的是刘姥姥了，也笑说道："咱们今儿就拿他取个笑儿。"二人便如此这般的商议。

第二，力排众议，决定就这么干的，还是鸳鸯。李纨劝阻，被鸳鸯顶回去了。

第三，敢作敢当，敢于承担。

当众取笑刘姥姥这事儿，虽然事先合谋，征得刘姥姥同意，但外人并不知晓，很容易引起误会，正如李纨所说，万一贾母或者王夫人不高兴，是要承担责任的，毕竟刘姥姥是七十多岁的人了。这个时候鸳鸯挺身而出，"有我呢"。这样的气魄，虽出自鸳鸯对贾母的了解，但也让人佩服。

第四，事先征得刘姥姥同意的，也是鸳鸯。

原文：

凤姐一面递眼色与鸳鸯，鸳鸯便拉了刘姥姥出去，悄悄的嘱咐了刘姥姥一席话，又说："这是我们家的规矩，若错了我们就笑话呢。"调停已毕，然后归坐。

第五，亲自导演这出好戏的，还是鸳鸯。

原文：

丫鬟们知道他要撮弄刘姥姥，便躲开让他。鸳鸯一面侍立，一面悄向刘姥姥说道："别忘了。"刘姥姥道："姑娘放心。"

王熙凤在其间起到的作用，是和刘姥姥一起表演、抖包袱，而掌控整件事情的是鸳鸯。

第六，事后和王熙凤一起向刘姥姥致歉。

原文：

刘姥姥看着李纨与凤姐儿对坐着吃饭，叹道："别的罢了，我只爱你们家这行事。怪道说'礼出大家'。"凤姐儿忙笑道："你别多心，才刚不过大家取笑儿。"一言未了，鸳鸯也进来笑道："姥姥别恼，我给你老人家赔个不是。"刘姥姥笑道："姑娘说那里话，咱们哄着老太太开个心儿，可有什么恼的！你先嘱咐我，我就明白了，不过大家取个笑儿。我要心里恼，也就不说了。"

整个过程，鸳鸯和王熙凤一样细致周到，有礼有节，并没有让人觉得贾府"店大欺客"。这一点分寸，要拿捏好，不容易。

第七，思虑周详，样样顾及。

一是责怪为何不给刘姥姥倒茶。所谓：

鸳鸯便骂人"为什么不倒茶给姥姥吃。"刘姥姥忙道："刚才那个嫂子倒了茶来，我吃过了。姑娘也该用饭了。"

二是想到了好姐妹平儿。所谓：

鸳鸯便问："今儿剩的菜不少，都那去了？"婆子们道："都还没散呢，在这里等着一齐散与他们吃。"鸳鸯道："他们吃不了这些，挑两碗给二奶奶屋里平丫头送去。"凤姐儿道："他早吃了饭了，不用给他。"鸳鸯道："他不吃了，喂你们的猫。"婆子听了，忙拣了两样拿盒子送去。

鸳鸯想到平儿，一则是因为和平儿好，二则是给凤姐儿面子。

三是派人传菜给袭人。果然，鸳鸯给凤姐脸面，凤姐必给鸳鸯脸面，提醒鸳鸯给袭人送菜，是迎合王夫人的心思，凤姐儿这是在帮鸳鸯圆满。在管家这个层面，鸳鸯和凤姐旗鼓相当，心意相通。所谓：

凤姐儿道："袭人不在这里，你倒是叫人送两样给他去。"鸳鸯听说，便命人也送两样去后……

四是想到了后续工作。所谓：

……鸳鸯又问婆子们："回来吃酒的攒盒可装上了？"婆子道："想必还得一会子。"鸳鸯道："催着些儿。"婆子应喏了。

就这么短短的吃饭时间，鸳鸯想到了多少事，办了多少事，端的是纹丝儿不乱，滴水不漏。

第八，为贾母所倚重。

原文：

凤姐儿忙走至当地，笑道："既行令，还叫鸳鸯姐姐来行更好。"众人都知贾母所行之令必得鸳鸯提着，故听了这话，都说"很是"。凤姐儿便拉了鸳鸯过来。

就是打个牌，贾母也离不得鸳鸯。

第九，行酒令。

原文：

王夫人笑道："既在令内，没有站着的理。"回头命小丫头子："端一张椅子，放在你二位奶奶的席上。"鸳鸯也半推半就，谢了坐，便坐下，也吃了一钟酒，笑道："酒令大如军令，不论尊卑，惟我是主。违了我的话，是要受罚的。"王夫人等都笑道："一定如此，快些说来。"

其后整个行酒令的过程，一手导演好戏的，还是鸳鸯。

如此种种，刘姥姥逛大观园，高潮迭起，充分展示了鸳鸯作为贾母的大丫鬟当家管事的卓越才能，并不亚于王熙凤，其间的善于谋划，思虑周详，敢于担当的做事风格，也和王熙凤极为相似。鸳鸯其实就是丫鬟版的王熙凤啊。

鸳鸯道尽了女儿的悲哀

第四十六回，贾赦欲强占鸳鸯为妾，鸳鸯有一段骂，骂的是钱迷了眼、当说客的亲嫂嫂，骂得凶悍惨烈，骂得酣畅淋漓，骂得触目惊心，骂得令人悲凉。

在鸳鸯的哥哥嫂嫂看来，做老爷的妾是天大的喜事，可以得到更大的好处。

可是，在鸳鸯看来，做贾赦的妾，是往火坑里跳。贾赦极其好色，喜新厌旧，做他的小妾，鸳鸯就只能是贾赦玩厌了而抛弃的众多女人之一，上面还有尴尬人邢夫人压着。鸳鸯是万万不干的。

从鸳鸯的哥哥嫂嫂"成日家羡慕人家女儿作了小老婆"来看，并不是邢夫人提意才动心的，他们早有此心，巴不得鸳鸯做了哪个主子的小老婆。可见人心贪得无厌，并无饱足。他们并不是真的爱惜这个妹妹，而是尽可能利用，鸳鸯怎不心寒？

鸳鸯无情地揭露了哥嫂的丑态——巴望妹妹做了小老婆，可以仗势欺人，为非作歹；如果鸳鸯失宠于贾赦，他们根本不会在乎鸳鸯的死活。

鸳鸯的这番骂，并不仅仅是为自己而骂，而是为《红楼梦》所有命运相似的女儿而骂。这些女儿在父母兄弟那里，仅仅只是一个牟利的工具。有利时尽可能利用，无利时弃之不顾，这就是红楼女儿的悲哀。

晴雯的姑舅表哥多浑虫，难道不是靠着晴雯混进贾府的吗？难道平时不是靠晴雯照顾着他？可是，等晴雯被逐出大观园，多浑虫又何尝关心过表妹的死活？他们唯一想到的就是在晴雯死后如何搜刮她的遗物，侵吞主子赏下的火化银子。

金钏之死，只要能够为父母带来几十两银子的进项，家里不少了她那一份银子，也就满足了。

林黛玉之所以能够在贾府长期居住，甚至可能婚配宝玉，固然有贾母的亲情，林家的巨额财产，也是重大的砝码。还有王熙凤，她的哥哥王仁，平日里从妹妹手上得到多少好处，可是，一旦王熙凤落难，做哥哥的不是想着照顾好外甥女，而是盘算着怎么卖了她再捞一笔。还有宝钗，薛家对宝钗似乎是器重的，可是何曾考虑过她的幸福？至于湘云，她的叔叔婶婶为何这么不待见她，甚至巴不得她早嫁，还不是希望湘云出嫁后，她早逝的父母遗留下来的那份财产完完全全地归他们所有。

从这个意义上说，《红楼梦》展示了一幅这个功利的社会如何榨干女儿们最后一滴血泪的画面。难怪，鸳鸯痛骂嫂子后，曹雪芹要设计宝玉出场，这个试图为天下男人"还债"的男子，听到鸳鸯痛骂：

鸳鸯已知话俱被宝玉听了，只伏在石头上装睡。宝玉推他笑道："这石头上冷，咱们回房里去睡，岂不好？"说着拉起鸳鸯来，又忙让平儿来家坐吃茶。平儿和袭人都劝鸳鸯走，鸳鸯方立起身来，四人竟往怡红院来。宝玉将方才的话俱已听见，心中自然不快，只默默的歪在床上，任他三人在外间说笑。

如此贪婪的人心，即便悲悯良善如宝玉者，也是无能为力了。

第五节　开到荼蘼花事了

何谓麝月"公然又是一个袭人"

第二十回：

（宝玉）独见麝月一人在外间屋里灯下抹骨牌。宝玉笑问道："你怎么不同他们玩去？"麝月道："没有钱。"宝玉道："床底下堆着那么些，还不够你输的？"麝月道："都玩去了，这屋子交给谁呢？那一个又病了，满屋里上头是灯，地下是火。那些老妈妈子们，老天拔地，服侍了一天，也该叫他们歇歇；小丫头子们也服侍了一天，这会子还不叫他们玩玩去。所以让他们都去罢，我在这里看着。"

宝玉听了这话，公然又是一个袭人。

这段话的意思，是称赞麝月"恪尽职守"，恰如袭人。贾母对袭人的评价就是"克尽职任"。麝月表现出了袭人一般的职业道德。这里，小说是以赞扬的口吻来说麝月的。这是第一层意思。

第二层意思，是指袭人和麝月的关系。

第二十一回，贾宝玉和袭人闹矛盾，就有这样的话："宝玉素知麝月与袭人亲厚，一并连麝月也不理。"

第七十七回，晴雯、四儿、芳官等人遭陷害，宝玉很尖锐地质问袭人"怎么人人的不是太太都知道，单不挑出你和麝月秋纹来？""你是头一个出了名的至善至贤之人，他两个又是你陶冶教育的，焉得还有孟浪该罚之处！"这就点出了袭人和麝月的渊源。麝月其实是袭人一手调教出来的。

至于第三层意思，根据脂砚斋的批语，八十回后，袭人临走时曾说过"好歹留下麝月"。这也算是袭人交代身后事了。她不在，把宝玉交给麝月，袭人是放心的。这是关于麝月的草绳灰线。

尽管其间袭人受王夫人抬举，麝月也曾经对花袭人有过不满，以麝月的性格，和晴雯也相处得不错，但真正的格局上，麝月是袭人的衣钵传人。

麝月和袭人到底有多好

说到麝月和袭人的关系，虽然第二十一回说到"宝玉素知麝月与袭人亲厚"，但她俩也并不是铁板一块。第五十一回，袭人之母病重，袭人回家探母，由麝月和晴雯伺候贾宝玉，有这么一个细节：

至三更以后，宝玉睡梦之中，便叫袭人。叫了两声，无人答应，自己醒了，方想起袭人不在家，自己也好笑起来。晴雯已醒，因笑唤麝月道："连我都醒了，他守在旁边还不知道，真是个挺死尸的。"麝月翻身打个哈气笑道："他叫袭人，与我什么相干！"

第二十回贾宝玉曾说麝月"公然又是一个袭人"，主要的意思是说麝月恪尽职守不输于袭人，可是此时怎么不似袭人呢！

这里的背景原因是就这么水平相近的丫鬟，获得的待遇差距非常之大。袭人拿着她们两倍半的工资，就是回家探母，经王夫人授意和王熙凤的安排，也是无比的气派——衣着华丽，金玉满头，周瑞家的陪着，八个下人跟着，两辆大车，这已经是主子的派头了。这样的动静，是会在贾府尤其贾宝玉房里引起波澜的。就是平日里亲如姐妹，也是会有想法的。如此一来，就会理解麝月的话含有多大的怨气了。可见对于袭人的得志，贾宝玉房里的丫鬟是不服气的，是有意见的。

因此，麝月这一句"他叫袭人，与我什么相干"与第三十一回晴雯和袭人吵架是有异曲同工之妙的，说明对此不爽的绝不仅仅只有晴雯。

紧接着，给晴雯看病，要付诊费，麝月又有一句，不满情绪更加明显了，所谓"花大奶奶还不知搁在那里呢？"

好一句"花大奶奶"，奶奶这词，平日里是尊称王熙凤、李纨和尤氏这样的主子的，麝月却用于袭人，讽刺的意味已然十分强烈了。这句话不

193

仅意味着贾宝玉房里的财政大权素日是袭人把持的，也意味着麝月对花袭人盛装探母那样盛大排场的相当不满。

麝月和袭人的关系，绝对不仅仅是"亲厚"那么简单的。人性的复杂，由此可见。

麝月到底和谁要好

曹雪芹的笔法，变化多端，时而正话反说，时而草绳灰线，时而隐喻象征，时而语焉不详，是很能迷惑人的。

第二十回，贾宝玉赞许麝月"公然又是一个袭人"。第二十一回，更是很直白地说"宝玉素知麝月与袭人亲厚"。这样的话，是很有迷惑性的——贾宝玉眼里看到的未必可靠。

那么，麝月到底和谁要好呢？

答案在五十一回和五十二回。

第一，晴雯撒娇要吃茶，是和谁撒娇呢？是和麝月。原文：

晴雯笑道："好妹子，也赏我一口儿。"麝月笑道："越发上脸儿了！"晴雯道："好妹妹，明儿晚上你别动，我服侍你一夜，如何？"麝月听说，只得也服侍他漱了口，倒了半碗茶与他吃过。

第二，晴雯为什么生病——是想趁着月色跑出去吓麝月，着凉了。晴雯如果和麝月关系不好，能和她开这种玩笑吗？然而晴雯没吓到麝月，自己倒冻着了。麝月的一段骂，表现出了她对晴雯的好来。

麝月道："你就这么'跑解马'似的打扮得伶伶俐俐的出去了不成？"宝玉笑道："可不就这么去了。"麝月道："你死不拣好日子！你出去站一站，把皮不冻破了你的。"说着，又将火盆上的铜罩揭起，拿灰锹重将熟炭埋了一埋，拈了两块素香放上，仍旧罩了，至屏后重剔了灯，方才睡下。

麝月骂晴雯够狠，唯其如此，方见姐妹情深，然后又是笼火，又是剔灯，说明麝月对晴雯很好很体贴。

第三，晴雯病了。麝月和贾宝玉一起为晴雯请大夫看病，煨药，照顾晴雯，其间毫无半点怨言。非但没有怨言，还很怜惜晴雯：

麝月笑道："病的蓬头鬼一样，如今贴了这个，倒俏皮了。二奶奶贴惯了，倒不大显。"

第四，晴雯性急，要撵走偷平儿虾须镯的坠儿，遭到坠儿之母反击，这时是麝月帮着弹压的，这一段最见麝月和晴雯的感情：

宋嬷嬷听了，只得出去唤了他母亲来。打点了他的东西，又来见晴雯等，说道："姑娘们怎么了，你侄女儿不好，你们教导他，怎么撵出去？也到底给我们留个脸儿。"晴雯道："你这话只等宝玉来问他，与我们无干。"那媳妇冷笑道："我有胆子问他去！他那一件事不是听姑娘们的调停？他纵依了，姑娘们不依，也未必中用。比如方才说话，虽是背地里，姑娘就直叫他的名字。在姑娘们就使得，在我们就成了野人了。"

晴雯听说，一发急红了脸，说道："我叫了他的名字了，你在老太太跟前告我去，说我撒野，也撵出我去。"麝月忙道："嫂子，你只管带了人出去，有话再说。这个地方岂有你叫喊讲礼的？你见谁和我们讲过礼？别说嫂子你，就是赖奶奶林大娘，也得担待我们三分。便是叫名字，从小儿直到如今，都是老太太吩咐过的，你们也知道的，恐怕难养活，巴巴的写了他的小名儿，各处贴着叫万人叫去，为的是好养活。连挑水、挑粪、花子都叫得，何况我们！连昨儿林大娘叫了一声'爷'，老太太还说他呢，此是一件。二则，我们这些人常回老太太的话去，可不叫着名字回话，难道也称'爷'？那一日不把宝玉两个字念二百遍，偏嫂子又来挑这个了！过一日嫂子闲了，在老太太、太太跟前，听听我们当着面儿叫他就知道了。嫂子原也不得在老太太、太太跟前当些体统差事，成年家只在三门外头混，怪不得不知我们里头的规矩。这里不是嫂子久站的，再一会，不用我们说话，就有人来问你了。有什么分证话，且带了他去，你回了林大娘，叫他来找二爷说话。家里上千的人，你也跑来，我也跑来，我们认人问姓，还认不清呢！"说着，便叫小丫头子："拿了擦地的布来擦地！"

那媳妇听了，无言可对，亦不敢久立，赌气带了坠儿就走。

麝月的话，有理有据，有礼有节，更显出对晴雯的支持。

第五，晴雯病补孔雀裘，紧密配合打下手的，就是麝月。

因此千万不要为小说的叙述所迷惑。也许麝月最初和袭人相好，但其后却是和晴雯最为亲厚。小说虽然明确写了麝月和袭人亲厚，却见不到半点亲厚的痕迹；半字不提麝月和晴雯亲厚，却在五十一回和五十二回大写特写两人的亲密无间。这就是曹公行文的"妖娆"之处。

谁是《红楼梦》里的荼蘼花

《红楼梦》里的荼蘼花，指向是明确的，那就是麝月。

第六十三回，麝月抽到的签是这样的：

麝月便掣了一根出来。大家看时，这面上一枝荼蘼花，题着"韶华胜极"四字，那边写着一句旧诗，道是：

开到荼蘼花事了。

注云："在席各饮三杯送春。"麝月问怎么讲，宝玉愁眉，忙将签藏了，说："咱们且喝酒。"说着，大家吃了三口，以充三杯之数。

所谓"韶华胜极"，实际是指春光已至极限，言下之意，便是要败落了，和"开到荼蘼花事了"是极为吻合的。

"开到荼蘼花事了"这句诗，出自宋代王淇《春暮游小园》诗：

一从梅粉褪残妆，涂抹新红上海棠。

开到荼蘼花事了，丝丝天棘出莓墙。

荼蘼花开，便是春天的尾声了。

荼蘼，蔷薇科。落叶小灌木，攀缘茎，茎上有钩状刺，羽状复叶，小叶椭圆形，花白色，有香气，夏季盛放。荼蘼过后，无花开放。因此人们常常认为荼蘼花开是一年花季的终结。

麝月抽到荼蘼花签有两层意思：

1. 麝月是八十回后一直服侍贾宝玉直至出家的丫鬟。

2. 当袭人、晴雯、秋纹、碧痕这些丫鬟死的死、走的走，只剩下麝月时，也就意味着大观园百花的彻底凋零和离散。

因此，麝月抽到荼蘼花，贾宝玉的表现才会是"愁眉"。

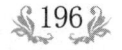

麝月"上头"与晴雯"上脸"

《红楼梦》的很多地方，不用心看，细细品，反复读，是琢磨不出味道来的。

第五十一回，晴雯想喝茶，麝月有一句话：

晴雯笑道："好妹子，也赏我一口儿。"麝月笑道："越发上脸儿了！"晴雯道："好妹妹，明儿晚上你别动，我服侍你一夜，如何？"麝月听说，只得也服侍他漱了口，倒了半碗茶与他吃过。

麝月这句骂晴雯"越发上脸了"的话，让我想起了第二十回，宝玉给麝月篦头，晴雯也有一番嘲讽：

宝玉笑道："咱两个作什么呢？怪没意思的。也罢了，早上你说头痒，这会子没什么事，我替你篦头罢。"麝月听了便道："就是这样。"说着，将文具镜匣搬来，卸去钗钏，打开头发，宝玉拿了篦子替他一一的梳篦。只篦了三五下，只见晴雯忙忙走进来取钱。一见了他两个，便冷笑道："哦，交杯盏还没吃，倒上头了！"宝玉笑道："你来，我也替你篦一篦。"晴雯道："我没那么大福。"说着，拿了钱，便摔帘子出去了。

这一段，是晴雯讥讽麝月"上头"。

所谓上头和上脸，大致的意思都差不多，暗指和宝玉超越了正常关系。

这两姐妹的互骂，太有意思了。然而，麝月和晴雯，和宝玉超越了正常关系了吗？

没有。

晴雯和麝月的关系，其实很好。两人互骂，反不以为意。但深层次的意思，我以为她们骂的不是对方，而是花袭人。

第二十回，晴雯的气是很大的，还摔了帘子。之前发生过的一件大事，就是贾宝玉和花袭人的"偷试云雨"。晴雯这股闷气，一直不得发泄，直至第三十一回和宝玉、袭人大吵了一架。此番看见宝玉和麝月亲昵，自然要讥刺一番，而以麝月和晴雯的相知，知道晴雯话里有话，自然不以为意，不会生气。

到了第五十一回，又发生了一件事情，那就是花袭人盛装探母。这件事情，较之和宝玉"偷试云雨"更为张扬，就连宝玉屋里的丫鬟们都觉得过分了。这时候,麝月讽刺晴雯别装小姐了,实则大有深意。宝玉一干丫鬟,目前最装小姐的,不是晴雯,而是花袭人。

其实,宝玉屋里的丫鬟嘲讽花袭人,还不止此。有一次众丫鬟打趣袭人是哈巴儿狗,为的也是袭人的非常上位。

曹公行文,即使是如此酣畅淋漓的嘲讽,也是含蓄的,表达得非常艺术。如果看不懂曹公的手法,断乎领悟不到这么痛快的宣泄。

第六节　哪个少女不怀春

《红楼梦》的"春梦"

德国大文豪歌德曾在《少年维特之烦恼》里说，哪个少年不多情，哪个少女不怀春？然而，在我看来，把这种少男少女青春情愫写得最真实、最微妙、最大胆、最美丽的，还是咱们中国的大文豪曹雪芹。

大约青春期的少年，都做过春梦吧？文学作品描写"春梦"的本就不多，能够写得多情而唯美的，更是罕见，其中的翘楚，当推《红楼梦》。

《红楼梦》的春梦，大致有两个，一个是贾宝玉做的，所谓神游太虚幻境，其实就是由一个春梦敷衍出来的神话。十二三岁刚刚处于性成熟期的贾宝玉面对自己的性幻想对象秦可卿时，躺在她的床上，不由得荷尔蒙激素大增，做下了一个与可卿云雨的春梦。请看：

警幻便命撤去残席，送宝玉至一香闺绣阁之中，其间铺陈之盛，乃素所未见之物。更可骇者，早有一位女子在内，其鲜艳妩媚，有似乎宝钗，风流袅娜，则又如黛玉。正不知何意，忽警幻道："尘世中多少富贵之家，那些绿窗风月，绣阁烟霞，皆被淫污纨绔与那些流荡女子悉皆玷辱。更可恨者，自古来多少轻薄浪子，皆以'好色不淫'为饰，又以'情而不淫'作案，此皆饰非掩丑之语也。好色即淫，知情更淫。是以巫山之会、云雨之欢，皆由既悦其色、复恋其情所致也。吾所爱汝者，乃天下古今第一淫人也。"

宝玉听了，唬的忙答道："仙姑差了。我因懒于读书，家父母尚每垂训饬，岂敢再冒'淫'字。况且年纪尚小，不知'淫'字为何物。"警幻道："非也。淫虽一理，意则有别。如世之好淫者，不过悦容貌，喜歌舞，调笑无厌，云雨无时，恨不能尽天下之美女供我片时之趣兴，此皆皮肤淫滥之蠢物耳。如尔则天分中生成一段痴情，吾辈推之为'意淫'。'意淫'二字，惟心会而不可口传，可神通而不可语达。汝今独得此二字，在闺阁中，固可为良友，然于世道中未免迂阔怪诡，百口嘲谤，万目睚眦。今既遇令祖宁荣二公剖腹深嘱，吾不忍君独为我闺阁增光，见弃于世道，是以特引前来，醉以灵酒，沁以仙茗，警以妙曲，再将吾妹一人，乳名兼美字可卿者，许配于汝。今夕良时，即可成姻。不过令汝领略此仙闺幻境之风光尚如此，何况尘境之情景哉？而今后万万解释，改悟前情，留意于孔孟之间，委身于经济之道。"说毕便秘授以云雨之事，推宝玉入房，将门掩上自去。

那宝玉恍恍惚惚，依警幻所嘱之言，未免有儿女之事，难以尽述。至次日，便柔情缱绻，软语温存，与可卿难解难分。

整整一章神游太虚幻境，虽然交代了主要人物的命运，提出了意淫与皮肤之淫的概念，但如果还原为一个故事，那就是贾宝玉的一个春梦而已。这种极具私人性质的春梦，其实又是人生成长一种非常普遍的现象。为什么我们并不反感这样的春梦，反而充满探究的好奇，就是因为我们或多或少都经历过这样的成长岁月。

另一个做春梦的，是小红：

原来这小红本姓林，小名红玉，只因"玉"字犯了林黛玉、宝玉，便都把这个字隐起来，便都叫他"小红"。原是荣国府中世代的旧仆，他父母现在收管各处房田事务。这红玉年方十六岁，因分人在大观园的时节，把他便分在怡红院中，倒也清幽雅静。不想后来命人进来居住，偏生这一所儿又被宝玉占了。这红玉虽然是个不谙事的丫头，却因他有三分容貌，心内着实妄想痴心的向上攀高，每每的要在宝玉面前现弄现弄。只是宝玉身边一干人，都是伶牙利爪的，那里插的下手去。不想今儿才有些消息，又遭秋纹等一场恶意，心内早灰了一半。正闷闷的，忽然听见老嬷嬷说起贾芸来，不觉心中一动，便闷闷的回至房中，睡在床上暗暗盘算，翻来掉去，正没个抓寻。忽听窗外低低的叫道："红玉，你的手帕子我拾在这里呢。"红玉听了忙走出来看，不是别人，正是贾芸。红玉不觉的粉面含羞，问道："二爷在那里拾着的？"贾芸笑道："你过来，我告诉你。"一面说，一面就上来拉他。那红玉急回身一跑，却被门槛绊倒。

小红对于贾芸那种朦胧的苦闷的寄托式的相思，由这个春梦表现了出来。不得不叹服曹公对于青春期女性的独到理解，那种心理神态的拿捏和把握，妙到毫厘之间。见到贾芸"下死眼"看，接近宝玉遭无端斥骂，心灰了大半，暗暗思量，没有情趣，偶然听见贾芸名字，烦闷睡去，便梦到了贾芸，梦醒后的失落无眠，懒懒的，也不梳洗。这是多么自然、流畅而细腻的心理描写。

贾宝玉的春梦和小红的春梦，刚好是一男一女的春梦。贾宝玉作为男性的春梦，更多的是性的冲动。小红作为女性的春梦，更多诉诸于情感。两个貌似毫不相干的春梦，却表现出作者对于人性、对于性别、对于情感的独特而深刻的表达能力。如果说贾宝玉的春梦承载了太多的象征意义，暗讽了男性的强权和欲望，那么，小红的春梦，则是女性压抑的自由与情感之梦。

小红为何遭弹压

小红在贾宝玉房里一再遭到弹压，芳官却一再得到保护。这是为什么？只要把小红和芳官作个比较就清楚了。

第一，小红有后台，而芳官没有。

小红是荣国府管家的女儿，爹妈都是荣国府很有脸面的奴才，所以才能够轻轻松松来到贾宝玉房里。这样的女孩，一个不小心，就可以跻身大丫鬟行列，威胁到袭人、晴雯、麝月、秋纹的地位。碧痕和宝玉洗过澡，和袭人、麝月、秋纹她们玩得那么好，尚且还有四儿、小燕那样的小丫鬟，正等着后补呢，当然对小红要倍加提防。而芳官只是个遣散的小戏子，干娘也是地位极低、不入流的连贾宝玉房里都不能进的何婆子。因此芳官没有任何背景，构不成任何威胁。

第二，小红妙龄而芳官尚小。

小红是十六七岁的妙龄女子，对贾宝玉这样的男孩子是有吸引力的，小说也描写了贾宝玉对小红的关注和兴趣。芳官呢，从她与干娘怄气和居然把自鸣钟摆弄坏了的好奇心来看，还是个小孩子呢。她和宝玉的关系还没有男女之别，对宝玉构不成诱惑。

第三，小红有心，而芳官无心。

小红到宝玉房里，是有小算盘的：

这红玉虽然是个不谙事的丫头，却因他有三分容貌，心内着实妄想痴心的往上攀高，每每的要在宝玉面前现弄现弄。

这说明小红是有备而来的，是有想法有目的的。芳官则不然，就是个小孩子而已，她和宝玉的好，随性得很，并没有什么心思。

第四，小红的后台和袭人、晴雯等人不同。

袭人、晴雯都是贾母房里过来的。袭人后来更投靠了王夫人，晴雯的后台，除了贾母，还有赖嬷嬷。至于麝月、秋纹乃至碧痕，小说虽没写，肯定也各有各的关系，不然进不到宝玉房里。不同的后台和背景，自然牵涉到不同的利益纠葛。这些人后台本就强大，自然敢于对有实力的小红强行打压。

所以，小红的到来，才会引起贾宝玉房里众人的高度警惕，尤其使排名靠后的秋纹和候补大丫鬟碧痕更为紧张，才会出现一段碧痕和秋纹抬水进来看见小红和贾宝玉在房里就加以斥骂的情景。

人还是那些人，由于利益冲突，对不同的人，态度是不一样的。对没有威胁的孩子，这些女孩子天真良善的本性就会表露出来；对可能有威胁的同类，就变得剑拔弩张、面目全非。

这就是人性。

小红为何不入十二钗册

小红跟了王熙凤，应该在贾府被抄之前就离开了贾府。

第二十六回，有畸笏叟的批语：

【甲戌眉批："狱神庙"红玉、茜雪一大回文字惜迷失无稿。（庚眉批多八字：叹叹！丁亥夏。畸笏叟。）】

这说明小红在贾府被抄之前和茜雪一样，都离开了贾府。否则何来探视之说呢？茜雪是贾宝玉因恼奶妈李嬷嬷而错怪撵出去的。那么，小红（红玉）呢？

贾芸和小红的一见钟情以及私订终身，前八十回有精彩描述。而小红能够离开贾府，我推测，是贾芸以贾府子孙的身份恳求，获得恩准，离开贾府，获得自由，和贾芸成亲。

贾芸其实是一个有情有义的男子。

第二十四回开篇脂砚斋批语就说：

【靖："醉金刚"一回文字，伏芸哥仗义探庵。余三十年来得遇金刚之样人不少，不及金刚者亦不少。惜不便一一注明耳。壬午孟夏。】

先不说仗义探庵是怎么回事，但"仗义"二字，已经把贾芸的品行写出来了。

贾芸向舅舅卜世仁（谐"不是人"）借钱遭拒起身就走。【庚辰侧批：有志气，有果断。】【庚辰侧批：有知识有果断人，自是不同。】

写贾芸不跟母亲提起向舅舅借钱是怕母亲烦恼时，【庚辰侧批：孝子可敬。此人后来荣府事败，必有一番作为。】【该批：果然。】这一番作为，在我看来，就是"仗义探庵"。

贾宝玉为赵姨娘、马道婆诅咒之术所害生命垂危，也是贾芸这个贾宝玉玩笑认下的"义子"守候在身边服侍，尽心竭力。

这些都说明，贾芸其实是一个重情重义的男子，而且有胆识、有手段、好机变。他对小红的感情是真挚的，肯定会想办法和小红结为夫妻。

贾芸以贾府子孙的身份开口，贾府是会赐给小红自由，使之与贾芸成亲的。再者，小红是荣国府管家林之孝夫妇的女儿，给小红自由，也算是给林之孝夫妇的恩赏。

因此，八十回后，贾府被抄，早已经和荣国府分房的贾芸幸免于难，没有受到牵连，也才会有"仗义探庵"的报恩之举。

综上所述，小红也是少数免受牵连的贾府丫鬟。而且遇到了贾芸这样有情有义的男子，她的结局应该是圆满的。所以，小红也不入金陵十二钗又副册。

红楼批语如何因坠儿栽赃小红

第五十二回,说起坠儿偷虾须镯,有一条批语,甚为迂腐:

【庚辰双行夹批:妙极!红玉既有归结,坠儿岂可不表哉?可知"奸贼"二字是相连的。故"情"字原非正道,坠儿原不情也,不过一愚人耳,可以传奸即可以为盗。二次小窃皆出于宝玉房中,亦大有深意在焉。】

第一,所谓情非正道,荒谬也。可知不是脂砚斋畸笏叟批语,乃是迂腐之人所作迂腐之语。

第二,谓红玉为奸,坠儿为贼,只因坠儿为贾芸和小红手帕牵线,此之谓传奸。把小红和贾芸的感情,理解为奸情,此历来为道学家所为。小红和贾芸的爱情,类似于现当代以来追求自由之爱情,曹雪芹以此等惊世骇俗之举,弥补宝黛不能一起白首的遗憾。为什么说《红楼梦》是一部伟大的爱情小说?为此也。

第三,坠儿为贼,即连坐小红为奸,实是强盗逻辑。坠儿偷窃,与小红何干?哪里写了坠儿犯罪是小红挑唆?况其时小红已离开怡红院这个是非窝,又是何等睿智。设若不离宝玉一房,和袭人、晴雯、麝月、秋纹、碧痕势成水火不说,到查抄大观园,小红恐怕也难逃王夫人的法眼。所以,小红的选择,是透着很深的智慧的,早早离了这是非之处。而袭人、晴雯、麝月、秋纹乃至碧痕,皆沉溺于是非之事,执迷于是非之地不可自拔,结局悲凉。这又是曹雪芹于众多薄命女子中,必另设一女得凤姐调教,青出于蓝的缘故,以弥补黛玉、宝钗、湘云、探春、凤姐之辈不能主宰命运之憾也。可恨迂腐之人,满眼尽是迂腐之事,早已跌落凡尘,看不见落英缤纷。

《红楼梦》批语,历来泥沙俱下,鱼龙混杂,驳杂难辨,既有高妙之论,也有迂腐之言,所谓智者见智,愚者现愚。《红楼梦》这面大镜子,照出的,不只是人心,还有人格。

第七节　落霞虽美近黄昏

彩霞为何独爱贾环

无论气质长相才学，甚至道德品质，贾环都不如同父异母的哥哥贾宝玉，众人都是喜爱宝玉远胜贾环的。可是，唯独有一人是不喜欢宝玉而喜欢贾环的。这人就是丫鬟彩霞。

原文：

可巧王夫人见贾环下了学，便命他来抄个《金刚咒》唪诵唪诵。那贾环正在王夫人炕上坐着，命人点灯，拿腔作势的抄写。一时又叫彩云倒杯茶来，一时又叫玉钏儿来剪剪蜡花，一时又说金钏儿挡了灯影。众丫鬟们素日厌恶他，都不答理。只有彩霞还和他合的来，倒了一钟茶来递与他。因见王夫人和人说话儿，他便悄悄的向贾环说道："你安些分罢，何苦讨这个厌那个厌的。"贾环道："我也知道了，你别哄我。如今你和宝玉好，把我不答理，我也看出来了。"彩霞咬着嘴唇，向贾环头上戳了一指头，说道："没良心的！狗咬吕洞宾，不识好人心。"

两人正说着，只见凤姐来了，拜见过王夫人。王夫人便一长一短的问他，今儿是那几位堂客，戏文好歹，酒席如何等语。说了不多几句话，宝玉也来了，进门见了王夫人，不过规规矩矩说了几句，便命人除去抹额，脱了袍服，拉了靴子，便一头滚在王夫人怀里。王夫人便用手满身满脸摩挲抚弄他，宝玉也扳着王夫人的脖子说长道短的。王夫人道："我的儿，你又吃多了酒，脸上滚热。你还只是揉搓，一会闹上酒来。还不在那里静静的倒一会子呢。"说着，便叫人拿个枕头来。宝玉听说便下来，在王夫人身后倒下，又叫彩霞来替他拍着。宝玉便和彩霞说笑，只见彩霞淡淡的，不大答理，两眼睛只向贾环处看。宝玉便拉他的手笑道："好姐姐，你也理我理儿呢。"一面说，一面拉他的手，彩霞夺手不肯，便说："再闹，我就嚷了。"

彩霞对宝玉的冷淡，对贾环的关切，已经不言而喻了。为什么会这样呢？有句老话，叫萝卜白菜，各有所爱。一个人再优秀，也不可能赢得所有人的喜爱；一个人再差劲，也不可能一个知己都没有。彩霞对宝玉冷淡，也许是觉得高不可攀，也许是觉得痴心妄想，也许是觉得宝玉滥情，也许是不喜欢跟风讨好，无论如何，彩霞喜欢的是贾环。至于彩霞为何喜欢贾环，也许是觉得和贾环还般配，也许是同情贾环的处境，也许是自小就和贾环要好。彩霞之爱贾环，最紧要的，是体现出了女性之爱的无私情怀。尽管，贾环不配。

即便从世俗利益来讲，贾环也是无法和宝玉比的，可彩霞偏偏喜欢贾环。彩霞能得到什么好处？那些成天和宝玉嬉闹的丫鬟，她们所为何来？彩霞又所为何来？这样一想，就能明白彩霞是不计得失、真心喜欢贾环的。又或者，彩霞爱贾环，根本就不需要理由。

这个世界就是如此奇妙，很多人爱富家公子，却也有人会爱上流浪汉。彩霞身上体现出来的，是一种重义轻利、不趋炎附势的情感。这也是个不简单的女孩。

彩霞的命运

第二十五回，看到宝玉主动搭讪彩霞，贾环怒从心头起，恶向胆边生，推到油灯，企图烫瞎贾宝玉的眼睛：

宝玉听说便下来，在王夫人身后倒下，又叫彩霞来替他拍着。宝玉便和彩霞说笑，只见彩霞淡淡的，不大答理，两眼睛只向贾环处看。宝玉便拉他的手笑道："好姐姐，你也理我理儿呢。"一面说，一面拉他的手，彩霞夺手不肯，便说："再闹，我就嚷了。"

二人正闹着，原来贾环听的见，素日原恨宝玉，如今又见他和彩霞闹，心中越发按不下这口毒气。虽不敢明言，却每每暗中算计，只是不得下手，今见相离甚近，便要用热油烫瞎他的眼睛。因而故意装作失手，把那一盏油汪汪的蜡灯向宝玉脸上只一推。只听宝玉"嗳哟"了一声，满屋里众人都唬了一跳。

贾环对贾宝玉的恨，正好反衬出对彩霞的爱来。这个坏小子，竟然那么在乎彩霞，他的形象也因此饱满起来。彩霞的付出，似乎应该得到一个圆满的结局。

可是，到了第七十二回，情况陡然发生变化。这回的标题是"王熙凤恃强羞说病，来旺妇倚势霸成亲"，这来旺夫妇仗着是王熙凤陪房的势力，为儿子张罗的对象，竟然就是彩霞，这个和贾环暗中相好的姑娘：

一语未了，只见旺儿媳妇走进来。凤姐便问："可成了没有？"旺儿媳妇道："竟不中用。我说须得奶奶作主就成了。"贾琏便问："又是什么事？"凤姐儿见问，便说道："不是什么大事。旺儿有个小子，今年十七岁了，还没得女人，因要求太太房里的彩霞，不知太太心里怎么样，就没有计较得。前日太太见彩霞大了，二则又多病多灾的，因此开恩打发他出去了，给他老子娘随便自己拣女婿去罢。因此旺儿媳妇来求我。我想他两家也就算门当户对的，一说去自然成的，谁知他这会子来了，说不中用。"贾琏道："这是什么大事，比彩霞好的多着呢。"

旺儿家的陪笑道："爷虽如此说，连他家还看不起我们，别人越发看不起我们了。好容易相看准一个媳妇，我只说求爷奶奶的恩典，替作成了。奶奶又说他必肯，我就烦了人走过去试一试，谁知白讨了没趣。若论那孩子倒好，据我素日私意儿试他，他心里没甚说的，只是他老子娘两个老东西太心高了些。"一语戳动了凤姐和贾琏，凤姐因见贾琏在此，且不作一声，只看贾琏的光景。贾琏心中有事，那里把这点子事放在心里。待要不管，只是看着他是凤姐儿的陪房，且又素日出过力的，脸上实在过不去，因说道："什么大事，只管咕咕唧唧的。你放心且去，我明儿作媒打发两个有体面的人，一面说，一面带着定礼去，就说我的主意。他十分不依，叫他来见我。"旺儿家的看着凤姐，凤姐便扭嘴儿。

旺儿家的会意，忙爬下就给贾琏磕头谢恩。贾琏忙道："你只给你姑娘磕头。我虽如此说了这样行，到底也得你姑娘打发个人叫他女人上来，和他好说更好些。虽然他们必依，然这事也不可霸道了。"凤姐忙道："连你还这样开恩操心呢，我倒反袖手旁观不成。"

从这段话可知：

第一，彩霞长大了，身体也不好，王夫人开恩放了出来，并且给了一定的婚姻自由，所谓"给他老子娘随便自己拣女婿去罢"。这可是个大恩典。

第二，但是，这种自由，只是相对的自由。彩霞的爹娘和兄弟姐妹也是贾府的奴仆，贾府的主子想要彩霞一家做什么，他们哪敢不依？

第三，王熙凤的陪房来旺媳妇刚好有个儿子，看上了彩霞，去提亲却遭到拒绝，企图依仗王熙凤的势力，逼迫贾琏促成此事。

第四，来旺儿媳妇说的彩霞心里愿意，彩霞父母心高不愿意纯属瞎扯。不愿意的，其实是彩霞，彩霞爹妈不过是顺着女儿的意思罢了。为什么这样说呢？

1. 正如管家林之孝对贾琏说的："旺儿的那小儿子虽然年轻，在外头吃酒赌钱，无所不至。虽说都是奴才们，到底是一辈子的事。彩霞那孩子这几年我虽没见，听得越发出挑的好了，何苦来白糟踏一个人。"旺儿家的儿子，品行太差，吃喝嫖赌样样俱全，彩霞给他，糟蹋了。

2. "且说彩霞因前日出去，等父母择人，心中虽是与贾环有旧，尚未作准。今日又见旺儿每每来求亲，早闻得旺儿之子酗酒赌博，而且容颜丑陋，一技不知，自此心中越发懊恼。生恐旺儿仗凤姐之势，一时作成，终身为患，不免心中急躁。遂至晚间悄命他妹子小霞进二门来找赵姨娘，问了端的。赵姨娘素日深与彩霞契合，巴不得与了贾环，方有个膀臂，不承望王夫人又放了出来。每唆贾环去讨，一则贾环羞口难开，二则贾环也不大甚在意，不过是个丫头，他去了，将来自然还有，遂迁延住不说，意思便丢开手。"

原来，彩霞的心里，还有贾环。而旺儿的儿子就是个浪荡子，这样的人，谁敢嫁？

可是，这时候的贾环，早已经把彩霞丢开了，"一则贾环羞口难开，二则贾环也不大甚在意，不过是个丫头，他去了，将来自然还有，遂迁延住不说，意思便丢开手"。彩霞的一番苦心，已然是付诸流水了。

这就是彩霞的悲剧，她喜欢的人，根本没把她放在心上，就像玩具一样，玩厌烦了，就随手丢开了。

于是，彩霞的命运，就大体清楚了：

贾琏虽然迫于王熙凤的情面，答应促成彩霞和来旺儿子的婚事，但是从林之孝那里知道来旺儿子不成器，贾琏就反悔了：

贾琏道："他小儿子原会吃酒，不成人？"林之孝冷笑道："岂只吃酒赌钱，在外头无所不为。我们看他是奶奶的人，也只见一半不见一半罢了。"贾琏道："我竟不知道这些事。既这样，那里还给他老婆，且给他一顿棍，锁起来，再问他老子娘。"林之孝笑道："何必在这一时。那是错也等他再生事，我们自然回爷处治。如今且恕他。"

但是，王熙凤先下手为强，找来彩霞的父母，威逼其答应：

晚间，凤姐已命人唤了彩霞之母来说媒。那彩霞之母满心纵不愿意，见凤姐亲自和他说，何等体面，便心不由意的满口应了出去。今凤姐问贾琏，可说了没有，贾琏因说："我原要说的，打听得他小儿子大不成人，故还不曾说。若果然不成人，且管教他两日，再给他老婆不迟。"凤姐听说，便说："你听见谁说他不成人？"贾琏道："不过是家里的人，还有谁。"凤姐笑道："我们王家的人，连我还不中你们的意，何况奴才呢。我才已经和他母亲说了，他娘已经欢天喜地的应了，难道又叫进他来不要了不成？"贾琏道："既你说了，又何必退，明儿说给他老子好生管他就是了。"这里说话不提。

反悔的贾琏如何经得住王熙凤的逼迫，何况只是个丫鬟。

而不甘心的赵姨娘向贾政讨要彩霞也失败了，遭到了贾政的否决：

贾政因说道："且忙什么，等他们再念一二年书再放人不迟。我已经看中了两个丫头，一个与宝玉，一个给环儿。只是年纪还小，又怕他们误了书，所以再等一二年。"

彩霞的命运就这样定了，最终嫁给了来旺家的儿子，那个容貌丑陋且只会赌博吃酒、一技不知的家伙了。

彩霞不从众，不高攀，宁愿烧冷灶，可惜，她依然所嫁非人。

彩云的命运

如果说彩霞可能是贾环的第一个女人，那么，彩云就是第二个。

彩云和贾环的线索要比彩霞的更完整和线性一些。

第二十五回，当彩霞已经和贾环悄悄好上，彩云还是厌恶贾环的：

可巧王夫人见贾环下了学，便命他来抄个《金刚咒》唪诵唪诵。那贾环正在王夫人炕上坐着，命人点灯，拿腔作势的抄写。一时又叫彩云倒杯茶来，一时又叫玉钏儿来剪剪蜡花，一时又说金钏儿挡了灯影。众丫鬟们素日厌恶他，都不答理。只有彩霞还和他合的来，倒了一钟茶来递与他。

可是，到第三十回，彩云就已和贾环好上了，是金钏儿亲口对贾宝玉说的：

"我倒告诉你个巧宗儿，你往东小院子里拿环哥儿同彩云去。"

第六十回，金钏的话得到证实。贾环居然把好不容易从芳官那里讨来的蔷薇硝（实际是茉莉粉）给了彩云：

原来贾政不在家，且王夫人等又不在家，贾环连日也便装病逃学。如今得了硝，兴兴头头来找彩云。正值彩云和赵姨娘闲谈，贾环嘻嘻向彩云道："我也得了一包好的，送你擦脸。你常说，蔷薇硝擦癣，比外头的银硝强。你且看看，可是这个？"彩云打开一看，嗤的一声笑了，说道："你是和谁要来的？"贾环便将方才之事说了。彩云笑道："这是他们在哄你这乡老呢。这不是硝，这是茉莉粉。"贾环看了一看，果然比先的带些红色，闻闻也是喷香，因笑道："这也是好的，硝粉一样，留着擦罢，自是比外头买的高便好。"彩云只得收了。

茉莉粉没给彩霞，而是给了彩云，说明此时彩云在贾环心目中的地位已经比彩霞高了。贾环这样的人，还时常惦记着一个丫鬟说过的话、想要的东西，实属难得。从彩云的表现来看，也已经接受贾环了。

但是，贾环和彩云的感情，也很快就夭折了。第六十二回：

赵姨娘正因彩云私赠了许多东西，被玉钏儿吵出，生恐查诘出来，每日捏一把汗打听信儿。忽见彩云来告诉说："都是宝玉应了，从此无事。"赵姨娘方把心放下来。谁知贾环听如此说，便起了疑心，将彩云凡私赠之物都拿了出来，照着彩云的脸摔了去，说："这两面三刀的东西！我不稀罕。

你不和宝玉好,他如何肯替你应。你既有担当给了我,原该不与一个人知道。如今你既然告诉他,如今我再要这个,也没趣儿。"

彩云见如此,急的发身赌誓,至于哭了。百般解说,贾环执意不信,说:"不看你素日之情,去告诉二嫂子,就说你偷来给我,我不敢要。你细想去。"说毕,摔手出去了。急的赵姨娘骂:"没造化的种子,蛆心孽障。"气的彩云哭个泪干肠断。赵姨娘百般的安慰他:"好孩子,他辜负了你的心,我看的真。让我收起来,过两日他自然回转过来了。"说着,便要收东西。彩云赌气一顿包起来,乘人不见时,来至园中,都撇在河内,顺水沉的沉漂的漂了。自己气的夜间在被内暗哭。

贾环的多疑、无情和暴躁伤透了彩云的心。彩云为了维护贾环和赵姨娘的名誉,冒着被撵出去的危险,要承认是自己干的,结果宝玉把这事摆平了。可是贾环还不领情,竟然怀疑彩云,还要断交,所谓"将彩云凡私赠之物都拿了出来,照着彩云的脸摔了去",举止何等粗暴,还要威胁报复,说"不看你素日之情,去告诉二嫂子,就说你偷来给我,我不敢要。你细想去"。小小的一桩闹剧,把贾环的龌龊嘴脸暴露得淋漓尽致。其间,彩云"急的发身赌誓,至于哭了。百般解说",最终还是伤心绝望。

所以,尽管赵姨娘对彩云百般抚慰,但是,彩云的心在瞬间死了,这样的男人,怎可托付终身?

这样对比起来,彩云是比彩霞清醒的,彩霞直到被王夫人放出去,来旺家的来提亲,还对贾环抱有幻想,把未来的命运和幸福寄托于贾环;而一件蔷薇硝事件就让彩云看清楚贾环的真面目。

到第七十回,绝望的彩云病倒了:

"彩云因近日和贾环分崩,也染了无医之症。"

就这么一句话,把彩云的命运写出来了。彩云和贾环闹翻,身心受到巨大的刺激,病了,而且是"无医之症"。这句话,够狠。什么病不说,却定论了,是医不好的病。即便对林黛玉、秦可卿和薛宝钗,也没用过这么可怕的字眼。这似乎预示着八十回后,彩云因为贾环的负心伤心绝望,一病死了。

这就是彩云,贾环的第二个女人的结局。

彩霞、彩云为何爱上贾环

直到第七十二回，彩云和彩霞的结局出来，我才意识到，关于两人的认识，还应该更深一层。彩霞和彩云，王夫人房里的两个大丫鬟，为何偏偏爱上贾环？

贾府丫鬟的出路有三条。一条，主子选中了做妾，或者做通房大丫鬟；另一条，主子开恩放出去，允许自由婚配；还有一条，就是主子指定去配小厮。这三条路，第一条似乎是最好的。很多有条件有心计的丫鬟，都想着有个好结果。这也就是小红、柳五儿等人削尖脑袋往贾宝玉房里钻的原因。

如果从这个角度来看彩霞和彩云，就不难理解她们为何和贾环好了。

首先，贾宝玉再好，毕竟只有一个。

其次，贾宝玉身边的袭人、晴雯、麝月、秋纹、碧痕，哪个是省油的灯？

最后，当时还有一个更为重要的原因，那就是王夫人房里的第一大丫鬟，不是彩霞，也不是彩云，而是金钏儿。而金钏儿就有攀附宝玉的想法。

第七回，金钏出场：

周瑞家的听说，便转出东角门至东院，往梨香院来。刚至院门前，只见王夫人的丫鬟名金钏儿者，和一个才留了头的小女孩儿站在台阶坡上顽。见周瑞家的来了，便知有话回，因向内努嘴儿。

从金钏儿的表现看，金钏无遗是王夫人身边最得势的丫鬟，薛姨妈来，带着香菱，王夫人身边，有个金钏，主子在里边谈话，他俩在门外"顽"。

紧接着，又有这样的话：

周瑞家的拿了匣子，走出房门，见金钏仍在那里晒日阳儿。周瑞家的因问他道："那香菱小丫头子，可就是常说临上京时买的、为他打人命官司的那个小丫头子么？"金钏道："可不就是他。"正说着，只见香菱笑嘻嘻的走来。周瑞家的便拉了他的手，细细的看了一会，因向金钏儿笑道："倒好个模样儿，竟有些像咱们东府里蓉大奶奶的品格儿。"金钏儿笑道："我也是这们说呢。"周瑞家的又问香菱："你几岁投身到这里？"又问："你父母今在何处？今年十几岁了？本处是那里人？"香菱听问，都摇头说："不记得了。"周瑞家的和金钏儿听了，倒反为叹息伤感一回。

从王夫人陪房周瑞家的和金钏的聊天来看，两人很熟，也很铁，都是王夫人的心腹。

到第二十三回贾政召见宝玉，宝玉吓得"好似打了个焦雷"这一段有很多信息：

宝玉只得前去，一步挪不了三寸，蹭到这边来。可巧贾政在王夫人房中商议事情，金钏儿、彩云、彩霞、绣鸾、绣凤等众丫鬟都在廊檐底下站着呢，一见宝玉来，都抿着嘴笑。金钏一把拉住宝玉，悄悄的笑道："我这嘴上是才擦的香浸胭脂，你这会子可吃不吃了？"彩云一把推开金钏，笑道："人家正心里不自在，你还奚落他。趁这会子喜欢，快进去罢。"

从排序来看，金钏就是王夫人的第一大丫鬟，相当于王熙凤房里的平儿、贾宝玉房里的袭人、贾母房里的鸳鸯。而且，金钏儿的态度已经当众挑明了——她和贾宝玉好着呢。金钏敢于在这个时候在众人面前这样说，说明她在王夫人房里地位是很高的。

第三十回金钏因为和宝玉调笑被王夫人撵出去，伤心欲绝，投井死了。于是王夫人房里丫鬟排序也发生了变化，首先是彩霞凭借自己的能力成为王夫人房里的第一大丫鬟，这一点，在第三十九回得到了印证：

宝玉道："太太屋里的彩霞，是个老实人。"探春道："可不是，外头老实，心里有数儿。太太是那么佛爷似的，事情上不留心，他都知道。凡百一应事都是他提着太太行。连老爷在家出外去的一应大小事，他都知道。太太忘了，他背地里告诉太太。"

到第七十二回，彩霞被王夫人放出去，彩云顺势成为第一大丫鬟。

"前日太太见彩霞大了，二则又多病多灾的，因此开恩打发他出去了，给他老子娘随便自己拣女婿去罢。"

贾宝玉是王夫人的命根子，王夫人已经把袭人给了宝玉，不会再给别人，只能给彩霞自由。至于贾环，王夫人怎么能够容忍自己的大丫鬟成为赵姨娘和贾环的人呢？这是不可能的。

当然，这只是外在的客观因素，而内因，则是赵姨娘的险恶用心。

很显然，贾环的两个相好，都是得到赵姨娘同意，甚至很可能是赵姨娘帮贾环物色和发展的。王夫人提防着丫鬟们勾引她的儿子，赵姨娘却鼓励儿子去勾引丫鬟，而且是王夫人房里的大丫鬟。这就把赵姨娘的叵测用心暴露了出来。

第一，王夫人房里的大丫鬟是贾环的相好，相当于在王夫人身边安插了眼线，王夫人想什么说什么，赵姨娘知道得一清二楚。

第二，赵姨娘暗中唆使彩云偷拿王夫人的东西给贾环，经常得些好东西。

彩云和彩霞，明珠暗投，竟然成为赵姨娘斗争的棋子而不自知，哪里还会有什么好结果？

可悲！可叹！彩霞、彩云和贾环好，实在和贾环的人品无关，只和她们的生存有关。

彩云是个有胆识的姑娘

好女人遇不到好男人，那是天底下常见的悲剧。

第二十三回，贾政召见宝玉，把宝玉吓得半死。来到门外，金钏还打趣他吃不吃胭脂。可是，彩云就不同了。她一心为宝玉着想，制止了金钏儿的无谓玩笑，让宝玉赶快进去。还给宝玉透露一个重要信息，老爷心情不错，别担心。显然，这是一个懂事、聪明和善解人意的姑娘。

第六十回、六十一回，茉莉粉事件，追查起来，彩云虽是一个十几岁的丫鬟，却不惊慌，敢担当。说的话，做的事，那份镇定，也不是一般女孩子所能的：

彩云听了，不觉红了脸，一时羞恶之心感发，便说道："姐姐放心，也别冤了好人，也别带累了无辜之人伤体面。偷东西原是赵姨奶奶央告我再三，我拿了些与环哥是情真。连太太在家我们还拿过，各人去送人，也是常事。我原说嚷过两天就罢了。如今既冤屈了好人，我心也不忍。姐姐竟带了我回奶奶去，我一概应了完事。"

众人听了这话，一个个都诧异，他竟这样有肝胆。宝玉忙笑道："彩云姐姐果然是个正经人。如今也不用你应，我只说是我悄悄的偷的嚷你们顽，如今闹出事来，我原该承认。只求姐姐们以后省些事，大家就好了。"

彩云道："我干的事为什么叫你应，死活我该去受。"平儿袭人忙道："不是这样说，你一应了，未免又叨登出赵姨奶奶来，那时三姑娘听了，岂不生气。竟不如宝二爷应了，大家无事，且除这几个人皆不得知道这事，何等的干净。但只以后千万大家小心些就是了。要拿什么，好歹耐到太太到家，那怕连这房子给了人，我们就没干系了。"彩云听了，低头想了一想，方依允。

彩云那份大义凛然，实在令人汗颜。赵姨娘作为主谋，此时像做贼一般战战兢兢，生怕被供出来；司棋偷情事发，证据确凿，情急之下尚且向宝玉求救，可是彩云居然不求饶、不推诿、敢承担，也算是胆识过人了。可惜这样一个女孩子，贾环竟然弃之若敝屣。

《红楼梦》的本意就是为天下奇女子立传，因此就是一个小小的彩云，也是那么的有血有肉，令人赞叹。

第八节　勇于寻爱的司棋

司棋的出场有何蹊跷

第二十七回，小红为王熙凤临时当差，传话给平儿。待小红回来回话，王熙凤已经到李纨处。小红不知道，逢人便问。这时，有一段描写：

红玉听说撤身去了，回来只见凤姐不在这山坡子上了。因见司棋从山洞里出来，站着系裙子，便赶上来问道："姐姐，不知道二奶奶往那里去了？"司棋道："没理论。"

司棋是贾迎春的大丫鬟，司棋的真正出场，就是这一出。这样的出场，可真是大大的蹊跷。这天是芒种节，大观园几乎所有人都在青天白日和风畅爽里玩耍，穿红戴绿，好不高兴，唯独司棋去钻山洞子，出来了还在系裙子。

短短数十字，就留下了一个悬念。而这个悬念，却要到第七十一回才有解，那就是"鸳鸯女无意遇鸳鸯"。

这一回写鸳鸯晚间行走，要小解，不经意间撞见了司棋正和她的相好私会，司棋百般乞求鸳鸯保守秘密。

至此，真相大白矣。却原来，司棋那奇怪的出场，其实是与表弟私会。除小红外，另一个努力冲破贾府和大观园束缚、主动争取爱情和幸福的，就是司棋了。

且看第七十二回描写：

原来，那司棋因从小儿和他姑表兄弟在一处顽笑起住时，小儿戏言，便都订下将来不娶不嫁。近年大了，彼此又出落的品貌风流。常时司棋回家时，二人眉来眼去，旧情不忘，只不能入手。又彼此生怕父母不从，二人便设法彼此里外买嘱园内老婆子们留门看道，今日趁乱，方初次入港。虽未成双，却也海誓山盟，私传表记，已有无限风情了。

司棋哀求鸳鸯时有一句话，所谓"俗语说：'千里搭长棚，没有不散的筵席。'再过三二年，咱们都是要离这里的"，这和小红第二十六回说的话何其相似：

红玉道："也犯不着气他们。俗语说的好：'千里搭长棚，没有个不散的筵席'，谁守谁一辈子呢？不过三年五载，各人干各人的去了。那时谁还管谁呢？"

司棋和小红都是早早就开始规划自己的未来，知道贾府并非久留之地，然而二人的命运却有很大不同。这就是所谓的"一击两鸣。"

司棋和鸳鸯的别样小解

第二十七回，有一个细节，许多人以为是写司棋小解。

红玉听说撤身去了，回来只见凤姐不在这山坡子上了。因见司棋从山洞里出来，站着系裙子，便赶上来问道："姐姐，不知道二奶奶往那里去了？"司棋道："没理论。"

司棋的举动，实在蹊跷。

第一，大白青天的，为何从山洞里出来？

第二，从山洞里出来就算了，还在系裙子，这算什么？

第三，如果解释为司棋小解，有点勉强，一来司棋就生活在大观园，哪里有厕所她了如指掌，不至于如此唐突。二来大白青天的如此举动，实在不雅，不该是司棋这样的女孩子所为。其实仔细想想，司棋未必是在小解，而是疑似小解。

无独有偶，第七十一回也有个细节，写的是鸳鸯小解：

且说鸳鸯一径回来，刚至园门前，只见角门虚掩，犹未上闩。此时园内无人来往，只有该班的房内灯光掩映，微月半天。鸳鸯又不曾有个作伴的，也不曾提灯笼，独自一个，脚步又轻，所以该班的人皆不理会。偏生又要小解，因下了甬路，寻微草处，行至一湖山石后大桂树阴下来。刚转过石后，只听一阵衣衫响，吓了一惊不小。定睛一看，只见是两个人在那里，见他来了，便想往石后树丛藏躲。鸳鸯眼尖，趁月色见准一个穿红裙子梳鬅头高大丰壮身材，的是迎春房里的司棋。鸳鸯只当他和别的女孩子也在此方便，见自己来了，故意藏躲恐吓着耍，因便笑叫道："司棋，你不快出来，吓着我，我就喊起来当贼拿了。这么大丫头了，没个黑家白日的只是顽不够。"

鸳鸯夜深人静真正的小解，却发现了司棋和她表兄偷情。也就是说，第七十一回鸳鸯真正的小解却牵出了第二十七回司棋疑似小解的疑点。司棋疑似小解的疑点，就是她的私情。有趣得紧，私情揭露却在第七十二回。

所谓：

原来，那司棋因从小儿和他姑表兄弟在一处顽笑起住时，小儿戏言，便都订下将来不娶不嫁。近年大了，彼此又出落的品貌风流，常时司棋回家时，二人眉来眼去，旧情不忘，只不能入手。又彼此生怕父母不从，二人便设法彼此里外买嘱园内老婆子们留门看道，今日趁乱，方初次入港。虽未成双，却也海誓山盟，私传表记，已有无限风情了。忽被鸳鸯惊散，那小厮早穿花度柳，从角门出去了。司棋一夜不曾睡着，又后悔不来。

司棋为了私会表兄，竟然买通了大观园内的老婆子留门看道，这下，该明白为什么贾母过生日，尤氏发现到了晚上府里各个角门依然大开而且无人把守了吧？

"且说尤氏一径来至园中，只见园中正门与各处角门仍未关，犹吊着各色彩灯，因回头命小丫头叫该班的女人。那丫鬟走入班房中，竟没一个人影，回来回了尤氏。"

当然，并不是说这些门都是为司棋留的，但给司棋留的门肯定是其中之一。许许多多见不得人的事情，导致了荣国府大小角门天黑了还没关，并且无人把守。这也是管理不善，开始见衰落的前兆。

注意第七十二回司棋买通婆子的时间，是"近年大了"，就是近几年来司棋渐渐长大了的意思。时间可以和第二十七回吻合。

所谓"今日趁乱，方初次入港"，并不是说司棋和表兄第一次幽会，而是说二人幽会多次，情到深处，情不自禁，第一次想要发生关系，"入港"在小说里就是性交的别称。"虽未成双"，也就是还没做成。如果说第二十七回是要表现司棋和表兄幽会的发生，那么第七十一回则是写二人幽会多次，终有一次被人发现。

要注意"忽被鸳鸯惊散，那小厮早穿花度柳,从角门出去了"这一句,好一个"穿花度柳"，用得何其妙也。一来暗示潘又安这小子竟敢和贾府的大丫鬟幽会，也算是风月之人；二来说明潘又安对大观园地形路径是何等之熟悉。要知道一般的小厮是进不得大观园的，这恰好说明潘又安和司棋买通婆子留门，二人幽会于大观园由来已久，以至于潘又安夜里都能迅速溜走。

司棋和表兄的偷情，虽不合礼法，从另一角度来说，也算是大胆追求爱情。司棋和表兄也是青梅竹马两小无猜，私下爱慕，日久生情，直至幽会多次之后，才情不自禁地要发生关系，也是人之常情，这和贾珍、贾琏、贾蓉之流有天壤之别。所以，第二十七回司棋系裙子，并不表示司棋就跟表哥发生了性关系，而是情不自禁地亲昵之举，乱了衣裙。

从第二十七回司棋的疑似小解，到第七十一回鸳鸯的确实小解，发现偷情，再到第七十二回真相大白，曹雪芹的叙事设计，对一个小小的司棋也是煞费苦心，丝丝入扣。这就是所谓的"一击两鸣"。

司棋的未来

司棋的未来，真如高鹗所写，潘又安逃走后又回来，两人发生误解，司棋撞墙而死，潘又安殉情吗？

第七十二回，其实已经把司棋的命运交代清楚了。

第一，潘又安不会回来。

第七十二回，司棋和潘又安偷情，鸳鸯碰巧发现，潘又安害怕，第二天就跑了。原文如下：

这日晚间，忽有个婆子来悄告诉他道："你兄弟竟逃走了，三四天没归家。如今打发人四处找他呢。"司棋听了，气个倒仰，因思道："纵是闹了出来，也该死在一处。他自为是男人，先就走了，可见是个没情意的。"

因此又添了一层气。次日便觉心内不快，百般支持不住，一头睡倒，恹恹的成了大病。

正如司棋所认为的那样，但凡有点胆识、重情义的男人，断不会一走了之。这样的人，期待他还会回来，真是痴人说梦。

第二，潘又安也是贾府的家生奴。

第七十二回，还有这样的话：

鸳鸯闻知那边无故走了一个小厮，园内司棋又病重，要往外挪，心下料定是二人惧罪之故，"生怕我说出来，方吓到这样。"

司棋是家生奴，表兄潘又安也是家生奴。一来家生奴无论男女，不可以私配，私配就是死罪。二来家生奴私自逃跑，抓回来是要治罪的，潘又安那样的胆怯，更不敢回来了。

无论从哪方面看，司棋这个相好的表兄，是不可能再回来了。司棋因发生私情被撵出去，只会让人耻笑，气病而死。或者胡乱配个小厮了事。至于司棋会不会寻死，从她的刚烈性格来看，却是有可能的。司棋，也算是个薄命女子。

第九节　悄然绽放的蔷薇花

谁的爱情令万人迷贾宝玉成为看客

《红楼梦》里面的女孩子，几乎都围着贾宝玉转。但仔细想想，纵然宝玉再好，只他一人也无趣味。设若没有彩云、彩霞爱上贾环，小红爱上贾芸，龄官爱上贾蔷，《红楼梦》的爱情故事，断乎不会如此精彩纷呈。

还记得第三十回龄官雨中划"蔷"的情形吗？贾宝玉避雨，看见一个有黛玉之态的女孩，正在地上写字呢，淋雨竟浑然不觉。宝玉情急之下，提醒了女孩，却也惊走了女孩，见地上写着几十个"蔷"字。

贾蔷与龄官的爱情，虽然只是《红楼梦》中一个小小的插曲，但曹雪芹对于这段爱情的刻画却颇具匠心。此场景一出，有两点就确定了：

第一，龄官和贾蔷虽近在咫尺，但却饱受相思之苦。

第二，贾宝玉只是这一段爱情的好奇看客。

确定基调之后，至第三十六回方成正文。

贾宝玉想听《西厢记》里面的一出戏，想请龄官唱。龄官说嗓子哑了，前日进宫给娘娘唱戏还没唱呢。正当宝玉无限尴尬之际，其他小戏子说了，只有贾蔷能让她唱。正巧，贾蔷来了。贾蔷的表现，也很失常。他一心只为龄官，言语之间充满了对贾宝玉的怠慢，更不要说让龄官唱戏给宝玉听了。

更有甚者，贾蔷竟然花一两八钱银子买了只会演戏的小鸟，逗龄官开心，可惜适得其反，被龄官说我已经被你们家买来逼着学唱戏了，你还弄个关在笼子里被逼演戏的小鸟来打趣我。

贾蔷见龄官恼了，就要放生。龄官又说了，这小鸟也是有父母的，如今你把它弄了来，又这样不负责任地放了，可怜的小鸟该怎么办，你也真狠心。我病了，没人管没人理，你却用这个来取笑我，说着就哭了。

这一段描写，表面写贾蔷和龄官恋爱之中斗气，其实是有弦外之音的。这就回到了前面我提到的问题，贾蔷和龄官天天相见相守，却为何饱受相思之苦呢？

上述这个斗气的场景已经给出了答案。

贾蔷和龄官是真心相爱，但是他们的爱情又是痛苦的，也是悲剧的。

为什么这样说呢？

贾蔷虽然父母双亡，但是贾府的嫡系子孙，深得贾珍宠爱。他作为贾府公子，与买来的龄官的社会地位差距很大。他们俩想真正在一起，是十分困难的。贾府的门第不会允许贾蔷娶一个戏子为妻。这就是龄官的痛苦所在。她痴痴划"蔷"竟淋雨不知，她抱怨被买来做戏子，她痛恨自己的职业，不愿意唱戏给贾宝玉甚至娘娘听，都是源于对贾蔷的这份爱。因为戏子的身份使得她和贾蔷的爱情注定没有结果。

这也就导致了贾蔷和龄官虽然此时相爱相守却不能一生相爱相守的痛苦。试问普天之下有情之人，谁不希望执子之手与子偕老呢？现在的相爱相守，虽然甜蜜，却时时刻刻预示今后的相离相别。这该是怎样一种令人心碎的爱情！

为此，贾蔷越是爱龄官，龄官就越痛苦。贾蔷为了龄官，竟然花一两八钱银子的高价买一只鸟来逗龄官开心，那几乎是贾府最高等级的大丫鬟两个月的工资，竟然无视叔叔贾宝玉的存在，这些都表明他是真心地爱着龄官的。但是，龄官真正想要的，他给不了，这就是两人的痛苦所在。

为此，龄官饱受思虑之苦，加之体质较弱，已经咳血了。这就预示着龄官已经得了痨病之类的不治之症。而龄官和贾蔷的爱情悲剧也就由此注定。这一层，则令人更悲。龄官的痨病，和八十回后高鹗杜撰林黛玉咳嗽吐血得痨病不同，也和王夫人污蔑晴雯得痨病不同，龄官是真真得了痨病的。

至此，就不难理解，这样的爱情，即使如万人迷贾宝玉也只能成为看客了。他的一腔热情，不仅遭到了龄官的冷遇，也受到了贾蔷的怠慢。于是：

宝玉见了这般景况，不觉痴了，这才领会了划"蔷"深意。自己站不住，也抽身走了。贾蔷一心都在龄官身上，也不顾送，倒是别的女孩子送了出来。

王夫人为何这么关心龄官

第三十六回，贾宝玉请龄官唱戏，龄官是这么说的：
"嗓子哑了。前儿娘娘传进我们去，我还没有唱呢。"
其实这嗓子哑了，就是病兆。
等贾蔷买了金丝雀来，龄官又说：
"今儿我咳嗽出两口血来，太太叫大夫来瞧，不说替我细问问，你且弄这个来取笑。偏生我这没人管没人理的，又偏病。"
原来龄官的病情，已经牵动了王夫人，专门找贾蔷去问，让贾蔷找大夫来确诊病情。这是为什么呢？
不妨把其间的线索串联起来：
1. 元妃最近一次召龄官进宫唱戏，龄官嗓子哑了，没唱。
2. 从元妃那里反馈的信息引起了王夫人的警觉和重视。
3. 龄官病情加重，不仅嗓子哑了，而且咳嗽出血。
4. 王夫人亲自过问，让贾蔷请大夫弄清楚龄官的病情。
这就是整件事情的来龙去脉，一个小小的戏子的安危，如此牵动王夫人的心，不为的别的，只为这个女孩如果得的是痨病，可能会影响常常召龄官进宫唱戏的贾妃的健康，也会影响贾府主子们的健康。
于是，关于龄官生死去向的脉络就更加清晰了。一旦确诊龄官得的是痨病，王夫人就会命令贾蔷将龄官移出贾府。那个时代，痨病是不治之症，贾蔷只能为龄官另找居所疗养将息。
至第五十八回，解散十二名小戏子时，已经没有了龄官，曹雪芹虽没有明写，但可以肯定的是，龄官早已经香消玉殒了。而伴随着龄官消失的，是贾蔷的消失，可以说，第五十八回之后，也再也没有见到这位风流公子哥儿的身影。

龄官为何死得悄无声息

在第三十六回以前两度出场的龄官，也算得配角里面的一个重要人物了。可是为什么从第三十六回以后直至第五十八回戏班子解散，都没有再写到龄官呢？

是不是曹雪芹漏写了？这是不是一个创作上的疏忽？

而曹雪芹开篇所说"披阅十载，增删五次，纂成目录，分出章回"，言犹在耳，这种表述说明《红楼梦》已然初步创作完成，是一部基本完整的小说，只不过仍处于不断修改完善之中，很难相信作者会出现如此重大的遗漏。

而再三玩味，突然发现，龄官的命运和结局，其实已经在第三十六回"暗写"了。

其一，龄官"咳嗽出两口血来"暗示了其得痨病而死的悲惨结局。

其二，晴雯被王夫人诬为"女儿痨"而撵走，其实也说明真得了痨病的龄官，一旦被确诊，肯定也会被撵出大观园。如果说诬蔑晴雯痨病是为了确保宝玉的精神健康，那么，把真得了痨病的龄官撵走就是为了保证贾妃、宝玉和贾府主子小姐们的身体健康。

其三，第五十八回藕官祭奠死去的药官，试问，连从未提及的药官都有结局，作者怎么可能忘记大有黛玉之态的龄官？其实第五十八回就是借藕官祭奠药官，"互为本文"，告诉我们龄官已经死了。

其四，第三十六回贾蔷和龄官的一段对话，龄官把自己的身世等同于那只会唱戏的小鸟，这其实也是一个暗喻。小鸟会唱戏，龄官是小戏子；小鸟离开父母孤苦伶仃，龄官也是离开父母孤苦伶仃；小鸟唱戏是被逼的，龄官唱戏也是被逼的。当贾蔷怕龄官气恼放走小鸟，小鸟的命运就已经决定了。正如龄官所说，一只从小关在笼子里训练只会唱戏的小鸟，离开笼子，它能生存吗？显然不能。小鸟虽然被放，其实是死路一条；龄官得了痨病被撵出贾府，虽然出了这个牢笼，但也像小鸟一样丧失了生存能力，命不久矣。

一只小鸟是微不足道的，人们并不关心它的存在，生也好死也罢，幸福也好痛苦也罢，都像尘埃一样卑微，没人会注意它的存在。曹雪芹就是用这样含蓄而冷峻的笔法告诉我们，龄官死得悄无声息，没有痕迹。虽然她是那么美丽，可是，就像从来没有在这个冷酷的世界上存在过一样。

这就是大象无形、大音希声的悲剧。它同样会把你的心撕碎，会把你的眼泪逼出来！

龄官是什么花

龄官是什么花？我以为是蔷薇花。依据主要有两点：

第一点，第三十回，贾宝玉亲见龄官于蔷薇花下画"蔷"，点出龄官因"蔷薇"而想起"贾蔷"，为她和贾蔷的爱情而伤心。请看：

刚到了蔷薇花架，只听有人哽噎之声。宝玉心中疑惑，便站住细听，果然架下那边有人。如今五月之际，那蔷薇正是花叶茂盛之际，宝玉便悄悄的隔着篱笆洞儿一看，只见一个女孩子蹲在花下，手里拿着根绾头的簪子在地下抠土，一面悄悄的流泪。

宝玉心中想道："难道这也是个痴丫头，又像颦儿来葬花不成？"因又自叹道："若真也葬花，可谓'东施效颦'，不但不为新特，且更可厌了。"想毕，便要叫那女子，说："你不用跟着那林姑娘学了。"话未出口，幸而再看时，这女孩子面生，不是个侍儿，倒像是那十二个学戏的女孩子之内的，却辨不出他是生旦净丑那一个角色来。宝玉忙把舌头一伸，将口掩住，自己想道："幸而不曾造次。上两次皆因造次了，颦儿也生气，宝儿也多心，如今再得罪了他们，越发没意思了。"

一面想，一面又恨认不得这个是谁。再留神细看，只见这女孩子眉蹙春山，眼颦秋水，面薄腰纤，袅袅婷婷，大有林黛玉之态。宝玉早又不忍弃他而去，只管痴看。只见他虽然用金簪划地，并不是掘土埋花，竟是向土上画字。宝玉用眼随着簪子的起落，一直一画一点一勾的看了去，数一数，十八笔。自己又在手心里用指头按着他方才下笔的规矩写了，猜是个什么字。写成一想，原来就是个蔷薇花的"蔷"字。

宝玉想道："必定是他也要作诗填词。这会子见了这花，因有所感，或者偶成了两句，一时兴至恐忘，在地下画着推敲，也未可知。且看他底下再写什么。"一面想，一面又看，只见那女孩子还在那里画呢，画来画去，还是个"蔷"字。再看，还是个"蔷"字。里面的原是早已痴了，画完一个又画一个，已经画了有几千个"蔷"。外面的不觉也看痴了，两个眼睛珠儿只管随着簪子动，心里却想："这女孩子一定有什么话说不出来的大心事，才这样个形景。外面既是这个形景，心里不知怎么熬煎。看他的模样儿这般单薄，心里那里还搁的住熬煎。可恨我不能替你分些过来。"

如果龄官所画的每一个"蔷"字都是代表她心结的一朵小小的蔷薇花，那么，那"几千个'蔷'字"，不正是蔷薇花架那星星点点成百上千的"蔷薇花"吗？这盛开的蔷薇，恰如龄官盛开的心事，越痛苦，也就越美丽。第三十六回，宝玉亲见龄官和贾蔷的感情：

宝玉见他坐正了，再一细看，原来就是那日蔷薇花下划"蔷"字那一个。

……宝玉见了这般景况，不觉痴了，这才领会了划"蔷"深意。自己站不住，也抽身走了。贾蔷一心都在龄官身上，也不顾送，倒是别的女孩子送了出来。

由此，可以认定，龄官就是那美丽的蔷薇花了。她是为贾蔷开放的。

第二点，龄官的生死恰如美丽而不起眼的蔷薇花，没有人在意。

龄官之死的"留白"其实是有意为之，取的就是蔷薇花的美丽和微不足道。龄官的爱情和生命，就如蔷薇花一般美丽而不为人注意，这是龄官和蔷薇花最为契合之处。

小戏子龄官为何敢在贵妃面前耍性子

龄官，一个小戏子，为何敢在贵妃省亲这样重大的日子，重大的场合，闹别扭呢？说她年纪小、不知好歹是说不过去的，亲身经历这么盛大的场

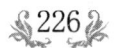

合,任何人都是不敢造次的,可是,龄官为什么敢呢?

首先,龄官有"梨园精神"。

什么是梨园精神?梨园精神是戏曲艺人的一种境界追求,为了把最好的表演奉献给观众,一定要保持人格的独立。在戏曲方面我是行家,我说了算,我不会为了荣华富贵去曲意迎合,去违心巴结,甚至去玷污艺术。戏曲演员把最好的一面、最精彩的艺术展现给观众,就是对观众最大的尊重。从古到今,凡梨园名家无不如此,上演了一幕幕不肯低眉折腰侍权贵的可歌可泣的故事。

龄官在十二个小戏子里面,唱功最好,做派最佳,说明她最用心,最爱戏,得了梨园真传。所以,在表演上,不管面对贾蔷还是贾元春,她都敢于提出自己的主张。

其次,龄官追求艺术。

在龄官看来,不管面前是皇帝贵妃还是平民百姓,既然要演,就要把最好最精彩最擅长的艺术展现给观众,所以,她敢于临阵换曲,哪怕惊动了贵妃也无所畏惧。这其实是一位潜心追求戏曲艺术的演员的执着追求。

最后,龄官有名角风范。

古今戏曲名角,无不是认戏不认人的主儿,任何事情都要给演艺事业让步。正是有了这样不懈的努力,龄官才能够在元妃省亲的演出中脱颖而出,一唱成名。

龄官,其实是《红楼梦》的第一名角儿。

第十节　雁儿在林梢

雪雁的意义

　　林黛玉的两个丫鬟，紫鹃，我是以"杜鹃啼血"来理解的，渲染林黛玉的冤屈和不平；而雪雁，则紧扣迁离之苦。冬季来临，大雪纷飞，大雁南飞，迁离之苦，悲鸣之音，刚好与雪雁从扬州跟随黛玉而来从此背井离乡暗合。

　　这样的解释，当然不错。但还不全面。

　　翻看作为鸟类的雪雁的资料，会发现一个至关重要的结论，那就是雪雁终生只忠于一个伴侣。

　　我不知道两百多年前的曹雪芹有多少动物学甚至博物学知识，但那个时代的自然科学并不发达，比如"天下乌鸦一般黑"和"鸳鸯终生只忠于一个伴侣"的说法经过现代科学证实都是不尽正确的。事实上还有白色的乌鸦以及伴侣死后另觅伴侣的鸳鸯，但是，从来没有被赋予忠贞意义的雪雁，反而经现代科学证实，终生只忠于一个伴侣。

　　如此来看，雪雁这个人物及其名字的意义，就更为立体了。紧扣雪雁的特性，林黛玉将死以及死后，雪雁始终不曾离开林黛玉，她一直和紫鹃一起，守护着林黛玉。

　　雪雁也绝不会是八十回后高鹗理解的"有些糊涂"的雪雁。曹雪芹用笔，与黛玉相关的，都是冰雪聪明的。自小跟随林黛玉从扬州过来的雪雁，又怎么会是心中不甚明白的糊涂人呢？甚而去参与所谓的"调包计"，欺骗贾宝玉，这恐怕是读书人的一厢情愿。第五十七回有一段可以看出雪雁分明是个聪明伶俐姑娘。请看：

　　紫鹃因问他："太太做什么呢？"雪雁道："也歇中觉，所以等了这半日。姐姐你听笑话儿：我因等太太的工夫，和玉钏儿姐姐坐在下房里说话儿，谁知赵姨奶奶招手儿叫我。我只当有什么话说,原来他和太太告了假,出去给他兄弟伴宿坐夜,明儿送殡去,跟他的小丫头子小吉祥儿没衣裳,要借我的月白缎子袄儿。我想他们一般也有两件子的,往脏地方儿去恐怕弄脏了,自己的舍不得穿,故此借别人的。借我的弄脏了也是小事,只是我想,他素日有些什么好处到咱们跟前,所以我说了:'我的衣裳簪环都是姑娘叫紫鹃姐姐收着呢。如今先得去告诉他,还得回姑娘呢。姑娘身上又病着,更费了大事,误了你老出门,不如再转借罢。"紫鹃笑道:"你这个小东西子倒也巧。你不借给他,你往我和姑娘身上推,叫人怨不着你。他这会子就下去了,还是等明日一早才去?"雪雁道"这会子就去的,只怕此时已去了。"紫鹃点点头。

这一段说赵姨娘要去给他兄弟守孝,居然向雪雁借月白缎子袄儿给她的小丫鬟小吉祥儿穿,确实太过"着三不着两"了。一般来说,这样不讲理的主儿是很难缠的,芳官就和赵姨娘打过一回,即使贾探春遇到她妈也颇感尴尬,可是雪雁却处理得服服帖帖,让赵姨娘没有话说。这个小丫头,可不简单。

第一,原本就是要告诉紫鹃这件事的,却说给紫鹃说个"笑话儿"。

这其中的意思,就很丰富了。一是说这件事本身可笑,二是说赵姨娘为人可笑,三是试探紫鹃的反应,看处理得对不对,把事情淡化,即使错了,也不生关系。

第二,分析得很精辟。

雪雁说了为什么不借,"我想他们一般也有两件子的,往脏地方儿去恐怕弄脏了,自己的舍不得穿,故此借别人的。借我的弄脏了也是小事,只是我想,他素日有些什么好处到咱们跟前"。

这样的分析很全面,其中的利害关系也把握得很准。一是小吉祥儿也有,为什么不穿呢——肯定是嫌去的那个地方脏,不吉利,容易沾染邪气;二是如果借了,那件棉袄沾染邪气,可能给自己甚至林黛玉和紫鹃带来晦气;三是雪雁知道赵姨娘恨贾宝玉,对林黛玉自然也好不到哪去,不过是表面和气罢了,平时也没有给过她们什么好处。有这样头脑的姑娘,会糊涂吗?

第三,借口找得好。

赵姨娘之所以向雪雁借棉袄,肯定是觉得雪雁小,不懂事,好糊弄,可能不擅拒绝，这点倒是和高鹗的认识差不多。可是，就连赵姨娘这点心思，雪雁也是心知肚明的。既然觉得我小，不懂事，那我就顺着你的思路来：我小，我的东西都是紫鹃姐姐收着的，她做不了主，还得请示林姑娘。试想以紫鹃的精明和林黛玉的智慧，赵姨娘哪里还糊弄得过去？大家都知道林黛玉身体不好，最忌讳这些。

第四，雪雁的做法，得到了紫鹃的默许和赞同。

第五，紫鹃还不放心。考虑到了拖延时间的问题，她问："他这会子就下去了，还是等明日一早才去？"雪雁道："这会子就去的，只怕此时已去了。"紫鹃这才放心地点点头。

这说明，拖延时间这一层，雪雁也考虑到了，所以紫鹃姐姐"点点头"表示满意。

整件事情，雪雁做得可谓滴水不漏。这样的姑娘怎么会糊涂呢？

雪雁其实也是林黛玉的姐姐

一直以来，因了贾母一句话，大家都认定林黛玉的丫鬟雪雁是个小毛孩子，实际雪雁比林黛玉的年龄还大呢。

第三回：

贾母见雪雁甚小，一团孩子气，王嬷嬷又极老，料黛玉皆不遂心省力的，便将自己身边的一个二等丫头，名唤鹦哥者与了黛玉。

这句话固然说雪雁小，但是前面一句话，是这样说的：

黛玉只带了两个人来：一个是自幼奶娘王嬷嬷，一个是十岁的小丫头，亦是自幼随身的，名唤作雪雁。

雪雁这时十岁，而林妹妹才不过七岁，贾宝玉八岁，还没到贾府的薛宝钗九岁，雪雁比他们大，是姐姐了。

大凡丫鬟仆人，特别是侍候小主子的，即便是小丫鬟，也应该比小主子年岁大才对，这样才能照顾小主子。所以，雪雁比林黛玉年岁大是正常的。

饶是雪雁比林黛玉大三岁，贾母还嫌小，怕侍候不好林黛玉。

贾母所谓雪雁小，其实是和紫鹃、袭人、晴雯这些大丫鬟来比的。我们的误读在于，认为雪雁小，就是比贾宝玉、薛宝钗、林黛玉还小，简直就是一个不懂事的小孩子。这样的误解，可能是《红楼梦》影视作品给我们留下的刻板印象。

第十一节　宝玉的异性小兄弟

谁和贾宝玉最相契

读到第六十三回，会发现，和宝玉最相契的，是芳官。

第一，两人很像。

宝玉只穿着大红棉纱小袄子，下面绿绫弹墨袷裤，散着裤脚，倚着一个各色玫瑰芍药花瓣装的玉色夹纱新枕头，和芳官两个先划拳。当时芳官满口嚷热，只穿着一件玉色红青酡绒三色缎子斗的水田小夹袄，束着一条柳绿汗巾，底下是水红撒花夹裤，也散着裤腿。头上眉额编着一圈小辫，总归至顶心，结一根鹅卵粗细的总辫，拖在脑后。右耳眼内只塞着米粒大小的一个小玉塞子，左耳上单带着一个白果大小的硬红镶金大坠子，越显的面如满月犹白，眼如秋水还清。引的众人笑说："他两个倒像是双生的弟兄两个。"

第二，宝玉和芳官的年龄差距很大。

宝玉看芳官，就像看见童年的自己，所以，宝玉很爱惜芳官。而袭人、晴雯等人看着芳官也像看着昔日的宝玉，也觉着可亲。这是调皮（玩坏了自鸣钟）、憨懂（和晴雯游戏输了耍赖）甚至还会撒泼（和赵姨娘打架）的芳官在贾宝玉房里得宠的重要原因。所以，芳官喝醉了和宝玉同睡一床也没人大惊小怪。

第三，贾宝玉很喜欢打扮芳官，就像现在女孩子打扮自己的洋娃娃，男孩子摆弄自己的变形金刚。请看：

因又见芳官梳了头，挽起纂来，带了些花翠，忙命他改妆，又命将周围的短发剃了去，露出碧青头皮来，当中分大顶，又说："冬天作大貂鼠卧兔儿带，脚上穿虎头盘云五彩小战靴，或散着裤腿，只用净袜厚底镶鞋。"

第四，宝玉给芳官乱改名字，芳官居然不生气，还很高兴，足见出二人骨子里面都有一股"憨气"。原文：

（宝玉）又说："芳官之名不好，竟改了男名才别致。"因又改作"雄奴"。芳官十分称心，又说："既如此，你出门也带我出去。有人问，只说我和茗烟一样的小厮就是了。"宝玉笑道："到底人看的出来。"芳官笑道："我说你是无才的。咱家现有几家土番，你就说我是个小土番儿。况且人人说我打联垂好看，你想这话可妙？"

宝玉听了，喜出意外，忙笑道："这却很好。我亦常见官员人等多有跟从外国献俘之种，图其不畏风霜，鞍马便捷。既这等，再起个番名，叫作'耶律雄奴'。'雄奴'二音。又与匈奴相通，都是犬戎名姓。况且这两种人自尧舜时便为中华之患，晋唐诸朝，深受其害。幸得咱们有福，生在当今之世，大舜之正裔，圣虞之功德仁孝，赫赫格天，同天地日月亿兆不朽，所以凡历朝中跳梁猖獗之小丑，到了如今竟不用一干一戈，皆天使其拱手俛头缘远来降。我们正该作践他们，为君父生色。"芳官笑道："既这样着，你该去操习弓马，学些武艺，挺身出去拿几个反叛来，岂不尽忠效力了。何必借我们，你鼓唇摇舌的，自己开心作戏，却说是称功颂德呢。"宝玉笑道："所以你不明白。如今四海宾服，八方宁静，千载百载不用武备。咱们虽一戏一笑，也该称颂，方不负坐享升平了。"芳官听了有理，二人自为妥贴甚宜。宝玉便叫他"耶律雄奴"。

一个女孩子，改了男装，非但不生气，还起了个荒唐名字"雄奴"，却也十分称心，可见芳官之"憨"。宝玉也"憨"，他喜欢芳官的方式与众不同，改男装也就罢了，还起什么番邦男性的名字，还好是碰到芳官，不然，早翻脸了。可见他俩"憨"作一对了。

芳官改了男装，起了男名，还要求像小厮一样跟随宝玉出去，宝玉说看得出来，芳官便说"我说你是无才的"。宝玉的"爱"从来都是另辟蹊径的，只有芳官感觉得到这种平等的爱，她说宝玉无才，也算扯平。

所以宝玉又给芳官改了个"耶律雄奴"，把芳官比作进献的小土番。芳官质问"既这样着，你该去操习弓马，学些武艺，挺身出去拿几个反叛来，岂不尽忠效力了。何必借我们，你鼓唇摇舌的，自己开心作戏，却说是称功颂德呢。"宝玉一番诡辩，说得芳官心服口服，"二人自为妥贴甚宜"。

很显然，宝玉和芳官在一起，仿佛又回到了童年。二人这一番玩闹，童言无忌。

第五，当众人取笑芳官的番名，只有宝玉怕伤害了芳官：

一时到了怡红院，忽听宝玉叫"耶律雄奴"，把佩凤、偕鸳、香菱三个人笑在一处，问是什么话，大家也学着叫这名字，又叫错了音韵，或忘了字眼，甚至于叫出"野驴子"来，引的合园中人凡听见无不笑倒。宝玉又见人人取笑，恐作践了他，忙又说："海西福朗思牙，闻有金星玻璃宝石，他本国番语以金星玻璃名为'温都里纳'。如今将你比作他，就改名唤叫'温都里纳'可好？"芳官听了更喜，说："就是这样罢。"因此又唤了这名。众人嫌拗口，仍翻汉名，就唤"玻璃"。

贾宝玉这番好意，也只有芳官懂得。虽然在众人那里好笑之极，芳官听了温都里纳的新名字，却更加喜欢，足见宝玉和芳官之"相契"，那真的是只有他们二人才懂的。

第六，面对偕鸳佩凤的调笑，宝玉很是在意芳官的感受：

佩凤偕鸳两个去打秋千顽耍，宝玉便说："你两个上去，让我送。"慌的佩凤说："罢了，别替我们闹乱子，倒是叫'野驴子'来送送使得。"宝玉忙笑说："好姐姐们别顽了，没的叫人跟着你们学着骂他。"

怎么说呢，第六十三回集中体现了宝玉和芳官两小无猜式的"相契"。二人的相契，源于他们骨子里那股独特的"憨气"，那是其他人所没有的。

这样的感情，在贾府里真是独特之中又独特，罕见之中又罕见，读来活泼灵动，让人有绕梁三日余音不绝之感。

芳官之娇憨

大观园优伶十二官，芳官是着墨最多的，也是最可爱者。第五十八回就写尽了芳官的娇憨之态。

先是芳官洗头，闹得不愉快。芳官的干娘，拿着芳官的月钱，却薄待芳官，就连洗头，也是先给女儿小鸠儿洗，洗剩了水才给芳官洗。芳官哪里受得这个闲气，直接跟她干娘挑明：

"把你女儿的剩水给我洗。我一个月的月钱都是你拿着，沾我的光不算，反倒给我剩东剩西的。"

芳官干娘恼羞成怒，吵闹起来。

冲突为芳官干娘的另一个女儿春燕证实，原是叫春燕去洗的，春燕不想占便宜，小鸠儿去洗了。

吵架引来袭人和晴雯的训斥，晴雯说："都是芳官不省事，不知狂的什么，也不过是会两出戏，倒像杀了贼王、擒了反叛来的。"袭人说："一个巴掌拍不响，老的也太不公些，小的也太可恶些。"

这里显示了另一种可能。设若芳官就是个普通小丫鬟，没有靠山，芳官会很惨。

这时候，宝玉出手了。所谓：

"怨不得芳官。自古说'物不平则鸣'。他少亲失眷的，在这里没人照看，赚了他的钱。又作践他，如何怪得。"

宝玉的态度很关键。宝玉要求袭人把芳官"收了过来照管"。这下，芳官总算有后台了。

袭人于是另拿洗头的东西给芳官洗头。

芳官干娘觉得脸上无光，打了芳官，芳官哭了，引来袭人、晴雯、麝月一顿数落。只见：

那芳官只穿着海棠红的小棉袄，底下丝绸撒花袷裤，敞着裤腿，一头乌油似的头发披在脑后，哭的泪人一般。麝月笑道："把一个莺莺小姐，反弄成拷打红娘了！这会子又不妆扮了，还是这么松怠怠的。"宝玉道："他这本来面目极好，倒别弄紧衬了。"晴雯过去拉了他，替他洗净了发，用手巾拧干，松松的挽了一个慵妆髻，命他穿了衣服过这边来了。

这时的芳官，分明就是颗珍珠，那"死鱼眼睛"粗俗卑劣的言行，更反衬出芳官这颗珍珠的美来。芳官衣衫不整，披头散发，哭成个泪人儿，别有一番风韵。正如麝月所说，一个莺莺小姐，反弄成被拷打的红娘了。曹雪芹用"还是这么松怠怠的"来形容芳官的美，真是千古未闻之笔法。

至此，芳官的遭遇，彻底博得了大家的同情。晴雯给她洗头，"松松的挽了一个慵妆髻"，看来慵懒妆也是当时的流行。

到了吃饭时间，没听见钟声，晴雯说"那劳什子又不知怎么了"，原来，百鸣钟被芳官玩坏了：

麝月笑道："提起淘气，芳官也该打几下。昨儿是他摆弄了那坠子，半日就坏了。"

前面是芳官的娇，这便是芳官的憨了。小孩子家的好奇和淘气，跃然纸上。

饭菜上来，袭人给宝玉吹汤：

因见芳官在侧，便递与芳官，笑道："你也学着些服侍，别一味呆憨呆睡。口劲轻着，别吹上唾沫星儿。"芳官依言果吹了几口，甚妥。

袭人依宝玉之言，开始调教芳官。

芳官干娘不知天高地厚，居然抢着要给宝玉吹汤，遭来一顿斥责和驱赶，是对于所谓"鱼眼睛"的极度厌恶。

然后，又是宝玉对于芳官的珍爱：

芳官吹了几口，宝玉笑道："好了，仔细伤了气。你尝一口，可好了？"芳官只当是顽话，只是笑看着袭人等。袭人道："你就尝一口何妨。"晴雯笑道："你瞧我尝。"说着就喝了一口。芳官见如此，自己也便尝了一口，说："好了。"递与宝玉。

宝玉让芳官尝一口，芳官以为是玩笑，笑看袭人，说明芳官并非一味不知进退，也有一颗聪慧灵秀的心。

至此，芳官这颗娇憨的珍珠，已然熠熠生辉。

有趣的是，宝玉的珍珠和鱼眼睛的比拟，是芳官干娘的女儿春燕引出来的；洗头的原委，也是春燕说的。用芳官干娘的亲生女儿之口来做评论，无非是要人心服口服，和芳官这样的珍珠比起来，只知眼前利的何婆子夏婆子们，真是龌龊之极。

其实曹雪芹也并非一味排斥老婆子。芳官干娘遭到辛辣讽刺，可是刘姥姥却得到贾府上下的欢迎，其间的差别还在人品。刘姥姥虽然也是老婆子，可是她有大人格。可见，宝玉鱼眼睛的说法，也不可一概而论。设若能够拨开利益和欲望做人，即便是老了，也是一颗老珍珠。

如此，芳官这颗珍珠娇憨的意义也就出来了，她反喻的是那些为利益蒙蔽了本心的人。好比通灵宝玉，为利益蒙蔽，渐渐失去法力，致使宝玉险些被马道婆的巫术夺去了性命。眼里只有利益的人，好比行尸走肉，已然失了性命。

芳官撒娇讨关爱

第六十二回，宝玉生日宴，因宝琴、岫烟、平儿同寿，更是热闹非凡。半日，宝玉方想起芳官来。原文：

宝玉因问："这半日没见芳官，他在那里呢？"袭人四顾一瞧说："才在这里几个人斗草的，这会子不见了。"

原来，芳官在屋里睡闷觉呢。宝玉推她起来，她说："你们吃酒不理我，教我闷了半日，可不来睡觉罢了。"

这是小孩子脾气，仗着宝玉怜惜，又在撒娇。

看到芳官娇憨，宝玉拉起她来，笑着说：

"咱们晚上家里再吃，回来我叫袭人姐姐带了你桌上吃饭，何如？"

试问天底下谁家的丫鬟能够如此？大观园神话，不在于景美人美建筑美，而在于人心人情人性美。如果说西方惯于标榜自由平等博爱，那么，至少三百年前，中国也有这种伟大的思想了。

小孩子的心思最容易满足，芳官的失落得到抚慰，话也多了起来：

"藕官蕊官都不上去，单我在那里也不好。我也不惯吃那个面条子，早起也没好生吃。才刚饿了，我已告诉了柳嫂子，先给我做一碗汤盛半碗粳米饭送来，我这里吃了就完事。若是晚上吃酒，不许教人管着我，我要尽力吃够了才罢。我先在家里，吃二三斤好惠泉酒呢。如今学了这劳什子，他们说怕坏嗓子，这几年也没闻见。乘今儿我是要开斋了。"

曹雪芹写人，真是写活了。第一句话，说明芳官不是那种一味恃着娇宠不知进退的人，她知道那个场合轮不到藕官、蕊官和她这样的小丫鬟上桌。设若没这句话，或者有一句那下次我要上桌的话，芳官就跌入夏金桂、秋桐、宝蟾之流了。有这样的铺垫，芳官之后的骄纵才让人感觉到合情合理，丝毫不过。

芳官是大观园的优伶，颇受优待，日子绝对比普通小丫鬟好很多。这也是积习难改。正如何婆子责打芳官时袭人说的，她唱戏时你也敢这样打她不成？在芳官小小的心里，这样吃个饭，摆个谱，并没有什么问题。好在宝玉就是这么个怜惜女孩子的菩萨，并不以为意。

芳官得到宝玉关注，便卖弄起来。所谓"若是晚上吃酒，不许教人管着我,我要尽力吃够了才罢。我先在家里,吃二三斤好惠泉酒呢。如今学了这劳什子,他们说怕坏嗓子,这几年也没闻见。乘今儿我是要开斋了。"

芳官果然有一股豪气,以前在家喝得二三斤好惠泉酒呢。不管喝得喝不得,芳官的形象活了,不仅娇憨,而且可爱。

柳妈的饭菜端上来,其丰盛程度,直逼主子了:

"里面是一碗虾丸鸡皮汤,又是一碗酒酿清蒸鸭子,一碟腌的胭脂鹅脯,还有一碟四个奶油松瓤卷酥,并一大碗热腾腾碧荧荧蒸的绿畦香稻粳米饭。"

柳妈肯定是按照宝玉的规格给做的。女儿柳五儿要进宝玉房里,得仰仗芳官提携,柳妈哪能不尽心?

芳官却很有点大腕儿的味道:

"油腻腻的,谁吃这些东西。"只将汤泡饭吃了一碗,拣了两块腌鹅就不吃了。

这做派和死去的龄官可谓一脉相传。恰如贾雨村所言,正邪之气禀赋之人,即便为优伶骚人,也是不甘人下的。

芳官托大,宝玉不以为意,反而感觉到饿了:

宝玉闻着,倒觉比往常之味有胜些似的,遂吃了一个卷酥,又命小燕也拨了半碗饭,泡汤一吃,十分香甜可口。

如此,宝玉之平等观见矣。宝玉对芳官的拿大和任性,不仅毫无芥蒂,而且发自肺腑地喜欢。这样的境界,古往今来,能有几人?

所以,这里有一句貌似平常却颇有深意的话:

小燕和芳官都笑了。

这两个出身卑贱但聪明灵秀的女孩子会心笑了,这一笑,是对宝玉最高的褒奖。

相比芳官的任性,小燕,也就是何婆子的女儿,就乖巧许多。这其实和两人的境遇有关。芳官是大观园里娇生惯养的优伶,积习难改;小燕自小受到她妈何婆子、姨妈夏婆子以及姑妈那些"鱼眼睛"的驱使,早早懂得了人世的艰辛。因此柳妈送菜来,是她接过来安顿的,然后帮宝玉盛饭。等宝玉吃好:

小燕便将剩的要交回。宝玉道:"你吃了罢,若不够再要些来。"小燕道:"不用要,这就够了。方才麝月姐姐拿了两盘子点心给我们吃了,我再吃了这个，尽不用再吃了。"

说着，便站在桌旁一顿吃了，又留下两个卷酥，说："这个留着给我妈吃。晚上要吃酒，给我两碗酒吃就是了。"

谁说出身卑贱就一定下流？小燕的可爱，又与芳官有别；小燕的懂事，也让人心痛。

第一，她本分。宝玉娇惯芳官，她没有丝毫嫉妒。换做秋桐、宝蟾之流，都是丫鬟，岂不要掐尖儿吃醋？她吃饭，有宝玉在身旁，也是站着吃的。她知道丫鬟的本分。

第二，她勤快。一直在旁边伺候宝玉甚至芳官的，是小燕。

第三，她诚实。吃了就吃了，还想吃什么就吃什么，毫不贪心。她也爱吃酒，却没有芳官的任性，只是"晚上要吃酒，给我两碗酒吃就是了"。

第四，她善良。特意把好吃的留给妈妈。尽管何婆子为人粗俗，但毕竟是小燕的妈，天底下哪个孩子不爱自己的妈妈？

所以，小燕子也是个好孩子。

宝玉知人善任，把芳官托付给小燕，让她多加关照：

"还有一件事，想着嘱咐你，我竟忘了，此刻才想起来。以后芳官全要你照看他，他或有不到的去处，你提他，袭人照顾不过这些人来。"

芳官的一番言行，宝玉虽不以为意，但论为人处世，芳官还没入境呢，而小燕却是个小行家了。因此，宝玉要小燕关照芳官，这不仅是对芳官的关爱，也是对小燕的信赖。宝玉把小燕的稳重和袭人相提并论了，可见宝玉对小燕的表现，殊为满意，也才有相托。

而小燕的表现，果然纹丝儿不乱：

小燕道："我都知道，都不用操心。但只这五儿怎么样？"宝玉道："你和柳家的说去，明儿直叫他进来罢，等我告诉他们一声就完了。"芳官听了，笑道："这倒是正经。"小燕又叫两个小丫头进来，服侍洗手倒茶，自己收了家伙，交与婆子，也洗了手，便去找柳家的。不在话下。

芳官的事情，小燕自然允诺。接着就提起柳五儿的事情，这是实实在在帮芳官。小燕服侍宝玉的路数，俨然已经是个小袭人了。

这场交集的结尾，就是：

宝玉便出来，仍往红香圃寻众姐妹，芳官在后拿着巾扇。

芳官顶欢天喜地的，就是做宝玉的小跟班。

第七章　群芳绽放大观园

239

可叹可笑，芳官和小燕，两个女儿，两种情态，却都那么清纯可人。偏又遇着个怡红公子，自然是如鱼得水了。

这段小小的故事，说的是大观园里的小丫鬟们，她们也是水做的女儿。大观园之所以成为神话，不惟宝黛钗三春宝琴岫烟等人品质高洁，就是芳官小燕这样的小丫鬟，也是清冽动人的。唯其如此，方不负一段佳话，一段传奇，一段神话。

宝玉和芳官怎样互为本文

贾宝玉的长相，第三回有过浓墨重彩的一笔：

头上戴着束发嵌宝紫金冠，齐眉勒着二龙抢珠金抹额；穿一件二色金百蝶穿花大红箭袖，束着五彩丝攒花结长穗宫绦，外罩石青起花八团倭缎排穗褂；登着青缎粉底小朝靴。面若中秋之月，色如春晓之花，鬓若刀裁，眉如墨画，面如桃瓣，目若秋波。虽怒时而若笑，即瞋视而有情。项上金螭璎珞，又有一根五色丝绦，系着一块美玉。

第六十三回，对芳官的模样也有一番描写：

宝玉只穿着大红棉纱小袄子，下面绿绫弹墨袷裤，散着裤脚，倚着一个各色玫瑰芍药花瓣装的玉色夹纱新枕头，和芳官两个先划拳。当时芳官满口嚷热，只穿着一件玉色红青酡绒三色缎子斗的水田小夹袄，束着一条柳绿汗巾，底下是水红撒花夹裤，也散着裤腿。头上眉额编着一圈小辫，总归至顶心，结一根鹅卵粗细的总辫，拖在脑后。右耳眼内只塞着米粒大小的一个小玉塞子，左耳上单带着一个白果大小的硬红镶金大坠子，越显的面如满月犹白，眼如秋水还清。

这时候，点题了：

引的众人笑说："他两个倒像是双生的弟兄两个。"

原来，这是不写之写。写芳官，其实就是写宝玉。

想想这个世界真的美妙。有个贾宝玉，还有个甄宝玉，这两人一模一样也就罢了，还有个芳官，一个女孩子，也和宝玉一模一样。王夫人撵走芳官，竟然没有对这个酷似儿子的女孩子心生一丝怜悯，也算是冷酷之极。和宝玉度过一段快乐时光的芳官，品尝过珍馐美味，哪儿还咽得下糟糠之食。即便从此遁迹空门，师傅又是那样的歹人（拐子），不知道这个"小宝玉"，在这残酷的世界，怎么了局。从这个意义上说，写宝玉，又是为写芳官。

宝玉和芳官，不仅长得像，而且天赋一股憨气，这就是宝玉和芳官的互为本文。

像与不像，不过就是文艺笔法，其主旨是要表现美好事物的普遍规律。不仅他们的美好，是那么相似，就是他们的消逝，也是一般的悲凉。

第十二节　宝玉生命里那一缕碧痕

贾宝玉到底有没有和碧痕"偷试云雨"

第三十一回，贾宝玉和碧痕洗澡竟耗时两三个时辰，贾宝玉到底有没有和碧痕也"偷试云雨"了呢？来看原文：

晴雯摇手笑道："罢，罢，我不敢惹爷。还记得碧痕打发你洗澡，足有两三个时辰，也不知道作什么呢。我们也不好进去的。后来洗完了，进去瞧瞧，地下的水淹着床腿，连席子上都汪着水，也不知是怎么洗了，叫人笑了几天。我也没那工夫收拾，也不用同我洗去。"

读完这段话，相信读者都会疑心重重——什么样的澡竟要洗五六个小时，会搞得"地下的水淹着床腿""连席子上都汪着水"？

正如晴雯所说"我们也不好进去""也不知是怎么洗了"？

古代洗澡一般是在大木桶或者大木盆里洗，要洗到地下的水淹到床腿，床上都是水，还是很有难度的。很明显，这次洗澡有一个桶内到桶外，甚至可能桶翻了，然后到床上的过程。这是什么样的洗澡？

还有，贾宝玉洗澡要脱衣服，但碧痕怎么会全身湿透？碧痕脱不脱衣服？一对少男少女，都是有七情六欲的人，这样洗澡会发生什么？

晴雯她们之所以不好进去，多半是觉得不能打搅了好事，不方便进去不能进去吧。

贾宝玉早在第六回十二岁时就已经和袭人偷试过云雨，他是有性经验的。到第二十五回，贾宝玉遭马道婆的咒术陷害，一僧一道赶来搭救，和石头说过这样一句话"青埂峰一别，展眼已过十三载矣！"那时贾宝玉又长了一岁，已经十三岁了，到第三十一回，已经是个小男人了。

碧痕年龄应该和袭人、晴雯相当，比宝玉大，套用写袭人的话，就是

"亦解风情"了。

而这样浑身湿透，全身精光，已解风情的少男少女在一起四五个小时，甚至滚在床上，那不是又一番云雨又是什么呢？

其实，曹雪芹已经写得很明了。如果非要明明白白地写宝玉和碧痕又如何发生关系了，那就味同嚼蜡了，就失去语言的魅力了。彼时彼地彼情彼景，对贾宝玉和碧痕来说，是正常的也是合乎人性人情的，并没有半点的猥琐和亵渎。曹雪芹文字的精妙在于，他笔下的每一件风月，都是毫不雷同的，有粗俗如贾琏者、有惨痛如贾瑞者、有隐晦如贾珍者、有童稚如秦钟者，更有风情如宝玉者。即便是宝玉的风情，袭人和碧痕，也是各有情趣。

碧痕为何能幸免被撵

碧痕为什么和贾宝玉发生了关系还能幸免被王夫人撵走，而且也不似袭人那般风声鹤唳危机重重？到了查抄大观园时，为什么反而是和贾宝玉一点关系也没有的晴雯、芳官、四儿这些人遭殃？

要搞清楚这些问题，需要先弄清楚碧痕的身份。

碧痕貌似和袭人、晴雯、麝月、秋纹的关系很好，资格也很老，但她其实是和芳官、四儿、小燕一样，只是小丫鬟。宝玉房里四个大丫鬟的名额满满的，还没轮到碧痕。

这样一来，或许就能理解碧痕为何不惜献身宝玉了——和袭人当初的动机其实是一样的，也是图谋着以后上位，至少弄个大丫鬟的位置。

而由此，碧痕和宝玉发生关系为何不似袭人那般处于风口浪尖，甚至日后能够幸免于难也就不难理解了。

第一，袭人和宝玉之事发生在先，要捂袭人和宝玉之事，也必须捂住碧痕和宝玉之事，一荣则荣一损则损，这个道理，不仅袭人懂，宝玉房里的丫鬟都懂。而且，袭人不告，又有谁会去告？第三十四回：

王夫人听了，吃一大惊，忙拉了袭人的手问道："宝玉难道和谁作怪了不成？"袭人连忙回道："太太别多心，并没有这话。这不过是我的小见识。"

　　花袭人向王夫人进言的第一目的，就是要撇清嫌疑。当王夫人追问宝玉和谁作怪了的实质性问题时，袭人是竭力否认的。所以，步袭人后尘的碧痕在某种程度——反而是安全的。

　　第二，碧痕的地位不仅对袭人构不成威胁，就是对晴雯也构不成威胁。对袭人来说，有碧痕垫背，反而更不显眼，而且碧痕的地位远低于她；晴雯之所以对宝玉和碧痕之事不但不生气，反而嘲弄，一是袭人已经开了先例，二是自大吵之后，晴雯已经习惯并接受了宝玉作为公子哥儿的性特权，黛玉尚且不能多言，何况晴雯？

　　第三，袭人之所以要除掉晴雯，是因为晴雯本就是贾母选中的人，是宝玉的第一妾，妨碍了袭人"那颗争荣夸耀的心"。对袭人而言，晴雯和宝玉有没有发生关系并不重要，重要的是她不能排第一。

　　第四，芳官、四儿被撵，不过是城门失火殃及鱼池，收拾晴雯，总要连带着收拾几个惹眼的，以掩人耳目，加之二人确实与晴雯、宝玉走得比较近，和宝玉也有暧昧之举。

　　第五，并不是所有的下人和丫鬟都有资格到王夫人跟前说话的，必须是有些脸面的。有些脸面的丫鬟又有谁会打小报告呢，尤其是涉及王夫人的脸面、宝玉的名声的事情，谁敢乱说？而唯一可以告状的晴雯又偏偏生性善良，爱惜宝玉。

　　就这样，福大命大的碧痕，总算是平安无事，也算是憨有憨福。如果不出意外的话，碧痕是补了晴雯的缺，位列宝玉四大丫鬟之列。只可惜她的好运也不长久，等到贾政裁减丫鬟时，碧痕和袭人、秋纹一道，任是不舍，也必得出了宝玉的门，出了贾府。

第十三节　闲花野草也有情

谁是贾宝玉最亏欠的女孩

也许大家都没留意一个问题，谁是贾宝玉最亏欠的女孩？

这个女孩，不是林黛玉，因为贾宝玉把一生的真爱都给了她；也不是薛宝钗，好歹贾宝玉还是和她成了亲；也不是晴雯，晴雯临终之前终归向贾宝玉表达了感情；也不是袭人，贾宝玉的密友蒋玉菡毕竟最后成了袭人的丈夫，她也算终生有靠。那么，这个女孩到底是谁呢？

她在前八十回只出现过一次，而且，是受冤屈的。

第八回：

宝玉吃了半碗茶，忽又想起早起的茶来，因问茜雪道："早起沏了一碗枫露茶，我说过，那茶是三四次后才出色的，这会子怎么又沏了这个来？"茜雪道："我原是留着的，那会子李奶奶来了，他要尝尝，就给他吃了。"宝玉听了，将手中的茶杯只顺手往地下一掷，豁啷一声，打了个粉碎，泼了茜雪一裙子的茶。又跳起来问着茜雪道："他是你那一门子的奶奶，你们这么孝敬他？不过是仗着我小时候吃过他几日奶罢了。如今逞的他比祖宗还大了。如今我又吃不着奶了，白白的养着祖宗作什么！撵了出去，大家干净！"说着便要去立刻回贾母，撵他乳母。

原来袭人实未睡着，不过故意装睡，引宝玉来怄他顽耍。先闻得说字问包子等事，也还可不必起来；后来摔了茶钟，动了气，遂连忙起来解释劝阻。早有贾母遣人来问是怎么了。袭人忙道："我才倒茶来，被雪滑倒了，失手砸了钟子。"一面又安慰宝玉道："你立意要撵他，也好，我们也都愿意出去，不如趁势连我们一齐撵了。我们也好，你也不愁再有好的来服侍你。"宝玉听了这话，方无了言语，被袭人等扶至炕上，脱换了衣服。

第八回的时候，贾宝玉不过十二三岁，还是个懵懂少年。他的性格，除了温柔多情的一面，还有暴虐乖张的一面。所谓也会做"凿牙穿腮等事。其暴虐浮躁，顽劣憨痴，种种异常"。作为娇惯的富家公子哥，原也正常。所以，贾宝玉就为了一碗枫露茶，把对奶妈李嬷嬷的不满发泄到丫鬟茜雪身上，这也是由于他暴虐顽劣的性格所决定的，加之又喝醉了酒。

　　贾宝玉"将手中的茶杯只顺手往地下一掷，豁啷一声，打了个粉碎，泼了茜雪一裙子的茶"确如谐音所言，是在找茜雪的茬（茶）儿。

　　从后面的描写来看，李嬷嬷没被撵出去，而当时没敢分辩一句的小茜雪却被撵出去了，成了不折不扣的"替罪羊"。何等的无辜和冤屈。贾宝玉的奶妈，就是贾宝玉也不敢当面顶撞，小丫鬟茜雪怎能阻拦她？所以，这件事，就连李嬷嬷也觉得气不过。第十九回：

　　李嬷嬷道："你们也不必妆狐媚子哄我，打量上次为茶撵茜雪的事我不知道呢。明儿有了不是，我再来领！"说着，赌气去了。

　　这次冤枉并撵走茜雪的事件，确实是少年贾宝玉喝酒犯浑做下的少有的错事。

　　对于贾府的丫鬟来说，能够到贾宝玉房里当差，是件好差事，很不容易。茜雪却因一件毫不相干的事情，被贾宝玉给"开"了。对这个女孩来说，该是多么沉重的打击。

　　当然，这件事情，如果这样过去也就罢了。

　　第二十回，畸笏叟的批语提及了茜雪：

　　【庚辰眉批：茜雪至"狱神庙"方呈正文。袭人正文标目曰"花袭人有始有终"，余只见有一次誊清时，与"狱神庙慰宝玉"等五六稿，被借阅者迷失，叹叹！丁亥夏。畸笏叟。】

　　第二十六回，又提及茜雪：

　　【甲戌眉批："狱神庙"红玉、茜雪一大回文字惜迷失无稿。（庚眉批多八字：叹叹！丁亥夏。畸笏叟。）】

　　至茜雪撵出贾府，应该说和宝玉毫无瓜葛了，可是，小说里居然有可信度很高的批语者畸笏叟所做的两条批语，提到了茜雪八十回后的作为。这说明茜雪的事情并未就此了结。而且，茜雪一次和花袭人一同出现，一次和小红一同出现。袭人去狱神庙探望过宝玉，小红探望过王熙凤。而小红又是贾芸之妻，贾芸为宝玉"仗义探庵"。都是有情有义之人。茜雪和这两人一同出现，无疑也是性情中人了。

由批语大致可知，贾府被抄，宝玉落难，撵出贾府的茜雪并没有忘记贾宝玉，她来狱中探望贾宝玉，还可能帮宝玉做过些什么。这比起袭人、小红、贾芸这些受过宝玉和凤姐恩惠的人来说，更显得难能可贵。

秋纹的利嘴

贾宝玉房里的丫鬟，哪个是省油的灯？袭人、晴雯、麝月的厉害算是领教过了。秋纹和碧痕的厉害，其实也是有迹可寻的。

还记得小红在宝玉房里的情形吗？小红刚有个小动作，就立即遭到了抬水回来的秋纹和碧痕的斥责，那份敏锐（敏锐感觉到小红有企图、有野心），那份尖刻（弹压小红毫不留情毫不手软），令人难忘。

这不，第五十四回，又可以领教一下秋纹的厉害了。

贾宝玉小解，要水洗手。刚好碰到给贾母送水的，小丫鬟去要，吃了闭门羹：

那婆子道："哥哥儿，这是老太太泡茶的，劝你走了舀去罢，那里就走大了脚。"

秋纹不干了：

秋纹道："凭你是谁的，你不给？我管把老太太茶吊子倒了洗手。"

气势够足的。那婆子的反应是：

回头见是秋纹，忙提起壶来就倒。

一看是贾宝玉房里的大丫鬟，不敢惹。

如果这样便也罢了，这样的秋纹也就稀松平常了。那一句惊天动地的"凭你是谁的，你不给？我管把老太太茶吊子倒了洗手"的话就没有呼应，就显得虎头蛇尾了。曹雪芹写到此，断乎是不肯罢手的，因此，秋纹又来了那么一句：

"够了。你这么大年纪也没个见识，谁不知是老太太的水！要不着的人就敢要了。"

好一句"要不着的人就敢要了",多大的气魄,多么的厉害,别说,还真的一针见血,说到点子上了,直说得那婆子告饶:

"我眼花了,没认出这姑娘来。"

贾宝玉房里的丫鬟,确乎没一个是好惹的,哪个不是聪明伶俐、伶牙俐齿?

总共不到五句话,秋纹就从纸上活灵活现地跳出来了。

而《红楼梦》的伟大,也就是这样一点点体现出来的。

柳五儿的命运

关于柳五儿的命运,曹雪芹前八十回原著和高鹗后四十回续作之间的衔接有一个错漏。

第六十回,有柳五儿的文字:

原来这柳家的有个女儿,今年才十六岁,虽是厨役之女,却生的人物与平、袭、紫、鸳皆类。因他排行第五,因叫他是五儿。因素有弱疾,故没得差。

这个柳五儿,人小心大,想到贾宝玉房里来,和芳官要好,所以相托:

五儿便送出来,因见无人,又拉着芳官说道:"我的话倒底说了没有?"芳官笑道:"难道哄你不成?我听见屋里正经还少两个人的窝儿,并没补上。一个是红玉的,琏二奶奶要去还没给人来;一个是坠儿的,也还没补。如今要你一个也不算过分。皆因平儿每每的和袭人说,凡有动人动钱的事,得挨的且挨一日更好。如今三姑娘正要拿人扎筏子呢,连他屋里的事都驳了两三件,如今正要寻我们屋里的事没寻着,何苦来往网里碰去。倘或说些话驳了,那时老了,倒难回转。不如等冷一冷,老太太、太太心闲了,凭是天大的事先和老的一说,没有不成的。"五儿道:"虽如此说,我却性急等不得了。趁如今挑上来了,一则给我妈争口气,也不枉养我一场;

二则添上月钱，家里又从容些；三则我的心开一开，只怕这病就好了——便是请大夫吃药，也省了家里的钱。"芳官道："我都知道了，你只放心。"二人别过，芳官自去不提。

只此一段，可知到宝玉房里，好处是很大的。一则宝玉金贵得宠，她房里的丫鬟的地位比一般的丫鬟要体面些；二则有了月钱可以贴补家用；三则五儿体弱多病，来了宝玉房里，看病吃药可以不花钱。其实还有一宗最大的好处，五儿没有说，那就是宝玉曾经许下宏愿，他房里的丫鬟，等他成家后，都是要放出去给自由的，可以自向外边择婿，不必像其他丫鬟那样配小厮。这对于丫鬟出身的女孩子来说，无异于天大的好事。难怪五儿如此着急、芳官如此上心了。

五儿和芳官要好，送点茯苓霜给芳官，不巧被林之孝家的拿住，为逸言所害，生出许多事故来，连带着她母亲柳嫂子被锁了一夜。虽经平儿斡旋，查明真相，平安无事，但一场虚惊与羞辱，使柳五儿元气大伤。第六十一回：

这里五儿被人软禁起来，一步不敢多走。又兼众媳妇也有劝他说，不该做这没行止之事；也有报怨说，正经更还坐不上来，又弄个贼来给我们看，倘或眼不见寻了死，或逃走了，都是我们的不是。于是又有素日一干与柳家不睦的人，见了这般，十分趁愿，都来奚落嘲戏他。这五儿心内又气又委屈，竟无处可诉；且本来怯弱有病，这一夜思茶无茶，思水无水，思睡无衾枕，呜呜咽咽直哭了一夜。

这段经历，对五儿打击很大。第六十三回，宝玉办妥柳五儿的事，让小燕去告诉柳五儿：

小燕道："我才告诉了柳嫂子，他倒喜欢的很。只是五儿那夜受了委屈烦恼，回家去又气病了，那里来得。只等好了罢。"宝玉听了，不免后悔长叹。

到第七十七回，王夫人借查抄大观园整顿宝玉房里丫鬟时责问芳官：

"你还强嘴。我且问你，前年我们往皇陵上去，是谁调唆宝玉要柳家的丫头五儿了？幸而那丫头短命死了，不然进来了，你们又连伙聚党遭害这园子呢。你连你干娘都欺倒了，岂止别人！"

这样柳五儿的命运就大致清楚了。本就体弱多病的柳五儿，经历那一场误抓与陷害的风波，一气之下病倒了，不久就死了。这就是这个女孩短暂的一生。

但是到了高鹗的后四十回续本，柳五儿不仅没死，还如愿进了贾宝玉房里。第一百零九回"候芳魂五儿承错爱"就详细描写贾宝玉思念晴雯，倾注感情于五儿聊以寄相思。

如果说对于前八十回理解的差异导致续本构思和走向的不同还是可以理解的，但这样的失误，就不应该了。

贾宝玉和二丫头的一面之缘

《红楼梦》是一部描写人情世故的小说，其伟大之处就在于写尽了人世间的爱恨情仇。第十五回，于秦可卿出殡的沉重与王熙凤弄权的阴郁中，曹雪芹又为我们描绘了一抹人性温暖的亮色——贾宝玉和二丫头的一面之缘。

有人说年轻真好，这话我赞同。年轻的心充满好奇，又是未经污染的一方白纸，往往能敏锐地感知到人性人情中哪怕一丝一毫的美好。

出殡途中，王熙凤携宝玉秦钟在一农庄歇息。先是村姑乡妇们惊讶于凤姐、宝玉、秦钟的华裳美服，俊秀人品，齐齐围观：

那些村姑庄妇见了凤姐、宝玉、秦钟的人品衣服，礼数款段，岂有不爱看的？

然后是宝玉、秦钟对各色农具的新奇：

宝玉等会意，因同秦钟出来，带着小厮们各处游顽。凡庄农动用之物，皆不曾见过。宝玉一见了锹、镢、锄、犁等物，皆以为奇，不知何项所使，其名为何。小厮在旁一一的告诉了名色，说明原委。宝玉听了，因点头叹道："怪道古人诗上说，'谁知盘中餐，粒粒皆辛苦'，正为此也。"

紧接着，宝玉对一架纺车发生了兴趣：

……只见炕上有个纺车，宝玉又问小厮们："这又是什么？"小厮们又告诉他原委。宝玉听说，便上来拧转作耍，自为有趣。只见一个约有十七八岁的村庄丫头跑了来乱嚷："别动坏了！"众小厮忙断喝拦阻。宝忙丢开手,陪笑说道:"我因为没见过这个,所以试他一试。"那丫头道:"你们那里会弄这个,站开了,我纺与你瞧。"秦钟暗拉宝玉笑道:"此卿大有意趣。"宝玉一把推开,笑道:"该死的!再胡说,我就打了。"说着,只见那丫头纺起线来。宝玉正要说话时,只听那边老婆子叫道:"二丫头,快过来!"那丫头听见,丢下纺车,一径去了。

显然,这纺车的主人就是二丫头了。一个乡下丫头,不懂规矩,也就不知惧怕,反而显出人性的真来。真是着急,怕宝玉把纺车弄坏了。当然,二丫头遇到的若是贾环这样的纨绔子弟,搞不好一翻白眼一顿训斥就收场了,毫无意义,偏生遇到的是一贯会在女孩子面前服软的宝玉,这场原本有可能打住的好戏就可以继续上演了。贾宝玉彬彬有礼,说明原委,激发起二丫头的善来,"你们那里会弄这个,站开了,我纺与你瞧"。好一个乡下野丫头,粗鲁中又透着体贴和精细。所以,秦钟偷偷告诉宝玉"此卿大有意趣"。宝玉和二丫头的精神交流为秦钟识破,自然尴尬不已。恰在这时,二丫头被老婆子叫走了。

就这么一瞬的交流,我们看到了青春萌动的美好。贾宝玉是那种极端注重心灵交流的人,所以,这种乡野意趣,于他是新鲜的。乡下的房舍、乡下的农具、乡下的生活,还有乡下的女孩,对贾宝玉来说,几乎是另外一个世界的事物了。所以,他渴望继续交流。二丫头走了,他感觉到"怅然无趣"。

只可惜,直到他们吃过饭要走,还没见到二丫头呢:

凤姐等吃过茶,待他们收拾完备,便起身上车。外面旺儿预备下赏封,赏了本村主人。庄妇等来叩赏。凤姐并不在意,宝玉却留心看时,内中并无二丫头。

宝玉心里是多么盼望再见到那个风风火火不懂规矩的二丫头呀。

所幸,出发时,他又见到了二丫头:

一时上了车,出来走不多远,只见迎头二丫头怀里抱着他小兄弟,同着几个小女孩子说笑而来。宝玉恨不得下车跟了他去,料是众人不依的,少不得以目相送,争奈车轻马快,一时展眼无踪。

乡下人的生活,乡下孩子的情趣,是城里孩子永远懵懂、永远羡慕的秘密,就好比儿时鲁迅和少年闰土在一起的日子。此时的贾宝玉,与其说是迷恋二丫头,毋宁说是痴迷于二丫头所代表的那种虽然清苦但却无拘无束自由自在的乡村生活。

青春的脚步，总是凌乱而多情，换做宝玉，更甚如斯。二丫头，那个乡下小女孩，从此成为贾宝玉关于乡下、关于青春的一抹粉色的记忆了。我相信，当年华老去，这抹记忆，也会让经历失爱之痛、抄家之痛、流离之痛、贫困之痛的贾宝玉在不经意间露出会心一笑的。

曹雪芹写情，臻化境矣。

贾宝玉和妓女云儿的情感纠葛

第二十八回，冯紫英邀约贾宝玉、薛蟠和蒋玉菡喝花酒，有锦香院妓女云儿作陪。其间的情形，云儿似乎只是和薛蟠纠缠，可是，批语却泄露天机。

酒过三巡，薛蟠央求云儿"把那梯己新样儿的曲子唱个我听"，于是，云儿开唱：

两个冤家，都难丢下，想着你来又记挂着他。两个人形容俊俏，都难描画。想昨宵幽期私订在荼蘼架，一个偷情，一个寻拿，拿住了三曹对案，我也无回话。【甲戌侧批：此唱一曲为直刺宝玉。】

这首艳曲，说的是一个风尘女子和两个相好之间争风吃醋的事情。锦香院的妓女唱这首曲本没什么稀奇，稀奇之处在于那条批语——"此唱一曲为直刺宝玉"，这就奇了。

薛蟠要求唱给他听，但是，云儿舞剑，意在宝玉。不仅意在宝玉，而且是刺激宝玉。这是为什么？

这是不是说明，贾宝玉也曾经有过这么一段和别的公子哥儿为云儿争风吃醋的事情呢？我觉得有。不仅如此，现如今宝玉丢下了，云儿却未丢下，还耿耿于怀，所以要唱这么一支暧昧的曲子来勾起宝玉的回忆。这样看来，贾宝玉应该不是和冯紫英、薛蟠、蒋玉菡这些哥们喝花酒时才和云儿有交集的。

似乎是为了印证我的分析，接下来的一个细节，就更加暧昧了。蒋玉菡行酒令唱小曲，误打误撞，点出了贾宝玉贴身大丫鬟花袭人的名讳，所谓限令为"花气袭人知昼暖"，薛蟠像发现新大陆似的暴跳欢呼，蒋玉菡莫名其妙，宝玉也不好说，冯紫英也不知为何时，云儿却道出了原委：

冯紫英与蒋玉菡等不知原故，云儿便告诉了出来。【甲戌侧批：用云儿细说，的是章法。】【庚辰眉批：云儿知怡红细事，可想玉兄之风情月意也。壬午重阳。】

宝玉房纬之事，作为朋友兄弟的冯紫英、蒋玉菡尚且不知，薛蟠知道是因为他就住在贾府，可是云儿却知道得一清二楚，说明云儿和宝玉并非泛泛之交。宝玉会对什么人把掏心窝子的话全抖搂出来？对他喜欢的人，至少是曾经喜欢的人吧。联系上文，原来宝玉也曾喜欢过云儿，也曾为云儿迷醉过，也曾为博一笑而争风吃醋，有过一段缠绵悱恻的纠葛。

从现场表现来看，贾宝玉流水无情，早已经丢开；没有丢开的是云儿，她知道宝玉早已移情别恋，不能再去纠缠，但是心底对宝玉的感情，却没有放下，只有唱曲直刺宝玉以及细说宝玉房纬之事。前者是哀怨，后者是维护，此中幽情，诸君自解。

作为那个时代的贵族公子，喝花酒其实是上流社会的一种社交和风雅，历代文人皆不能免俗。贾宝玉曾经浸染其间，是再正常不过的事情。社会风气使然，他不出入这些场所，是要为那个阶层的社交圈所耻笑的。可贵的是，他对黛玉的爱情逐步成长，战胜了这些饱暖淫欲、声色迷幻。

贾宝玉和莺儿的微妙对话

第三十五回，贾宝玉烦请莺儿打络子，有一段对话，很有意思：

宝玉一面看莺儿打络子，一面说闲话，因问他"十几岁了？"莺儿手里打着，一面答话说："十六岁了。"宝玉道："你本姓什么？"莺儿道："姓黄。"宝玉笑道："这个名姓倒对了，果然是个黄莺儿。"莺儿笑道："我的名字本来是两个字，叫作金莺。姑娘嫌拗口，就单叫莺儿，如今就叫开了。"宝玉道："宝姐姐也算疼你了。明儿宝姐姐出阁，少不得是你跟去了。"莺儿抿嘴一笑。宝玉笑道："我常常和袭人说，明儿不知那一个有福的消受你们主子奴才两个呢。"

莺儿笑道："你还不知道我们姑娘有几样世人都没有的好处呢，模样儿还在次。"宝玉见莺儿娇憨婉转，语笑如痴，早不胜其情了，那更提起宝钗来！便问他道："好处在那里？好姐姐，细细告诉我听。"莺儿笑道："我告诉你，你可不许又告诉他去。"宝玉笑道："这个自然的。"

贾宝玉看莺儿娇憨可爱，说将来跟着宝钗嫁出去，不知道哪个男子有福，消受宝钗莺儿主仆。宝玉的话，表明他绝无娶宝钗之心，如果是宝玉私心，断不会当面调笑。而莺儿未来的命运，就是作为陪房丫鬟跟宝钗出嫁。

但是莺儿的话，羞羞答答，欲言又止，居然要把未出阁的宝钗的优点告诉宝玉，就有些意味了。

什么叫"模样儿还在次"？

宝钗的模样自然是好的。但是，莺儿知道，宝玉更喜欢黛玉那般的模样。莺儿要使宝玉喜欢宝钗，必须避实就虚，扬长避短，把宝钗轻易不为人知的优点说出来。

闺阁小姐的隐私，宝玉厌倦礼数不拘小节也就算了，莺儿这么做，就忒胆大妄为了。一幅外国女子的字宝琴还视为闺阁私物不肯示人，何况是宝钗的极度隐私？

薛宝钗的优点，只有她的母亲和贴身丫鬟知道，轻易不能为外人道的。尤其是男子，不要说宝玉这样的亲戚，就是宝钗的亲哥哥薛蟠，也不能知道。将来，也只有她的丈夫能够知道。

莺儿为了让宝玉听宝钗的私密"好处"，表现得很是妩媚，所谓"宝玉见莺儿娇憨婉转，语笑如痴，早不胜其情了，那更提起宝钗来"，实在是很暧昧很诱惑了。

而此时宝钗正参与金玉良缘的大计划，莺儿如此，就是要让宝玉多了解宝钗，情不自禁地喜欢上她。

莺儿不愧是宝钗的心腹丫鬟。果然，莺儿打络子也就算了，还劳动宝钗大驾，亲自过来帮着打络子了。

给玉打络子，本身就有网住、包住和缠住玉的意思，而且用的还是金线，暗合金玉良缘。其实从第八回宝钗生病（其实是落选）始，金玉良缘的传闻悄悄蔓延，薛家要和贾府联姻的意图相当明显。把这段对话放到宝钗此时的心路历程去考量，就真的是不废一笔了。曹公用笔，总是能够小处着眼，大处布局，不知不觉，把事情交代得清清楚楚。

打起黄莺儿

说起莺儿，就想起一首诗：

打起黄莺儿，莫教枝上啼。啼时惊妾梦，不得到辽西。

有一种鸟叫夜莺，据说叫声婉转动听。

薛宝钗的丫鬟黄金莺，真的就是一位能说会道心灵手巧的姑娘。

宝玉去看宝钗，是她的机灵对答促成了宝玉和宝钗互看通灵宝玉和金锁，那一句"这上面的字和姑娘的是一对儿"，已然为金玉良缘点题了。这次探望就是薛姨妈和宝钗做的一个局，或许背后还有王夫人也未可知。但这个局，少了莺儿却是万万不能的。不是莺儿，怎会撮合得如此巧妙而不露痕迹？

这不能怪莺儿，哪个丫鬟不希望自己的主子好？莺儿不过是尽本分而已。而莺儿对宝钗的重要，却可见一斑。这是个可以进入到薛家核心圈子的丫鬟。

莺儿和贾环赌钱，贾环输了，耍赖，莺儿生气了，说还是个爷呢，前儿宝玉和我玩，输了也是乐呵呵的。可见莺儿是颇有些胆量的。莺儿一番话，把贾环说得哭兮兮的，莺儿虽遭宝钗训斥，不过是场面上的话而已。由此可见宝钗对莺儿的宠溺。小说通篇没说一句宝钗对莺儿如何，但字里行间却处处见莺儿在宝钗面前，甚至在宝玉面前的乖巧得体，怡然自得。一个丫鬟，在主子面前如此率性，足以说明主子对她的好来。

宝钗热衷于参与金玉良缘时，小莺儿会为通灵宝玉打络子，还说配上金线才好看。这个小姑娘的心思是那么的隐晦而美丽。她还会给宝玉说几样他们姑娘为外人所不知道的优点来。莺儿敢于这样说，一方面是想成全宝玉和宝钗，另一方面也说明了宝钗对她的绝对信任。

等到宝钗退出金玉良缘，莺儿看见杨柳依依，还会为黛玉编织一个美丽的花篮，把芳官和小燕儿的眼睛都看直了。对于小燕的妈和姑妈的无理挑衅，莺儿不仅敢于仗义执言，还能说得她们哑口无言。没有宝钗给她撑腰，莺儿怎敢如此。

邢岫烟的当票，宝钗是交给莺儿去处理的。莺儿随手夹在一本书里，湘云看到了，不知何物，到处张扬，宝钗也没抱怨过莺儿一句。莺儿去送东西，看见王熙凤不高兴，势必要打探一番，回来告诉宝钗，言语之间，自然而平等。

等到薛蟠娶了夏金桂，满眼皆是夏金桂如何虐待香菱，却从未见夏金桂敢把莺儿怎样。只因莺儿是宝钗的丫鬟，夏金桂动她不得。而苦香菱想要逃离夏金桂的魔爪，也只有把薛蟠之妾的道路一径断绝，强如又被卖了一回，做了宝钗的丫鬟。

所以，莺儿遇到宝钗这样的姑娘是幸福的，甚至是自由的、随性的，她美好的天性、聪颖的心灵、伶俐的口齿、灵巧的双手，由于宝钗的庇护，得到了自然而健全地发展。

每每读到莺儿的文字，都会感觉到她的美丽和快乐，都会觉得莺儿是最不像丫鬟的丫鬟了。这样的丫鬟还有紫鹃。可见在力所能及的范围内，薛宝钗和林黛玉一样是善良宽容而有担当的女孩，她们待亲信的大丫鬟就像姐妹，不以强势压人，而给她们平等和自然。

也许莺儿唯一的忧愁就是宝钗的忧愁。和宝玉结合的宝钗，并未得到起码的幸福。宝钗不幸福，莺儿又怎会觉得幸福？等到宝玉出家，那时的莺儿，已然不会像从前一样无忧无虑。作为弃妇回到娘家的宝钗，自然要遭受夏金桂无情的讥讽和嘲笑，此时勇敢的莺儿应该是敢于站出来维护宝钗的。及至香菱、薛姨妈相继离世，宝钗哮喘发作大雪掩尸，悄悄掩埋了宝钗的可能也只有莺儿。

这只美丽的黄莺，会飞向哪里？也许她从此只会悲啼，用她美丽的声音，诉说着她的宝姑娘短暂而悲情的一生。

翠缕是个好姑娘

  史湘云在史家的待遇，不过是每个月的那"几串钱"，其实和贾府的丫鬟差不多。那么，她的丫鬟，尤其是贴身丫鬟翠缕的待遇又能好到哪里去呢？
  翠缕原本也是贾府的丫鬟，是和鸳鸯、平儿、袭人要好的姐妹，和她们一样的"老资格"。设若在贾府，混成与鸳鸯、袭人等人一样每月一两银子的丫鬟不是没有可能；再不济，也能像晴雯、麝月一样每月一吊钱，那也是稀松平常的事情。按照贴身大丫鬟一般是主子月钱的四分之一来测算，翠缕在史家的待遇恐怕就是每月一串钱。这和她在贾府的待遇如何比？
  然而，小说里的翠缕，每次露面都是阳光的、快乐的、积极的，从不抱怨，从没流露过一丝一毫的不满。她服侍湘云，跟了去史家，然而史湘云在史家都不受待见，翠缕又算得什么？在湘云身上，我们还能感受到史家薄待的委屈，可是在翠缕那里，我们分明感受不到半分委屈。翠绿为了湘云，真的是舍生相随了。我们看到的是一个不计较个人得失、一心一意服侍湘云、简单快乐的翠缕。
  当今世界有个伪命题，好像有钱才能幸福，史湘云的丫鬟翠缕告诉我们，因简单而满足，因满足而快乐，这才是真正的幸福。湘云是快乐的，一半因为贾府，另一半可能就是因为翠缕。翠缕是快乐的，她的快乐感染着湘云。这个常常被人忽略的翠缕，是个多么好的姑娘。
  我相信，八十回后，湘云嫁给卫若兰，必定是带着翠缕过去的。卫若兰流放发配，也是翠缕陪伴着湘云，直到白首双星终分离，卫若兰客死他乡，湘云自沉寒塘，为湘云收尸的、守墓的，还是翠缕。
  《红楼梦》塑造了太多这样的情同姐妹的丫鬟和小姐，平儿之于熙凤，紫鹃之于黛玉，莺儿之于宝钗，这样的人间真情，其实已经超越等级观念，超越物质利益，演变成一场关于忠诚、关于情义的绝唱！

嘴最甜的无名小丫鬟

曹雪芹生花妙笔，有名有姓的也好，无名无姓的也罢，或浓墨重彩，或轻描淡写，人物写活了，就走进了你的心里。

贾赦欲纳鸳鸯为妾，贾母盛怒之下，向王夫人发飙，探春为王夫人喊冤，弄得有些尴尬。第四十七回，大家刚刚散去，贾母又要打牌，派丫鬟去请薛姨妈：

薛姨妈向丫鬟道："我才来了，又作什么去？你就说我睡了觉了。"那丫头道："好亲亲的姨太太，姨祖宗！我们老太太生气呢，你老人家不去，没个开交了，只当疼我们罢。你老人家嫌乏，我背了你老人家去。"薛姨妈道："小鬼头儿，你怕些什么？不过骂几句完了。"说着，只得和这小丫头子走来。

很显然，这个小鬼头是贾母房里的小丫鬟。就是这么个小鬼头，多会说话！薛姨妈不想去，其实还是有些碍着贾母当她的面向王夫人发飙的缘故的。贾母向王夫人发飙，薛姨妈是最尴尬的。薛姨妈是举家来投奔贾府的，说白了是投奔姐姐王夫人，王夫人被当众打脸，借此栖身的妹妹才会更难受。所以，刚刚经历过那么一场风波，薛姨妈打心眼儿里是不想去的。

但是，来请她的小家伙太会说软话了，"好亲亲"出来了，"姨祖宗"也出来了，这个小丫鬟仿佛是看穿了薛姨妈的心思，一说老太太生气呢，薛姨妈是王夫人的妹妹，总不能不顾及姐姐的境遇，不帮忙缓和缓和吧？二说你不去没法交代，心疼心疼我们吧。薛姨妈素来是心软的人。三说你乏了，我背你老人家去。背是不可能的，意思就是非去不可。这话说得亲昵、说得可怜、说得恳切、说得没有余地，不由得薛姨妈不去。就连薛姨妈都服了这小丫鬟了，小鬼头儿的昵称就是对其机灵、可爱、聪慧的欣赏。

这么寥寥几笔，一个活脱脱聪明伶俐可爱的小丫鬟的形象就出来了。这么一个小丫鬟在小说林林总总的人物中只是个无名之辈，可见贾府深宅大院藏有多少钟灵毓秀的女孩。

其实，曹雪芹顺带塑造这么一个口齿伶俐、聪慧机敏的无名小丫鬟，还有一个目的，那就是呼应第四十六回王熙凤取悦贾母的一段话：

凤姐儿道："谁教老太太会调理人，调理的水葱儿似的，怎么怨得人要？

我幸亏是孙子媳妇，若是孙子，我早要了，还等到这会子呢。"

王熙凤这话，还真不是一味地逢迎贾母。贾敏是贾母调教出来的，贾元春是贾母调教出来的，鸳鸯、晴雯、袭人、紫鹃是贾母调教出来的，连林黛玉也多半是贾母调教出来的，就连个与众不同的贾宝玉也是贾母调教出来的，还有三春……这么多优秀的女孩子，都是贾母调教出来的。这种大背景下，再来看这个能说会道善揣人心的小丫鬟，就不仅不足为奇，而且是妙笔添花了。

秦钟和智能儿的"小爱情"

曹雪芹不愧是大家，好多不起眼儿的情感，经他生花妙笔一鼓捣，立刻变得不同凡响起来。秦钟和智能儿昙花一现、凄惨动人的"小爱情"便是。之所以说是"小爱情"，一是他们年纪尚小，二是他们的爱情如露珠一般短暂，三是他们的爱情很纯真。

秦钟和智能儿的爱情，小说第十五回、第十六回只有四处：

第一处：

且说秦钟、宝玉二人正在殿上顽耍，因见智能过来，宝玉笑道："能儿来了。"秦钟道："理那东西作什么？"宝玉笑道："你别弄鬼，那一日在老太太屋里，一个人没有，你搂着他作什么？这会子还哄我。"秦钟笑道："这可是没有的话。"宝玉笑道："有没有也不管你，你只叫住他倒碗茶来我吃，就丢开手。"秦钟笑道："这又奇了，你叫他倒去，还怕他不倒？何必要我说呢。"宝玉道："我叫他倒的是无情意的，不及你叫他倒的是有情意的。"秦钟只得说道："能儿，倒碗茶来给我。"

那智能儿自幼在荣府走动，无人不识，因常与宝玉秦钟顽笑。他如今大了，渐知风月，便看上了秦钟人物风流，那秦钟也极爱他妍媚，二人虽未上手，却已情投意合了。今智能儿见了秦钟，心眼俱开，走去倒了茶来。秦钟笑道："给我。"宝玉叫："给我！"智能儿抿嘴笑道："一碗茶也争，我难道手里有蜜！"宝玉先抢得了，吃着，方要问话，只见智善来叫智能去摆茶碟子，一时来请他两个去吃茶果点心。他两个那里吃这些东西，坐一坐仍出来顽耍。

　　这是典型的"看似无情却有情"，也非常符合少年时代的爱情特征，那就是"恶想"。钱钟书先生和他的堂弟钱钟韩先生幼年时代，也曾喜欢一个叫阿宝的女孩，这兄弟俩表达爱意的方式比秦钟还"狠"，用竹子自制刀枪，埋伏起来，当阿宝路过，大吼一声，装着强盗，佯装去刺阿宝，把小姑娘吓哭吓跑，才大大的得意一回，并于此处刻字："刺阿宝处"。这种朦胧的带有一定攻击性的行为，其实就是爱慕。很显然，秦钟对智能儿，也是如此。表面冷漠，内心炽热，曹雪芹先生对于人生不同阶段的爱情把握，让人叹服。

　　第二处：

　　谁想秦钟趁黑无人，来寻智能。刚至后面房中，只见智能独在房中洗茶碗，秦钟跑来便搂着亲嘴。智能急的跺脚说："这算什么！再这么我就叫唤。"秦钟求道："好人，我已急死了。你今儿再不依，我就死在这里。"智能道："你想怎样？除非等我出了这牢坑，离了这些人，才依你。"秦钟道："这也容易，只是远水救不得近渴。"说着，一口吹了灯，满屋漆黑，将智能抱到炕上，就云雨起来。

　　那智能百般的挣挫不起，又不好叫的，少不得依他了。正在得趣，只见一人进来，将他二人按住，也不则声。二人不知是谁，唬的不敢动一动。只听那人嗤的一声，撑不住笑了，二人听声方知是宝玉。秦钟连忙起来，抱怨道："这算什么？"宝玉笑道："你倒不依，咱们就叫喊起来。"羞的智能趁黑地跑了。宝玉拉了秦钟出来道："你可还和我强？"秦钟笑道："好人，你只别嚷的众人知道，你要怎样我都依你。"宝玉笑道："这会子也不用说，等一会睡下，再细细的算帐。"一时宽衣安歇的时节，凤姐在里间，秦钟宝玉在外间，满地下皆是家下婆子，打铺坐更。凤姐因怕通灵玉失落，便等宝玉睡下，命人拿来搁在自己枕边。宝玉不知与秦钟算何帐目，未见真切，未曾记得，此是疑案，不敢篡创。

　　一宿无话。至次日一早，便有贾母王夫人打发了人来看宝玉，又命多穿两件衣服，无事宁可回去。宝玉那里肯回去，又有秦钟恋着智能，调唆宝玉求凤姐再住一天。凤姐想了一想：凡丧仪大事虽妥，还有一半点小事未曾安插,可以指此再住一日,岂不又在贾珍跟前送了满情;二则又可以完净虚那事;三则顺了宝玉的心,贾母听见,岂不欢喜?因有此三益,便向宝玉道:"我的事都完了,你要在这里逛,少不得越性辛苦一日罢了,明儿可是定要走的了。"宝玉听说,千姐姐万姐姐的央求:"只住一日,明儿必回去的。"于是又住了一夜。

凤姐便命悄悄将昨日老尼之事,说与来旺儿。来旺儿心中俱已明白,急忙进城找着主文的相公,假托贾琏所嘱,修书一封,连夜往长安县来,不过百里路程,两日工夫俱已妥协。那节度使名唤云光,久欠贾府之情,这点小事,岂有不允之理,给了回书,旺儿回来。且不在话下。

却说凤姐等又过一日,次日方别了老尼,着他三日后往府里去讨信。那秦钟与智能百般不忍分离,背地里多少幽期密约,俱不用细述,只得含恨而别。

这段表现的是秦钟的少年懵懂和冲动。从两人的对话来看,智能儿是想和秦钟长久在一起,要离了尼姑庵,秦钟也支持,只是毕竟年轻,过于急迫了。两人的表现也确实是情真意切、情意绵绵,难舍难分,绝非儿戏。

第三处:

偏那秦钟禀赋最弱,因在郊外受了些风霜,又与智能儿偷期缱绻,未免失于调养,回来时便咳嗽伤风,懒进饮食,大有不胜之态,遂不敢出门,只在家中养息。

……

谁知近日水月庵的智能私逃进城,找至秦钟家下看视秦钟,不意被秦业知觉,将智能逐出,将秦钟打了一顿,自己气的老病发作,三五日光景呜呼死了。秦钟本自怯弱,又带病未愈,受了笞杖,今见老父气死,此时悔痛无及,更又添了许多症候。

智能儿重情,一旦情窦初开,便不顾一切,跑来探视秦钟。智能儿对秦钟的感情,是很真挚的。只是为秦业发觉,智能儿被逐,秦钟被打,连带着老父也一气之下病故了。悲剧的色彩越发浓重。

第四处:

此时秦钟已发过两三次昏了,移床易簀多时矣。宝玉一见,便不禁失声。李贵忙劝道:"不可不可,秦相公是弱症,未免炕上挺扛的骨头不受用,所以暂且挪下来松散些。哥儿如此，岂不反添了他的病？"宝玉听了，方忍住近前，见秦钟面如白蜡，合目呼吸于枕上。宝玉忙叫道："鲸兄！宝玉来了。"连叫两三声，秦钟不睬。宝玉又道："宝玉来了。"

那秦钟早已魂魄离身，只剩得一口悠悠馀气在胸，正见许多鬼判持牌提索来捉他。那秦钟魂魄那里肯就去，又记念着家中无人掌管家务，又记挂着父亲还有留积下的三四千两银子，又记挂着智能尚无下落，因此百般求告鬼判。

只此一段，秦钟与智能儿的爱情"方呈正文"。秦钟弥留之际，依然挂念着智能儿，只是已无能为力。对于秦钟和智能儿这样的少男少女，萌发爱情既是美好的，也是危险的。他们没有生存能力，这种感情也不见容于社会，结果只能是悲剧收场。不仅给家庭带来悲剧，也给自己带来悲剧。这双重的悲剧，正是《红楼梦》大悲剧不可或缺的一部分。因此，秦钟临死，给了贾宝玉一番忠告：

"并无别话。以前你我见识自为高过世人，我今日才知自误了。以后还该立志功名，以荣耀显达为是。"说毕，便长叹一声，萧然长逝了。

这段话，初看起来，好像和薛宝钗、史湘云等劝贾宝玉立志功名并无二致，其实不然。秦钟的话，其实另有深意。那就是劝告和提醒贾宝玉：不要自视甚高，以为年纪轻轻就可以主宰命运，其实不能。我们太弱小了，连自己的爱情都保护不了，还是应该先让自己强大起来。

显然，秦钟求功名的目的和薛宝钗、史湘云是不一样的。只可惜，此时贾宝玉哪里能够体会挚友临死前的感悟呢。而贾宝玉之后的悲剧也印证了秦钟的预言——即便贵如贾宝玉者，也主宰不了自己的命运和爱情。

秦钟和智能儿的小爱情，其实就是宝玉和黛玉爱情的一个小小的悲音。

不疯魔，不成活

《红楼梦》处处有故事。第五十八回，藕官烧纸钱的事情就勾连出一段戏曲演员"不疯魔，不成活"的佳话来：

芳官笑道："你说他祭的是谁？祭的是死了的药官。"宝玉道："这是友谊，也应当的。"芳官笑道："那里是友谊？他竟是疯傻的想头，说他自己是小生，药官是小旦，常做夫妻，虽说是假的，每日那些曲文排场，皆是真正温存体贴之事，故此二人就疯了，虽不做戏，寻常饮食起坐，两个人竟是你恩我爱。药官一死，他哭的死去活来，至今不忘，所以每节烧纸。"

藕官和药官都是小女生，但是，藕官在戏里扮演小生，日久入戏，用心生情，竟然忽略了性别，把自己当作了小男生，爱上了和她配对搭戏的小旦药官。

自古以来，演戏讲究投入，全身心去感受所饰角色的喜怒哀乐。优秀的演员，往往情不自禁沉入到所扮演的角色中难以自拔。也只有这样，他们塑造出来的人物才熠熠生辉、令人难忘。这就是所谓的"不疯魔，不成活"。在西方的表演体系里，这种方法叫作体验派。两个年纪尚小的女孩，能演戏演到这个份儿上，殊为可贵，也算得上是一段佳话了。

据说，以出演《魂断蓝桥》《乱世佳人》和《欲望号街车》闻名于世的费雯丽，曾因为出演《欲望号街车》中有精神病的姐姐而过于入戏，后来一度精神恍惚，导致精神失常。

不知道陈凯歌导演的《霸王别姬》中程蝶衣和段小楼的故事，是不是受到了《红楼梦》藕官和药官故事的启发和影响。程蝶衣是男儿身，却被逼着去体验"女娇娥"的世界，日久入戏，真的把自己当成了一个妩媚的女子，悄悄爱上了大师哥段小楼。这是一段凄美而无奈的故事，可不可以叫爱情，我不敢说。但是，看过藕官和药官的故事，我觉得，至少应该像曹雪芹老先生那样去宽容地看待这样的感情，理解他们，同情他们，只要他们付出的是纯粹的真情。

好一个"不疯魔，不成活"呀，成就了多少名伶奇缘、梨园佳话。《红楼梦》，哪怕是最枝蔓的细节也是那么的精彩。

优伶的悲凉

　　第五十八回，宫里的老太妃薨了，官家一年内不得宴乐，贾府着手撤裁当初为元妃省亲而组建的戏班子。教习好办，每人八两银子遣散，人家有手艺，可以另寻门路。难的就是这些个女孩子，小小年纪，怎么办呢？

　　尤氏主张直接把她们从戏子转换为丫鬟，留下来使唤。

　　王夫人的意思，这些女孩的家世并非世代为奴，这样处置不妥当。所谓："这学戏的倒比不得使唤的，他们也是好人家的儿女，因无能卖了做这事，装丑弄鬼的几年。如今有这机会，不如给他们几两银子盘缠，各自去罢。当日祖宗手里都是有这例的。咱们如今损阴坏德，而且还小器。如今虽有几个老的还在，那是他们各有原故，不肯回去的，所以才留下使唤，大了配了咱们家的小厮们了。"

　　在王夫人看来，尤氏想把小戏子们直接留下来做丫鬟，那就是让她们世代为奴了，显得贾府小气不说，还是损阴坏德之举。小戏子们虽是贾府花钱买来的，也为贾府服务几年了，不如也给些银两，让她们回家去，还回自由之身。

　　王夫人能为小戏子们如此着想，也算难得。

　　王夫人如此主意，尤氏只得依从：

　　"如今我们也去问他十二个，有愿意回去的，就带了信儿，叫上父母来亲自来领回去，给他们几两银子盘缠方妥当。若不叫上他父母亲人来，只怕有混账人顶名冒领出去又转卖了，岂不辜负了这恩典。若有不愿意回去的，就留下。"

　　尤氏顺着王夫人的意思，却看到了另一层。打发回家固然好，但须得父母亲自来领，否则，就怕人贩子买通顶替，拿了银子带走了人，小戏子们再被卖一回。

　　尤氏这话，令人心惊——世态如此险恶，等待这些柔弱羔羊的会是怎样一种命运？

　　可是询问下来的结果，更令人心惊。所谓：

　　将十二个女孩子叫来面问，倒有一多半不愿意回家的：也有说父母虽有，他只以卖我们为事，这一去还被他卖了；也有说父母已亡，或被叔伯兄弟所卖的；也有说无人可投的；也有说恋恩不舍的。所愿去者止四五人。王夫人听了，只得留下。

如果说前面的情况还是世态险恶，这时却是人心悲凉了。十二个女孩子，竟然有一多半不愿意回家。

第一种情况，是父母本就以卖孩子为生的，回去了，还得被卖，这不就是人贩子吗？

第二种情况，是父母双亡，为族人所卖的，回去了，还得被卖。叔伯兄弟，其实也是人贩子。

第三种情况，家破人亡，无所归依。

第四种情况，觉得在贾府生活，比外面好多了，不想出去。这也是实情，贾府对待下人，算是好的。

当世风沦落到做父母的都丧心病狂，这个社会还有什么希望？如果说外面的世界凶险尚且可以抗争，那么来自亲人的冷酷就会摧毁人心。这使我更加坚定了关于巧姐结局的判断。当这个贾府千金小姐，历经贾府破败，父母入狱，为狠舅奸兄险些拐卖，她的心里还会有多少温暖？父母不在了，面对曾经出卖她的家族和亲人，哪里还有信任可言？巧姐是不会回去的，和这些小戏子一样，她对于人性的判断，极其冷峻，血亲尚且不亲，何况夫妻。所以，她也不会结婚，她看到了人性之中太多太多险恶的东西。

大观园梨香院小戏子们内心的悲凉，也影射着日后巧姐内心的悲凉，她宁愿守着刘姥姥，做一个荒野山村的纺织女，过完清贫寂寞的一生，也不愿意再涉足人间地狱。

十二伶早已物是人非

至第五十八回，贾府遣散戏班子，而她们早已经不是初进贾府那十二个小戏子了。这些孩子，也如贾府一样，经历了悲欢离合，世事变迁。

第十七回，有这些女孩子的由来：

"原来贾蔷已从姑苏采买了十二个女孩子——并聘了教习——以及行头等事来了。"

第十八回,有描写元妃省亲时小戏子们精湛的技艺,出类拔萃的唱功和骄傲不拘的个性:

贾蔷忙张罗扮演起来。一个个歌欺裂石之音,舞有天魔之态。虽是妆演的形容,却作尽悲欢情状。刚演完了,一太监执一金盘糕点之属进来,问:"谁是龄官?"贾蔷便知是赐龄官之物,喜的忙接了,命龄官叩头。太监又道:"贵妃有谕,说'龄官极好,再作两出戏,不拘那两出就是了'。"贾蔷忙答应了,因命龄官做《游园》《惊梦》二出。龄官自为此二出原非本角之戏,执意不作,定要作《相约》《相骂》二出。贾蔷扭他不过,只得依他作了。贾妃甚喜,命"不可难为了这女孩子,好生教习",额外赏了两匹宫缎、两个荷包并金银锞子、食物之类。

这可能是她们生命中最华彩的乐章了。

第二十二回,宝钗生日,贾母深爱其中的小旦和小丑。这十一岁的小旦,就是像极了林黛玉的龄官。

第三十回,龄官蔷薇花下划蔷,含蓄展现一段小戏子龄官和贾蔷的苦恋。还有和袭人在院内玩耍的宝官和玉官也是活泼可爱,让人生怜。

第三十六回,是已然得了痨病的龄官和为之痛苦忘情的贾蔷的一段纠结,这段缠绵悱恻的爱情,竟然使宝玉成为看客,从此醒悟各人得各人的眼泪罢了。

之后,就是第五十八回了,遣散这些女孩子。这时的十二个女孩,已非来时的十二个女孩。

第一,药官死了,蕊官补缺。

药官和藕官曾有一段甚之于《霸王别姬》因戏生情的同性爱情,药官死后,藕官又和补缺的蕊官缠绵纠结,所谓"后来补了蕊官,我们见他一般的温柔体贴"。

第二,龄官和贾蔷无望的爱情,结束于龄官的早夭。

到第五十八回,龄官早已经香消玉殒,而奇妙的是,贾蔷此后,也是杳无音讯了。这个为爱伤心的男人,要么消沉不理世事,要么已经远走天涯。第五十三回,贾府年度祭祀,贾琮、贾菌都见了,唯独不见贾蔷。

至于谁补的龄官的缺,已无从得知,也不重要了。《红楼梦》中这个唱功卓绝的一代名伶,为情所困,为情而逝,怎不令人嗟叹。

请记住这些小戏子的名字,她们是:

龄官、文官、芳官、药官、蕊官、藕官、葵官、豆官、艾官、茄官、宝官、玉官。

可能还有两位不知名的女孩,包括第二十二回和龄官一起受到贾母喜爱的小丑,没有名字的小丑,想是和宝官玉官一起,回家去了。但愿她们的命运,比留在贾府的女孩子们好一些。

为这些卑微而灵秀的女孩子祝福吧。

鲍二家的死得蹊跷

第四十四回鲍二家的死,一直觉得蹊跷。

蹊跷之一,在于鲍二家的巴不得王熙凤死。

随口说说也好,还是真这么想也罢,与贾琏偷情时,她确实是这样跟贾琏说的:

那妇人笑道:"多早晚你那阎王老婆死了就好了。"贾琏道:"他死了,再娶一个也是这样,又怎么样呢?"那妇人道:"他死了,你倒是把平儿扶了正,只怕还好些。"

这个女人,一是巴望着王熙凤死,二是支持平儿扶正。在我看来,后一句纯属虚情假意,目的是试探贾琏,看有无希望做贾琏长久的情人。这女人深知,以她卑贱的身份和已婚的事实,即便王熙凤死了,也轮不到她。顺口说了平儿,不过是觉得平儿为人处事平和,取代了王熙凤后更可以无所忌惮。说来说去,都是恨凤姐管得紧,阻了这些淫娃私通贾琏之路。欲望总是难以满足的,被欲望驱使的鲍二家的,和《金瓶梅》里那些欲女很像。

对于王熙凤来说,偷她的汉子已经是大辱,何况还诅咒她死呢?以凤姐的性格,这样的女人岂能放过?尤二姐尚且不能容,何况一个下贱厨子的女人？鲍二家的死因，从此就种下了。

以鲍二家的对王熙凤的了解，知道她的话一旦被王熙凤听去，王熙凤是不会放过她的。

所以鲍二家的之死，是王熙凤威逼恐吓也好，还是这女人自己吓自己也罢，都和王熙凤的"威势"有关。

蹊跷之二，小说没有任何交代，鲍二家的死得非常突兀。

这是曹雪芹留下疑案的惯用手法。不做任何交代，突然把结果摆出来给大家看，前因后果让你去想。

王熙凤手下有一批心腹爪牙，比如唆使张华状告尤二姐、贾琏、贾珍，甚至被命令杀张华灭口的旺儿。这旺儿就是来旺儿，他的媳妇就是王熙凤的陪房来旺儿媳妇。王熙凤只因一个把柄尚且令旺儿将张华弄死，更何况鲍二家的是她刀俎之肉呢？王熙凤当然不会明火执仗地去杀鲍二家的，但指使手下威逼恐吓就易如反掌了，甚至不用王熙凤吩咐，她的手下也要争先恐后地去践踏鲍二家的。鲍二不过是贾府的一个下等厨子，鲍二家的不过是个人尽可夫的下贱女子，这样的女人几乎毫无自我保护能力。

蹊跷之三，鲍二家的死后王熙凤的反应：

正说着，只见一个媳妇来回说："鲍二媳妇吊死了。"贾琏凤姐儿都吃了一惊。凤姐忙收了怯色，反喝道："死了罢了，有什么大惊小怪的！"一时，只见林之孝家的进来悄回凤姐道："鲍二媳妇吊死了，他娘家的亲戚要告呢。"凤姐儿笑道："这倒好了，我正想要打官司呢！"林之孝家的道："我才和众人劝了他们，又威吓了一阵，又许了他几个钱，也就依了。"凤姐儿道："我没一个钱！有钱也不给，只管叫他告去。也不许劝他，也不用镇吓他，只管叫他告去！告不成，倒问他个'以尸诈讹'！"

林之孝家的正在为难，见贾琏和他使眼色儿，心下明白，便出来等着。贾琏道："我出去瞧瞧，看是怎么样。"凤姐儿道："不许给他钱！"

王熙凤的话虽然句句在理，却还是有些微妙的。"凤姐忙收了怯色"，她怯什么呢？如果鲍二家的死和王熙凤无关，王熙凤何怕之有？鲍二家的通奸在先，已是失节，又上吊自杀，分明是无颜存世，与王熙凤何干？

接下来的话，就更有意思了，所谓"里面凤姐心中虽不安，面上只管佯不理论"。

王熙凤表面很硬气，实际却有些心虚。贾琏心虚可以理解，王熙凤有什么可心虚的呢？

蹊跷之四，鲍二家的娘家人为何敢告？

鲍二家的与人通奸，是见不得人也见不得官的丑事。她的娘家人为什么敢告？他们地位低微，敢于告贾府，是需要勇气的，绝不是想讹诈钱财那么简单。即便是要讹诈钱财，手上也要有过硬的证据才行。

蹊跷之五，贾琏的处理过于卖力。

即便是鲍二家的因与贾琏通奸后自杀，贾琏也不至于要如此大费周折呀——不仅给了鲍二二百两银子，还托王子腾上下打点。如果只为钱，拿到钱就该罢休了，二百两银子在当时是笔巨款了。可是小说写了，鲍二家的娘家人拿了钱还是不甘心，只是又被贾府威吓又被官府威吓，才作罢的。何以鲍二拿了钱还不甘心？这说明确实有些证据是对贾府不利的。更可疑的是，"贾琏生恐有变，又命人去和王子腾说了，将番役仵作人等叫了几名来，帮着办丧事"。如果是自寻短见上吊而死，为什么要番役仵作帮腔呢，而且是王子腾亲自派过来的，这就大大的有问题了。鲍二家的娘家人"见了如此，纵要复辨亦不敢辨，只得忍气吞声罢了"。如果只是为钱，钱已经得了，该满意了，为何还是心有不甘呢？还有贾琏花的钱，单给鲍二家的娘家人的就二百两银子，还不算上下打点的，金钏死了也才给了五十两银子，金钏的身份比鲍二家的高了不少，而且鲍二家的是个失德自杀的女人。这些，都很暧昧。

蹊跷之六，鲍二家的道德品质低下，不太可能因羞耻心而自杀。

其女人尽可夫，贾府上下皆知，哪里有礼义廉耻，以致会感觉到羞愧？这样的人多半奉行的是及时行乐、好死不如赖活着。

由此可见，鲍二家的死肯定是有问题的。只是鲍二家的也不是什么好东西，加之曹雪芹行文为尊者讳的缘故，略去了。

鲍二家的之死，王熙凤是一定脱不了干系的。

第八章

夏天怎会桂飘香

薛蟠"闪婚"的背后

薛蟠和夏金桂的婚姻,是一场典型的"闪婚"。这场"闪婚"的背后,问题多多。

表面看来,薛蟠娶夏金桂,是一见钟情:

"又令他兄妹相见,谁知这姑娘出落得花朵似的了,在家里也读书写字,所以你哥哥当时就一心看准了。"

而且,不仅薛蟠一见钟情,夏金桂她妈对薛蟠也是"一见钟情":

"虽离开了这几年,前儿一到他家,夏奶奶又是没儿子的,一见了你哥哥出落的这样,又是哭,又是笑,竟比见了儿子的还胜。"

当然,还有薛夏两家是世交和亲戚的缘故:

"当年又是通家来往,从小儿都一处厮混过。叙起亲是姑舅兄妹,又没嫌疑。"

这些理由,都是明明白白清清楚楚写着的,似乎不用质疑。正如香菱所说:

"一则是天缘,二则是'情人眼里出西施'。"

所以,婚事就这么成了。

然而,真的是这样吗?

第一,薛家确实着急上火为薛蟠娶媳妇。第七十九回:

宝玉道:"正是。说的到底是那一家的?只听见吵嚷了这半年,今儿又说张家的好,明儿又要李家的,后儿又议论王家的。这些人家的女儿他也不知道造了什么罪了,叫人家好端端议论。"

薛家已经为薛蟠娶媳妇张罗了大半年,也相看了好多家,一直迟迟定不下来。

第二,张罗了大半年,为什么就单单没有想起又是亲戚又是世交的夏家呢?

第三,一旦想起来,薛蟠主动登门拜访,这事儿就成了,按薛姨妈的话说"因你哥哥上次出门贸易时,在顺路到了个亲戚家去"。

这婚事,似乎是有心栽花花不开,无心插柳柳成荫了。

可是，当我们意识到作为世交和亲戚，夏家的情况薛家是清清楚楚的，就知道事情并非那么单纯。那么，夏家是什么情况呢？

1. 夏家太有钱了：

"他家本姓夏，非常的富贵。其馀田地不用说，单有几十顷地独种桂花，凡这长安城里城外桂花局俱是他家的，连宫里一应陈设盆景亦是他家贡奉，因此才有这个浑号。"

2. 夏家和薛家门第相当：

"这门亲原是老亲，且又和我们是同在户部挂名行商，也是数一数二的大门户。前日说起来，你们两府都也知道的。合长安城中，上至王侯，下至买卖人，都称他家是'桂花夏家'。"

3. 夏家无子：

"如今大爷也没了，只有老奶奶带着一个亲生的姑娘过活，也并没有哥儿兄弟，可惜他竟一门尽绝了。"

夏家已经绝后，却又如此富贵，这偌大的家业留给谁呢？

这正是夏家妈妈见到薛蟠，居然激动得又哭又笑，比见了亲生儿子还高兴的原因。夏家的家业，终于找到归宿了。

而当时薛家面临的残酷现实是正在走下坡路，已显寥落之象。这一点，从薛姨妈举家进京住在贾府，继而薛蝌薛宝琴前来投靠，从薛宝钗数次和王夫人讨论持家之道，和邢岫烟说家里的情况，以及薛宝钗的穿着摆设等都可以看出薛家不单生意不行了，家世也已经败落了，不得不勤俭持家了。

这些微妙的情形，使得薛蟠娶夏金桂那么顺利，夏家妈妈如饥似渴求之不得，薛姨妈都不亲自去看看——"你哥哥一进门，就咕咕唧唧求我们奶奶去求亲。我们奶奶原也是见过这姑娘的，且又门当户对，也就依了。"想当初，薛姨妈连邢岫烟这样的女孩子都怕给薛蟠糟蹋了，这时，怎么就不怕薛蟠糟蹋了夏家的女儿呢？

很显然，薛家看中的，不仅是夏金桂，甚至压根儿就没看中夏金桂，不然，之前为何就没想起这个人来？再进一步，俗语云"一家有女百家求"，夏家有这么一个貌美的女儿，巨富家资，夏金桂为何嫁不出去？事关家产是一个原因，夏金桂过于刁蛮泼辣恐怕也是一个原因，使得世人皆望而却步。薛家作为老亲，夏金桂的为人恐怕也是知晓一二的。因此薛家更中意的，其实是夏家那巨额而无人继承的财产。

而夏家看中的，也不仅仅是薛蟠，而是夏家的巨额财产终有着落。不然，以薛蟠的才貌，不至于让夏妈妈高兴得如此失态吧。薛家和夏家毕竟是同行，不仅门第相当，还是亲戚，知根知底。夏金桂和薛蟠还是"从小儿都一处厮混过"，因此薛蟠是什么样的人，甚至薛姨妈是什么样的人，夏妈妈和夏金桂应该是一清二楚的。或许这个时候，夏家母女就有了以巨额家产陪嫁，夏薛两家合二为一，然后拿住薛蟠，进而拿住薛家，取得主导地位的心思了。

正所谓求之不得，一拍即合，薛蟠和夏金桂这场"闪婚"，从薛家方面，以为可以通过这场婚姻兼并夏家的巨额财产，重振薛家；而从夏家以夏金桂陪嫁的巨额财产来看，要的是家族的领导权，要真正主宰一切。

说白了，这场婚姻，其实是一场利益婚姻，是一场兼并与反兼并、主宰与反主宰的算计。所以，紧接着才会有夏金桂在薛家的斗争，这斗争的牺牲品，第一个就是可怜的香菱。

由此来看，薛蟠并不是个傻瓜，作为商人他是很现实的，也是会盘算的；而且薛姨妈和薛宝钗也都是精明的，那时宝钗已经搬出大观园回家帮忙了。薛姨妈对薛宝钗是事事商量、言听计从的，就连哥哥薛蟠的婚姻，如果没有妹妹首肯，多半是不成的。

而夏家母女的算计，也差不到哪里去，与其嫁一个强势的家族、强硬的丈夫成为附庸，不如嫁一个败落的家族和妻管严没眼色的男子，用财产来换地位。大家都是商人，基本的精明还是有的。

就连贾宝玉也并非单纯天真，只是听香菱简单一说，他立马看清其中厉害：

宝玉冷笑道："虽如此说，但只我听这话不知怎么倒替你耽心虑后呢。"

《红楼梦》里，哪一个不是人精？

面对财富，即便贾母筹划的宝黛的婚姻亦未能免俗，况他人哉？

谁是《红楼梦》里最嚣张的人

《红楼梦》里最嚣张的人，并非凤姐，而是薛蟠的老婆夏金桂。很遗憾，《红楼梦》后半部散失了，不然，八十回后，还会看到此人的极度嚣张。香菱的死、薛姨妈的死甚至薛宝钗的死，她都脱不了干系。我们仅仅从第七十九回和第八十回，就是以领教夏金桂的嚣张了。

夏金桂的嚣张一部分是性格原因，或者说是独生女，娇宠惯了。第七十九回，有这样一段话：

原来这夏家小姐今年方十七岁，生得亦颇有姿色，亦颇识得几个字。若论心中的邱壑经纬，颇步熙凤之后尘。只吃亏了一件，从小时父亲去世的早，又无同胞弟兄，寡母独守此女，娇养溺爱，不啻珍宝，凡女儿一举一动，彼母皆百依百随，因此未免娇养太过，竟酿成个盗跖的性气。爱自己尊若菩萨，窥他人秽如粪土；外具花柳之姿，内秉风雷之性。在家中时常就和丫鬟们使性弄气，轻骂重打的。

但是，如果就此认为这是夏金桂嚣张的原因，那就书呆气了。紧接着，曹雪芹就点题了：

今日出了阁，自为要作当家的奶奶，比不得作女儿时腼腆温柔，须要拿出这威风来，才铃压得住人；况且见薛蟠气质刚硬，举止骄奢，若不趁热灶一气炮制熟烂，将来必不能自竖旗帜矣；又见有香菱这等一个才貌俱全的爱妾在室，越发添了"宋太祖灭南唐"之意，"卧榻之侧岂容他人酣睡"之心。

很明显，夏金桂的所有算计和手段，只有一个目的，那就是在薛家取得领导权。

这是薛家和夏家兼并与反兼并、领导与反领导、算计与反算计的开始。什么叫"宋太祖灭南唐"？那是要一统天下呀，夏金桂就是要在薛家一统天下。

所以，夏金桂这样嚣张，不光是性格原因，也是形势使然。所谓"况且见薛蟠气质刚硬，举止骄奢，若不趁热灶一气炮制熟烂，将来必不能自竖旗帜矣"，可见夏金桂刚嫁过来就要打倒薛蟠，挂上她夏家的大旗。

夏金桂这样的气势，来自于她从夏家带来的巨额陪嫁，以及夏妈妈百年之后尽归薛家的夏家财产。这就好比合资入股办公司，夏家既然投入的资金巨大，夏金桂自然要做大股东，要控股，甚至要做董事长。

这就是夏金桂敢于在薛家无比嚣张的真正原因。否则，以薛蟠喜新厌旧的秉性，粗暴冷酷的做派，区区一个夏金桂算什么？香菱丝毫不比夏金桂差，照样厌弃，照样打骂，薛蟠为什么不敢打夏金桂？薛姨妈为什么一开始会护着夏金桂？这就是所谓的"拿人手短，吃人嘴软"，一开始薛家的气势就输了。

来看看当初小夫妻拌嘴，薛姨妈是怎么护着夏金桂的吧：

薛姨娘恨的骂了薛蟠一顿，说："如今娶了亲，眼前抱儿子了，还是这样胡闹。人家凤凰蛋似的，好容易养了一个女儿，比花朵儿还轻巧，原看的你是个人物，才给你作老婆。你不说收了心安分守己，一心一计和和气气的过日子，还是这样胡闹，喀嗓了黄汤，折磨人家。这会子花钱吃药白遭心。"

其中一句"人家凤凰蛋似的"，已经把薛家自矮夏家一截，低眉顺眼逢迎夏家的心情说出来了。

等到夏金桂设计陷害香菱，薛蟠暴打香菱，有所醒悟的薛姨妈上前阻止，夏金桂是这样说的：

金桂听见他婆婆如此说着，怕薛蟠耳软心活，便益发嚎啕大哭起来，一面又哭喊说："这半个多月把我的宝蟾霸占了去，不容他进我的房，唯有秋菱跟着我睡。我要拷问宝蟾，你又护到头里。你这会子又赌气打他去。治死我，再拣富贵的标致的娶来就是了，何苦作出这些把戏来！"

这里面有一句话，是对薛家的极大羞辱和辖制，就是"治死我，再拣富贵的标致的娶来就是了"，一句话击中了薛家的心病、要害和软肋，指责薛家娶她就是图她夏家的钱财，讽刺薛家如今不待见她，是霸占了夏家的财产，又想如法炮制，折磨死她，再去找更富贵的人家。

这话说得相当尖刻，薛蟠和薛姨妈的反应是：

薛蟠听了这些话，越发着了急。

薛姨妈听见金桂句句挟制着儿子，百般恶赖的样子，十分可恨。无奈儿子偏不硬气，已是被他挟制软惯了。如今又勾搭上了丫头，被他说霸占了去，他自己反要占温柔让夫之礼。这魔魔法究竟不知谁作的，实是俗语说的"清官难断家务事"，此事正是公婆难断床帏事了。因此无法，只得赌气喝骂薛蟠说："不争气的孽障！骚狗也比你体面些！谁知你三不知的把陪房丫头也摸索上了，叫老婆说嘴霸占了丫头，什么脸出去见人！也不知谁使的法子，也不问青红皂白，好歹就打人。我知道你是个得新弃旧的东西，白辜负了我当日的心。他既不好，你也不许打，我立即叫人牙子来卖了他，你就心净了。"

薛蟠被说中心病，是"越发着了急"。

薛姨妈的心病被媳妇点出来，羞愧难当，只好拿儿子撒气，连"骚狗也比你体面些"的话都骂出来了，还要卖了香菱，幸亏宝钗点醒。

而夏金桂就是仗着财大气粗，一味糟践薛家：

金桂意谓一不作，二不休，越发发泼喊起来了，说："我不怕人笑话！你的小老婆治我害我，我倒怕人笑话了！再不然，留下他，就卖了我。谁还不知道你薛家有钱，行动拿钱垫人，又有好亲戚挟制着别人。你不趁早施为，还等什么？嫌我不好，谁叫你们瞎了眼，三求四告的跑了我们家作什么去了！这会子人也来了，金的银的也赔了，略有个眼睛鼻子的也霸占去了，该挤发我了！"一面哭喊，一面滚揉，自己拍打。

夏金桂这番话，说得更露骨了，那就是"这会子人也来了，金的银的也赔了，略有个眼睛鼻子的也霸占去了，该挤发我了！"意思是你薛家财图到了，就想收拾我了。

所以，夏金桂才会恶毒地讽刺薛家"你薛家有钱，行动拿钱垫人"。

薛蟠这时反而软了下来，对夏金桂束手无策，"薛蟠急的说又不好，劝又不好，打又不好，央告又不好，只是出入咳声叹气，抱怨说运气不好"。

夏金桂于是在薛家骄阳跋扈、不可一世、任意挥洒：

金桂不发作性气，有时欢喜，便纠聚人来斗纸牌、掷骰子作乐。又生平最喜啃骨头，每日务要杀鸡鸭，将肉赏人吃，只单以油炸焦骨头下酒。吃的不耐烦或动了气，便肆行海骂，说："有别的忘八粉头乐的，我为什么不乐！"

夏金桂为何如此挥霍铺张？很简单，她有底气。在她看来，她花的是自己的钱，是从夏家带过来的大笔陪嫁。

因为有钱，夏金桂成了《红楼梦》里最嚣张的人；因为有钱，她可以把一贯粗鲁残暴的薛蟠治得服服帖帖；因为有钱，她在薛家可以任意妄为，肆意践踏薛家人的尊严。

金桂虽香，但是怎会在夏季飘香呢？季节不对，时机不对，一切都不对。而浑身沾染着铜臭气息的夏金桂，又怎么会有清香呢？夏金桂之名，实为反讽。

薛蟠夏金桂之关系竟如宝玉和黛玉

读红楼至此，方察觉一个细节，薛蟠和夏金桂的关系，竟然和宝玉黛玉的关系一般。第七十九回，香菱是这样说的：

"当年又是通家来往，从小儿都一处厮混过。叙起亲是姑舅兄妹，又没嫌疑。"

原来薛蟠和夏金桂，也是姑舅表兄妹。也就是说，这夏奶奶，原来也是薛家的女儿，嫁到了夏家。至于夏奶奶和薛家二公是不是嫡亲或者同父异母的兄妹，不得而知。从两家的交往来说，应该不是嫡亲的，很可能是堂兄妹。但不管怎么说，他们的关系，几乎和宝玉黛玉一样。

更有趣的是，夏金桂的身世也几乎和黛玉一样——虽然有个寡母，但是也是无父无兄弟，偌大个家业，竟然无可交托，全在金桂一人身上。

林家，何尝不是如此呢？

薛蟠之所以和夏金桂闪婚，是薛家败落缺钱，而夏家也找到了一个可靠的交割家产的去处，这是利益婚姻。夏金桂婚后一心想要取得薛家的领导权，是以她夏家强大财产做支撑的，宝钗也谓"久察其不轨之心"。

其实贾母对宝玉和黛玉婚姻的打算也是一样的，贾母为人之老辣，算计之深远，不是一句亲情就能概括的。她主张宝黛婚姻，既是顾念儿女亲情，为黛玉未来考量，也有以林家家产救贾府困顿的意思，加之元春后宫得宠，一旦诞下龙嗣，贾府又会财力充沛，延续荣光。

所以，宝黛二人不仅亲属关系犹如薛蟠夏金桂，对其婚姻的最初计划也是有利益考量的。贾母虽爱黛玉，却也不是不食人间烟火。

然而，虽然有共通之处，但宝黛爱情之卓绝处在于他们脱离了世俗的利益，金钱的铜臭，阴暗的算计，并没有变成一对市侩情侣。

薛蟠和夏金桂的婚姻，其实是世俗版宝黛婚姻的另一种可能。看看夏金桂和薛蟠的婚姻生活，算计与反算计，兼并与反兼并，主宰与反主宰，简直就是一部人间闹剧，婚姻坟墓。金桂如此，固然可恨，也有可怜之处。

如此，再来看宝黛之爱情，虽终未成婚，虽也身处利益较量和盘算之中，但却美丽得犹如世外仙姝、神仙美眷，闻不到一丝的烟火气息。这才是真爱。

而贾府，不管是贾母生前还是身后，占有和挥霍了林家财产，却背信弃义，毁弃婚约，实在还不如薛家。

因此黛玉死时，怎能没有一丝怨气？宝玉结婚，犹如临万丈深渊，如果他不出家，便是跌落深渊，堕入万劫不复之地。

世人误解佛家，谓之绝情。其实不然，非深情至极者，不能绝情。所谓百年修得同船渡，千年修得共枕眠。非深情者，不能言之。古之释迦牟尼贵为王子，锦衣玉食，历尽温柔，方悟佛法。近代之李叔同，繁华烟柳，用情至深，方求佛教之大解脱法，遂为一代高僧。此理古今殊同，宝玉面临缘定三生之情缘，背信弃义之悬崖，不撒手，便不能重获真情，再得解脱。

可恨之人必有可怜之处

薛蟠的老婆夏金桂，几乎就是个彻头彻尾的泼妇。这几乎是《红楼梦》全面否定的一个人物。即便如多姑娘鲍二家的这类人尽可夫的女子，都还有些真性情，唯独夏金桂，说不出一样好来。

曹雪芹这样否定夏金桂，有一个很重要的原因，就是他所钟爱的金陵十二钗正册之首薛宝钗和副册第一香菱之死，皆与此妇有关。曹雪芹先生终究不能客观了，对夏金桂痛下"杀手"。

可是，纵览《红楼梦》富家孤女的悲剧，夏金桂凶悍的背后是否也有几分可怜之处呢？

林黛玉的结局、妙玉的结局、史湘云的结局，她们的爱情婚姻，莫不与财富有关。

　　林如海之所以将林黛玉托付给贾府，是以林家的家产做筹码的，结果如何？

　　妙玉一生，几乎就是在逃避谋划她巨额家产的歹人的迫害，结果又如何？

　　史湘云，父母双亡，她的叔叔婶婶那么早就想把她嫁出去，还不是为的独占家产，减少开支？

　　这三个女孩，身世各不相同，命运各自飘零，境遇却惊人相似，如任人宰割的羔羊一样令人心伤。

　　夏金桂也是以夏家的巨额财产嫁入薛家的。不仅仅是嫁妆，等她母亲百年之后，夏家的家产就是薛家的了。薛家当初中意这门婚事，更主要的就是仰慕夏家那无可交托的财产。夏家对这一点是心知肚明的。因此，夏金桂因了她的学识教养和黛玉、妙玉、湘云的差距，采取了另外一种手段，也就是对抗的手段保护自己的利益，巩固自己的地位，其实又有何不可呢？

　　再来看薛蟠，是那般值得托付终身的人吗？为香菱打死人，为了霸占香菱，天天和薛姨妈闹，到手之后不过半年便丢到脑后了；娶了夏金桂，不过两三月，就对陪嫁丫鬟宝蟾垂涎欲滴了。夏金桂有意让薛蟠得手，固然有要捏住薛蟠短处的意思，但何尝不是一种试探呢？这样好色成性、冷酷无情、经不住诱惑的丈夫，怎么可以托付终身？怎么可以把夏家的家产心甘情愿地交给他？因此夏金桂当然有理由失望和愤怒，她当然要为自己今后的人生考虑考虑。如果夏金桂如黛玉、妙玉、湘云那般温柔懂礼，恐怕即便夏家家产归了薛家，她依然逃脱不了被薛蟠厌弃的结局。

　　所以，夏金桂这样的富家孤女，其生存的选择十分可怜——要么任人宰割，要么奋起反抗。夏金桂选择了反抗，选择了男权社会下不甘坐以待毙的一种极端的表达方式。至于她的反抗殃及池鱼，弄死香菱，折磨宝钗，走向另一个极端，只是男权压迫的人性异化而已。夏金桂的形象，有些类似于女性主义文学中"阁楼上的疯女人"，可恨之人，也必有可怜之处。

第九章

春华秋实渐悲凉

第一节　老健春寒秋后热

贾母到底是怎样的人

一直以来，我都认为，贾母是《红楼梦》正义的化身。甚至可以这样认为，贾府的主调乃至整部小说的主调，都和贾母的存在息息相关。只要贾母在，贾府景象和小说风格总体是安详的、和谐的和快乐的，那些见不得人的勾当，都藏在阴暗处。一旦贾母不在，阴谋和危机就堂而皇之地跳出来，扮演主角了。所以，贾母是和贾宝玉、林黛玉、薛宝钗一样重量级的人物，她不仅决定着宝黛钗的命运，也左右着贾府的格局甚至小说的叙事风格。

那么，贾母到底是个怎样的人呢？

第一，贾母有大慈悲心肠。

小说随处可见贾母的慈悲。清虚观打醮，小道士剪烛花，见贾母一干人等进来，躲避不及，惊慌害怕，撞了王熙凤，被王熙凤一巴掌打得满地乱滚，众人也随声喊打。这时：

贾母听说，忙道："快带了那孩子来，别唬着他。小门小户的孩子，都是娇生惯养的，那里见的这个势派。倘或唬着他，倒怪可怜见的，他老子娘岂不疼的慌？"说着，便叫贾珍去好生带了来。贾珍只得去拉了那孩子来。那孩子还一手拿着蜡剪，跪在地下乱战。贾母命贾珍拉起来，叫他别怕。问他几岁了。那孩子通说不出话来。贾母还说"可怜见的"，又向贾珍道："珍哥儿，带他去罢。给他些钱买果子吃，别叫人难为了他。"

即便对一个素昧平生、微不足道的小道士，贾母也如此悲悯，难怪贾府的仆人、丫鬟、戏子会得到善待，这和贾母的慈悲心肠是大有关系。

第二，贾母是个唯美主义者。

老太太懂审美，欣赏美，但凡长得清秀端庄美丽的孩子，不论男女，老太太都喜欢。秦钟、宝琴、岫烟和龄官，莫不如是。

第三，贾母怜惜女孩儿。

贾母虽生于男权社会，却并没有成为摧残女性的帮凶。贾母凭借尊贵的地位，尽可能多的疼爱女孩子。她"极爱孙女"，迎春、探春以及惜春都跟她过，元春未入宫前也是贾母教养的。黛玉因母亲亡故被贾母三番五次要求接来，湘云因父母双亡而备受贾母垂怜，薛宝钗、薛宝琴、邢岫烟等都得到过贾母的呵护。如果说贾宝玉的"女儿至上论"有渊源的话，渊源就在贾母这里。也许，宝玉的思想就是在祖母的熏陶影响以及与祖母身边的女儿交往中形成的。

第四，贾母疾恶如仇。

贾赦看上了鸳鸯，千方百计要纳为妾，贾母知道后一顿臭骂。她宁愿得罪儿子，也要保护一个丫头。尽管贾赦是她的长子，她却看不惯贾赦的下流好色。与为了逢迎贾赦而帮着丈夫讨小老婆的邢夫人，以及为了想沾光就想将鸳鸯送进火坑的鸳鸯哥嫂相比，贾母的人格显得相当可贵。

第五，贾母重感情。

贾母疼爱宝玉，一个很重要的原因就是宝玉很像他的爷爷。清虚观打醮，张道士说宝玉像他爷爷：

> 贾母听说，也由不得满脸泪痕，说道："正是呢，我养这些儿子孙子，也没一个像他爷爷的，就只这玉儿像他爷爷。"

说到丈夫就满脸泪痕，说明贾母和丈夫感情很深。她疼爱宝玉是因为这个孙子依稀有丈夫的影子，能够使她得到慰藉。她如此宠爱黛玉，是因为"我这些儿女,所疼者独有你母,今日一旦先舍我而去,连面也不能一见,今见了你，我怎不伤心"，所以她要守着黛玉，就仿佛守着她疼爱的小女儿贾敏。鸳鸯服侍贾母多年，日久生情，老太太就再也离不开她，甚至为此和儿子贾赦翻脸。

第六，贾母主张平等待人。

其实林黛玉的"平民精神"源自贾母。贾母对刘姥姥的大度包容、和蔼可亲，较之黛玉更有世事磨炼之后的睿智，更胜一筹。

第七十一回，贾母过生日，因见两个宗族姑娘喜鸾和四姐儿生得好，心中喜欢，特意留她们玩两天。为此，贾母特意嘱咐："到园里各处女人们跟前嘱咐嘱咐，留下的喜姐儿和四姐儿虽然穷，也和家里的姑娘们是一样，大家照看经心些。我知道咱们家的男男女女都是'一个富贵心，两只体面眼'，未必把他两个放在眼里。有人小看了他们，我听见可不依。"

贾母身上那种不以势压人、不势利、平等待人的品格在这里显露无疑。

这些品质，即便须眉男子也未必能够拥有。在我看来，正是贾母具有上述难得的品质，才使她在贾府拥有了极高威望。贾府所以能够形成自宁荣二公以来皆宽柔以待下人的风气，也跟贾母大有关系。

这样的人物，当然有资格成为贾府正义的化身。

贾母的权威从何而来

贾母的权威，表面看是辈分和年龄的缘故：宁荣二府中贾母是荣国府第二代荣国公贾代善的结发妻，宁荣二府第二代主子——贾代化夫妇和贾代善都已不在人世，贾母已然四代同堂。但是，仅凭这一点，还不足以让贾母在贾府获得一言九鼎至高无上的地位。

辈分高，被架空，闲养起来的老人家多的是，而以贾母的年龄，也该静养了，可为什么贾府上下都那么心悦诚服接受贾母的领导呢？

所谓冰冻三尺非一日之寒。正如贾母所言，她是从重孙媳妇熬到如今也有重孙媳妇，绝非朝夕之功，而是一步一个脚印走出来的。

首先，贾母是唯一可以把宁荣二府连为一体之人。

其一，贾母的丈夫贾代善很早就去世了，是她一人操持荣国府至今。

第二十九回清虚观打醮，贾代善的出家替身张道士说："当日国公爷的模样儿，爷们一辈的不用说，自然没赶上，大约连大老爷、二老爷也记不清楚了。"

也就是贾代善死得早，贾赦、贾政尚小，都不大记得贾代善的模样了。

原来，贾母年纪轻轻就成了寡妇，是她一手操持荣国府，抚养儿女成人、成家立业的。贾母于荣国府之功劳苦劳，可想而知。

其二，宁国府的贾代化夫妻应该去世得也很早。不然，贾敬不会早早就袭了官，更不会如此轻率地把官让给儿子贾珍、自己去当道士而使贾珍无人管教。

第二回有这样一句话："四小姐乃宁府珍爷之胞妹，名唤惜春。因史老夫人极爱孙女，都跟在祖母这边一处读书，听得个个不错。"

贾敬应该是妻子生惜春难产死后出家的。贾惜春无人照管，所以贾母才把贾惜春接过去抚养。贾母爱孙女固然不假，但帮贾敬抚养惜春也是题中之义。

而且，通过这个细节，可以看到，当贾敬轻率地抛下偌大个宁国府，儿子幼女弃之不顾，监管宁国府的责任，又义不容辞地落到了贾母肩上。

一个寡妇，居然要操持贾府这样一个大家族，令其井井有条，繁茂昌盛，其间的艰辛、苦楚、智谋、决断，可谓一言难尽。

正因为如此，不惟荣国府的贾赦、贾政、贾琏、贾宝玉、贾环、贾兰、邢夫人、王夫人、李纨、迎春、探春、惜春对贾母俯首帖耳，就是宁国府的贾珍、贾蓉、尤氏也都对贾母心悦诚服。

第六十四回，贾敬死了，"贾珍贾蓉跪着扑入贾母怀中痛哭。贾母暮年人，见此光景，亦搂了珍蓉等痛哭不已"，把贾珍、贾蓉对贾母的情感依赖表现得淋漓尽致。贾珍是贾母帮衬着一路过来的，贾珍、贾蓉对贾母的感情，一声"老祖宗"可见其重量。

第五十四回贾府过年，贾珍、贾琏为逗贾母开心，准备了一大箩筐钱，一听贾母喊赏，就往台上扔，贾母"大悦"。贾珍、贾琏这样费尽心思讨贾母开心，不单单是孝顺，而是发自内心地爱戴贾母。

所以，可以这样说，贾母是唯一能把宁荣二府捏合在一起的人，贾府上下，兄弟子侄，媳妇妯娌，钩心斗角，唯独只服贾母一人。

其次，贾母亲手调教出来的长孙女贾元春以德入选，先女史而后贵妃。贾元春对贾母感情深厚，言听计从（听从贾母提点退出金玉良缘的计划便是明证），也是造成贾母威势的重要砝码。

有情义，有智慧，使得贾母在宁荣二府成为绝对的、不容置疑的权威。

贾母的"野趣"

别看贾母七十岁上下的人，还有一颗"童心"。

由于身份和年纪的缘故，她老人家是不大可能经常出门的。大多数时候，就是在贾府那庞大的"人造花园"里活动了。可是，她对于大自然的"野趣"却还始终留存心底，虽然历经七十余年的磨砺，依然健旺，这是十分难得的。在贾府那样钩心斗角的大家庭，从重孙媳妇熬到如今也有重孙媳妇，其间要经历多少磨难，目前的媳妇里，王夫人、邢夫人、王熙凤、秦可卿、尤氏，或多或少都是有些心态异常的，唯独贾母年纪最大，经历最多，心态却也是最正常最健全的，犹如一块老玉，经岁月磨砺，历久弥新，越发光润，难怪贾府上下要尊称她为"老祖宗"。

她开朗、爱热闹，她善良、敬老惜幼，她喜欢喝酒打牌、热爱生活，她感情丰富、疾恶如仇，有这样一位老人，真的是贾府的福气。正如刘姥姥担心见到贾母失礼时平儿所说："你快去罢，不相干的。我们老太太最是惜老怜贫的，比不得那个狂三诈四的那些人。"

那么，贾母的野趣从何而来呢？

第三十九回贾母和刘姥姥的一番对话便是：

贾母又笑道："我才听见凤哥儿说，你带了好些瓜菜来，叫他快收拾去了，我正想个地里现撷的瓜儿菜儿吃。外头买的，不像你们田地里的好吃。"刘姥姥笑道："这是野意儿，不过吃个新鲜。依我们想鱼肉吃，只是吃不起。"

这种心态，和当今城里人喜欢到郊外游玩一样，农家乐就是这样兴盛起来的。贾母不仅仅爱那地里现摘的蔬菜新鲜，更爱乡下的空气纯净、花木芬芳、泥土清新，老人家爱那"野意儿"，就是热爱大自然。大凡热爱大自然的人，都是对生活抱有希望和热情的人。七十上下的老人，还这么富有情趣，说明贾母确实体会到了人生的真谛。

贾母为何出"荔枝"谜

第二十二回"制灯谜贾政悲谶语",有贾母、贾元春、贾迎春、贾探春、贾惜春、贾环和薛宝钗出的灯谜,唯独没有林黛玉的。这是怎么说呢?

贾母等人所出的诗谜,都是不祥之物,因此贾政悲从中来。第一个出灯谜的是贾母,她奠定了整个灯谜活动的悲剧色彩。

贾母的谜语是这样的,所谓:猴子身轻站树梢。——打一果名。谜底是"荔枝",谐音为"离枝"。此处批语云喻"树倒猢狲散"是也。

这条貌似简单的谜语,其实含有很深的意思。

贾母的谜语预示贾府之败,但还有一个大关键,就是要猢狲散必须得树倒!

那么,这支撑贾府不倒的"树"到底指谁呢?——一棵是贾元春,另一棵就是贾母。

贾元春是支撑贾府不倒的外在势力;贾母则是支撑贾府不倒人心不散的内在力量。

也就是说,如果贾府是树倒猢狲散的结局,那说明这两棵大树都倒了,先是贾妃难产而死,后是贾母因惊悸而死,贾府彻底失去靠山,事败被抄,家破人亡。

我以为,紧接着这两人死去的,就是林黛玉了。也就是说,贾母的"荔枝"谜,不仅暗示了她和贾元春的死,也暗示了林黛玉的死。

两棵树倒了,双木为"林",林黛玉必死无疑。

因此一场预示贾府及众人悲剧命运的灯谜活动,独独林黛玉"缺席"。她的命运,其实已经隐含在贾母的谜语里了。

诚为不写之写。

贾母过年排座次泄露天机

贾府过年，祭拜祖宗之后，就是家宴。家宴的座次，除按长幼尊卑、远近亲疏，还得贯彻老祖宗的意志。因此这样的安排，是可以看出各人在贾母心里的分量来的。且看：

上面两席是李婶薛姨妈二位。贾母于东边设一透雕夔龙护屏矮足短榻，靠背引枕皮褥俱全。榻之上一头又设一个极轻巧洋漆描金小几，几上放着茶吊、茶碗、漱盂、洋巾之类，又有一个眼镜匣子。贾母歪在榻上，与众人说笑一回，又自取眼镜向戏台上照一回，又向薛姨妈李婶笑说："恕我老了，骨头疼，容我放肆些，歪着相陪罢。"因又命琥珀坐在榻上，拿着美人拳捶腿。

榻下并不摆席面，只有一张高几，却设着璎珞花瓶香炉等物。外另设一精致小高桌，设着酒杯匙箸，将自己这一席设于榻旁，命宝琴、湘云、黛玉、宝玉四人坐着。每一馔一果来，先捧与贾母看了，喜则留在小桌上尝一尝，仍撤了放在他四人席上，只算他四人是跟着贾母坐。故下面方是邢夫人王夫人之位，再下便是尤氏、李纨、凤姐、贾蓉之妻。西边一路便是宝钗、李纹、李绮、岫烟、迎春姊妹等。

这个座次很有意思。贾母是主座，薛姨妈和李婶是客，坐了上座。贾母另外带了四人跟她坐，宝琴、湘云、黛玉和宝玉。宝钗呢？宝钗坐在西边末席，和李玟、李琦、岫烟、三春在一起。

这样的安排，是按待客之道吗？黛玉、湘云、宝琴是客，宝钗不是客？李纹、李绮不是客？

是按亲疏吗？三春才是贾府正牌小姐，如何坐了末席？

贾母显然没有按常理出牌。

宝琴，第五十二回贾母赠宝玉孔雀裘时说了"前儿把那一件野鸭子的给了你小妹妹【庚辰双行夹批："小"字妙！盖王夫人之末女也。】"是贾母命王夫人认下的幺女，由贾母亲自抚养。

湘云，是贾母的侄孙女，也曾为贾府抚养。

黛玉，贾母的外孙女，现为贾府抚养。

宝玉，贾母的孙子。

这只能说明，到第五十三回，贾母心里分量最重之人，已然没有了宝钗。

再来看婚姻。湘云、宝琴已有婚约，唯独宝黛没有，却偏偏坐一起，什么意思？

更有意思的是，已有婚约的湘云和宝琴，已然成为贾母最爱之人，而尚无婚约的宝钗，却远远地靠后了。这又是为什么？

如此说来，贾母一见宝琴就如此喜欢，立马认了孙女，是不是一种疏不间亲的反向计谋——以疏间亲呢？

宝琴是薛姨妈的侄女，严格说来和贾府并无血亲关系。宝钗才是和贾府有血亲的亲戚。可是，贾母却爱死了宝琴，由此疏远了宝钗，这难道不是以疏间亲？而且，这样的以疏间亲，让薛家和王夫人竟无话可说。难道薛姨妈和王夫人可以狭隘到不能容忍宝琴得宠？宝琴毕竟是薛家的孩子，是薛姨妈的亲侄女，还是王夫人认下的幺女。

贾母此招，实在厉害。她居然想到以此来否定宝钗，否定金玉良缘。

所以此次过年排座次，湘云是史家的孩子，贾母的娘家人；宝琴是薛家的孩子，王夫人认的幺女；黛玉是贾母的外孙女，宝玉是贾母的孙子；这四人跟贾母坐，各方面都是代表，让人无话可说；宝钗自然只能和"三春"及李纹、李绮、岫烟这些人一起了。但这样的安排，贾母的心意也昭然若揭了，那就是，宝玉和黛玉，她的孙子和外孙女，是要在一起的。无论世事如何变幻，无论如何人来人往，贾母命里那两个小冤家，始终未变。

贾母批才子佳人是否定宝黛吗

第五十四回贾母批才子佳人，很多人认为是贾母否定宝黛婚姻的证据。高鹗也受此启发，八十回后搞出个贾母彻底冷淡疏远黛玉的把戏来，让人啼笑皆非。

那么，贾母批才子佳人，真的是否定宝黛婚姻吗？

首先，所谓才子佳人的私订终身，其实就是私定婚姻，一个非你不娶，一个非你不嫁。而宝黛说穿了，就是私订了爱情。而这爱情，其实也不是私定的，是经历了一个痛苦过程发展起来的。宝玉说林妹妹死了我去做和尚，表白的是他的爱情，不是婚姻。即便是令花袭人误解宝黛将来必有不才之事的那一段对话，表白的依然是爱情，并没有涉及婚姻。

其次，很多才子佳人的故事，都有花袭人所谓不才之事。而宝黛虽然常常情不自禁有亲昵之举，但绝对没有逾矩。宝黛之爱，情到深处，却至真至纯。

最后，宝黛之爱情，如才子佳人私订终身时抛父母长辈于脑后了吗？没有。黛玉最痛苦的就是父母双亡，无人做主。宝玉也曾经说过，黛玉的位置，就排在贾母、贾政和王夫人之后，这虽然就是妻子的意思，却没有把父母抛诸脑后。这是宝黛爱情区别于才子佳人小说的关键之处。

于此三点，贾母之批判才子佳人，根本就没有否定宝黛的意思。相反，贾母倒有借此当众为宝黛正名的意思。因为她深知自己的外孙女，虽然无父无母，却从未忘记父母；她深知自己的孙子，虽然行为乖张，却孝顺善良。

贾母为何不听书

《红楼梦》叙事有一个特点，很多事情都不给出答案，却会通过前后相关的事情点题。所以读《红楼梦》，不仅要敏锐，还要善于联想。

第五十五回，以吴新登家的为首的刁奴欺负贾探春是未出阁的小姐，其中有一段话，所谓"彼时来回话者不少，都打听他二人办事如何：若办得妥当，大家则安个畏惧之心；若少有嫌隙不当之处，不但不畏伏，出二门还要编出许多笑话来取笑"，让我想起第五十四回，贾母非但不听书，而且批才子佳人的事情来。

当时说书人所说之书，是说一个叫王熙凤的公子如何如何，首先这就重了王熙凤的名。其次，这公子也是金陵人氏。试想这样的公开场合，那些深恨王熙凤的人，听了这个书，还不得编出什么样的笑话来？所以，贾

母立即阻止了这件事情:

贾母便问:"近来可有添些什么新书?"那两个女先儿回说道:"倒有一段新书,是残唐五代的故事。"贾母问是何名,女先儿道:"叫做《凤求鸾》。"贾母道:"这一个名字倒好,不知因什么起的,先大概说说原故,若好再说。"女先儿道:"这书上乃说残唐之时,有一位乡绅,本是金陵人氏,名唤王忠,曾做过两朝宰辅。如今告老还家,膝下只有一位公子,名唤王熙凤。"

众人听了,笑将起来。贾母笑道:"这重了我们凤丫头了。"媳妇忙上去推他,"这是二奶奶的名字,少混说。"贾母笑道:"你说,你说。"女先生忙笑着站起来,说:"我们该死了,不知是奶奶的讳。"凤姐儿道:"怕什么,你们只管说罢,重名重姓的多呢。"

女先生又说道:"这年王老爷打发了王公子上京赶考,那日遇见大雨,进到一个庄上避雨。谁知这庄上也有个乡绅,姓李,与王老爷是世交,便留下这公子住在书房里。这李乡绅膝下无儿,只有一位千金小姐。这小姐芳名叫作雏鸾,琴棋书画,无所不通。"贾母忙道:"怪道叫作《凤求鸾》。不用说,我猜着了,自然是这王熙凤要求这雏鸾小姐为妻。"

这段文字,其间贾母的态度转变是很有意思的。其实一个"凤求鸾",谁都知道是爱情故事了。可是,贾母开始的态度是"这一个名字倒好,不知因什么起的,先大概说说原故,若好再说"。可是,当听到男主人公叫王熙凤以及是金陵人氏之后,就改变主意了。她为什么觉得不好了呢?

之前我们说过,贾母其实很喜欢听才子佳人故事的,如她自己所说的:

贾母道:"也有,只是像方才《西楼·楚江晴》一支,多有小生吹箫和的。这大套的实在少,这也在主人讲究不讲究罢了。这算什么出奇?"指湘云道:"我像他这么大的时节,他爷爷有一班小戏,偏有一个弹琴的凑了来,即如《西厢记》的《听琴》,《玉簪记》的《琴挑》,《续琵琶》的《胡笳十八拍》,竟成了真的了,比这个更如何?"

所以,贾母之所以不愿意听这个故事,并不是因为这个故事老套,而是因为这个故事有可能让那些刁奴们编笑话,糟蹋王熙凤和贾府。

才子佳人的老套本就如此,贾母不是不知道。而贾府有一班"在喝孙猴子尿"的刁奴,贾母也不是不知道。这些人,吹风还能找个裂缝,更何况这样现成的"药引子"呢?因为,才听见男主人公叫王熙凤,便"众人听了，笑将起来"，这种意味会被利用，贾母肯定也知道。

其实，知晓其中利害的，不止贾母，薛姨妈也是有体会的，看到王熙凤过于逞能，她也提醒道："你少兴头些，外头有人，比不得往常。"

正因为如此，贾母才会不但不听书了，而且，马上把才子佳人的套路批判了一通，接着，又把爱胡诌的人讽刺了一回。她这么做的另外一层意思，就是保护王熙凤，进而保护贾府的声誉。

贾母的笑话是在讽刺王熙凤吗

第五十四回，贾母说了个笑话，讽刺能说会道之人是喝了孙悟空的尿。表面看，这是在讽刺王熙凤，因为之前，就连说书的也夸赞王熙凤"好刚口"，凤姐素来能言善辩，听了这笑话的反应，好像也觉得有此意。所谓：

凤姐儿笑道："好的，幸而我们都笨嘴笨腮的，不然也就吃了猴儿尿了。"

凤姐的表现，确实有点此地无银的味道，越否认，越钻了套。大伙儿的反应，多半也认为是在讽刺王熙凤：

尤氏娄氏都笑向李纨道："咱们这里谁是吃过猴儿尿的，别装没事人儿。"

王熙凤的姑妈薛姨妈，虽然帮王熙凤开脱，却也显得有些勉强：

薛姨妈笑道："笑话儿不在好歹，只要对景就发笑。"

如此看来，贾母这笑话，确乎是在讽刺王熙凤了。但是，细细琢磨，又觉得不对劲儿。

第一，贾母极为喜爱和器重王熙凤，岂会在如此盛大的家宴上刻薄王熙凤呢？以贾母的为人，不太可能。

第二，这个笑话，不但讽刺能说会道的小媳妇，把公公婆婆也捎带进去了，如果讽刺的是王熙凤，贾母岂不把王夫人邢夫人和自己都搭进去了？这样的事情，贾母是万万不会干的。

第三，王熙凤在贾府的地位，不是说出来的，是干出来的。

不错，凤姐是能说会道，在贾母王夫人面前也惯于讨巧卖乖的。这一点确实和贾母笑话讽刺的小媳妇很像。但是，王熙凤在贾府立足，真的是靠能说会道，讨巧卖乖吗？不是的。王熙凤是嘴有一张，手有一双，她不是靠说出来的，是干出来的。为了贾府，王熙凤曾经好几次劳累到小产，下红不止，落下血崩之症。这岂是动动嘴巴就能搞定的？王熙凤在贾府的操劳，别人不说，贾母是看在眼里的，疼在心里的。王熙凤就不是只说不做的人。

第四，就在之前，贾母严厉批判才子佳人，数次指出胡编才子佳人故事的人：

一是"把人家女儿说的那样坏，还说是佳人，编的连影儿也没有了"；

二是"那编书的是自己塞了自己的嘴"；

三是"前言不答后语"；

四是"编这样书的，有一等妒人家富贵，或有求不遂心，所以编出来污秽人家。再一等，他自己看了这些书看魔了，他也想一个佳人，所以编了出来取乐。何尝他知道那世宦读书家的道理！"

五是"可知是诌掉了下巴的话"。

这样联系起来看，贾母这个笑话到底在讽刺谁就很明显了。贾母批判才子佳人和讲笑话这两件事，是有严密逻辑关系的。贾母是在无情讽刺那些睁着眼睛信口胡诌的人，并且着重针对那些背地里到处散布不利于贾府的坏话，给贾府抹黑的人，讽刺这些人是喝了无法无天的孙猴子的尿。这些人，肯定以婆娘居多。贾母的讽刺，表面是嬉笑，实则是怒骂了。

这样一个笑话，竟会使那么多人误以为说的是凤姐。这个现象就不得不令人深思了，可见世上做人之难！人们只看到了凤姐的巧嘴，却忽略了凤姐的苦干实干。这才是这件事情背后的悲哀。

其实最后，还是心思缜密的凤姐明白了贾母笑话的意思。但她恼的是这满屋子人，居然没有一个明白人，都认为贾母是在讽刺她。因此王熙凤的笑话，是有些冷的：

"外头已经四更，依我说，老祖宗也乏了，咱们也该'聋子放炮仗，散了'罢。"

这其实是在讽刺众人就是聋子，听不懂贾母的笑话呢。可笑，最拎不清的尤氏和娄氏，依然笑得那么灿烂：

尤氏等用手帕子握着嘴，笑的前仰后合，指他说道："这个东西真会数贫嘴。"

人与人之间的智商差距竟是如此之大，难怪过于聪慧的人，常常会觉得孤独。《红楼梦》里孤独的聪明人，除贾母外，林黛玉算一个，薛宝钗算一个，王熙凤也算一个。众人皆醉我独醒的滋味并不好受，而贾母的智慧，又拔了头筹。

贾母生日为何如此隆重

第七十一回，贾母过生日，气派非常。

第一是时间长。从七月二十八一直到八月初五，过春节也就是初一到十五，贾母的生日，竟像个小春节了。

第二是规格高。"礼部奉旨：钦赐金玉如意一柄，彩缎四端，金玉环四个，帑银五百两"，皇亲国戚王公贵族，阁下都府督镇及诰命都是座上客。

第三是排场大。不仅"荣宁两处齐开筵宴"，而且"自七月上旬，送寿礼者便络绎不绝。"

这样的生日，确实是十分隆重盛大了。贾母虽然是国公之妻，但是国公已死多年，其子贾赦不过袭了一个虚职，贾政不过是工部员外郎加钦点学政，哪里来的这么大威势？

我以为，从贾母生日庆贺的排序就可以看出端倪来，第一天请的是"皇亲附马王公诸公主郡主王妃国君太君夫人等"，一言蔽之，是皇亲国戚。贾府因了贾元春，已然跻身皇亲国戚之列。贾母的生日能够达到这么大排场，原因就在这里。所以礼部才会奉旨赐礼，这是多么大的荣耀。

紧接着这段话，曹雪芹点题了。所谓：

元春又命太监送出金寿星一尊，沉香拐一只，伽南珠一串，福寿香一盒，金锭一对，银锭四对，彩缎十二匹，玉杯四只。

贾元春是皇帝的宠妃，人人巴结的对象，巴结贾府也是巴结贾元春的主要渠道。贾元春于礼部之外的赐礼，表明了她对祖母的敬重，于是上行下效，从者如流，"馀者自亲王驸马以及大小文武官员之家凡所来往者，莫不有礼，不能胜记"。

显然，贾府今日之显赫，已不是宁荣二公所谓的威势能罩得住了。三世之后，贾府的真正靠山，不是别人，正是贾政和王夫人的长女——贵妃贾元春。

贾母为何要硬撑住奢华

第七十二回，鸳鸯竟然答应贾琏请求，将贾母的体己私物拿去典当，帮荣国府渡难关。很多读者可能不由得替鸳鸯担心，这种事情要是让贾母知道，可不得了。

曹雪芹行文之高妙，虚虚实实，悬念丛生，不到关键时刻，是不会抖包袱的。直到第七十四回，方才真相大白。原来鸳鸯拿贾母的东西给贾琏出来典当，贾母是知道的，甚至是默许的。原文：

平儿笑道："这也无妨。鸳鸯借东西，看的是奶奶，并不为的是二爷。一则鸳鸯虽应名是他私情，其实他是回过老太太的。老太太因怕孙男弟女多，这个也借，那个也要，到跟前撒个娇儿，和谁要去，因此只装不知道。纵闹了出来，究竟那也无碍。"

这样说来，就颇可玩味了。贾府的艰难，贾母原来知道。

按照常理，贾母既然已经知道贾府入不敷出、难以为继的底细，就该节省才是，为何还要三日一小宴、五天一大宴地奢华呢？这不是明摆着把贾府往火坑里推吗？

所以有很多读者认为，贾府衰败，贾母要负很大责任。

这种分析，表面看不无道理。但细细追究，就不是那么一回事了。

如果贾府真的紧缩开支，紧巴巴过日子，会是怎样一种景象？

第一，贵妃贾元春颜面何在？

贾府不是不可以过紧日子，可是，这传出去让贵妃贾元春情何以堪？

莫非和皇帝结亲，家里出了个贵妃，反而败落了？这不是打贾妃的脸，打皇帝的脸吗？

第二，贾府作为国公之家的颜面何在？

贾府是国公之家，至贾母不过是第二代，至贾敬、贾赦、贾政是第三代，至贾珍、贾琏、贾宝玉、贾环是第四代，至贾蓉、贾兰、是第五代，第二代都还健在就垮了，这不等于说贾母以降都败家吗？

第三，贾府作为国公之家，拥有庞大的上层社会关系，打交道的都是王侯将相，要维持正常往来，消费水平就必须与他们保持同一水准，否则，就会成为别人的笑柄。小说多次描写了贾府和王侯将相之家的礼尚往来。

第四，更重要的是，如果贾府不能维持国公之家的体面和生活水准，就会被上层社会自行淘汰，丧失重振雄风的机会，贾府子弟便再难出人头地，贾府小姐也再难觅得体面姻缘。

试想，如果贾府不硬撑着奢华，南安太妃还会来贾府相看贾探春吗？贾雨村还会拼命地巴结贾赦、贾政吗？势利的孙绍祖还会向贾赦苦苦求亲吗？

其实，自打宁荣二公功成名就敕封府邸之日起，贾府就已经骑上老虎背，走向不归路了。这是自古王公将相之家不可违背的宿命。贾府就是再难也得维持住国公之家、国戚之家的体面与奢华，继续在王公将相、皇亲国戚的圈子里混，或许还可能获得转机，否则，只能"死"得更快。这些利害得失，贾母心里明镜儿似的，怎会不知？

第四十回，贾母带刘姥姥逛大观园，来到薛宝钗房里，看到简朴的摆设：

贾母摇头说："使不得。虽然他省事，倘或来一个亲戚，看着不像；二则年轻的姑娘们，房里这样素净，也忌讳。我们这老婆子，越发该住马圈去了。你们听那些书上戏上说的小姐们的绣房，精致的还了得呢。他们姊妹们虽不敢比那些小姐们，也不要很离了格儿。"

贾母一方面指出过于素净不吉利，另一方面指出，过于素净，不符合贾府及四大家族的身份。"看着不像"，就是不像国公国戚之家的体面。贾母进一步说贾府小姐们的摆设"也不要很离了格儿"。太离格，世人如何瞧得起？谁会来求亲呢？这正是贾母的忧虑。

我以为，这段话，已经把贾母为什么要尽力维持贾府的体面说得很清楚了。

第七十四回，王熙凤因家道艰难，建议王夫人裁撤丫鬟，俭省用度：

王夫人叹道："你说的何尝不是，但从公细想来，你这几个姊妹也甚可怜了。也不用远比，只说如今你林妹妹的母亲，未出阁时，是何等的娇生惯养，是何等的金尊玉贵，那才像个千金小姐的体统。如今这几个姊妹，不过比人家的丫头略强些罢了。通共每人只有两三个丫头像个人样，馀者纵有四五个小丫头子，竟是庙里的小鬼。如今还要裁革了去，不但于我心不忍，只怕老太太未必就依。虽然艰难，难不至此。"

王夫人的一番话，也说明贾府只是在勉力维持罢了，三春的待遇已经比林黛玉母亲贾敏那个时节差了很多了，只是比真正富贵人家的丫鬟强点罢了。如果贾府再俭省，就会被贾母的所说的"亲戚们"，王夫人说的"人家"，也就是那些世交的王公贵族们看出破绽来，就会跌份儿了，"只怕老太太未必就依"。

如此，就能理解贾母的难言之隐了。贾母并非是一味奢华之人，她为的是贾府的未来，为的是子孙们的出路，才要硬撑住奢华，即使默许鸳鸯把体己交给贾琏去典当也在所不惜。

这个老太太，表面笑呵呵，慈祥大度一团和气，谁又能知道她内心深广的忧虑呢？

其实在私下的场合，贾母是节俭的。第七十五回看到端上来的饭菜依然那么丰盛，贾母是这么说的：

贾母因问："都是些什么？上几次我就吩咐，如今可以把这些蠲了罢，你们还不听。如今比不得在先辐辏的时光了。"鸳鸯忙道："我说过几次，都不听，也只罢了。"

可见，要在面子上撑住贾府的奢华的，并不仅贾母一人，王夫人以及王熙凤都是懂的。

贾母忧虑谁人知

第二十九回，清虚观打醮，有一个小细节，可以澄清很多关于贾母的误解：

　　这里贾母与众人上了楼，在正面楼上归坐。凤姐等占了东楼。众丫头等在西楼，轮流伺候。贾珍一时来回："神前拈了戏，头一本《白蛇记》。"贾母问"《白蛇记》是什么故事？"贾珍道："是汉高祖斩蛇方起首的故事。第二本是《满床笏》。"贾母笑道："这倒是第二本上？也罢了。神佛要这样，也只得罢了。"又问第三本，贾珍道："第三本是《南柯梦》。"贾母听了便不言语。

　　贾珍在神前占卜到的这三出戏，其实大有文章。第一出说的是汉高祖刘邦斩白蛇起事，暗喻贾府以武功起家。第二出说的是郭子仪家世鼎盛一时，暗喻贾府曾经的荣华。而第三出说的是荣华富贵不过是南柯一梦，暗喻贾府的结局。

　　贾母问第一出戏的表现，贾珍一点就明白了。第二出戏贾珍才一报戏名，贾母就说，神佛要贾府这样鼎盛，也是势之所然。当知道第三出戏时，贾母的反应是"便不言语"。

　　这不是一个好兆头，以贾母之聪慧，怎么可以说破？怎么可以传出去为外人道？贾母心中的忧虑，有谁能知？

　　这种忧虑，到第七十五回，说到甄家被抄，就更明显了：

　　贾母歪在榻上，王夫人说甄家因何获罪，如今抄没了家产，回京治罪等语。贾母听了正不自在，恰好见他姊妹来了，因问："从那里来的？可知凤姐妯娌两个的病今日怎样？"尤氏等忙回道："今日都好些。"贾母点头叹道："咱们别管人家的事，且商量咱们八月十五日赏月是正经。"【庚辰双行夹批：贾母已看破狐悲兔死，故不改正，聊来自遣耳。】

　　听到贾府老亲甄家被抄，贾母的反应是"不自在"。这时候出了这种事情、谈论这种事情，都是不吉利的。也许，贾母心里，早已对贾府忧心忡忡了。甄家如此，贾府会如何了局？

　　但是，这种忧虑，是不能说出口的。说出来就真的成诅咒了。所以，贾母要冲喜，要用更大的喜气来压住这股不祥之气。批语点题，贾母已看破了兔死狐悲的乱象，却无能为力，忧虑也罢，喜庆也好，该来的都会来。

　　贾母这种忧虑，带着深深的恐惧和无奈，她那些不肖子孙是不知道的。

贾母要王熙凤说合什么？

第三十回，就在宝黛经历那一次最凶残的吵架，刚刚和好之际，王熙凤出现了：

一句没说完，只听喊道："好了！"宝林二人不防，都唬了一跳，回头看时，只见凤姐儿跳了进来，笑道："老太太在那里抱怨天抱怨地，只叫我来瞧瞧你们好了没有。我说不用瞧，过不了三天，他们自己就好了。老太太骂我，说我懒。我来了，果然应了我的话了。也没见你们两个人有些什么可拌的，三日好了，两日恼了，越大越成了孩子了！有这会子拉着手哭的，昨儿为什么又成了乌眼鸡呢！还不跟我走，到老太太跟前，叫老人家也放些心。"说着拉了林黛玉就走。林黛玉回头叫丫头们，一个也没有。凤姐道："又叫他们作什么，有我服侍你呢。"一面说，一面拉了就走。宝玉在后面跟着出了园门。

到了贾母跟前，凤姐笑道："我说他们不用人费心，自己就会好的。老祖宗不信，一定叫我去说合。我及至到那里要说合，谁知两个人倒在一处对赔不是了。对哭对诉，倒像'黄鹰抓住了鹞子的脚'，两个都扣了环了，那里还要人去说合。"说的满屋里都笑起来。

贾母因贾宝玉和林黛玉这次动气吵架，竟气哭了。贾母历来任凭风浪起，稳坐钓鱼台，可是，却在两个小儿女的事情上乱了阵脚。这说明宝黛的感情，触动了贾母的根本。

所以，当王熙凤看到宝黛和好，不免得意地拉着两人到贾母面前表功。

王熙凤的话很有意思，说是贾母让她去"说合"。说合当然也有劝和的意思，但更有撮合的意思，也就是促成"百年好合"。

而且，一段话里，贾母面前，居然用了三次说合，以曹雪芹文笔之精妙，如此重繁，是要强调什么呢？恐怕不只是强调吵架劝和吧。

王熙凤后面的话就更有意思了，说宝黛所谓"倒像'黄鹰抓住了鹞子的脚'，两个都扣了环了，那里还要人去说合"。王熙凤的意思，是宝黛根本不用说合，早已经十指相扣，合了。

王熙凤其实已经把什么都点明了。

其一，宝黛之合，其实是贾母定的。

其二，宝黛已经合了。

这些话是当着贾母、王夫人、薛宝钗和众人的面说的。宝钗的心里，此时是怎样的？

很妙，小说接着就写了薛宝钗的大怒。

宝玉与黛玉和好后去和宝钗聊天，说宝钗似杨妃体丰怯热：

宝钗听说，不由的大怒，待要怎样，又不好怎样。回思了一回，脸红起来，便冷笑了两声，说道："我倒像杨妃，只是没一个好哥哥好兄弟可以作得杨国忠的！"

然后，薛宝钗在收拾了小丫鬟靓儿之后，反唇相讥，讽刺宝黛和好是"负荆请罪"。

宝钗失落而至于失态的表现，正好说明了贾母、王熙凤之说合，绝非一般意义的说合了。薛宝钗其实已经明白贾母的选择和宝黛的心意。

贾母前所未有的孤独

第四十六回，听说贾赦想讨鸳鸯做小老婆：

贾母听了，气的浑身乱战，口内只说："我通共剩了这么一个可靠的人，他们还要来算计！"因见王夫人在旁，便向王夫人道："你们原来都是哄我的！外头孝敬，暗地里盘算我。有好东西也来要，有好人也要，剩了这么个毛丫头，见我待他好了，你们自然气不过，弄开了他，好摆弄我！"王夫人忙站起来，不敢还一言。

先不说这番话的意思，就说对象，贾母也弄错了，是贾赦要讨小老婆，帮贾赦讨小老婆的也是邢夫人，关王夫人何事？

以贾母的智慧，即便是大儿子讨要鸳鸯做妾，不同意就行了，至于气到犯糊涂的地步吗？居然连大儿媳和二儿媳都分不清了？因此，我觉得，贾探春其后的点破，是知其然不知其所以然，搅了贾母的局。

第一句，"我通共只剩下这么一个可靠的人了，他们还要来算计我"。

这句话暴露了贾母内心深处的孤独。这种孤独感是惊人的。试想，贾府辈分最高的老祖宗，下面是两个儿子和儿媳，孙子甚至重孙，可以说子孙绕膝，家族兴旺，怎么会只剩下鸳鸯这么一个可靠的人了呢？这不是把儿子、媳妇、孙子、重孙一概给排除了吗？这话说得很重，难怪王夫人赶忙站了起来，表示顺从。作为母亲、作为祖母、作为曾祖母，一言九鼎人人敬畏，却感觉到什么人都不可信，感觉到孤独，这是一种什么样的心境？

第二句，"原来你们都在哄我！外头孝敬，暗地里盘算我"。这就是贾母孤独感的由来，觉得谁都靠不住，都在算计她。贾母的这种感觉对不对？对的。贾赦心里哪里有这个母亲——不好好做官，只一味地吃酒好色，欺男霸女；贾政呢？根本听不进母亲的话，要打死宝玉一事，就是对贾母权威的严重对抗；邢夫人就更不用说了，时时处处唯贾赦马首是瞻；至于王夫人，她关于宝玉的婚姻计划，显然就是要和贾母抗衡，后来她逼死晴雯，谎称其得了痨病，难道不是背着贾母搞的小动作？这一切，都证明贾母的感觉不错，并非小题大做。

第三句，你们见我待鸳鸯好，眼红，气不过，想着法儿把鸳鸯弄走，只剩下我一个孤老婆子，你们好对付我。这句话，道出了贾母的忧虑，担心儿子和媳妇们欺上瞒下，将她架空。

贾母这话可谓一针见血。但是，就算鸳鸯再得宠，权势再重，即便贾母事事离不开她，毕竟是个丫鬟，只是在日常起居吃穿用度有些影响罢了，是不是过于夸大了？一个丫鬟，能翻起什么大浪？

因此我疑心贾母这话，是借题发挥。她表面是为鸳鸯说话，其实是在为林黛玉说话。因为偌大个贾府，除宝玉之外，贾母最信任的就是林黛玉。

因此，贾母冲王夫人发飙，一点儿没错，不过是一箭双雕一石二鸟，借鸳鸯这个由头，说黛玉的事儿。斥责邢夫人的同时，向王夫人发出严重警告。这两个儿媳，各怀鬼胎，哪一个也不是省油的灯。这才是贾母的本意。

贾母和林黛玉祖孙俩何等默契

有一个非常有趣的问题，小说从未写过贾母和林黛玉的直接对话，甚至是一笔带过的也没有。这是为什么？

贾母和林黛玉说的话，实在是太过于私密，涉及黛玉在贾府的生存和未来，不便示人。这些话一旦写出来，《红楼梦》也就没啥看头了。这是曹雪芹最大的"留白"。其实《红楼梦》的神秘，不在于事件本身的扑朔迷离，而在于叙事方式的曲折隐晦，以及八十回后的散失。

因此，贾母和林黛玉这祖孙俩曾经说过些什么，需要从她们的言谈举止去揣摩。

第五十七回，有一个很特别的现象。自从贾母收养薛宝琴（实则是挽救宝琴的婚姻），成全薛蝌和邢岫烟后，很巧，宝钗去看林黛玉，碰到邢岫烟也去看林黛玉，然后碰到薛姨妈也去看林黛玉，是不是很巧？

林黛玉其实没什么病，不过是听见宝玉因紫鹃的玩笑害失心疯，急得吐了，等紫鹃回来，又失眠了。之后，"便有贾母等亲来看视了，又嘱咐了许多话"。黛玉不过是小小的不适，贾母便如此兴师动众地来看，这个"等"，还包括王夫人和王熙凤，这样的排场，贾母爱孙女心切，是不是有点过了？

然后是薛姨妈生日，宝玉和黛玉都没去。贾母参加了薛姨妈寿宴，"至散时，贾母等顺路又瞧他二人一遍，方回房去"。

贾母的指向非常明显。

薛家，一而再再而三地受贾母大恩（一是收留薛家，二是挽救宝琴婚姻，三是成全薛蝌婚姻），连带着邢岫烟也受益，宝钗和黛玉第四十五回已经"钗黛合一"。所以，这三人才会如此凑巧地都来看黛玉。

薛姨妈母女来看黛玉，宝钗在母亲面前撒娇，把黛玉羡慕哭了，引得薛姨妈说出"好孩子别哭。你见我疼你姐姐你伤心了，你不知我心里更疼你呢。你姐姐虽没了父亲，到底有我，有亲哥哥，这就比你强了。我每每和你姐姐说，心里很疼你，只是外头不好带出来的。你这里人多口杂，说好话的人少，说歹话的人多，不说你无依无靠，为人作人配人疼，只说我们看老太太疼你了，我们也派上水去了"这样的话来。

黛玉趁机表白：

"姨妈既这么说，我明日就认姨妈做娘，姨妈若是弃嫌不认，便是假意疼我了。"薛姨妈道："你不厌我，就认了才好。"

于是，薛姨妈认黛玉做女儿的事，就这样成了。

而这正是贾母想要的。为什么这样说呢？

第一，到第五十八回，老太妃薨了，贾母、王夫人等要去守制。贾母特意托付薛姨妈帮着照管家里这些女孩子，其中"又千叮咛万嘱咐托他照管林黛玉，薛姨妈素习也最怜爱他的，今既巧遇这事，便挪至潇湘馆来和黛玉同房，一应药饵饮食十分经心。黛玉感戴不尽，以后便亦如宝钗之呼，连宝钗前亦直以姐姐呼之，宝琴前直以妹妹呼之，俨似同胞共出，较诸人更似亲切。贾母见如此，也十分喜悦放心"。可见，贾母是称心如愿了。她一再施恩薛家并暗示薛姨妈，就是要薛姨妈认黛玉做女儿。

由此可见，黛玉主动认薛姨妈为娘这事儿，就像贾母和她商量好了似的，真是默契得滴水不漏。

第二，林黛玉认了娘，宝钗的玩笑，所谓把黛玉许配给薛蟠，其实是有深意的。宝钗深知母亲心思，原本要把邢岫烟说给薛蟠，都怕糟蹋了，改为许配给薛蝌，薛姨妈如何会想着把黛玉许配给薛蟠？宝钗的这个玩笑，其实是要引她母亲说出更重要的话来，是在帮黛玉。

果然，薛姨妈否决了薛蟠之后，说出了这样的话来：

"前儿老太太因要把你妹妹说给宝玉，偏生又有了人家，不然倒是一门好亲。前儿我说定了邢女儿，老太太还取笑说：'我原要说他的人，谁知他的人没到手，倒被他说了我们的一个去了。'虽是顽话，细想来倒有些意思。我想宝琴虽有了人家，我虽没人可给，难道一句话也不说。我想着，你宝兄弟老太太那样疼他，他又生的那样，若要外头说去，断不中意。不如竟把你林妹妹定与他，岂不四角俱全？"

这就点题了。这就是贾母精心布局，想要的结果。

再回到第五十七回，黛玉虽然说明儿就认薛姨妈，但是，宝钗对黛玉说了一句：

"这可奇了！妈说你，为什么打我？"

一句"妈说你"，表明已经认了黛玉做妹妹。钗黛合一，心意相通，如一人矣。

而林黛玉和贾母的默契，也无需再说，她们之间的默契，已经到了不用直写二人谈话的程度。

贾母为何抱住了林黛玉

自打薛宝琴来到贾府，风头之盛，难有人及。一见面，贾母就喜欢得无可无不可，立逼着王夫人认了做女儿，亲自抚养。大雪天的，给了野鸭裘，又说宝琴雪中折梅的样子，比仇十洲的画还好看。问及生辰八字，大家都误以为是要给宝玉说亲。薛宝琴在贾府的恩宠，可谓拔了头筹。

贾府吃年夜饭，宝琴是和湘云、黛玉、宝玉一起随了贾母坐的。上文说过，这是贾母的以疏间亲之法，目的是以宝琴疏宝钗。等到放烟花炮竹时，也许是天然的人性流露吧，贾母不经意间做出一个举动，暴露了真相：

这烟火皆系各处进贡之物，虽不甚大，却极精巧，各色故事俱全，夹着各色花炮。林黛玉禀气柔弱，不禁毕驳之声，贾母便搂他在怀中。薛姨妈搂着湘云。湘云笑道："我不怕。"宝钗等笑道："他专爱自己放大炮仗，还怕这个呢。"王夫人便将宝玉搂入怀内。凤姐儿笑道："我们是没有人疼的了。"尤氏笑道："有我呢，我搂着你。也不怕臊，你这会子又撒娇了，听见放炮仗，吃了蜜蜂儿屎的，今儿又轻狂起来。"

要说客套，贾母应该搂住宝琴才是。要说恩宠的话，此时也该是宝琴风头最劲。可是，贾母既没有搂住她的命根子宝玉，也没有搂住娘家的孤女湘云，而是搂住了黛玉。这恰恰说明，紧要关头，贾母最揪心的，还是黛玉。

王夫人短见，情急之下，搂住的自然是她的心肝宝贝。这刚好见了本质，关键时刻只有儿子，再疼宝钗，也是枉然。其实在王夫人那里，宝钗是用来牺牲的。倒是薛姨妈得体，既没有搂住宝钗，也没有去搂宝琴，而是搂住了湘云。这是亲戚之间的客气。

跟随贾母坐的四个人，黛玉是贾母搂着，宝玉是她老妈搂着，湘云有薛姨妈搂着，落单的，刚好是近来在贾府恩宠之极的宝琴，那个时候，这样的局面，我想，即使是宝琴也会多多少少有些意外和失落吧？所以这段文字，妙得紧，就压根儿没提及宝琴。这也是不写之写。

宝钗本就坐在末席，彼时的宝钗，早已退出金玉良缘，不以为意了，因此毫无芥蒂地打趣湘云。薛家一对姐妹，已于盛世之中，感觉到了凋零。孰是孰非，孰轻孰重，一目了然。

贾母把黛玉搂在怀里，既是一种人性，也是一种态度。贾府众女儿，虽是你方唱罢我登场，但在贾母心里，黛玉始终是她的心头肉。

贾母问责袭人的逻辑

第五十四回，贾母起先当众问责袭人，之后又夸赞起袭人来，这是什么缘故？

贾母问责袭人，导火索是袭人不在场服侍宝玉。原文：

于是宝玉出来，只有麝月秋纹并几个小丫头随着。

贾母因说："袭人怎么不见？他如今也有些拿大了，单支使小女孩子出来。"

贾母不满的是袭人的拿大，就是摆架子的意思。第五十一回，袭人之母病重，花袭人请假前去探望，王夫人授意，王熙凤捯饬，着实摆了一回谱。一个丫鬟的排场居然大过了姨娘，很有些主子相。这就是拿大。贾母这样说，焉知不是指东打西，借题发挥？

说穿了，贾母的不满，就是花袭人身份的悄然转变。

因此，贾母对于王夫人的解释和庇护是不满意的。原文：

王夫人忙起身笑回道："他妈前日没了，因有热孝，不便前头来。"贾母听了点头，又笑道："跟主子却讲不起这孝与不孝。若是他还跟我，难道这会子也不在这里不成？皆因我们太宽了，有人使，不查这些，竟成了例了。"

王夫人的表现，是真的很把袭人当回事呢，急于为袭人辩解。但是，贾母对王夫人的解释，不甚满意。王夫人解释袭人之母刚死，她热孝在身，不方便。王夫人的解释，不是把袭人当丫鬟，而是当主子了，袭人可以为其母守孝。这就违背了贾母的意愿，贾母当然不能赞同，当场就反驳了，一个丫鬟，还谈什么孝不孝的，本就是买来侍候人的，跟主子讲什么孝呢？

　　贾母这话，表面无情，却话丑理正。贾母是慈善之人，对下人也很好，但不代表贾母就没有原则和立场。主子和丫鬟的界限，贾母还是拎得清的。贾母虽然是笑着说的，但几乎全盘否定了王夫人的解释，王夫人尴尬不已。

　　好在，还有个伶牙俐齿的王熙凤，王熙凤显然比王夫人更懂贾母的心思。原文：

　　凤姐儿忙过来笑回道："今儿晚上他便没孝，那园子里也须得他看着，灯烛花炮最是耽险的。这里一唱戏，园子里的人谁不偷来瞧瞧。他还细心，各处照看照看。况且这一散后宝兄弟回去睡觉，各色都是齐全的。若他再来了，众人又不经心，散了回去，铺盖也是冷的，茶水也不齐备，各色都不便宜，所以我叫他不用来，只看屋子。散了又齐备，我们这里也不耽心，又可以全他的礼，岂不三处有益。老祖宗要叫他，我叫他来就是了。"

　　王熙凤的解释，是顺着贾母的袭人是丫鬟的思路来解释的。花袭人不来，不是守孝，是要看家，防火烛。贾母最怕火灾，水火无情。花袭人是候着贾宝玉回去有个热汤热茶热被窝。如果您老人家一定要袭人来，我立马就叫她来。这样解释，贾母就满意了。原文：

　　贾母听了这话，忙说："你这话很是，比我想的周到，快别叫他了。但只他妈几时没了，我怎么不知道。"凤姐笑道："前儿袭人去亲自回老太太的，怎么倒忘了。"贾母想了一想笑说："想起来了。我的记性竟平常了。"众人都笑说："老太太那里记得这些事。"贾母因又叹道："我想着，他从小儿服侍了我一场，又服侍了云儿一场，末后给了一个魔王宝玉，亏他魔了这几年。他又不是咱们家的根生土长的奴才，没受过咱们什么大恩典。他妈没了，我想着要给他几两银子发送，也就忘了。"凤姐儿道："前儿太太赏了他四十两银子，也就是了。"

　　贾母听说，点头道："这还罢了。正好鸳鸯的娘前儿也死了，我想他老子娘都在南边，我也没叫他家去守孝，如今叫他两个一处作伴儿去。"又命婆子将些果子菜馔点心之类与他两个吃去。琥珀笑说："还等这会子呢，他早就去了。"

你看，只要维持袭人还是丫鬟身份的逻辑，贾母立马就满意了，慈爱之心也就来了，马上问起袭人之母的事情，还说要赏银子。这里面的逻辑就是，花袭人作为丫鬟是可以重用的，可以善待的，但想摆谱做主子，那是不行的。

不妨再进一步追问，说到侍候贾宝玉，贾母怎么就没有想起来问责晴雯呢？

贾母把晴雯放在宝玉房里，其主要目的不是让晴雯服侍宝玉，而是刻意培养。晴雯的模样自然是好的，但气质还需要修炼；言谈自然是爽利的，也还需要磨炼；针线自然是好的，那就让她尽情展示。晴雯在宝玉房里，还要负责贾母的针线呢。贾母是看准了晴雯适合做宝玉的房里人。这样一对比，袭人和晴雯的身份差别就出来了。袭人纵然再好、再重要，总跳不出丫鬟这个格局；晴雯则闲养着，想干啥就干啥，自由自在，立足长远，重点栽培。

贾母心思之缜密深远，不细细琢磨，是咂不出味道来的。

贾母之死

在高鹗后四十回续本里，贾母是很长寿的，不仅亲自操办贾宝玉与薛宝钗的婚事，目睹林黛玉之死，以及贾府的衰败，直至贾宝玉和贾兰中了举人，贾府重现"中兴"迹象才"脸变笑容"安详死去，"享年八十三岁"。

然而，这并非曹雪芹原意。如果贾母健在，断不会有贾宝玉和林黛玉的爱情悲剧，也不会有贾宝玉出家和薛宝钗成为弃妇的婚姻悲剧。贾母应该在此之前就逝世了。

贾母到底是怎么死的？

第一，贾母已经是年逾七旬之人。

第三十九回刘姥姥二进大观园，贾母和刘姥姥有一段对话：

贾母道："老亲家，你今年多大年纪了？"刘姥姥忙立身答道："我今年七十五了。"贾母向众人道："这么大年纪了，还这么健朗。比我大好几岁呢。我要到这么大年纪，还不知怎么动不得呢。"

也就是说，第三十九回时，贾母的年纪应该在七十岁左右，此时林黛玉十五岁，贾宝玉十六岁。之所以要提贾、林二人的年纪，是要推演贾母的年纪。按照贾琏的小厮兴儿与尤二姐说的"再过三二年"，就要办贾宝玉与林黛玉的婚事，可知到贾宝玉十八九岁，林黛玉十七八岁，贾母应该是七十二三岁。

这期间，贾宝玉和林黛玉是不能结婚的，前有老太妃之死，后有贾敬之死，所谓国孝家孝在身。三年过去，贾宝玉和林黛玉方能成婚，贾母也尚健在。

也就在这时，贾妃有孕，这对贾府来说无疑是大好的消息。贾母决定在贾妃生产之后为贾宝玉和林黛玉主持婚礼，锦上添花，喜上加喜，这至少又要将近一年。也就是说，在贾宝玉接二十岁、林黛玉十九岁、贾母七十五岁时，贾妃不幸难产，母子俱亡。贾母由极喜而至极悲，经受不住如此巨大的打击和伤恸，惊悸而死。

第二，贾母和刘姥姥的对话颇有意味。

第三十九回，贾母得知刘姥姥已然七十五岁，不仅说"比我大好几岁呢"，还说"我要到这么大年纪，还不知怎么动不得呢。"

后一句话虽是"假设"，却暗合贾母七十五岁时死于贾元春难产而死的惊吓，似乎就是一种预兆。

第三，贾母最疼爱贾宝玉和林黛玉，却最倚重贾元春。

贾母深知，贾元春才是贾府真正的靠山。第十六回贾元春晋升贵妃时宣贾政入朝：

贾母等合家人等心中皆惶惶不定，不住的使人飞马来往报信。有两个时辰工夫，忽见赖大等三四个管家喘吁吁跑进仪门报喜，又说"奉老爷命，速请老太太带领太太等进朝谢恩"等语。那时贾母正心神不定，在大堂廊下伫立，那邢夫人、王夫人、尤氏、李纨、凤姐、迎春姊妹以及薛姨妈等皆在一处，听如此信至，贾母便唤进赖大来细问端的。赖大禀道："小的们只在临敬门外伺候，里头的信息一概不能得知。后来还是夏太监出来道喜，说咱们家大小姐晋封为凤藻宫尚书，加封贤德妃。后来老爷出来亦如此吩咐小的。如今老爷又往东宫去了,速请老太太领着太太们去谢恩。"

贾母等听了方心神安定,不免又都洋洋喜气盈腮。于是都按品大妆起来。贾母带领邢夫人、王夫人、尤氏,一共四乘大轿入朝。贾赦、贾珍亦换了朝服,带领贾蓉、贾蔷奉侍贾母大轿前往。于是宁荣两处上下里外,莫不欣然踊跃,个个面上皆有得意之状,言笑鼎沸不绝。

贾元春的荣辱,关乎贾府兴衰。别看贾母最疼爱贾宝玉和林黛玉,但最倚重的却是贾元春。完全可以想见,贾元春怀孕之喜以及难产之死会对贾母产生如何巨大的冲击。以贾母之睿智,她最知道贾妃之死对贾府意味着什么。这样的打击,对贾母这样七十五岁高龄的老太太来说,可以说是致命的。

第四,贾母脾气极大。

从小说可知,贾母气性非常之大。贾政暴打贾宝玉,贾母的表现是"颤巍巍的声气""厉声""滚下泪来""冷笑""抱着哭个不了"等等,都表明了贾母的气性极大。即使贾宝玉和林黛玉闹别扭,也会把老太太气哭,所谓"老人家急的抱怨说:'我这老冤家是那世里的孽障,偏生遇见了这么两个不省事的小冤家,没有一天不叫我操心。真是俗语说的,'不是冤家不聚头'。几时我闭了这眼,断了这口气,凭着这两个冤家闹上天去,我眼不见心不烦,也就罢了。偏又不咽这口气。'自己抱怨着也哭了。"还有林黛玉母亲贾敏之死,纵使过了一年多,贾母见到林黛玉还抱着她大哭。俗话说气大伤身,以贾母的高龄,这么大的脾气,会对其身体造成严重伤害。

贾母喜欢热闹,大喜大悲,又喜欢饮酒、喜欢熬夜、易感风寒,身体其实一直处于亚健康状态,这一点可从第七十六回中秋之夜看出:

只见鸳鸯拿了软巾兜与大斗篷来,说:"夜深了,恐露水下来,风吹了头,须要添了这个。坐坐也该歇了。"贾母道:"偏今儿高兴,你又来催。难道我醉了不成,偏到天亮!"因命再斟酒来。一面戴上兜巾,披了斗篷,大家陪着又饮,说些笑话。

因此一旦听闻贾元春死讯这样巨大的打击,极有可能导致贾母的一时急火攻心而出现意外。

第五,前八十回多有暗示。

秦钟的父亲秦业,也是七旬之人,因智能儿偷偷跑来探望秦钟,"不意被秦业知觉,将智能逐出,将秦钟打了一顿,自己气的老病发作,三五日光景呜呼死了"。秦业之死，我以为秦可卿之死是第一个重大打击，秦钟和智能儿偷情是第二个，打击接踵而至，竟然要了秦业的老命。贾元春难产而死的打击，对于贾母而言，较之秦业之哀恸更甚，也更突然，贾母出现意外似乎是难以避免的了。

再看贾敬之死：

贾母暮年人，见此光景，亦搂了珍蓉等痛哭不已。贾赦贾琏在旁苦劝，方略略止住。又转至灵右，见了尤氏婆媳，不免又相持大痛一场。哭毕，众人方上前一一请安问好。贾珍因贾母才回家来，未得歇息，坐在此间，看着未免要伤心，遂再三求贾母回家；王夫人等亦再三相劝。贾母不得已，方回来了。果然年迈的人禁不住风霜伤感，至夜间便觉头闷目酸，鼻塞声重。连忙请了医生来诊脉下药，足足的忙乱了半夜一日。幸而发散的快，未曾传经，至三更天，些须发了点汗，脉静身凉，大家方放了心。至次日仍服药调理。又过了数日，乃贾敬送殡之期，贾母犹未大愈，遂留宝玉在家侍奉。

贾敬不过是贾母的堂侄，亲疏较之于贾元春不可比。贾敬乃一个出家之人，对贾府无足轻重，贾母尚且如此伤感，以至于感了风寒，病倒了，贾元春乃是贵妃，贾府的靠山，贾母素来最为倚重和在意之人。这似乎已经预示着贾元春之死对贾母的致命打击了。

我以为，借象征着贾府衰败之兆的贾敬之死写贾母之悲痛病倒，绝不是巧合，而是一种暗示，表明直接导致贾府衰败的贾元春之死会给予贾母更大的打击，甚至要了她的命。

总之，无论从贾元春对贾府的重要性，还是贾母的年龄、性格和身体状况来看，因贾妃怀孕一直处于巨大喜悦之中的贾母突然得知贾妃难产而死，急火攻心，惊悸过度，来不及做出任何安排便撒手人寰，骤然离开人世，几乎就是顺理成章的悲剧。

第二节　刻薄寡恩尴尬人

邢夫人为何厚宝玉而薄贾环

第二十四回，贾赦生病，贾宝玉去探望，恰好碰到贾环、贾兰：

正说着，只见贾环、贾兰小叔侄两个也来了，请过安，邢夫人便叫他两个椅子上坐了。贾环见宝玉同邢夫人坐在一个坐褥上，邢夫人又百般摩挲抚弄他，早已心中不自在了，【庚辰侧批：千里伏线。】坐不多时，便和贾兰使眼色儿要走。贾兰只得依他，一同起身告辞。宝玉见他们要走，自己也就起身，要一同回去。邢夫人笑道："你且坐着，我还和你说话呢。"宝玉只得坐了。邢夫人向他两个道："你们回去，各人替我问你们各人母亲好。你们姑娘、姐姐、妹妹都在这里呢，闹的我头晕，今儿不留你们吃饭了。"【庚辰侧批：明显薄情之至。】贾环等答应着，便出来回家去了。

宝玉笑道："可是姐姐们都过来了，怎么不见？"邢夫人道："他们坐了一会子，都往后头不知那屋里去了。"宝玉道："大娘方才说有话说，不知是什么话？"邢夫人笑道："那里有什么话，不过是叫你等着，同你姊妹们吃了饭去。还有一个好玩的东西给你带回去玩。"娘儿两个说话，不觉早又晚饭时节。调开桌椅，罗列杯盘，母女姊妹们吃毕了饭。宝玉去辞贾赦，同姊妹们一同回家，见过贾母、王夫人等，各自回房安息。不在话下。【庚辰双行夹批：逐步一段为五鬼魔魔法作引。脂砚。】

邢夫人为何偏偏在贾环、贾兰面前表达对宝玉的宠爱？又是和她坐一个褥子上，又是如王夫人般百般爱抚，这真的是无意之举？

邢夫人此人，刻薄寡恩，一生从未对谁好过，对她的亲兄弟亲侄女尚且十分冷淡。

宝玉是贾母和王夫人的命根子，而邢夫人背地里对贾母是不满的，和王夫人也是面和心不合，这样的人，会真心疼爱宝玉吗？

与之形成鲜明反差的，是邢夫人对贾环、贾兰的冷淡，一个是庶出，一个是遗孤，邢夫人摆出一副店大欺客的架势，连饭都不留。这种反差对于乖巧的贾兰来说，也许不快一时就过去了，但对于一贯仇视宝玉的贾环来说，就无异于"拉仇恨"了。

邢夫人如果对宝玉疼爱有加之余，稍微顾及一下贾环、贾兰的感受，稍微亲热一点，贾环也不至于如此不自在了。贾府巴掌大的地方，邢夫人留饭宝玉和众姐妹，偏偏不留饭贾环、贾兰，一旦传出去，李纨也就罢了，赵姨娘岂不是又添怨恨？

这些事情，原本与宝玉无关，但是最终，仇恨的焦点却对准宝玉。用现在的话来说，就是贾宝玉躺着也中枪。

所以这一段文字，居然有三条批语，辛辣地指出邢夫人有如演戏做秀般的对宝玉的宠溺、对贾环贾兰的冷淡薄情，这些点点滴滴的小事，就是造成贾环仇恨宝玉的根源，日积月累，终至爆发。

有一种陷害的方法叫"捧杀"，不必杀气腾腾，只需一味逢迎，把对手捧到一个万人嫉恨的高度，让那些嫉恨的人去替他杀人。邢夫人就是这样做的。林黛玉初进大观园时，她苦留吃饭，表面是大舅妈的热情，合情合理，其实是巴望着才六七岁的黛玉中计，"拉拉"王夫人对黛玉的仇恨（让王夫人空等），打打贾母的老脸（她的外孙女根本不懂大家规矩）。

邢夫人，作为好色霸道混账的贾赦的续弦妻子，在贾府这样错综复杂的大家族，能够混到这个程度，绝对不简单，你看她如何把娘家财产牢牢控制在手里，如何曲意逢迎获得贾赦肯定，这个人，其实有很深的厚黑学功底。因此给宝玉"拉仇恨"这种事情，对于邢夫人来说，不过是小菜一碟。

邢夫人是怎样羞辱王熙凤的

第六十八、六十九回，王熙凤察觉贾琏偷娶了尤二姐，于是用计谋将尤二姐骗进荣国府，她又设计让张华状告贾琏、贾蓉，大闹宁国府，也算是出了一口恶气。至此，贾琏偷娶尤二姐的事情，已是尽人皆知。

可是，就在这时，发生了一件事情：

（贾琏）将所完之事回明。贾赦十分欢喜，说他中用，赏了他一百两银子，又将房中一个十七岁的丫鬟名唤秋桐者，赏他为妾。贾琏叩头领去，喜之不尽。见了贾母和家中人，回来见凤姐，未免脸上有些愧色。谁知凤姐儿他反不似往日容颜，同尤二姐一同出迎，叙了寒温。贾琏将秋桐之事说了，未免脸上有些得意之色，骄矜之容。凤姐听了，忙命两个媳妇坐车往那边接了来。心中一刺未除，又平空添了一刺，说不得且吞声忍气，将好颜面换出来遮掩。一面又命摆酒接风，一面带了秋桐来见贾母与王夫人等。贾琏心中也暗暗的纳罕。

这个节骨眼，偷娶尤二姐的风波尚未平息，贾赦又赏赐给贾琏一个妾，这不是火上浇油，要王熙凤好看吗？

王熙凤大闹宁国府，贾赦、邢夫人会不知道？贾府内部，各房眼线纵横交错，焉能不知？这足可见出，贾赦这个公公，不是巴望贾琏王熙凤夫妻好好过日子，而是巴不得他们感情不和。

贾赦此举，就是尤二姐风波之后，趁火打劫，再给王熙凤的一次沉重的打击和羞辱。而这笔账，要算在贾赦欲纳鸳鸯为妾不成反遭羞辱这件事情上。这事是邢夫人亲自出马的，王熙凤先是劝阻，后是出工不出力，之后平儿帮着鸳鸯说话，尽管王熙凤掩饰过去，邢夫人焉能不察？

来看看王熙凤对邢夫人说的话：

"老太太常说，老爷如今上了年纪，作什么左一个小老婆右一个小老婆放在屋里，没的耽误了人家。放着身子不保养，官儿也不好生作去，成日家和小老婆喝酒。太太听这话，很喜欢老爷呢？这会子回避还恐回避不及，倒拿草棍儿戳老虎的鼻子眼儿去了！太太别恼，我是不敢去的。明放着不中用，而且反招出没意思来。老爷如今上了年纪，行事不妥，太太该劝才是。比不得年轻，作这些事无碍。如今兄弟、侄儿、儿子、孙子一大群，还这么闹起来，怎样见人呢？"

凤姐这番话，虽然是转述贾母的，但已经很重了。邢夫人回去是要讲给贾赦听的。儿媳妇公然这样议论公公，以贾赦的性格，焉能不恼，又岂会善罢甘休？

贾琏的婚姻，是王夫人牵线，贾母力主促成的，并非贾赦和邢夫人做主。这也就罢了。王熙凤进了贾府，压根儿没把公公婆婆放在眼里，而是紧跟贾母和王夫人。

因此，贾赦赏赐秋桐给贾琏做妾，这背后的推手，其实是早已经对王熙凤不满的邢夫人。绣春囊事件针对王熙凤不成，这次羞辱王熙凤的机会，邢夫人岂肯放过？

于邢夫人而言，赏赐秋桐给贾琏，这事儿有百利而无一害。把秋桐这个狠角色赏赐给贾琏，她少了个添堵的人，王熙凤却多了个添堵的人。

来看一个细节，秋桐到了贾琏房里，和尤二姐闹不算，邢夫人一来，秋桐就立马告状：

可巧邢夫人过来请安，秋桐便哭告邢夫人说："二爷奶奶要撵我回去，我没了安身之处，太太好歹开恩。"邢夫人听说，慌的数落凤姐儿一阵，又骂贾琏："不知好歹的种子，凭他怎不好，是你父亲给的。为个外头来的撵他，连老子都没了。你要撵他，你不如还你父亲去倒好。"说着，赌气去了。秋桐更又得意，越性走到他窗户根底下大哭大骂起来。尤二姐听了，不免更添烦恼。

邢夫人来了，秋桐就敢告状，而且是告贾琏和王熙凤，这说明秋桐是视邢夫人为靠山的，她很清楚邢夫人对贾琏、王熙凤的态度。儿子和正牌儿媳妇的状，一个做妾的都敢告，只能说明邢夫人和秋桐是一伙的。至少，秋桐是被邢夫人收买了的。

而邢夫人一听秋桐的告状，不问青红皂白，就骂贾琏，数落王熙凤，对秋桐如此维护，没有半点训斥，其心昭昭，已然是公然拉偏架了。因为邢夫人的目的，就是要抬高秋桐，打击凤姐，出胸中一口恶气。

邢夫人为何忿忿不平

第七十一回写了邢夫人的不满：

邢夫人自为要鸳鸯之后讨了没意思，后来见贾母越发冷淡了他，凤姐的体面反胜自己；且前日南安太妃来了，要见他姊妹，贾母又只令探春出来，迎春竟似有如无，自己心内早已怨忿不乐，只是使不出来。

邢夫人忿忿不平的原因，一是因鸳鸯的事情受到贾母冷遇。二是儿媳妇王熙凤的风头盖过了她。三是贾母做寿，南安太妃来，贾母只叫了贾探春出去见面，没叫贾迎春。

南安太妃来给贾母做寿，其真实的目的，是为儿子南安郡王相亲。贾政一房已经出了个贵妃，风头已经盖过大房。因此南安太妃亲来相亲，邢夫人就算再怎么对贾迎春不好，利益相关，她也是希望贾迎春能够有机会出人头地的。如果南安太妃相中了贾迎春，那大房岂不是也出了个王妃，也为贾府增光添彩，让一直被二房压得喘不过气来的大房出了口气吗？

可是，这次贾母又把机会给了贾探春，邢夫人旧怨未了，又添新恨，自然要怪贾母偏心。

邢夫人为何没能掌管荣国府

邢夫人作为长房长媳，为何没能掌管荣国府？

第一，贾赦的媳妇其实是掌管过荣国府的，但那个媳妇不是邢夫人，而是贾琏的亲生母亲。

第二，贾赦的发妻过世，不可能立即娶新妇。其时王夫人已嫁入荣国府，作为二房媳妇的她顺理成章地掌管了荣国府。

第三，贾赦续弦，娶了邢夫人。但邢夫人并非原配，而王夫人把荣国府也管得很好，没有理由让位。

第四，王夫人的娘家势大，不仅是四大家族之一，其兄王子腾官运亨通，节节高升，不可小觑；而邢夫人的娘家不过是寻常人家，双亲早已亡故，和王家实力悬殊，没人会为邢夫人去得罪王夫人。

第五，邢夫人不仅是续弦，还没有子嗣。而王夫人育有二子一女，长女贾元春选入宫中，充任女史，后被册封贵妃；其子贾宝玉，衔美玉而生，深得贾母宠爱，视为命根，母以子贵，王夫人因此逐渐势大。

第六，和邢夫人相比，王夫人为人处世更为公允，也更会施舍恩惠笼络人心，因此更得贾母欢心和贾府上下的认可。

这样一来，既有阴差阳错，又有做人的差距，更有子女和娘家的巨大差距，没有人会为邢夫人出头，邢夫人当然不可能掌管荣国府了。

其实心思缜密的王夫人早就看到了这一点，她把长房长孙贾琏拉过来，让他管理荣国府，堵了长房的嘴，又把侄女王熙凤许配给贾琏，辖制住了贾琏。长房、长孙及长孙媳都在管理荣国府，这样既拉拢了贾琏，又也进一步瓦解了长房，这样一来，王夫人对荣国府的控制变得越发天衣无缝和牢不可破。

邢夫人为何时时强调三从四德

贾府里有很多很有意思的事情——可以痛下杀手致人死命的王夫人天天吃斋念佛；刻薄寡恩、冷酷无情的邢夫人满口的仁义道德。这就是贾母的两个儿媳，哪个是省油的灯？

第四十七回，贾母实在忍不住，说了邢夫人一回：

贾母见无人，方说道："我听见你替你老爷说媒来了。你倒也三从四德，只是这贤慧也太过了！你们如今也是孙子儿子满眼了，你还怕他，劝两句都使不得，还由着你老爷性儿闹。"

邢夫人的三从四德，是贾母总结出来的。这里的三从四德，其实是贬义。邢夫人这样的人，毫无道德底线，为何时时要强调三从四德？

还是看第四十七回，贾琏抱怨父亲贾赦不检点，邢夫人是这样说的：

"我把你没孝心雷打的下流种子！人家还替老子死呢，白说了几句，你就抱怨了。你还不好好的呢，这几日生气，仔细他捶你。"

有孝心的人一般都温良慈爱，但看看她对贾迎春，哪里有一点点疼爱？对自家兄弟邢大舅、亲侄女邢岫烟，哪里有一点垂怜？

邢夫人葫芦里卖的到底是什么药？

邢夫人说贾琏替他老子被骂几句怎么了，孝顺儿子还可以替老子去死呢。这句话，倒是露出了些端倪。

贾母也曾一针见血地说过邢夫人：

"他逼着你杀人，你也杀去？"

贾母这句话，把邢夫人时时强调三从四德的真实意图揭露出来了。那就是企图以道德实施对他人的控制。这是没有道德的人惯用的伎俩，为了方便自己没道德，需要别人都很讲道德。所以，她才敢这么天经地义地斥责贾琏，你应该能为你的父亲去死。

这才是邢夫人触目惊心的意图。

不妨来梳理一下邢夫人的言行。

第一，邢夫人既不是贾赦的发妻，也不是贾琏和贾迎春的亲妈。她又不是什么有爱心、有奉献精神的人，不可能获得贾琏和贾迎春的真心爱戴，怎么办？用道德去压。

第二，长房干不过二房，荣国府的控制权实际在二房，按照伦理道德，应该是大房当家，邢夫人强调仁义道德，是想一旦机会来临，扭转乾坤。

第三，贾赦一房，贾赦是老大，邢夫人就是老二，老二要维护权威，就要不折不扣地以道德的名义维护老大的权威，所以，老大要老二去帮着娶妾这种事情，邢夫人也会三从四德地去干。

原来邢夫人这个最不讲道德的人，时时强调道德的原因，是要用道德去巩固地位，抬高自己，控制别人，甚至名正言顺地要求别人去死。

邢夫人心里，也许有一个梦想，一旦贾母过世，她可以以伦理道德的名义，咸鱼翻身，成为荣国府的第一夫人。

邢夫人深恨贾母、王夫人的证据

邢夫人对贾母和王夫人的态度，其实隐藏得很深。曹雪芹拿捏得很准，几乎通篇没直接写邢夫人对于贾母、王夫人的态度。但是，是狐狸，总会露出尾巴的。第六十五回，从贾琏的心腹小厮兴儿之口，就能看出邢夫人对贾母、王夫人的真实态度。

兴儿说到王熙凤的时候，有这么一段话：

"如今连他正经婆婆大太太都嫌了他，说他'雀儿拣着旺处飞，黑母鸡一窝儿，自家的事不管，倒替人家去瞎张罗'。若不是老太太在头里，早叫过他去了。"

这话似乎说的是对王熙凤的不满。可是，这里面有一句话大有文章——所谓"黑母鸡一窝儿"。看到这句话首先想到的就是"天下乌鸦一般黑"，那是骂人的话。那么，邢夫人这句"黑母鸡一窝儿"是什么意思呢？

王熙凤在荣国府管事，自然是和贾母、王夫人"一窝了"，这也就是前面一句写的"雀儿拣着旺处飞"。

原来，在邢夫人内心深处，她的婆婆贾母、妯娌王夫人，不过就是丑陋的"黑母鸡"而已，这是极大的蔑视，也是极大的仇恨。这就是邢夫人深恨贾母和王夫人的证据，言之凿凿而无可辩驳。

千万不要以为邢夫人是"尴尬人"就小看了她，此人的尴尬，也是有原因的。她是贾赦的续弦，没有子嗣。此外，无论对娘家还是婆家，她都刻薄、贪婪、吝啬，想法和李纨差不多——攒钱防老。从贾母对贾琏的疼爱来看，贾琏的生母，应该是很得贾母赏识的。邢夫人这个续弦，为人厚黑，也无子嗣，自然入不了贾母法眼。二房的王夫人，仗着贾母的支持和女儿的威势，居然掌管了荣国府，邢夫人不仰仗贾赦还仰仗谁呢？贾赦再不是个东西，邢夫人知道，她一个续弦，一个无子嗣的女人，想在贾府这深宅大院立脚，不抓住根稻草是不行的。因此任贾赦的要求再无赖，邢夫人也只能曲意逢迎。这就是"尴尬人"的由来。

但是尴尬人，也是有愤怒的。只要有机会，她也是会报复的。

正因为有恨，邢夫人才会在林黛玉初进贾府时"苦留"吃饭，设若能由这看似不经意的一个小设计，"打"一下贾母的老脸和黛玉的小脸，也是一件很快意的事情。

正因为有恨，她才会刻意挑拨贾迎春和贾琏夫妇的关系。

正因为有恨，邢夫人拿到傻大姐捡到的绣春囊时才会向王夫人兴师问罪，矛头直指王熙凤，因为扳倒了王熙凤，自然就打到了王夫人的"七寸"。

正因为有恨，她才会在帮着贾赦纳鸳鸯为妾时，刻意问清楚鸳鸯的嫂子，为鸳鸯说话的除了袭人是不是还有平儿。

正因为有恨，她才会撺掇贾赦先是为了贾琏替石呆子说话（其实是恨贾琏管不住老婆，不帮着公公纳妾）毒打贾琏，后来又唆使贾赦把秋桐赏赐给贾琏做妾，讥讽王熙凤和平儿之不能生育，在贾琏偷娶尤二姐之后，给王熙凤的伤口再撒上一把盐。

如果说赵姨娘的仇恨是写在脸上的，那么，邢夫人的仇恨，则是绵里藏针。邢夫人者，刑夫人也，她代表着一种冷酷杀伐的毁灭性力量。

贾赦、邢夫人就是一对利益夫妻

荣国府长房——贾赦、邢夫人这对夫妻，还是值得一说的。

首先，邢夫人是贾赦续弦，不是原配妻子。贾赦的原配妻子，也就是贾琏的生母应该在贾琏十来岁甚至更小的时候就死了。一般来讲，续弦妻子的感情和原配妻子是没办法比的。

其次，邢夫人和贾赦并没有生育子女。这是很奇怪的事情。除了贾琏，贾赦还有两个子女，一个是贾迎春，是贾赦的妾所生，从邢夫人说贾迎春生母的情形来看，邢夫人嫁过来时，贾迎春的生母还没有死，和邢夫人打过一阵子交道。而且贾迎春的生母很强势，很可能连贾琏的生母和邢夫人都要让三分，可惜贾迎春的生母也死了。贾赦还有一个儿子叫贾琮，也就十来岁的样子，从邢夫人对他的训斥来看，其母要么是贾赦的妾，要么就是贾赦房里的丫鬟，地位很低，而且已经死了，贾琮受尽白眼和凌辱，不仅邢夫人不待见，贾琏、王熙凤不待见，跟贾迎春也没有任何交集。

这就传达出一个信息。贾赦在娶了邢夫人之后还和妾或者丫鬟生下了贾琮。以贾赦的好色，房里的丫鬟都不放手，居然和邢夫人无子，这说明贾赦娶邢夫人，不过是完成续弦的使命，对邢夫人本没多大兴趣，不然十多年的夫妻，怎么可能没有孩子？也许有人猜测是邢夫人不能生育，但这种可能极小，不会生育的女人在那个时候是嫁不出去或者会被休弃的。而且不仅续弦的邢夫人没有子嗣，宁国府贾珍的续弦尤氏也没有子嗣。这样的巧合不太可能是因为贾府不幸，娶的媳妇都不能生育，而是她们被娶过来压根儿就是个摆设。

最后，这样一来，邢夫人要巩固地位，只有一条路可走了，那就是无条件地迎合贾赦。贾赦可以利用邢夫人为自己做很多事情，即便是讨小老婆这样令天下正妻都觉得耻辱的事情，邢夫人也会替贾赦去做。这样的夫人，对于贾赦来说也算难得，上哪里去找这样的三从四德？

就这样，这对半路夫妻，根本谈不上感情。贾赦和邢夫人犹如互相利用的两个合作伙伴，一个需要的是无条件服从，一个靠无条件服从来巩固地位，二人各取所需，各有目的。贾赦的目的是花天酒地、为所欲为、无拘无束、无人敢管，邢夫人的目的是积极配合、顺势上位、抬高自己。

这就是贾赦和邢夫人，世俗红尘最粗俗不堪的一对夫妻，连接他们的纽带不是感情，而是赤裸裸的利益。

第三节　吃斋念佛为哪般

从贾宝玉挨打看贾政、王夫人较劲

贾政和王夫人的夫妻关系，实在是很微妙。

第三十三回：

> 王夫人一进房来，贾政更如火上浇油一般，那板子越发下去的又狠又快。按宝玉的两个小厮忙松了手走开，宝玉早已动弹不得了。
>
> 贾政还欲打时，早被王夫人抱住板子。贾政道："罢了，罢了！今日必定要气死我才罢！"王夫人哭道："宝玉虽然该打，老爷也要自重。况且炎天暑日的，老太太身上也不大好，打死宝玉事小，倘或老太太一时不自在了，岂不事大！"贾政冷笑道："倒休提这话。我养了这不肖的孽障，已不孝；教训他一番，又有众人护持；不如趁今日一发勒死了，以绝将来之患！"说着，便要绳索来勒死。
>
> 王夫人连忙抱住哭道："老爷虽然应当管教儿子，也要看夫妻分上。我如今已将五十岁的人，只有这个孽障，必定苦苦的以他为法，我也不敢深劝。今日越发要他死，岂不是有意绝我。既要勒死他，快拿绳子来先勒死我，再勒死他。我们娘儿们不敢含怨，到底在阴司里得个依靠。"说毕，爬在宝玉身上大哭起来。
>
> 贾政听了此话，不觉长叹一声，向椅上坐了，泪如雨下。

这段描写，要注意三点：

第一，贾政打宝玉够狠，为何王夫人来了，下手反而更狠？何谓"火上浇油"，王夫人分明就是那油啊。当王夫人抱住贾政的板子叫停时，贾政的反应更加激烈，竟然要拿绳来勒死宝玉。贾政连打死都等不及了，要给宝玉个痛快。这是十分骇人的。看得出贾政对宝玉的气愤，有很大一部分分明是冲着王夫人去的。这时候贾政打贾宝玉，很是有些打给王夫人看的意思。

第二，贾政跟王夫人说话的口气也值得玩味，先是"冷笑"，后是"长叹"，再后是"泪如雨下"。冷笑是不满不屑，长叹是无可奈何，泪如雨下则是伤心至极。这就是丈夫对妻子的态度。

第三，贾政是在王夫人彻底摊牌的情况下才罢手的。王夫人看穿了贾政的用心，自古母以子贵，王夫人有两个儿子，贾珠早夭，只剩下贾宝玉。贾政打死贾宝玉，就是绝了王夫人的后，而贾政还有贾环。这样的话，已经相当重了，其意就是，如果非要致宝玉于死地，我也会以死相拼。

这一招，果然奏效。

贾政如果真打死贾宝玉，就是与王夫人决裂，与王子腾决裂，与王家决裂。薛家的当家人薛姨妈也是王夫人的亲妹妹，贾史王薛的家族联盟也将就此瓦解。贾政之所以放手，与其说是念及父子之情，不如说是迫于王夫人及其娘家的强势存在。

如此，贾宝玉挨打一场，贾政和王夫人也经历了一场刻骨铭心的较量。贾政对王夫人的不满，其感情之冷淡，让人侧目。

贾政为何对王夫人不满

贾政对王夫人的不满，首先是性格方面的不满。

按照贾母的说法，"和木头似的"，沉默寡言，加之清心寡欲，天天"吃斋念佛"。这样的女人对于男人而言，多半是不讨好的。

何况，贾政表面道学，骨子里却和贾宝玉一样——"起初天性也是个诗酒放诞之人"（第七十八回）。也就是说，贾政所喜欢的和贾宝玉差不多，都是林黛玉那种类型的女人。可以想见，儿时的贾政和妹妹贾敏应该是很相知的，由此才引出他和林如海的相契以及对林黛玉的青睐有加。

和王夫人的婚姻，不过是父母之命、媒妁之言罢了，贾政是不会喜欢的。

但是不喜欢也就罢了，不过是性格不合，毕竟夫妻一场，生育了二子一女，没有感情也有亲情，何至于不满呢？

这里面有一个更为关键的问题，那就是子女的教育问题。

贾政的两个儿子贾珠和贾宝玉，显然贾政寄予厚望的是贾珠。可是贾珠却不到二十岁就死了。

小说虽然没有明写贾珠为何而死，但其中的端倪在第三十四回显露出来。王夫人与袭人有一段交心长谈，王夫人说：

"我何曾不知道管儿子？先时你珠大爷在，我是怎么样管他，难道我如今倒不知管儿子了？"

原来当年管教贾珠的任务也是主要由王夫人来承担的，王夫人管得很严。第二回冷子兴演说荣国府，就说到了贾珠：

这政老爷的夫人王氏，头胎生的公子，名唤贾珠，十四岁进学，不到二十岁就娶了妻生了子，一病死了。

贾珠是很乖很听话的，是"过去版"的贾兰。这样的儿子自然不用贾政费心，王夫人对贾珠的教育也很严苛。大家想想，一个孩子，不到十四岁就中了秀才，十四岁之前，要怎样的苦读？不到二十岁就娶妻生了儿子——读书之外，还有婚姻生育延嗣之责，这就是长子的压力。难怪那孱弱的身体竟禁不起一场病。贾珠短暂的一生，可谓气喘吁吁不堪重负的一生。王夫人这样的安排，尤其是这么早让贾珠进学娶妻生子，及至贾珠早早死掉，反推回来，就会觉得王夫人严苛得有些过头了。不仅贾政这样觉得，王夫人本人恐怕也是这么想的。这就是她始终觉得在贾政面前抬不起头来的原因。

有了贾珠的前车之鉴，王夫人是一朝被蛇咬十年怕井绳，对贾宝玉采取了另一个极端的管教办法，那就是极度的溺爱放纵，放任自流。

贾政看着小儿子宝玉的荒诞不经，想着大儿子贾珠乖巧勤奋而不幸早夭，触景生情，思及往事，怎会不对王夫人失败的教育感到不满呢？

从第三十三回贾政痛打贾宝玉、王夫人劝解来看，贾政对王夫人的不满，既源于宝玉的不成器，更源于对贾珠早夭的痛苦。所谓：

王夫人抱着宝玉，只见他面白气弱，底下穿着一条绿纱小衣皆是血渍，禁不住解下汗巾看，由臀至胫，或青或紫，或整或破，竟无一点好处，不觉失声大哭起，"苦命的儿吓！"因哭出"苦命儿"来，忽又想起贾珠来，便叫着贾珠哭道："若有你活着，便死一百个我也不管了。"此时里面的人闻得王夫人出来，那李宫裁王熙凤与迎春姊妹早已出来了。王夫人哭着贾珠的名字，别人还可，惟有宫裁禁不住也放声哭了。贾政听了，那泪珠更似滚瓜一般滚了下来。

贾政听到贾珠，想起贾珠，刹那间便泪流满面。贾珠之死，其实是贾政心中永远的痛。难怪，贾政这样一个不理俗务之人，竟会时时刻刻顾及贾兰的感受，如此疼惜，那是爱屋及乌。

较之于贾珠的成器，宝玉的荒唐才会更显得触目，贾政看到赶来的王夫人，就想起这都是她宠溺的后果，才会板子反而下得"又快又急"，甚至要"勒死"了事。其实贾政不满宠溺宝玉的，恐怕还有贾母，王夫人提及贾母时贾政的反应，就暗含了对母亲溺爱宝玉的不满，只是那是他的母亲，半个字也不敢说，只能把所有的不满发泄到王夫人头上。

在贾政看来，王夫人对两个儿子的教育都是失败的。对自觉的贾珠过严过苛，导致其早早夭亡；对不自觉的宝玉过宽过溺，导致其惹是生非。两个儿子，两种极端的教育方式，确实反映了王夫人在子女教育上的笨拙和无能。这是令贾政最为失望的。

王夫人为何难奈赵姨娘

作为贾政的妾，赵姨娘和王夫人是没法比的。可是，这么一个地位卑微的女人，却成为王夫人和贾宝玉母子最危险的对手。赵姨娘背后使坏，甚至贾环背后使坏，王夫人是有所察觉的，可是，王夫人却对赵姨娘的挑战无可奈何。

第一，赵姨娘躲在暗处。

无论贾环的使坏，还是马道婆的巫术，赵姨娘都是幕后推手，从未站到前台。王夫人无法与之正面交锋。

第二，贾环也是贾政的儿子，王夫人还真不好当真发作。

王夫人作为正妻，理应对贾政的子女一视同仁、视为己出。贾环推油灯烫伤贾宝玉，可以解释为失手，并非故意，王夫人只能骂几句出出气。贾环向贾政诬告贾宝玉强奸金钏未遂，在贾政这方面看来并无不妥，即便所说不实，只是小孩子家"听说"的，可以谅解。其实贾环不仅把宝玉告了，也把王夫人告了，所谓"除了太太房里知道"，意味着王夫人包庇纵容。可是人家毕竟是父子，知无不言，王夫人又能怎样？

第三，赵姨娘地位上虽然与王夫人相去甚远，但说到与贾政的夫妻关系，却稍占上风。

小说伊始，王夫人就处于半退隐状态，只一味地吃斋念佛了。让王熙凤当家，就连伺候老公的任务也交给了赵姨娘。

让王熙凤管理家务，王夫人是甘心的，可是把伺候老公的权利让给赵姨娘，却情非得已。小说写赵姨娘粗俗，不是指她的容貌，而是指她的人品。从贾探春的长相判断，赵姨娘不会难看，甚至也很美丽。其实贾环的粗鄙，说的也是他的气质，而不是长相。

王夫人年老色衰失宠，赵姨娘年轻貌美得宠，也是不争的事实。

第四，赵姨娘虽然卑微粗俗，也为贾政生下了一子一女，母以子贵，真到节骨眼儿上，王夫人也是很难扳倒赵姨娘的。即便是赵姨娘唆使彩云偷拿王夫人的东西，众人也顾及探春脸面，瞒过了王夫人。

第五，而最危险的是，一旦贾宝玉有个什么三长两短，赵姨娘就得逞了，贾环就是贾政唯一的儿子，王夫人就是真正的孤家寡人了，这是多么可怕的结局。王夫人每每提及此事，总是感觉到深深的恐惧。强敌在前，先挫了锐气，王夫人哪里还有心恋战？

所以，王夫人表面风光，其实内心无奈。她当然知道赵姨娘、贾环时时在暗处使坏，却又奈何不得，只能"严于律己"了。所以，她才会不顾一切地向金钏发难、向晴雯发难、向司棋发难、向十二官发难，宁愿承担杀人的恶名，也要保住宝玉的清誉，这种母爱，虽然偏执，却有一种"我不入地狱，谁入地狱"的大无畏勇气。难怪王夫人尽管见识短浅一再犯错，小说也难见一语针砭，因为母爱无罪。

王夫人如何反击邢夫人

以前对王夫人的印象，至多认为她表面大事不管小事不问，吃斋念佛，显得很木讷，贾母说她是根"木头"，暗地里却为促成宝玉和宝钗的婚姻策划了"金玉良缘"，还扯谎成性，心狠手辣，相继逼死了金钏、晴雯，撵走了司棋、芳官。可是，读到第七十四回，陡然发觉，还是低估这个妇人了。

王夫人其实是非常善于借刀杀人的。最典型的例子就是王夫人查抄大观园，居然启用邢夫人陪房王善保家的作为主将。所谓：

王夫人正嫌人少不能勘察，忽见邢夫人的陪房王善保家的走来，方才正是他送香囊来的。王夫人向来看视邢夫人之得力心腹人等原无二意，今见他来打听此事，十分关切，便向他说："你去回了太太，也进园内照管照管，不比别人又强些。"

原来送绣春囊过来的就是王善保家的。既然邢夫人借绣春囊事件意图诬蔑王熙凤失德，那么，何不借力打力呢？毕竟王善保家的是邢夫人的陪房和心腹，既然绣春囊和王熙凤毫无瓜葛，那么，让王善保家的带人去查清楚绣春囊的由来，邢夫人也无话可说。这把火，只要不烧到王熙凤身上，王夫人是可以好好利用的。

至于王夫人向来视邢夫人之得力心腹为自己心腹的话，就是哄人的鬼话了。王夫人以二房之位执掌荣国府，邢夫人岂会和王夫人相好？这不过是障眼法而已。

而更让王夫人称心的是，王善保家的居然把绣春囊事件的第一个矛头指向了晴雯，阿弥陀佛，这不是天意嘛！巧的事情来了，真是瞌睡遇到了枕头，王善保家的第一个就拿晴雯开刀，这正是王夫人所希望的。

于是，王夫人立马就传唤了晴雯，不顾及主子的体面，什么难听的话都说出来了。所谓：

"好个美人！真像个病西施了。你天天作这轻狂样儿给谁看？你干的事，打量我不知道呢！我且放着你，自然明儿揭你的皮！"

显然，王夫人早已经先入为主地认定晴雯有问题，而王善保家的诬告给了她下手的机会，此时，王夫人已经下定决心要查抄大观园：

这里王夫人向凤姐等自怨道:"这几年我越发精神短了,照顾不到。这样妖精似的东西竟没看见。只怕这样的还有,明日倒得查查。"凤姐见王夫人盛怒之际,又因王善保家的是邢夫人的耳目,常调唆着邢夫人生事,纵有千百样言词,此刻也不敢说,只低头答应着。王善保家的道:"太太且请养息身体要紧,这些小事只交与奴才。如今要查这个主儿也极容易,等到晚上园门关了的时节,内外不通风,我们竟给他们个猛不防,带着人到各处丫头们房里搜寻。想来谁有这个,断不单只有这个,自然还有别的东西。那时翻出别的来,自然这个也是他的。"王夫人道:"这话倒是。若不如此,断不能清的清白的白。"因问凤姐如何。凤姐只得答应说:"太太说的是,就行罢了。"

于是,查抄大观园的事情就成了,王夫人虽然命王熙凤和陪房周瑞家的也去,但那只是防止王善保家的做出什么出格的事儿来。事实证明王善保家的还是做出了出格的事来——敢搜探春,被探春给了响亮的一巴掌,设若没有王熙凤和周瑞家的在场,只怕场面要失控。王夫人深知,她本人尚且要顾及晴雯是贾母房里的人,何况王熙凤和周瑞家的,她们肯定会有所顾忌,只有深恨晴雯的王善保家的出马,才能对晴雯毫不客气,即便出了事,也是邢夫人的陪房干的,王夫人可以成功地推脱干净。

好一个王夫人,做事竟然这样周密,不得不让人佩服。而查抄大观园的结果,也证明了王夫人的高明——不仅洗清了凤姐,还借王善保家的之力收拾了晴雯,而且狠狠地给了王善保家的(其实还有邢夫人)一记耳光,那就是查处了王善保家的外孙女司棋的私情,所谓的绣春囊,其实就是潘又安和司棋幽会带进来的。真的是一箭三雕啊!

所以,查抄结束以后:

"前日那边太太嗔着王善保家的多事,打了几个嘴巴子,如今他也装病在家,不肯出头了。况且又是他外孙女儿,自己打了嘴,他只好装个忘了,日久平服了再说。"

至此,查抄的效果已经达到,王夫人打了邢夫人的脸,已不再需要愚蠢的王善保家的了,她可以亲自出马,整顿宝玉房里的晴雯、芳官和四儿了。

查抄大观园,王夫人不仅反击了邢夫人,而且达到了自己的目的,可见她偶露峥嵘,确实身手不凡。

王夫人的绝地反击

如果说自清虚观打醮，贾母一举粉碎了"王氏集团"一手炮制的"金玉良缘"，之后又点醒贾元春，采取施恩分化的手段，挽救宝琴的婚姻，成全薛蝌的婚姻，导致了贾元春的沉默、薛宝钗的退出、薛姨妈的放弃，只留下王夫人一人苦苦支撑。至此，"王氏集团"的联姻计划几乎分崩瓦解。

但是，如果就此认为王夫人愿赌服输，那就大错特错了。王夫人是那种能把仇恨深深埋藏在心底的人，一旦有机会，她就会绝地反击。

第七十四回至第七十八回，王夫人借口绣春囊事件查抄大观园，撵走晴雯并致其屈死，就是她隐忍许久之后的又一次爆发。

王夫人借力打力，借邢夫人拿傻大姐捡到的绣春囊前来质问的机会，把邢夫人的陪房王善保家的拉进来，和王熙凤、周瑞家的一起查抄大观园。王夫人查抄大观园，其意在"清君侧"，把贾母安插在贾宝玉身边的人清除掉，司棋不过是意外的收获。我们看整个查抄大观园的过程，真正有问题的司棋，王夫人提都没提，而没犯事被冤枉的晴雯，却又是过目，又是面审的，不撵出去誓不罢休。连带着宝玉喜欢的四儿、芳官，甚至死去的柳五儿，都受到牵连。

贾母为贾宝玉选中的未来的妻子林黛玉和妾晴雯，王夫人一个也看不上。她虽然拿林黛玉没办法，对付晴雯还是可以的。只要有借口，就可以下手，而绣春囊事件就是个好借口。动不了妻，就动妾。王夫人真的很顽强，即便阻挡不了林黛玉成为贾宝玉的妻子，那安插个心腹眼线袭人做妾也是好的。

最关键的，不管是查抄大观园，还是撵走晴雯，这么大的事情，王夫人事先并没有向贾母报告，尤其是晴雯的处置，事后还撒了个弥天大谎，找了个无耻的借口，说晴雯得了痨病，让贾母无话可说。

王夫人的这场绝地反击，其实质还是想逐步架空贾母，削弱贾母对于宝玉婚姻生活的控制力。

王夫人为何仇视美女

很明显，王夫人对晴雯的指责是不成立的。她借绣春囊事件大做文章，企图拿晴雯开刀，查抄的结果，晴雯是清白的，拿不住半点把柄，倒是诬告晴雯的王善保家的，拿住了她自己的外孙女司棋。

可是，王夫人并未就此罢休。她依旧在王善保家丢了脸退出、王熙凤下红淋漓不止的情况下，亲自出马，撵走了无辜的晴雯。

其实王夫人应该知道晴雯是清白的，她这么做的第一个理由，自然是要对抗贾母，用袭人置换晴雯。

而第二个理由，就是王夫人仇视美女。小说里凡是口齿伶俐的漂亮女孩，皆不入她的法眼。第七十四回，王夫人就说"我一生最嫌这样人"，又说"笨笨的倒好"。

从贾元春、贾宝玉的长相来看，王夫人应该也是个漂亮女人。但是，这样一个漂亮女人，为什么如此仇视美女呢？

王夫人仇视美女的原因，来自赵姨娘的上位。

注意一个细节，王夫人早已吃斋念佛，贾探春和贾环已经长大，和贾政同房的，还是赵姨娘。这就是王夫人心里的痛。

从贾探春的美丽、贾政骨子里和贾宝玉一样放荡不羁来看，赵姨娘也是个漂亮女人。从贾母和王夫人甚至王熙凤对赵姨娘的鄙视程度来看，一方面是赵姨娘做人有问题，另一方面，赵姨娘的上位是勾引贾政的结果，并未经过贾母和王夫人允许。

原来，王夫人内心之痛，全在于赵姨娘这样一个美丽的女人抢了她的男人，获得了贾政的宠爱，并且生儿育女，这是骄傲的王夫人——四大家族权势日隆的王家之女、贵妃之母所不能忍受的。从此，她就站在伦理道德的高度，对所有未经她许可、有一丝一毫可能上位的漂亮女人极端地仇恨了。她的伤恸已然这样了，她不允许儿子身上再发生这样的事情。在她看来，所有的勾引行为都是可耻的。绣春囊事件发生时，她就对贾琏、王熙凤有过激烈的斥责，而对企图勾引她儿子的行为就更加不能容忍。金钏如此、晴雯如此，这种事情最可能会揭开她的伤疤，让她想起早年不经意之间被赵姨娘得手的不堪经历来。

从赵姨娘的身世来看,她是贾府的家生子,并非随王夫人陪嫁过来的丫鬟。这就让王夫人更加痛恨。即便贾政纳妾,也应该纳王夫人认可的、信任的、最好是王夫人的陪嫁丫鬟才放心啊,这就是王夫人为什么连贾宝玉的妾的人选都不放过,必是她认可的袭人才满意的原因。

　　这种仇恨,注定不能向贾政发泄,只能向赵姨娘、向一切未经她许可而与儿子贾宝玉亲近的人发泄,金钏如此、晴雯如此、林黛玉也如此。

第四节　野地里的罂粟花

赵姨娘是个什么样的人

赵姨娘让我首先想到的就是女性主义文学中"阁楼上的疯女人"的形象，这是女性主义文学的经典论断。所谓"阁楼上的疯女人"，出自世界名著《简·爱》里罗彻斯特的发了疯的妻子。在女性主义文学评论家看来，这个女人的形象充满了象征意义，她代表了一种女性遭到长期压抑和奴役之后对于男性社会（包括为男性社会所欣赏、所接纳的女性简·爱这类女子）的仇恨。这类形象的本质就是仇恨，疯狂的仇恨。

赵姨娘的本质，也是仇恨，无休无止疯狂的仇恨。

但是，赵姨娘的仇恨和罗彻斯特妻子的仇恨还是有区别的。一来，赵姨娘不是神经病，高鹗后四十回写赵姨娘发了疯，倒是有几分男权主义对这类女人的愤恨，很契合女权主义对这类人物的概括和分析；二来，赵姨娘不是对所有男人都仇恨，比如对贾政，赵姨娘就很温柔，这也和罗彻斯特的疯妻子要杀了他的彻底仇恨不同；三来，罗彻斯特妻子的仇恨出自本能，没有来由，很神秘很恐怖，带有强烈的象征意味，但赵姨娘的仇恨却是有趋利性的和非常理性的。

赵姨娘的仇恨，和她长期受到的欺压是分不开的。

赵姨娘的出身，是丫鬟无疑。可是，这个地位卑微的丫鬟却凭着美貌获得了贾政的青睐。试想，王夫人是何等的愤怒，赵姨娘在王夫人的愤怒中又是何等的恐惧。从贾母、王熙凤等人都不待见赵姨娘来看，赵姨娘因贾政的宠幸要经受许多挤兑、白眼和凌辱。

这个可怜的女人，唯一的救命稻草就是贾政了，她只有全心全意博得贾政的欢心、尽快生育才能生存。好在她的肚皮也争气，为贾政生下了一儿一女。

几乎可以肯定的是，她在贾政那里越得宠，就越戳王夫人的眼睛。王熙凤也会附和着姑妈给赵姨娘"小鞋"穿。

因此，赵姨娘的生存空间几乎是和贾政的宠爱成反比的。这对赵姨娘来说，无疑是一种耻辱。而且，敌强我弱，她对王夫人、王熙凤的挤兑只能默默忍受，不敢置言。

应该说，正是这种长期的折磨和煎熬，造成了赵姨娘隐忍的性格、仇恨的本质以及险恶的心理。她要反击，反击那些不肯给予她尊重的人。就这样，这个女人被贾府复杂可怕的生存环境彻底毁了，变成了一个复仇者，一个急不可耐、抓住一点机会就要复仇的女人。

于是，才有她对贾环的仇恨式教育，也才有贾环推油灯烫贾宝玉，诬告贾宝玉强奸金钏，才有她和马道婆合谋，以巫咒之术戕害宝玉和凤姐，才有贾探春对母亲无可奈何的痛苦疏远。

当初这个卑微的女人得到贾政的宠爱，为贾府生儿育女时，应该也是幸福的，也是渴望得到贾府的承认和尊重的。可是，她得到的只是冷漠、白眼和欺凌，她的失落可想而知，她的痛苦才转化为仇恨。

赵姨娘的蜕变也说明素来以有德之家自居的贾府，其实充满了欺诈、压迫和黑暗。

赵姨娘和周姨娘的卑微

可别小看了给王熙凤做生日凑份子这件事情，虽然是出钱，但能出钱的，都是有头有脸的人。

贾母带头出二十两，邢夫人和王夫人作为儿媳，就只敢出十六两，要矮一头才行；尤氏李纨作为孙媳妇，又矮一等，出十二两；赖大之母说她应该比尤氏李纨少，贾母不答应。份子钱的高低，代表的是在贾府的地位。"贾府风俗，年高服侍过父母的家人，比年轻的主子还体面"，赖大之母等众妈妈"分位虽低",但实际地位不低。

接下来,就是三春、众位姑娘以及那些大丫鬟了,"也有二两的,也有一两的",这是平儿、袭人、鸳鸯、彩霞等人的份子钱。可是,这些人分派完,还是没人想起贾政的两个妾赵姨娘和周姨娘来,尤其是赵姨娘,那可是贾探春和贾环的生母呀。不知此时贾探春的心里是什么滋味。

由此可见,妾的地位,实在是卑微,她们其实还不如有点脸面的丫鬟。

王熙凤最后想起她们来,已不是要给她们面子,就是要压榨几两银子而已。贾母的做法,更是随意,随手叫一个丫头去问问去,压根儿就没当回事。问的结果也很屈辱,赵姨娘和周姨娘既不敢跟邢夫人、王夫人一个档次,也不敢跟尤氏李纨一个档次,甚至跟赖大之母都不是一个档次,只能堪堪和平儿、袭人一样,每人二两。出了钱不说,还要遭受白眼。其实在贾母、邢夫人、王夫人和王熙凤眼里,赵姨娘和周姨娘的地位还不如平儿、袭人和鸳鸯呢。

这就是赵姨娘和周姨娘的卑微。赵姨娘即便如本分的周姨娘逆来顺受,不与王夫人、王熙凤和贾宝玉为敌,不为了儿子贾环的命运放手一搏,其结果依然会和周姨娘一样,像尘埃一样卑微,没人在乎她的死活,即便她为贾府生下了一儿一女。

这就是赵姨娘不甘心的根源,也是鸳鸯宁死不愿做妾的根源,更是尤二姐遭折磨致死的根源。

赵姨娘的身世

赵姨娘的身世还是有必要说说的。第五十五回,赵姨娘糊涂,为了兄弟赵国基的丧葬费和女儿理论。母女俩你一言我一语,而赵姨娘的身世,也就渐渐浮出水面。

说到赵国基,探春是这样说的:

"他是太太的奴才,我是按着旧规矩办。"

既然赵国基是王夫人的奴才，那么，赵姨娘也曾经是王夫人的奴才了。

再联系丧葬费的标准，花袭人是买来的，是所谓"外头的"，其母的丧葬费是四十两银子。赵国基的丧葬费是二十两，是按照家生奴的标准给的。看来，赵姨娘和赵国基的父母就已经是贾府的奴隶了。

这就说明赵姨娘并不是随王夫人陪嫁过来的王家人，王夫人的陪嫁丫鬟肯定不会少，不止周瑞家的一个，但却不可能父母兄弟一家子陪嫁过来。而且陪嫁过来的，一般都是小姐的心腹亲信。从赵姨娘未经王夫人许可上位，以及王夫人与赵姨娘彼此的反感来看，赵姨娘很可能是贾政房里的丫鬟。也许在王夫人没嫁过来之前，赵姨娘和贾政就已经对上眼了。

至此，可以看到，贾探春、贾环的母系血统是相当卑贱的，有血亲的外祖父母、舅舅都世代为奴。

这便是赵姨娘的身世。

而更尴尬的是，赵姨娘虽然摆脱了奴才身份，成为姨娘，她的孩子也成了贾府的少爷和小姐，但是她却无法改变父母和兄弟的命运，她的父母兄弟依然是奴才。按照正统，即便赵姨娘是贾环和探春的亲娘，只要王夫人在，贾环和探春也只能喊王夫人为娘，喊亲生母亲为姨娘，必须认王夫人娘家为外祖。所以，贾探春才会当众含泪对赵姨娘说：

"谁是我舅舅？我舅舅年下才升了九省检点，那里又跑出一个舅舅来？我倒素习按理尊敬，越发敬出这些亲戚来了。既这么说，环儿出去为什么赵国基又站起来，又跟他上学？为什么不拿出舅舅的款来？何苦来，谁不知道我是姨娘养的，必要过两三个月寻出由头来，彻底来翻腾一阵，生怕人不知道，故意的表白表白。也不知谁给谁没脸？幸亏我还明白，但凡糊涂不知理的，早急了。"

很多人说贾探春冷酷无情，不认母亲，是不对的。

贾探春作为贾府小姐，必须遵守贾府大统，认王夫人娘家人为外祖。否则，她的外祖和舅舅是奴才，她凭什么是小姐？此中煎熬，非常人可以理解。加之赵姨娘这个糊涂娘，时时"自黑"不说，还往女儿身上抹黑。试问，赵姨娘把她辛辛苦苦争来的姨娘身份和女儿、儿子的小姐少爷身份拼命往奴才堆里拽，又有什么好处呢？这不是自轻自贱是什么？

赵姨娘屡屡让女儿蒙羞

很多人指责贾探春对亲生母亲赵姨娘冷漠时，忽略了一个基本事实，那就是赵姨娘屡屡让贾探春蒙羞，尤其是在公众场合。

第五十五回标题就是"辱亲女愚妾争闲气，欺幼主刁奴蓄险心"。可以说，这一回都是围绕贾探春的，说的是贾探春在贾府生存的艰难。以吴新登媳妇为首的刁奴欺负贾探春是未出阁的小姐，设下重重圈套，企图使贾探春中招，犯下违规给亲舅舅赵国基超额发放丧葬费的错误，进而造谣中伤，毁掉这位贾府小姐的清白，使贾探春在王夫人甚至贾母那里失去信任和宠爱。更令贾探春没有想到的是，亲生母亲赵姨娘也不体谅她的难处，为此当众为难她。

吴新登媳妇这样的刁奴，其心阴险，但毕竟是外人，是存心要贾探春好看。但是探春的亲生母亲，居然也合着外人来作践女儿，就很令人汗颜了，难怪平儿说赵姨娘是个"着三不着两"的人。

赵姨娘此人因世代为奴的身世形成一种思维逻辑，就想着一朝掌帅印，可以胡作非为、鸡犬升天。这和古往今来普天之下的乱臣贼子有什么分别？来看看她当着众人的面是怎么跟女儿说的吧：

赵姨娘气的问道："谁叫你拉扯别人去了？你不当家我也不来问你。你如今现说一是一，说二是二。如今你舅舅死了，你多给了二三十两银子，难道太太就不依你？分明太太是好太太，都是你们尖酸刻薄，可惜太太有恩无处使。姑娘放心，这也使不着你的银子。明儿等出了阁，我还想你额外照看赵家呢。如今没有长羽毛，就忘了根本，只拣高枝儿飞去了！"

赵姨娘这番话根本站不住脚。绝不能因她所谓的奴才出身就给予更多不讲原则的同情。她这番话，透着这么几层意思：

第一，女儿当家，管事了，就应该明目张胆地照顾自家人。这种思想，就是一旦掌权就可以胡作非为的意思。试问这是当家者该有的尺度和原则吗？贾府这样的大家族，如果不按规矩，乱了法度，如何治理？治家犹如治国，赵姨娘这种思想，无论是治家还是治国，都是乱臣贼子的逻辑，是要亡国亡家的。不要看赵姨娘是劳苦大众出身，其实满肚子都是乱权乱政的坏水。尤其可怕的是，这样卑劣的思想，她居然当作大道理，明目张胆地说出来，真是无知者无畏。难怪贾母、王夫人、王熙凤容不得这样把违法乱纪视作理所当然的人。不要说让她照管家务，就是让她沾上一点权力，都要祸害无穷的。

第二，赵姨娘居然指责女儿忘了根本。贾探春的根本是什么？是奴隶吗？赵姨娘是奴隶出身，父母兄弟都是奴隶，就一定要当众说女儿的根是奴隶吗？这让贾探春如何管家？赵姨娘的话逻辑实在混乱，一会儿为了羞辱女儿，把死敌王夫人说成是好的，一会儿又指责女儿只顾巴结王夫人，忘了亲生母亲，这是个什么糊涂虫？

第三，尤其让贾探春寒心的是，她刚刚搞定了企图陷害她的吴新登媳妇，自己的母亲马上跳出来，硬逼着女儿去跳刚才那个陷阱，去犯刚才那个错误，她少得二十两银子真的比女儿的前途还要重要？比女儿在贾府的地位还要重要？这样的母亲，不唯让探春心寒，也让旁观者胆寒。

就是这件事，贾探春被刁奴围攻，处境凶险，尚能够全身而退，没想到她的生母又变成主攻手，来攻打自己的女儿，不仅逼着她犯错，而且当众羞辱她，这让探春情何以堪？

其实，赵姨娘最糊涂的一点，就是没有看到假使贾探春和她一样彻底在贾母和王夫人那里失宠，那么，她和贾环才真的是穷途末路了。假使贾探春在贾母和王夫人那里日益得宠，那么，贾探春什么也不用做，也没人敢欺负赵姨娘、贾环母子。这是赵姨娘在贾府最明智的生存策略。赵姨娘唆使彩云偷拿王夫人的东西给贾环一事差点败露，若不是因为贾宝玉顾及贾探春的脸面，赵姨娘肯定要吃一番苦头，这就是最好的证明。可惜，赵姨娘什么也不懂，她所做的，不是帮着女儿在贾母和王夫人那里得宠，巩固地位，而是帮着敌人一起去毁灭女儿。

这样一个女人，这样一个母亲，难怪连贾母也不待见，连亲生女儿也屡屡寒心。

赵姨娘的恶毒、不知感恩

第六十回，赵姨娘因芳官给了贾环茉莉粉而破口大骂，言语之龌龊，不忍卒读。所谓：

"有好的给你！谁叫你要去了，怎怨他们耍你！依我，拿了去照脸摔给他去，趁着这回子撞尸的撞尸去了，挺床的便挺床，吵一出子，大家别心净，也算是报仇。莫不是两个月之后，还找出这个碴儿来问你不成？便问你，你也有话说。宝玉是哥哥，不敢冲撞他罢了。难道他屋里的猫儿狗儿，也不敢去问问不成！"

其中一句"趁着这回子撞尸的撞尸去了，挺床的便挺床，"可是罪孽深重了。

她说的"撞尸的"，是指贾母和王夫人去给老太妃守孝。

她说的"挺床的"，是指病中修养的王熙凤。

这话说得何其恶毒，都是诅咒贾母、王夫人和王熙凤的意思。咒王夫人和王熙凤也就算了，咒贾母，可是触碰了贾府底线。这句话若是被贾政听到，有可能当场把赵姨娘打死或者撵走。

更严重的，居然说正值举行国丧的老太妃，也就是当今皇帝之生母为"尸"，传将出去，就是灭门之祸。

就是这么一句话，细细分析，不由得让人惊悸战栗，赵姨娘这个婆娘，何其恶毒、不知深浅！

第六十二回王夫人房里少了一瓶玫瑰露，原来是赵姨娘唆使彩云偷了给贾环的。为了探春的名声，宝玉应了这件事情，替赵姨娘贾环躲过一劫。所谓：

赵姨娘正因彩云私赠了许多东西，被玉钏儿吵出，生恐查诘出来，每日捏一把汗打听信儿。忽见彩云来告诉说："都是宝玉应了，从此无事。"赵姨娘方把心放下来。

放心是放心了，可是，可曾知道感恩？

这件事情乃是家内偷盗，若不是宝玉顾及探春的面子，被玉钏报到贾母、贾政、王夫人那里，这个姨娘还想不想做？

贾环推油灯烫宝玉，宝玉也替贾环在贾母面前遮掩过去了，说是不小

第九章 春华秋实渐悲凉

心烫的。赵姨娘也没有感恩，还和马道婆设下巫咒之术，要贾宝玉死，以便儿子出头。这样的女人，还值得同情吗？

难怪第六十回，贾探春这样评价她的母亲：

"这么大年纪，行出来的事总不叫人敬服。这是什么意思，值得吵一吵，并不留体统，耳朵又软，心里又没有计算。这又是那起没脸面的奴才们的调停，作弄出个呆人替他们出气。"

贾探春一世英名，都叫这个母亲带累坏了。可见贾探春是个明白人，只苦于有一个不争气的母亲。

第五节　知恩图报留余庆

刘姥姥的"存在主义"

刘姥姥是《红楼梦》人物群像中非常独特的一个。第一，她不是贵族。《红楼梦》的主要人物几乎都是贵族。第二，她也不是奴仆。她虽然贫穷，却还拥有自由，是个平民。第三，她是个地道的农民，在这部小说人物里也不多见。

据此，如果以为曹雪芹只是惯写风花雪月、儿女情长、富贵温柔就错了，他写尽贾府荣华富贵，笔锋稍稍一转，一个呼之欲出的老村妇形象就跃然纸上了。

有人说刘姥姥狡猾，有人说她市侩，有人说她下作，有人说她献媚，但是人们可能已经忘记一个贫困家庭首先需要面对的问题，就是生存。活不下去了，遑论其他？

人们还不能忘记另一件事情，小说八十回后，贾府被抄，贾琏、王熙凤下狱，所谓的亲舅舅王仁和堂兄贾芹为区区几两银子要卖掉巧姐时，正是这个狡猾市侩、没有自尊、惯于献媚的刘姥姥救下了可怜的孤女。试问，人世间，滴水之恩能涌泉相报的又有几人？

在刘姥姥那里，生存是最重要的，生命是最重要的，没有什么比人命更重要。当贾府被抄，跌入困境时，这一帮贵族该体会到生存和生命的重要了吧？

从这个意义上说，刘姥姥是《红楼梦》中最具人本主义和人文关怀的，而这样的人，偏偏是最没有文化和修养的。其实很多的人生哲理不是堆砌在书本里的，而是存在于生活中，需要认真地生活，用心地体会。

刘姥姥是一个很有"生存智慧"的人。她的女婿王狗儿祖上也做过京官,也曾和王家攀亲。可是,富不过三代,到狗儿这代已经败落了,沦为农民。狗儿因无钱置办过冬之物而烦心,拿媳妇出气,刘姥姥说话了:

"姑爷,你别嗔着我多嘴。咱们村庄人,那一个不是老老诚诚的,守多大碗儿吃多大的饭。你皆因年小的时候,托着你那老家之福,吃喝惯了,如今所以把持不住。有了钱就顾头不顾尾,没了钱就瞎生气,成个什么男子汉大丈夫呢!如今咱们虽离城住着,终是天子脚下。这长安城中,遍地都是钱,只可惜没人会去拿去罢了。在家跳蹋会子也不中用。"

刘姥姥的意思,钱是靠挣出来的,不是气出来的。但凡有点儿能耐,应该想法子弄钱才是。

女婿反问:我有什么办法?难道叫我打劫偷去不成?

狗儿确实很蠢,在他看来,没饭吃,除了等死就是去打劫。

于是,刘姥姥说出了自己的计划:

"这倒不然。谋事在人,成事在天。咱们谋到了,看菩萨的保佑,有些机会,也未可知。我倒替你们想出一个机会来。当日你们原是和金陵王家连过宗的,二十年前,他们看承你们还好;如今自然是你们拉硬屎,不肯去亲近他,故疏远起来。想当初我和女儿还去过一遭。他们家的二小姐着实响快,会待人,倒不拿大。如今现是荣国府贾二老爷的夫人。听得说,如今上了年纪,越发怜贫恤老,最爱斋僧敬道,舍米舍钱的。如今王府虽升了边任,只怕这二姑太太还认得咱们。你何不去走动走动,或者他念旧,有些好处,也未可知。要是他发一点好心,拔一根寒毛比咱们的腰还粗呢。"

短短一番话,指出了一条生路。那些为生活贫困所逼生活在社会底层的老人家,是最善于从貌似没有机会的现实里看出机会来的,这也是他们能够顽强活下来的原因。这就是一个生活在底层的老太太的生存智慧,既有人情世故的练达,也有投机取巧的老辣,更有尽力而为顺其自然的豁达。

也就是这次出访,导致了王狗儿一家的峰回路转。刘姥姥第一次出访,就得了纹银二十两,那可是庄户人家一年的花销了。第二次拜访,收获更大,不仅得了好多衣物,还得了一百零八两银子。这个数字非常有意思,梁山有一百零八位好汉结义,成了气候,刘姥姥八十回后也用这笔钱做了小本生意,置了几亩田产,从此衣食无忧。

刘姥姥二进大观园,为了逗贾府一干主子小姐开心,确实是把那张老脸豁出去了。就因为这个，有人说刘姥姥"贱"。我以为说这样话的人，必定没有过过贫困走投无路的日子。在生存面前，面子到底有多重要？更何况，那不过是善意的插科打诨而已，贾府自贾母、王熙凤以降都没有恶意，刘姥姥也是心怀感激无以为报，博一笑以为报而已。

之所以说以王熙凤为首调笑刘姥姥是善意的，是有理由的：

第一，事先是和刘姥姥通了气的，不过是"合作"逗贾母一干人开心而已。

第二，开玩笑之间，一直有贾母在掌舵，王熙凤等人稍微有点儿过分，就有贾母批评和纠正。

第三，刘姥姥本人是愿意的，并非强迫恶意取笑。

第四，玩笑的内容并不带有侮辱性，不过是利用上流社会和民间生活的反差作乐而已。

第五，如果贾府真是不待见刘姥姥，刘姥姥醉酒跑到贾宝玉房里昏睡恐怕是要闹大祸的。然而没有，袭人帮刘姥姥隐瞒了，说明贾府上下是真心喜欢刘姥姥。

因此，我以为刘姥姥二进大观园调笑取乐并没有什么不妥，请不要上升到人格侮辱甚至阶级仇恨的层面来理解。刘姥姥的"讨好"并没有牵涉到人格问题，更不是下作下贱和没有廉耻，只是一个受人恩惠的老人家发自内心的感激和回报而已。她以为给贾府带来欢笑和快乐可以回报贾府对她的恩情，这并没有什么可非议的。

刘姥姥自第二次到贾府拿到一百零八两银子和很多衣物之后，再没有来过贾府。也就是说，这位老人家并非贪得无厌之辈，而是知道分寸，懂得自尊的人，一旦有了资本，就自力更生地讨生活去了。

而更难能可贵的是，贾府被抄，贾琏和王熙凤双双下狱，可怜的巧姐无人照管，竟然在送往外祖父家的途中差点被舅舅王仁和族兄贾芹卖给人贩子，是巧遇的刘姥姥挺身而出，救下了巧姐。

就凭这事，我想不会再有人看不起两进大观园的刘姥姥了吧？这个时候支撑刘姥姥挺身而出解救巧姐的，还是她那不起眼儿的"生存哲学"——人的生命比什么都重要。因此，刘姥姥拼了老命，变卖了当年用一百零八两银子做起来的小本生意，赎下巧姐，回到乡村，守着苦命的巧姐，安安静静地过日子。这就是知恩图报。

贾宝玉曾经有过一个著名论断——女孩子是珍珠，结婚以后这颗珍珠就暗淡了，老了以后就变成死鱼眼睛了。这其实是针对那些阴险势利的媳妇、嬷嬷们说的。可是，我们应该注意到，贾宝玉唯独对刘姥姥不嫌脏、不厌弃，不仅一个劲儿地追问刘姥姥胡诌的仙女故事，还把刘姥姥喝过的一个成窑茶杯送给刘姥姥。这说明刘姥姥这样的人，并不是死鱼眼睛，虽然老了，也是一颗老珍珠！

这就是刘姥姥，一个值得尊敬的老太太，一个懂得以尊重生命为前提的仁义的老太太，一个中国版懂得存在主义哲学意义的目不识丁的老太太。

贾府歧视刘姥姥吗

关于刘姥姥到贾府打秋风，有两种观点，一种认为刘姥姥不知羞耻献媚讨好，另一种认为贾府歧视刘姥姥。这两种观点，都有些想当然的味道。

从刘姥姥到贾府，我看到的是"和谐"，是有一个有德之家（尽管暗地里已经败坏腐烂）在一个仁慈和蔼的老太太带领下，与一个乡下老人家"和谐共处"的欢乐景象。这里，大户人家的优越感是有的，也是正常的，乡下人家的自卑感是有的，也是正常的。但可以肯定的是，这里面绝没有献媚，也没有羞辱，更谈不上歧视。

何以见得呢？请看四十回。

第一，拿刘姥姥取笑是事先打过招呼的。

凤姐一面递眼色与鸳鸯，鸳鸯便拉了刘姥姥出去，悄悄地嘱咐了刘姥姥一席话，又说："这是我们家的规矩，若错了我们就笑话呢。"调停已毕，然后归坐。

第二，刘姥姥愿意带给贾府欢乐。

丫鬟们知道他（鸳鸯）要撮弄刘姥姥，便躲开让他。鸳鸯一面侍立，一面悄向刘姥姥说道："别忘了。"刘姥姥道："姑娘放心。"

第三，取乐的与找乐的都是快乐的。

贾府上下，个个笑得前仰后合，至于被取乐的刘姥姥，其实也是很高兴的：

刘姥姥笑道："姑娘说那里话？咱们哄着老太太开个心儿，可有什么恼的！你先嘱咐我，我就明白了，不过大家取个笑儿。我要心里恼，也就不说了。"

第四，王熙凤和鸳鸯给刘姥姥道歉：

凤姐儿忙笑道："你可别多心，才刚不过大家取笑儿。"一言未了，鸳鸯也进来笑道："姥姥别恼，我给你老人家赔个不是。"

第五，刘姥姥给贾府上下带来欢乐，贾府也给刘姥姥带去温暖。

刘姥姥临走，贾府上下总共馈赠的白银一百零八两，嘱咐刘姥姥做个小本生意什么的，还送了一大堆衣服，等等。

综上所述，刘姥姥在大观园里所做的一切和所受到的待遇，都是双方发自真心的，是相互尊重的，不存在献媚，也不存在歧视。这是《红楼梦》洋溢着人性温情的一笔。

贾母和刘姥姥竟然惺惺相惜

第三十九回，平儿领了刘姥姥去见贾母，对刘姥姥来说，是一场大考验。这样一个一辈子生活在乡野山村的老妇人，能见过什么世面，经历过什么阵仗？要做到得体，也忒难了。稍微有些阅历的人，都会为刘姥姥暗自捏把汗。贾府虽然是有德之家，怜贫惜弱，敬老爱幼，但如果太过粗俗、不得体，肯定也是不讨喜的。更何况，刘姥姥见贾母，场面很大。一般人，可能已经手足无措了。所谓：

平儿等来至贾母房中，彼时大观园中姊妹们都在贾母前承奉。刘姥姥进去，只见满屋里珠围翠绕，花枝招展，并不知都系何人。

但是，刘姥姥并没有慌乱，而是通过观察发现了场子里地位最高的人：

只见一张榻上歪着一位老婆婆，身后坐着一个纱罗裹的美人一般的一个丫鬟在那里捶腿，凤姐儿站着正说笑。

这里面是有判断的。众人之中唯有一人躺着，还有穿着不凡的丫鬟捶腿，这可不是一般的待遇。更关键的，不可一世的凤姐在此人面前是站着说话。刘姥姥马上就判断出这就是贾母，所谓"刘姥姥便知是贾母了"。

可是，判断出贾母只是第一关。没认错人固然可喜，该怎么打招呼，怎么称呼贾母呢？这可就难了。毕竟，刘姥姥是和贾母年纪相仿的人，虽然地位不可比拟，一个是一品诰命，一个是山野老妇，这时，怎么样既表现出对贾母的尊敬，恰如其分地讨贾母和贾府的喜欢，又不失身份呢？这是对刘姥姥最大的考验，如果话一出口，说的不得体，场面就会很尴尬。

刘姥姥想出了一个恰如其分的称呼来：

忙上来陪着笑，道了万福，口里说："请老寿星安。"

不仅仅举止得体，最难得的就是称呼也别出心裁，"老寿星"，贾母这个年纪、这个地位，人世间荣华富贵皆已享尽，夫复何求？不就是希望能够长寿一些，看着儿孙们平平安安快快乐乐吗？所以"老寿星"这个称呼，端得是妙绝！

刘姥姥虽然没有文化，却有见识，没有知识，却有智慧。

刘姥姥过关了，皮球踢给贾母了。贾母又该怎么称呼刘姥姥呢？

两人地位如此悬殊，背景迥异，怎么样既体现出自己身份，又表现出对一个年纪相仿的老人家的尊重呢？再者，刘姥姥这个所谓的亲戚，和贾府七弯八拐几乎沾不上边儿，很难称呼。身份高如贾母者，如果称呼不当，笑话闹得更大。可是，贾母一番话，化解了我们的疑虑：

贾母亦欠身问好，又命周瑞家的端过椅子来坐着。那板儿仍是怯人，不知问候。

贾母道："老亲家，你今年多大年纪了？"刘姥姥忙立身答道："我今年七十五了。"贾母向众人道："这么大年纪了，还这么健朗。比我大好几岁呢。我要到这么大年纪，还不知怎么动不得呢。"

首先是行为得体，微微欠身还礼，其次是称呼非常的得体，"老亲家"，说得多好啊，既点出了刘姥姥家和王家也就是王夫人和王熙凤娘家的瓜葛，又显得不管贫贱高低，一律以亲情为重，给了刘姥姥一个妥帖的身份。没有人生大智慧，断不能如此。

然后两位老人家相互询问年龄和身体状况，表现得体，不相上下。

这就是一次简单的见面，两人所绽放出的人生阅历铸就的智慧火花。刘姥姥这个山野村妇，一生贫困，一生劳碌，没有文化，却是个有智慧的老人。而处于人生另一个极端的贾母，一生尊贵，一生繁华，知书识礼，历经富贵温柔，也磨炼出了极高的人生智慧。正所谓条条道路通罗马，富贵也罢，贫穷也好，只要真诚地活过，她们达到的智慧高度，几乎是一样的。

　　难怪，此处会有两条精彩绝伦的批语。一条是针对刘姥姥称呼贾母"老寿星"的：

　　【庚辰双行夹批：更妙！贾母之号何其多耶？在诸人口中则曰"老太太"，在阿凤口中则曰"老祖宗"，在僧尼口中则曰"老菩萨"，在刘姥姥口中则曰"老寿星"者，却似有数人，想去则皆贾母，难得如此各尽其妙，刘姥姥亦善应接。】

　　而在贾母得体回应刘姥姥处又有一条批语：

　　【庚辰双行夹批：神妙之极！看官至此，必愁贾母以何相称。谁知公然曰"老亲家"，何等现成，何等大方，何等有情理。若云作者心中遍出，余断断不信。何也？盖编得出者，断不能有这等情理。】

　　这两条批语说明，一个是经历过苦难，一个是经历过富贵，人生迥异，磨炼出来的智慧，却是异曲同工，棋逢对手，将遇良才。我相信，之所以有后面的欢乐，和这个见面密切相关，经过这样一次智慧的较量，两个老人已在精神层面和智慧层面惺惺相惜，引为知己了。贾母乐意善待刘姥姥，刘姥姥甘愿为知己带来欢乐，就这么简单。

刘姥姥给贾府带来了多大的欢乐

　　很多人是看不起刘姥姥的，认为她就是个"吃白食"的。但是，问题绝不会这么简单，如果刘姥姥真的毫无付出，贾府也未见得会如此厚待刘姥姥。

　　是的，第一次到贾府，王熙凤给了二十两银子。第二次，王夫人、王

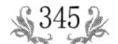

熙凤给了一百零八两银子，还有很多衣物。从物质利益的角度来说，刘姥姥的确占了大便宜。

可是，要知道，有些东西，是钱买不来的。比如快乐。刘姥姥二进大观园，给贾府带来的欢乐，第三十九回、第四十和第四十一回，多有表现。稍引一例。第四十回：

贾母这边说声"请"，刘姥姥便站起身来，高声说道："老刘，老刘，食量大似牛，吃一个老母猪不抬头。"自己却鼓着腮不语。

众人先是发怔，后来一听，上上下下都哈哈的大笑起来。史湘云撑不住，一口饭都喷了出来；林黛玉笑岔了气，伏着桌子叫"嗳哟"；宝玉早滚到贾母怀里，贾母笑的搂着宝玉叫"心肝"；王夫人笑的用手指着凤姐儿，只说不出话来；薛姨妈也撑不住，口里茶喷了探春一裙子；探春手里的饭碗都合在迎春身上；惜春离了坐位，拉着他奶母叫揉一揉肠子。地下的无一个不弯腰屈背，也有躲出去蹲着笑去的，也有忍着笑上来替他姊妹换衣裳的，独有凤姐鸳鸯二人撑着，还只管让刘姥姥。

看看这个欢乐的场面吧，这是《红楼梦》里唯一一次众人抛却一切烦恼开怀大笑的场景。贾府诸人，即便如贾母、黛玉、王夫人、薛宝钗，几时有过这样的欢乐？湘云笑得把饭喷出来，黛玉笑岔气了，趴在桌子上直叫唤，宝玉笑得打滚，只滚进贾母的怀里，贾母笑得"眼泪出来，琥珀在后捶着"。王夫人笑指凤姐，啥也说不出，意思是总算遇着个比你还搞笑的人了。薛姨妈把茶喷了探春一裙子，探春的饭碗扣到了迎春身上，惜春笑得肚子疼，让奶妈帮揉。丫鬟下人也笑翻了，有笑得弓腰驼背的，有跑出去大笑的，有忍着笑服侍主子的。

这里面唯一没写怎么笑的是迎春，这是个忧郁的姑娘，可是妹妹探春都把饭碗扣到她身上了，她能不笑吗？笑了，我相信肯定笑了，虽然她的快乐不及众人，但她还是笑了，和探春姐妹相视而笑。这个笑，可能是迎春生命中难得的一笑吧。几年后当她嫁给中山狼，回忆往事，她是不是会觉得那次笑是那么的珍贵呢？

如果不是曹雪芹的生花妙笔，如何写得出这难得的欢乐？

贾府在坐诸位——主子小姐、丫鬟下人，他们之间大多有着各种各样微妙的矛盾和难以回避的痛苦，平时都不怎么快乐，但是此刻，他们忘记了烦恼，忘记了身份，开怀一笑，那是多么惬意的事情。我相信每一个人回忆起这段经历，都会感谢刘姥姥的。一个村妇，以她的机智、幽默、诙谐和大气，就这样为贾府带来了一段短暂而快乐的时光。这种欢乐，在他们的生命中留下了难以磨灭的记忆。

　　贾府为这份难得的欢乐，付出一百二十八两银子，值吗？值，很值。况且，刘姥姥最后还解救了巧姐，给了贾府另一份难得的余庆。区区百余两银子，能值几何？

　　刘姥姥给贾府带来前所未有的欢乐，贾府给予刘姥姥了力所能及的资助，其实两不相欠，却也从此种下善缘，结下善果。

后记

　　知识产权出版社计划出版《风语红楼》系列，《梦流年》是第三部。

　　第一部主要围绕秦可卿之死、木石前盟、金玉良缘、黛玉之死和宝钗之死五个主要事件展开，揭示隐于小说唯美叙事之下的惊涛骇浪。

　　第二部围绕金陵十二钗正册人物，各成一章，十二位绝色女子，十二位薄命之人，令人慨叹。

　　第三部则围绕十二钗正册之外副册之香菱、又副册之晴雯、袭人以及主子丫鬟村妇诸人。小说或浓墨重彩，或三笔五划，或点到为止，或一笔带过，皆活色生香，每一个都是鲜活的生命，不可错过。

　　第四部围绕贾府男子及事败被抄大厦将倾，写出贾府不肖子孙如何毁了有德之家，如何误了国戚之家，如何败了国公之家，其间风云变幻，世事无常，大悲剧始成。

　　第五部要去揭示诗词之美。《红楼梦》诗词之韵，不仅在于诗艺之精，还在于表现人心，不同的人物，不同的阶段，诗词上有很大不同。林黛玉和薛宝钗在诗词里面的较量，也是惊心动魄、令人叫绝的。

　　曹雪芹用笔，浑然天成，一个人物一个事件，不仅多义，而且多喻，甚至有着双重或多重象征，要条分缕析，必然堕于不可避免的重繁回顾和引用，使评论变得琐碎和苍白，相形见绌于小说。这是要请读者谅解的地方。

　　然五部草成，料已心衰力竭，灯枯油尽，难以为继。只是私心里，还想着一部小册子，十余万字，散淡的文笔，长短不拘，文动于心，串联起前因后果人物事件，写出一番凄美情怀，勾出一幅烟雨画面。算是十年研红的一个交代。设若有缘，算是第六部。六者，顺也。六者，溜也。

我之于宇宙，不过一过客。我之于红楼，也是过客。非我愿过，乃是才力不济，抽刀断水，落花有意，流水无情。普天之下，没有不散的筵席；相濡以沫，不如相忘于江湖。曾经的记忆，只能留于心底。

是为记。

风之子

2016年3月1日